KB242816

현대시조의

고향 故鄕......성

현대시조의

故鄉......

고향성

김민정 지음

한국학술정보(주)

책을 내면서

밖에는 비가 내리고 있다. 봄비에 만물이 촉촉이 젖으며, 푸른 싹들이 움트고 있다.

언제나 봄은 환하고 신비롭다. 바쁘다는 이유로 감상할 기회를 잃었던 눈부시게 흰 자태의 목련, 기쁨 그 자체로 웃는 노란 개나리, 아련한 그리움 같은 연분홍 진달래……작은 꽃들이 모여 이룬 그 아름다움을 잊고 살아가다 문득 바라보는 아름다움, 환희!

고향산천의 진달래가 생각나는 계절이기도 하다. 눈에 익어 언제 보아도 정다운 고향, 우리의 현대시조 속에서는 어떻게 나타나고 있을까.

조선시대의 백자처럼 단아한 김상옥 선생님의 시조, 그리고 언제 읽어도 시조의 감칠맛이 살아나는 정완영 선생님의 시조, 그리고 그 성품처럼 온화하고 수수하고 아름다운 리태극 선생님의 시조에서 고향의 모습을 찾아보았다.

고향은 누구나 그리워하되, 고향의 모습과 고향에 대한 생각은 사람마다 다를 것이다. 그리하여 고향의 모습을 현대시조 속에서 찾아보는 것도 의미 있는 일일 것 같아서 그것을 논문으로 택하였고, 단행본을 내기에 이르렀다.

또한 실향민의 고향의식을 다루어 보고 싶어 북한을 고향으로 두고 반백 년 이상을 고향을 그리워하며 시조를 쓴 우숙자 선생님의 작품을 살펴보고 쓴 소논문과, 대학 은사님인 강우식 교수님의 4행시를 시조와 관련하여 살펴본 논문도 함께 싣는다.

부족한 글이지만 단행본으로 출판되어 기쁘다. 앞으로 더 좋은 글을 약속드리면서 여러 가지 어려운 상황에서 이 논문을 쓸 수 있도록 도와주고 격려해 주신 분들께 진심으로 감사를 드리며 행복을 기원한다. 또 부족한 논문을 출판해 주시는 출판사에도 깊은 감사를 드리며 앞날의 무궁한 발전을 기원한다.

2007년 봄, 우현 김민정 (宇玄 金珉廷)

차 례

1

현대시조의 고향성 연구

- 김상옥, 리태극, 정완영을 중심으로 -

Ⅰ. 서 론

1. 문제제기 및 연구목적

오늘날과 같은 후기 産業社會 구조에서는 農業社會의 傳統的인 생활공간의 파괴로 수동적으로 失鄕하게 된 사람들과 離鄕한 사람들이 많다. 때문에 현대사회에서는 故鄕破壞, 故鄕喪失, 그리고 脫故鄕의 현상이 보편적으로 일어날 수밖에 없는 상황이다. 이런 故鄕離脫의 과정에서 인간은 공간적이고 지정학적인 고향, 즉 근원적 삶의 공간으로서의 고향만 잃어버리는 것이 아니라 共同體意識, 그리고 自己同質性, 존재와 삶의 근원까지도 忘却 내지 喪失할 위기에 직면하게 된다. 때문에 현대인에게는 더 절실하게 고향의식이 대두되고 있고 문학에도 많이 반영되고 있다.

한국의 現代文學에서도 고향을 소재나 주제로 다루고 있는 작품이 많다. 한국현대문학 속에서의 '故鄕喪失'은 民族史와도 관련이 깊은데 이것은 일제시대를 거치면서 고향을 등지는 유이민이 많이 생겼기 때문이다. 일본인 농장기업가와 여타의 일본인 토지매매업자들의 횡포 때문에 그 시기 조선경제의 가장 중요한 토대를 이루는 농업경제 부문은 여지없이 파괴되었으며, 그 결과 1920년대에 들어서는 무수한 이농민들이 속출하게 되었고, 이들은 만주, 시베리아, 일본, 멕시코, 하와이 등지의 국외 유이민이 되었고, 국내에서도 유랑하게 되었다.[1] 이렇게 고향을 등진 사람들은 공간적 故鄕喪失感을 느꼈으며, 일제에게 나라를 빼앗긴 데서 오는 민족으로서의 소외의식도 느꼈을 것이다.

8·15해방 후의 현대사회에서는 남북 분단, 전쟁, 혁명, 가난, 독재, 민주화 등 정치적 변혁과 산업화를 거치면서 급격히 사회가 변동되었다. 6·25전쟁으로 인한 분단에서 자기의 고향으로 돌아갈 수 없는 失鄕民과 離散家族도 생겼으며, 또 산업화 이후 우리의 생활터전이었던 농촌을 떠나 도시로 移住하는 사람이 부쩍 늘어났고 그 때문에 空間的·精神的 故鄕喪失感을 느끼고 고향에 대한 鄕愁, 思鄕 등이 문학작품에 많이 반영되었다.

現代時調에서도 故鄕意識을 주제나 소재로 다룬 작품은 많이 창작되었다. 그러나 이에 대한 본격적인 연구 논문은 없다. 있어도 부분적[2]이라서 본고를 쓰게 되었다. 때문에 본고에서 다루고자 하는 것은 現代時調에 나타나는 故鄕意識이다.

現代時調의 선구자인 육당, 가람, 노산, 조운 등의 시조에서도 고향에 대한 시조를 찾을 수 있다. 그러나 그들이 살던 시대는 일제시대이

---

1) 尹永川, 『韓國의 流民詩』, 실천문학사, 1987.
2) 김대행은 「따뜻한 법어에 이르는 길」에서, 이성재는 「정완영론」에서, 박기섭은 「먼 산빛, 수묵의 그늘」에서 부분적으로 정완영의 '고향' 작품에 대해 언급하고 있다.

고, 조국을 잃어버린 시대상과 맞물려 있다고 볼 수 있다. 현대 産業社會에서의 故鄕喪失感, 鄕愁 등과는 거리가 있다고 보아 본 연구에서는 다루지 않기로 한다.

일제 말기부터 해방 후 우리나라가 도시화, 산업화로 사회가 변동되어 가는 과정에서 나타나는 고향의식을 艸丁 金相沃, 月河 李泰極, 白水 鄭椀永 시조시인들의 작품에서 살펴보고, 개인적인 차이점을 규명해 보고자 한다. 본고에서 앞의 세 시조시인을 선정한 것은 다음과 같은 몇 가지 이유에서이다.

첫째는 이들이 현대시조 중흥에 이바지한 공이 큰 시인들이며 꾸준히 창작활동을 해 오고 있기 때문이다.

金相沃은 1939년 『문장』지를 통한 등단 후 47년 『草笛』이란 시조집을 출간하여 전통적 정서를 섬세하고 감각적인 언어로 표현하여 시조의 형식미학을 돋보이게 했으며, 해방 전의 암흑기와 6·25까지의 시조창작의 공백기를 메우는 중요한 역할[3]을 하였다. 이후에도 계속 우수한 작품을 창작·발표함으로써 현대시조를 어떤 현대시 형태에도 뒤지지 않는 수준으로 끌어올려 머리로 읽는 시, 사유를 통해서만 접근할 수 있는 시조를 써 나감으로써 현대시조의 새로운 가능성[4]을 보여준 시인이다.

李泰極은 이론과 창작을 겸한 시인으로 1953년 한국일보에 「산딸기」를 발표하면서 본격적으로 시조를 창작하기 시작했다. 그는 그동안 육당 최남선, 노산 이은상, 가람 이병기 등이 정리한 시조이론을 체계를 갖추어 정리했으며, 시조잡지가 전혀 없었던 시기인 60년에 『시조문학』

---

3) 金濟鉉, 「해방 전후의 시조 상황」, 『광복40년 오늘의 문화예술 문학·時調』.
4) 정혜원, 「김상옥 시조의 전통성」, 『한국 현대시조 작가론 I』, 2002. 태학사.

이란 잡지를 발간하기 시작하여 시조시인들에게 발표지면을 만들어 주었다. 40여 년이 지난 오늘까지도 발간을 계속하여 수많은 시조시인을 배출해서 시조인구의 확장을 가져오게 하였으며 창작활동에도 열심이었던 시인이다.

鄭椀永은 60년 부산의 국제일보에 「해바라기」가 당선되고, 62년 조선일보에 「조국」이 당선됨으로 등단하였다. 그는 우리 時調는 우리 정신의 本鄕이요, 우리 思惟의 本流요, 우리 생활의 內在律이라고 주장하며 시조가 가장 한국적인 시형임을 주장하면서 오로지 시조에의 사랑과 시조창작의 외길 인생을 살아온 시인이다. "그는 時調를 士大夫의 餘技의 域에서 本格文學이 되게 한 中興에 功獻했다."[5]라는 박재삼의 평을 통해 그가 현대시조 작품의 질을 높이는 데 공헌했음을 알 수 있으며, "우리 現代時調文學史를 통틀어 1920~1930年代의 兩大山脈이 가람과 鷺山이요, 1940~1950年代의 巨峰이 草汀과 鎬雨라면, 1960年代의 巨木은 白水라 할 것이다."[6]라는 박경용의 평을 통해 현대시조단에 그 존재가 우뚝함을 알 수 있다.

둘째, 이들은 출생연도가 비슷[7]하다는 점이다. 1920년을 전후하여 태어난 이들은 일제하에서 성장기 및 청소년기를 보낸 시인들이며, 일제 말기부터 창작활동을 하였다. 1926년 최남선의 시조 부흥운동으로 활발해졌던 시조창작의 경향을 보면서, 또는 직접 영향을 받으면서 자랐을 세대이며, 세 시인 모두 80이 넘은 고령이라 작품의 특성이 거의

---

5) 朴在森, 「白水, 그 人間과 文學」, 『白水鄭椀永先生 古稀紀念詞華集』, 가람출판사. 1989.
6) 朴敬用, 이 當代 時調의 殉敎者的 面貌, 白水鄭椀永先生 古稀紀念詞華集, 가람출판사, 1989.
7) 김상옥은 1920년, 리태극은 1913년, 정완영은 1919년생이다.

완결된 상태라고 보았기 때문이다.

셋째, 이들은 일단 지정학적 고향을 떠나 살고 있는 시인들이라는 점이다. 본고가 고향의식을 연구하는 논문이기 때문에, 향수 등이 나타나는 작품을 살펴볼 필요가 있기 때문이다. 金相沃은 경상남도 통영, 李泰極은 강원도 화천, 鄭椀永은 경상북도 김천이 고향이다. 이들은 지정학적인 고향을 떠나 서울이 아닌 곳에서도 생활을 하다가 金相沃은 62년부터, 李泰極은 1947년부터, 鄭椀永은 1974년부터 서울로 이주하여 서울에서 생활했다. 그리하여 일제 말부터 산업화, 도시화 등 우리나라가 후기 산업사회로 변모하는 과정을 살아온 시인들이며, 정신적·공간적 고향에 대한 그리움을 노래한 작품들이 많다.

넷째, 이들은 일제 말기부터 지금까지 40년~60년 이상 시조를 창작해 온 시인들이라 각자의 시조에서 개인적 특성을 쉽게 발견할 수 있기 때문이다. 金相沃은 등단연도인 39년 이전부터 창작을 해 왔으리라 짐작되지만, 등단연도 이후부터 계산해도 60년 이상 창작을 해 왔으며, 李泰極은 53년에 등단하였지만 1935년부터 작품을 창작하였다 하니 60년 이상 창작을 하였으며, 등단연도부터 계산해도 50년 이상 창작활동을 해 온 시인이다. 鄭椀永도 60년에 등단을 하였지만 1941년부터 창작을 해 왔다고 하니 60년 이상 창작을 한 셈이고, 등단연도 이후부터 계산해도 40년 이상 창작활동을 해 온 시인이다. 때문에 이들 세 시인들이 쓴 고향을 모티브로 한 작품에서 충분히 고향의식의 특성을 파악할 수 있다고 판단했기 때문이다.

다섯째, 이들의 작품에서 '태어나고 자란' 處所的 고향 외에도 形而上學的 고향이라고 볼 수 있는 정신적 뿌리, 정신적 유대감으로의 고향의식이 드러나고 있기 때문이다. 金相沃의 작품에서는 처소적 고향 외에 우리 민족의 정신적 고향을 찾으려는 의식이 드러나고 있음을 발견할 수 있다. "鄕愁란 원래 故鄕에 대한 思慕이지만, 그 故鄕이란 반드시 有形임을 요하지는 않는다."[8]라고 했을 때, 우리는 無形의 정신적 안식처를 생각해 볼 수 있다. 또 "故鄕世界(Heimwelt)는 모든 人間과 모든 人間共同體를 둘러싸고 있는 親戚 및 이웃 같은 切親한 사람들과 아는 사람들의 領域이다. 이 領域은 個人과 共同體에 제각각 다르게 매우 廣範圍하고, 그러면서도 有限한 것이다. 故鄕의 意識的이고 形而上學的 측면을 볼 때 그 故鄕의 本質은 不變하고, 또 그것은 永久的인 것이다. 또 그것은 自然的 空間만이 아닌 것이다."[9]라는 훗설의 정의와 "故鄕은 糧食을 供給하는 土壤이고, 審美的 喜悅의 對象이며, 精神的인 뿌리감정(geistiges Wurzelgefühl)"[10]이라고 정의한 슈프랑어와 같은 맥락으로 이해될 수 있다. 金相沃의 고향의식 작품에는 처소적 고향 외에 우리의 전통문화유산에서 '정신적인 고향'을 찾으려 했던 것이 드러나기 때문이다.

李泰極의 작품에서도 처소적 고향 외에 정신적 고향을 찾으려는 의식이 나타나는데, "人間의 現存은 故鄕喪失(Heimatlosigkeit)의 現存이며, 存在忘却(Seinsvergessen-heit)의 現存이다. 故鄕은 고요하고 위험이 없는 世界指定에 대한 표현이다. 被投性(Gewofenheit)과 世界 內存在性(In-der-Welt-Sein) 가운데 있는 人間 現存은 그 本來性이 非本來性에 의해 은폐되어 그 본래성을 잃은 狀態에 있다. 이런 상태가

---

8) 최재서, 『문학과 지성』, 인문사, 1938.
9) 전광식, 「고향에 대한 철학적 반성」, 『철학연구』 제67집, 대한철학회, 1998. 재인용.
10) 전광식, 「고향에 대한 철학적 반성」, 『철학연구』 제67집, 대한철학회, 1998. 재인용.

故鄕喪失이다. 그리고 故鄕인 本來性의 回復이야말로 哲學者의 課題이고, 또 人間의 根本的인 指向目標"[11]라고 한 하이덱거의 이론과 맥을 같이한다. 이와 같은 고향 개념이 李泰極의 작품에 나타나는데, 즉 순수성, 본래성에 대한 향수는 현재의 기계화, 문명화된 생활 속에 물질문명의 물신숭배로 소외된 인간성[12]에 대한 안타까움이며, 인간성 회복의 극복의지가 나타난다. 또 분단된 조국에 대한 안타까움이 나타나며, 이것을 극복하고자 하는 의지가 담겨 있음을 볼 수 있다.

鄭椀永의 작품에서도 고향은 처소적 장소 외에 정신적 유대감으로 나타나 있다. 볼노프는 "故鄕은 人格이 태어나고 자라고 또 일반적으로 계속 집으로 가지고 있는 삶의 領域이다. 故鄕은 그에게서 父母와 子息, 兄弟姉妹 등과 같은 家族 內에서의 親密한 人間關係들과 함께 시작된다. 이 요소 외에 故鄕은 마을과 같은 空間的인 次元과 또 傳統 같은 時間的인 次元을 지니고 있다"[13]는 것이다. 이것은 고향을 어떤 영역적인 차원에서 접근하기보다 혈통 및 가족 중심적으로 접근하는 시도인데 鄭椀永의 고향의식 작품이 볼노프의 고향 개념에 해당된다고 볼 수 있다. 鄭椀永의 고향의식 속에는 고향은 자연친화 공간이며, 인격이 성장한 곳이며, 祖孫이 함께 사는 땅이며, 부모와 동기가 함께

---

11) Axel Beelmann, Heimat als Daseinsmetapher. Weltanschauliche Elemente im De-nken des Theologiestudenten Martin Heidegger, Wien 1994. SS. 13-14. 전광식, 「고향에 대한 철학적 반성」, 『철학연구』 제67집, 대한철학회, 1998. 262쪽 재인용.

12) 리태극의 '인간소외'는 경제적 소외이론으로 부르주아를 고향을 가진 자로, 프롤레타리아를 고향상실자로 파악하는 마르크스주의의 고향의식과는 구별해야 한다.

13) 전광식, 「고향에 대한 철학적 반성」, 『철학연구』 제67집, 대한철학회, 1998. 재인용.

하는 친밀한 인간관계를 지닌 곳으로 나타나기 때문이다.

본고에서는 40년대의 시조시인으로 金相沃, 50년대의 시조시인으로 李泰極, 60년대의 시인으로 鄭梡永 시조에 나타난 고향의식을 집중 분석하고자 한다. 이들만이 그 시대를 대표한다고 단정 짓기는 어렵지만 그 시대의 특성을 어느 정도 지니고 있다고 판단하였으며, 그 외에 위에 열거한 여러 가지 이유로 이들을 선정하였다. 이들 연구 대상이 되는 작가들의 작품에 나타나는 고향의식을 규명함으로써 일제 말에서부터 산업화, 도시화의 변화를 거치면서 현재에 이르기까지 고향상실감과 향수 등이 어떻게 현대시조에 반영되고 있는지를 살펴보고, 앞으로 이들 작가와 작품을 해석하는 기반을 마련하는 데 그 목적이 있다.

2. 연구사 검토

본고를 시작하기 전에 한국 현대시조와 현대시에서의 고향의식 연구사를 검토해 보고자 한다.

문학사에 있어 많은 장르의 발생, 성장, 쇠퇴의 변천에도 불구하고, 고려 때부터 지금까지 오랜 시간의 흐름에도 우리 민족이 계속해서 시조를 간직해 올 수 있다는 것은 그것이 그만큼 우리 민족의 생리에 잘 맞는 시문학이라는 것이다. 그것은 우리 민족의 생활과 정서에 잘 맞고, 또 우리 언어의 구조가 시조형과 잘 부합이 된다는 의미이기도 하다. 우리 민족의 언어를 자세히 살펴보면 3 · 4자의 음수로 이루어진 단어나 어절이 많은데 이것은 시조의 음수율에 잘 들어맞아 시조 짓기가 용이하다는 점이다. 또 시조형식은 3장 6구 45자라는 매우 짧은 형식이라 외우기 편하고 기억하기 좋다는 장점을 지니고 있어 그만큼 오래 유지되어 오는 문학이라 할 수 있다.

우리가 주로 古時調와 現代時調를 구분 짓는 것으로는 육당 최남선의 작품을 기점으로 삼는다. 1906년에 발표된 육당 최남선의 「國風四數」를 최초의 현대시조로 잡고 있다. 물론 여기에 이의를 제기하는 경우도 있고, 논자에 따라 달리 해석도 한다. 1920년대에는 프롤레타리아 문학에 對應하는 民族文學으로서의 '時調'에 가치를 부여하고 가치 정립을 위해 노력했고, 시조부흥을 일으키고자 노력했던 시조시인들이 육당 최남선, 가람 이병기, 노산 이은상, 조운 조주현 등이다. 이들은 현대문학의 기점에서 시조를 전통의 맥으로서, 우리 전통문학으로서 이어오게 했다. 이들의 뒤를 이어 艸丁 金相沃, 月河 李泰極, 白水 鄭椀永 등이 또한 우리 현대시조의 맥을 이어오고 있다.

최남선의 「國風四數」를 현대시조의 시작으로 본다면 현대시조가 시작된 지도 이미 100년이 가까운데 현대시조에 대한 연구 결과를 살펴보면 별로 활발하다고 보기 어렵다. 그리고 지금까지의 현대시조 연구는 주로 현대 초기 시조의 연구에 많은 부분이 할애되었다고 할 수 있다. 개화기 시조와 육당 최남선, 가람 이병기, 노산 이은상, 조운 조주현 등의 연구가 주를 이루어 왔던 것이다. 그렇다고 현대 시조 초기의 연구가 우리가 만족할 만큼 충분히 많다는 뜻은 아니다. 아직도 연구해야 할 부분들은 많이 남아 있어 앞으로의 활발한 연구가 필요하다고 본다. 아래서는 본고에서 연구하려는 현대시조의 고향성에 대한 기존의 것을 살펴보려 한다.

가. 現代時調에서의 고향 연구

현대시조 연구에서는 고향을 주제로 다룬 본격적인 연구는 없다. 단편적으로 다룬 것이 있는데 김대행의 「따뜻한 法語에 이르는 길— 정완영론」에서 고향을 부분적으로 언급하며 정완영의 고향을 다음과 같이 말하고 있다.

> 우리의 옛날 시조에는 고향을 노래한 것이 거의 없다. 한시에는 고향 노래가 많은데도 시조에는 그런 주제가 드물다. 그 까닭을 나는, 시조가 주로 노래로 불리었다는 데서 찾은 바 있다. 붓으로 쓰는 경우에는 고향 그리움을 말하기에 좋아도 노래하는 분위기에서는 고독이나 향수를 말하기가 적절하지 못했기에 그리 되었을 거라고 해석한 일이 있다.

백수 정완영 선생의 시에서 고향 노래를 자주 듣게 되는 것을 나는 특별한 의미로 보고 싶다. 원래 시조를 버텨 주었던 자질인 노래가 빠져나간 빈자리를 무언가로 채우지 않고서는 시조답다는 느낌을 주기가 어렵다. 백수 정완영 선생은 그 자리에 고향을 갖다 놓은 것이라고 보려는 것이다.[14]

위와 같이 김대행은 옛날 시조에는 고향을 노래한 것이 없다고 주장하며, 이유로 옛날 시조는 주로 노래로 불렸기 때문이라는 것과 현대시조의 음악이 빠져 나간 공백에 정완영은 원형질적인 고향의 정서를 버텨 놓음으로써 누구나 낯익은 느낌을 갖게 한다고 보았다. 한편

---

14) 김대행, 「따뜻한 법어에 이르는 길—정완영론」, 『한국시조작가론Ⅰ』, 태학사, 2002.

이성재는 「정완영론」에서 역시 부분적으로 언급하면서 정완영의 고향을 '정한의 세계'로 파악하고 있다.

> 정완영의 고향은 추상적인 의미의 고향으로서 情恨의 대상인 것이다. 다시 말해 구체적인 고향이 아닌 마음속에 어떤 추상적이고 환상적인 고향을 설정하고 그 고향에 무한히 돌아가고 싶어 하는 것이다. 이는 情恨의 세계로서 사상, 정서의 원천이며 이것은 한국적 정한과 육친에 대한 사무침에 기인한다.[15]

박기섭은 「먼 산빛, 수묵의 그늘」에서 정완영 시인을 연구하며 고향에 대해 부분적으로 언급하고 있다.

> 백수 선생처럼 '끝없이 변함없이' 고향을 그리워하고, 고향을 노래하며 살아온 시인도 그리 흔치는 않다. ……고향 마을·고향 집·고향 산에 대한 지칠 줄 모르는 사랑은 선생이 써 온 글 곳곳에서 어렵잖이 만날 수 있다.[16]

서벌은 정완영의 작품 「고향 생각」을 다루며 정완영의 고향의식을 다음과 같이 보고 있다.

> 쓰르라미의 울음이 맵다는 감각, 내 고향 하늘빛이 서러운 열무김치의 맛으로 오는 감각은 이 나라 산천이 백수 세계에 준 共感覺이고 特惠다. 고향을 가슴에 지니되 사무침으로 지니지 않고서는 이런 특혜를 받지 못한다. 그것은 고향을 지극한 감성으로 받드는 데서 오는

---

15) 이성재, 「정완영론」, 『한국시조작가론』, 국학자료원, 1999. 870~872쪽.
16) 박기섭, 「먼 산빛, 수묵의 그늘」, 『열린시조』 9호, 1998. 겨울.

사무침이고, 나를 낳아 주고 길러 준 부모 감각과 일치된 데서 우러
난 사무침이다.[17)

　　백수 세계가 구심 의미로 갖추어 지닌 시적 發生原體는 〈나(我)－
고향－조국〉으로 입체화한 一體感이다. 이 존재 인식으로서의 자아
발견이 현실 극복을 위한 원동력으로 向念되어 있다.[18)

　　위와 같은 단편적인 언급 외에 현대시조에서의 고향에 대한 본격적
인 연구는 없어 아쉬운 감이 있고, 앞으로 활발한 본격적인 연구가 이
루어져야 하리라고 본다.

　　현대시 중에서는 30년대의 시에 대한 '고향의식' 연구가 조금 진행
된 편이다. 최재서, 김기림에서부터 단편적인 논의[19)가 시작되었고 이
후 고향의식에 대해 연구를 해 온 연구자들이 있는데, 이들을 분류해
보면 다음과 같다.

　　첫째는 개별 시인론에서 단편적으로 살펴본 경우이다. 백철이 백석
의 시에서 향토성[20)을, 김우창은 윤동주의 「또 다른 고향」[21)을, 김학
동은 박용철의 「고향」[22)을, 신동욱은 김소월과 정지용의 시를 그들의
고향의식과 연결하여 연구[23)하였고, 윤주은은 고향의식을 시인의 꿈

---

17) 서　벌, 「유·불·선의 동심원, 그 한국적 감성과 가락―백수 정완영론」,
　　『백수 정완영 선생 고희기념사화집』, 가람출판사, 1989, 497쪽.
18) 서　벌, 위 논문.
19) 최재서, 『문학과 지성』, 인문사, 1938. 246쪽.
20) 백　철, 『조선신문학사조사』, 백양당, 1949.
21) 김우창, 『궁핍한 시대의 시인』, 민음사, 1977.
22) 김학동, 『한국현대시인연구』, 민음사, 1977.
23) 신동욱, 「고향에 관한 시인의식 시고」, 『우리 시의 역사적 연구』, 새문사,
　　1981, 150-152.

과 관련24)시켜 보았으며, 정한모는 '향토성'과 관련25)하여 언급하였다. 그러나 이러한 연구 방법은 고향의식에 대한 단편적인 논의에 그쳐 문인들의 고향의식에 대한 의미 해명에까지 이르지 못한 문제점이 있다.

둘째는 비교문학적 방법을 원용하여 시인의 고향의식을 검토한 연구이다. 한계전은 「윤동주 시에 있어서 〈고향〉의 의미—그 비교문학적 고찰」에서 윤동주의 고향의식을 그에 영향을 준 시인들의 그것과 비교, 고찰하였다.26) 또 그는 백석, 오장환, 이용악의 시에 나타난 고향 이미지를 비교·분석하여 고향의식을 해명하고 있다.27) 또 이미숙은 김기진, 정지용, 오장환 등의 고향의식을 비교하면서 이들의 고향의식을 근대사회에서의 소외와 그 소외를 극복하기 위한 유토피아의 추구와 관련28)하여 해명하고 있다. 또 노병곤은 지용시와 천명시를 비교29)하여 고향의미를 도출하고 있다. 최종금은 20년대 김소월, 30년대 정지용, 40년대 윤동주 시인의 일제하에서의 고향의식을 비교한 논문30)이 있다. 이 방법의 연구는 개별 시인의 고향의식이 작품 내적으

---

24) 윤주은, 「김소월시의 고향인식연구」, 『국문학연구』 11집, 효성여대 국어국문학과, 1986.
25) 정한모, 「향토적 자연과의 친화」, 『한국 현대시의 현장』, 박영사, 1983.
    정한모, 「향토적 리리시즘의 승화」, 『한국 현대시의 현장』, 박영사, 1983.
26) 한계전, 「윤동주시에 있어서 고향의 의미—그 비교문학적 고찰」, 『세계의 문학』, 1987. 겨울.
27) 한계전, 「1930년대 시에 나타난 '고향'이미지에 관한 연구」, 『한국문화』 16호, 서울대한국문화연구소, 1995.
28) 이미숙, 『한국 근대문인의 고향의식 연구』, 한국학술재단.
29) 노병곤, 「고향 의식의 양상과 의미—지용시와 천명시를 중심으로」, 『한국학논총 제26집』.
30) 최종금, 「1930년대 한국시의 고향의식 연구」, 교원대학교 박사학위논문,

로 해명될 수 있었으며 소재 중심의 고향의식 연구가 가지는 제한된 틀을 벗어날 수 있으나 비교기준이 객관적일 필요가 있다.

셋째는 정신사적 방법으로 시인들의 고향의식을 해명한 연구이다. 이에 속하는 연구로는 김종철의 논문인데 백석과 영랑, 지용의 시를 분석하고, 1930년대 한국 현대시에 나타난 '고향상실감'의 의미를 도출하였다.[31] 김윤식은 한국 근대사상사의 정신사적 거점을 상실감의 회복으로 보고 고향상실감을 헤겔의 낭만적 이론으로 파악하였다.[32] 이숭원은 「『문장』지에 나타난 고향의식」에서 고향의식을 드러낸 시들을 〈고향상실→내면화→극복〉이라는 도식 속에 파악하였다. 이들의 연구에 의해 한국근대문학에 나타난 고향의식에 대한 역사적인 의미가 어느 정도 해명되었다.

넷째는 '고향'의 의미를 유형화시켜 고향의식을 해명하고자 하는 연구이다. 최근 '고향의식'의 의미를 시간과 공간이란 범주에 따라 유형화한 논문이 대체로 이에 해당한다. 이에는 제해만의 연구로 고향의 하위항목을 회상공간과 이상공간으로 설정한 연구,[33] 이명희의 고향을 지리적 고향, 자연적 고향, 관념적 고향으로 삼분한 연구,[34] 양현승의 고향을 공간적 의미뿐만 아니라 시간적 의미로 파악한 연구,[35] 박상준의 고향을 시간과 공간의 이항대립구조로 유형화한 연구[36] 등

1998.

31) 김종철, 「30년대의 시인들」, 『시와 역사적 상상력』, 문학과 지성사, 1978. 11쪽.
32) 김윤식, 『한국근대문학사상비판』, 일지사, 1978.
33) 제해만, 『한국현대시의 고향의식연구』, 시세계, 1994.
34) 이명희, 『1930년대 시에 나타난 '고향의식'연구』, 건국대학교 석사학위논문, 1992.
35) 양현승, 「'고향'의 미학」, 『비평문학』, 1988.

이다. 이러한 연구의 문제점으로 유형화의 방법 자체가 자의적이며 분류의 기준이 모호하다는 점을 들 수 있다.

현대시 쪽의 고향의식에 관한 연구가 현대시조 쪽보다는 많은 편이나 주로 석사학위 중심의 연구가 많은 편이고 박사논문으로 崔鍾錦의 『1930년대 韓國詩의 故鄉意識 研究』라는 논문37)이 있으며, 趙容勳의 『韓國 近代詩의 故鄉喪失 모티브 研究』38)가 있을 뿐이다. 앞으로 고향의식에 관한 박사 중심의 좀더 본격적인 연구가 이루어져야 하리라고 본다.

나. 現代時調에서의 金相沃, 李泰極, 鄭椀永

한편 金相沃, 李泰極, 鄭椀永의 시조문학에 대한 기존의 연구 결과를 살펴보면 이들의 고향의식에 대해 구체적으로 다룬 논문은 없다. 정완영의 고향에 대한 단편적인 내용이 위에서 살펴본 것들이다. 여기에서는 이들 작품 속의 고향의식을 연구하기 이전에 간단히 보편적인 연구사부터 검토하겠다. 이들에 대한 다른 방면의 연구에 있어서도 그렇게 활발하게 진행된 상태가 아니라서 짧은 논문이나 단편적인 수상에서라도 이들에 대해 언급한 것을 살펴볼 수밖에 없다.

먼저 金相沃에 대한 논의이다. 첫째는 시적 감수성을 중심으로 한

---

36) 박상준, 『1930년대 시에 나타난 고향의식의 시간과 공간 연구』, 건대석사학위논문, 1995.
37) 崔鍾錦, 『1930년대 韓國詩의 故鄉意識 研究』, 敎員大學校 博士學位論文, 1998.
38) 趙容勳, 『韓國 近代詩의 故鄉喪失 모티브 研究』, 西江大學校 博士學位論文, 1994.

논의를 들 수 있다. 조연현은 동심에 가깝도록 소박하고 섬세한 감성이라고 지적하고, 임선묵 역시 김상옥 시의 개성을 시적 감수성에서 찾고 있다. 또 유성규는 「艸丁 金相沃의 詩世界」란 논문에서 "그의 문학사적 위상을 노산의 관념적 특성과 가람의 사실적인 청신한 감각을 취합하여 새로운 현대시조의 지표를 마련했다."[39]고 지적하고 있다. 이근배는 "초정 김상옥은 시조사에 한 획을 그어 놓은 시인이며 그는 가람·노산·조운의 시조에서 한 걸음 뛰어 내딛고 있다."[40]고 피력하고 있다.

둘째는 김상옥 시조의 언어미학 및 감수성, 전통성에 대한 평가[41]이다. 김동리는 김상옥의 시조집 『草笛』을 평하여, "형식은 비록 시조에서 빌렸으되 시조의 낡은 틀에 구애됨이 없고, 이름은 비록 「풀피리」라 붙였으되 풀피리처럼 가냘프지 않다."[42]고 지적하면서, 순박하고 청아하고 신묘한 운율로 빚어진 율격미에 찬사를 보내고 있다. "섬세한 언어로 전통적 정서를 감각적으로 표현하면서도 사물의 미적 생명까지 유출해 내고 있다"[43]라는 평과 이우종은 여기에 보다 구체적 부연을 곁들여 언어미학으로 평가하고 있다.[44]

셋째는 그의 초기 작품과 후기 작품의 변모과정과 시조사적 의의이다. 정혜원은 김상옥의 시조가 초기의 『草笛』에서 『三行詩』에 이르는 동안 변모의 과정을 보인다고 지적하고 있다. 「白磁賦」나 「靑磁賦」같

---

39) 柳聖圭, 「艸丁 金相沃의 詩世界」, 『時調生活』 1989. 여름.
40) 李根培, 「艸丁 金相沃의 作品」, 『時調生活』 1989. 여름.
41) 이병기, 「시조를 뽑고」, 『문장』 10, 1939. 180쪽.
42) 김동리, 『草笛』의 樂之普, 《민중일보》, 1947. 8. 20.
43) 한춘섭 외 편저, 『한국시조 큰사전』, 을지출판공사, 1985. 197쪽.
44) 이우종, 「한국현대시조의 이해」, 『시조생활』, 1989, 창간호.

은 이른 시기의 작품들에선 대상을 하나의 정물로서 바라보며 외적인 형상미를 추구하는 데 골몰했다면, 그 후의 작품들에선 외형적 아름다움에 대한 찬탄은 사라지고 그들 물형들이 간직해 온 인고의 깊이, 혹은 그 영혼의 위대함에 몰입해 간다고 지적하고 있다. 또 "지금까지 고시조나 현대시조가 '한눈에 읽히는 시', '쉬운 시'였던 데 반해 시조의 한계성을 한 단계 뛰어넘어 '머리로 읽는 시', '사유를 통해서만 접근할 수 있는 시조'를 써 나감으로써 현대시조의 새로운 가능성을 보여주었다."[45]고 평하고 있다. 오승희는 그의 『現代時調의 空間硏究』에서 김상옥의 작품에 나타나는 공간을 분석하여 인사적 현실공간, 관조적 자연공간, 역사와 종교의 상징공간으로 분류한 바 있다.[46]

李泰極에 관한 기존의 논의는 문학적 공로 및 업적론과 시조 작품이란 측면을 중심으로 체계화되고 있다.

먼저 문학적 공로 및 업적론을 살펴보면, 박을수는 李泰極의 시조이론서 『시조개론』을 안자산의 『시조시학』 이래 가장 본격적인 시조개론서로서 시조 전반에 걸친 상세한 지침서 역할을 할 수 있는 책[47]으로 평가하고 있다. 김준은 「月下 李泰極論」에서 시조중흥을 위한 선봉장으로 시조론을 문학사적 측면에서 정립한 공로자[48]라 제시하고 있다. 정한모·이우종은 『시조문학』지 발간으로 시조중흥을 위해 헌신

---

45) 정혜원, 「김상옥 시조의 전통성」, 『한국 현대시조 작가론 Ⅰ』, 태학사, 2002.
46) 吳承姬, 『現代時調의 空間硏究』, 동아대 대학원 박사학위논문, 1991.
47) 박을수, 『한국시조문학전사』, 성문각, 1978, 428쪽.
48) 김 준, 「月河 李泰極論」『月河 李泰極博士 古稀紀念文集』, 문학신조사, 1982. 376쪽.

한 업적을 피력하고 있다.[49] 또 정완영은 "『시조문학』지를 거의 독력으로 이끌어 오면서 수많은 이 길의 역군을 길러 내었으니 시조문단 육성의 오늘의 공효는 그에게 돌리지 아니할 수 없을 것이다."[50]라고 하여 그의 시조문학 발전을 위한 헌신을 높이 평가하고 있다. 이우재는 李泰極의 시조이론을 우리 한국 시조학계에 효시적인 시조 이론 전범[51]이라고 보고 있으며, 또 조주환은 "육당·가람·노산 등의 것이 수상적 단편적이고 각각 하나의 산개울에 비유된다면 李泰極의 이론 정립은 하나의 저수지를 이루었으며, 또 현대시조 중흥의 순교자적 면모를 보이고 있다."[52]고 평가하고 있다. 이선희는 "그는 흔들림 없이 일평생을 시조의 이론과 창작, 『시조문학』 발간, 시조시인의 발굴·육성 등에 일관하고, 시조의 길잡이 역할을 하였다."[53]고 보고 있다.

李泰極 시조에 나타난 특성을 지적한 글들은 김동준·김준·황희영·이영자·이선희 등이 있다. 특히 이영자는 신화비평을 원용하는 원형심상을 동원하여 李泰極 시조를 조명하고 있다.[54] 조주환은 "리태극의 작품들은 자연을 소재로 한 것이 많으나 이는 단순한 자연서정이 아니라 인간애를 바탕으로 한 것과 삶의 실상을 노래한 생활서정이 주류를 이루고 있다."[55]고 보고 있다. 또 오승희는 그의 『現代時調의 空間硏究』[56]에서 李泰極의 시조를 다루면서, 자유와 평화와의 피

---

49) 이우종, 위 책.
50) 정완영, 『현대시조선집』, 새글사, 1976. 발간사.
51) 이우재, 『한국시조시문학론』, 은항문학사, 1991. 155쪽.
52) 曺柱煥, 「月下와 時調, 그리고 人間美」, 『시조문학』 73호, 1992. 197쪽.
53) 李仙姬, 「李泰極論」, 『韓國時調作家論』, 국학자료원, 1999.
54) 이영자, 「李泰極 時調詩의 世界」, 『月河 李泰極博士 古稀 紀念文集』, 문학신조사, 1982.
55) 曺柱煥, 위 글.

안공간, 자아확장의 공간, 순수지향의 시원공간으로 그의 작품의 공간을 분석한 바 있다. 그리고 이선희는 "李泰極 시조는 현실의 각박한 삶을 훈훈하고 정감 어린 전통적 인본주의와 낙관적 미래관의 내면성으로 승화시켜 현대인이 갈망하는 내면세계를 구축하고 있으며, 자연과의 교감을 통한 자아성찰로 인간의 순수한 본연의 마음을 노래하고, 미래지향적인 삶의 의지를 표출하고 있다."57)고 보고 있다.

鄭椀永에 대한 평가는 그의 시조정신과 현대시조문학사에서의 위상에 대한 평과 시조작품에 대한 평을 들 수 있다.

먼저 그의 시조정신과 현대시조문학사에서의 위상에 대한 평을 보면, 박경용은 "白水 鄭椀永 선생에게서 나는 이 當代, 時調 分野의 崇高한 殉敎者的 像을 만난다. 時調를 위해 賦與받은 듯한 生涯를, 오직 時調 하나로써 목숨하며, 그것 하나만에 매달려, 지지지 타는 燈心인 양 스스로의 피를 달여 오고 있는 時調의 化身! 그의 文學을 익히 알고 그를 한두 번이라도 만나본 사람이면, 時調 탓에 몸살하고 그것에 매어 전신으로 앓는 悽絕한 그의 얼굴빛과 呻吟을 역력히 보고 들었을 것이다. ……우리 現代時調史를 통틀어 1920~1930년대의 양대 산맥이 가람과 노산이며, 1940~1950년대의 巨峰으로 초정과 호우, 1960년대의 巨木으로 白水 鄭椀永을 꼽을 수 있다."58)라고 그의 시조정신과 현대시조문학사에서의 위상을 평하고 있다.

---

56) 오승희, 『現代時調의 空間研究』, 동아대 대학원 박사학위논문, 1991.
57) 李仙姬, 「李泰極論」, 『韓國時調作家論』, 국학자료원, 1999.
58) 朴敬用, 「이 當代 時調의 殉敎者的 面貌」, 『白水鄭椀永先生 古稀紀念詞華集』, 가람출판사, 1989.

시조 작품에 대한 평으로는 박재삼은 "鄭椀永은 時調를 士大夫의 餘技의 域에서 本格文學이 되게 한 中興에 功獻하였다."59)고 평한다. 서영웅은 "시적 화자가 자연에 동화되어 모든 자연을 자신 속으로 끌어와서 자아세계로 시화하고 있음을 볼 수 있다. 시적 자아는 자연을 통하여 혼탁한 정신세계를 정화시키고 자연과 일체감을 갖고 있다. 그의 작품은 청산유수처럼 흐르는 리듬 속에 언어들이 제자리를 찾고 있으며 그 감성은 가장 한국적인 자연과 정감과 이미지를 교직하여 서정의 높은 품격을 이루어 내고 있다."60)고 평하고 있다. 이성재는 "그의 작품은 사물과 사물을 관련시켜서 관조하여, 그것을 전통적인 수법으로 아름답고 섬세한 언어로 정교하게 표현하여 현대시조의 중흥에 이바지하였으며, 그의 작품이 갖는 뛰어난 문학성과 예술성은 시조가 현대문학의 한 시가양식으로 자리매김을 할 수 있도록 하였다."61)고 평한다. 이숭원은 정완영에 대해 "등단 이후 그는 당대의 누구보다도 젊은 감각과 자연스러운 해조로 현대시조의 아름다움을 직조해 냈으며 오늘의 시점에 이르기까지 결코 퇴보하지 않는 시정신으로 현대시조의 예술적 높이를 지켜 왔다. 그의 작품은 시적 대상을 절묘한 상상력의 작용에 의해 변용시키고 개성적 표현 기법에 의해 심상화할 뿐 아니라 다시 그것을 시조 본래의 율조와 해조를 이루게 함으로써, 자유시를 훨씬 능가하는 아름다운 서정시의 경지를 열어 보였다."62)고 평하고 있다.

---

59) 朴在森, 「白水, 그 人間과 文學」, 『白水鄭椀永先生 古稀紀念詞華集』, 가람출판사, 1989.
60) 서태수, 「현대 시조시의 사적 연구」, 『청람어문학회』, 한국교원대학교, 1996.
61) 李誠財, 「鄭椀永論」, 『韓國時調作家論』, 국학자료원, 1999.

김대행은 "우리가 같은 사물을 보고도 보지 못하고, 깨우치지 못하는 것을 이 시인이 그려 냄으로써 우리는 비로소 그 그림을 볼 수 있게 되고, 그의 작품 세계를 통해 우리가 비로소 깨달을 수 있다"[63]며 그의 작품 세계의 깊음을 말하고, 정완영 시조의 본질을 사랑이 가득한 시선으로 상을 바라보는 눈이라고 보고 있다. 서벌은 "백수 세계에 둘린 유·불·선으로서의 同心圓 분위기는 독창적인 視覺性과 탁월한 박자감각을 띠면서 한국적 풍류 차원을 시조로 현대화한 중대 국면이었으며, 정완영은 천부적인 상상력을 발휘하여 지리적 서정시를 끊임없이 개척했고, 그를 통한 상상의 언어들은 한국적 情恨 요체를 유감없이 흔들면서 採譜되어 전통적인 彈奏 역능을 과시했다."[64]고 평한다. 또 박기섭은 "백수 선생처럼 끝없이 변함없이 고향을 그리워하고, 고향을 노래하며 살아온 시인도 그리 흔치는 않다."[65]며 고향에 관한 시조를 많이 쓴 시조시인으로 평하고 있다.

이상으로 세 시조시인에 대한 연구 및 언급을 살펴보았다. 위 세 시조시인에 대해서 학위논문 등은 별로 없는 편이라 앞으로 이들에 대한 많은 연구가 기대된다.

---

62) 이숭원, 「현대시조의 아름다움과 예술적 높이」, 『열린시조』 제9호, 1998, 겨울.
63) 김대행, 「따뜻한 법어에 이르는 길」, 『한국 현대시조 작가론 I』, 태학사, 2002.
64) 서 벌, 「儒·佛·仙의 同心圓, 그 한국적 감성과 가락─白水 鄭椀永論」, 『白水 鄭椀永先生古稀紀念詞華集』, 가람출판사, 1989.
65) 박기섭, 「시인연구─먼 산빛, 수묵의 그늘」, 『열린시조』 제9호, 1998, 겨울.

3. 연구의 방법 및 범위

앞의 연구사 검토에서 보았듯이 시조 분야에는 故鄕意識에 대한 연구가 거의 없는 실정이다. 본 연구는 원래 폭넓게 고시조에 나타난 고향의식에서부터 시작하여 현대시조까지 이르는 작품 속의 고향의식을 살펴볼 계획이었다. 그러나 아쉽게도 古時調에서는 고향의식을 찾을 수 있는 작품이 극히 드문 실정이다.

본고에서 중점 논의의 대상인 세 명 시조시인들 중 정완영의 경우에는 앞에서 밝혔듯이 김대행의 「따뜻한 法語에 이르는 길—鄭椀永論」과 이성재의 「鄭椀永論」, 서벌의 「儒·佛·仙의 同心圓, 그 한국적 감성과 가락—白水 鄭椀永論」에서 고향에 대한 단편적인 언급을 찾을 수 있고, 박기섭의 「먼 산빛, 수묵의 그늘」에서 정완영 시조의 소재로서 고향이 많음을 논한 것이 있을 뿐이다.

이처럼 시조에 나타나는 故鄕意識硏究가 부진한 것이 바로 본 연구의 출발점이 되기도 하였다. 실제로 이들의 작품 속에서 차지하는 故鄕에 대한 문제는 결코 그냥 흘리고 말 정도로 비중 없는 것이 아니라 그들의 작품 전체와의 연계성 속에 상당히 관심을 갖고 보아야 할 만큼 比重이 크다고 생각했기 때문이다. 본 연구의 기본 틀과 방향은 다음과 같다.

Ⅰ장에서는 序論으로 문제점 제기 및 연구목적, 연구사 검토, 연구 방법 및 범위를 서술하려 한다.

Ⅱ장에서는 세 시조시인의 故鄕意識 발현 양상을 살펴보려 한다. 40년대의 시조시인 김상옥은 傳統으로서의 고향의식, 50년대의 시조시

인 리태극은 純粹로서의 고향의식, 60년대의 시조시인 정완영은 自然으로서의 고향의식을 살펴보려 한다.

Ⅲ장에서는 고향상실감과 향수를 살펴보고자 한다. 김상옥의 작품에서는 傳統精神과 傳統美에 대한 향수와 결부시켜 살펴보고자 하며, 리태극의 경우는 人間性에 대한 향수를 살펴보고자 하며, 정완영의 경우는 自然에 대한 향수와 결부시켜 살펴보고자 한다.

Ⅳ장에서는 歸鄕意識과 유토피아 의식을 살펴보고자 한다. 김상옥은 傳統精神과 傳統美 回復을 통해, 리태극은 人間性 回復과 祖國統一의 추구를 통해, 정완영은 自然 및 宗敎에의 歸依意識을 통해 살펴보고자 한다.

Ⅴ장에서는 결론 및 참고문헌, 요약 소개를 하려 한다.

研究 範圍로는, 金相沃은 그의 時調集, 『草笛』, 『三行詩長短形六十五篇』, 『향기 남은 가을』, 『느티나무의 말』, 『눈길 한 번 닿으면』 등의 5권을, 李泰極은 그의 時調集, 『꽃과 여인』, 『노고지리』, 『소리·소리·소리』, 『날빛은 저기에』, 『紫霞山舍 이후』 등 5권을, 鄭椀永은 그의 時調集 『採春譜』, 『墨鷺圖』, 『失日의 銘』, 『산이 나를 따라와서』, 『白水詩選』, 『꽃가지를 흔들듯이』, 『蓮과 바람』, 『蘭보다 푸른 돌』, 『오동잎 그늘에 서서』, 『白水鄭椀永 先生 古稀記念詞華集』, 『엄마 목소리』, 『이승의 등불』 등 12권을 대상으로 하여, 그들 時調集에서 故鄕意識이 나타나는 작품을 分析하고자 한다.

Ⅱ. 고향의식의 발현 양상

1. 傳統으로서의 고향 – 金相沃

艸丁 金相沃은 시와 시조에 걸쳐 많은 작품을 남기고 있기 때문에 시인으로, 또는 시조시인으로 불리며, 서예가이기도 하다. 시조집으로는 『草笛』(47), 『三行詩』(73), 『향기 남은 가을』(89), 『느티나무의 말』(98), 『눈길 한번 닿으면』(01) 등을 간행하였다. 시집으로는 『고원의 곡』(48), 『이단의 시』(49), 『衣裳』(53), 『木石의 노래』(56), 『墨을 갈다가』(80) 등을 간행하였고, 동시집으로 『석류꽃』(52), 『꽃 속에 묻힌 집』(58) 등이 있으며, 산문집 『詩와 陶磁』(75)가 있다.

김상옥은 1920년 음력 3월 15일 경남 통영(충무)시 항남동 64번지에서 출생했다. 갓일을 하시던 아버지 箕湖 金德洪과 어머니 驪陽 陳씨 사이에서 6녀1남의 막내로 태어났으며, 7살의 어린 나이에 아버지를 여의게 된다. 그는 고집이 세고 영특하고 남달리 꿈과 인정이 많았던 소년시절[66]을 보냈는데, 학교 교육은 별로 수학하지 않고 독학으로 공부했다. 김상옥의 문학수업에 영향을 준 사람으로는 육학년 때

---

66) 동향이었던 박경리의 시집 『자유』에 실린 〈닭〉이란 시에서 다음과 같이 말한다.
……/ 아아 생각이 난다/ 동향의 金相沃 시인이/ 상처난 닭을 안고 울며/ 창근이 약국에 뛰어 갔었다는/ 어릴 적 그의 얘기가// 바둑을 두던 창근이 의원은/ 그까짓 솥에 앉혀라/ 하는 바둑 친구 말 들은 척 않고/ 이것 저것 의서 뒤지다가/ 바지락 껍질 빻아 바르라고// 닭을 벗삼은 시인의 마음과/ 눈물 콧물 범벅이 됐을 소년 보고/ 처방 일러준 따뜻한 선비의 마음……

담임선생이었던 韓在鉉의 격려와 글씨에 뛰어났던 李瓚根, 묵죽에 빼어났던 金址沃 선생의 가르침과 함께 영화, 연극, 무용에 일가를 이루었던 蘆堤 張春植 등이었다.

김상옥은 한때 〈南苑書店〉이란 책방을 경영하였는데, 거기에서 「임꺽정전」도 팔고, 독립운동의 아픔과 애절함을 노래한 浪山의 한시를 써 붙였다가 영창에 가기도 하며, 우리말의 사용이 금지된 식민치하에서 독학으로 한글 詩作을 계속하느라 네 번의 옥고를 치르기도 했다. 1937년에는 김용호, 한윤수 등과 함께 시동인지 『맥(貘)』[67]을 창간하고, 임화, 윤곤강, 서정주, 박남수 등이 후일 합류하기도 하였다.

1939년 『文章』지에 「鳳仙花」를 발표하였으며, 다음 해에는 동아일보 신춘시에 「낙엽」이 당선되었다. 해방되던 해 2월에는 일경의 눈을 피하기 위하여 윤이상과 함께 상경하여 동아일보에 시조로 등단했던 이호우의 집에 기숙하기도 하고, 인장가게서 도장을 파기도 하면서, 함께 독립운동을 하던 이호연, 오세창 선생 등을 만나기도 하였다.

해방이 되어 가람 이병기가 군정청의 교과서 편수관이 되자 「봉선화」를 국어교과서에 싣게 된다. 그해 가을에 전국 효시로 부산공설운동장에서 '해방기념제전'이라는 이름으로 글짓기 대회가 열렸는데, 이주홍, 김정한, 김수돈과 함께 심사위원으로 내려갔던 젊은 그는 심사위원을 사퇴하고 직접 선수로 시부에 출전해서 매일 다른 시제가 걸리는 3일 동안 계속 장원을 하였다.

이어 삼천포에 내려가 삼천포중학교의 교사를 시작으로 통영중학교, 통영여고, 마산고, 경남여고 등에서 20년 가까이 교편을 잡았으며, 삼

---

67) 맥은 꿈을 먹고사는 상상의 동물로서, 예술 하는 사람을 가리켜 맥족(貘族)이라 칭하기도 한다.

천포중학교에서 박재삼, 마산고에서 이제하, 경남여고에서 허윤정 등을 길러내기도 했다.

김상옥은 1947년 첫 시집 『草笛』을 발간하면서 직접 닥종이를 고르고, 편집, 문선, 조판, 장정, 인쇄, 제본의 전 과정을 혼자서 하였다.

그 후 김상옥은 향리에 다시 돌아와 남망산에 충무공의 시비를 세운다. 이 비문에 새긴 충무공 예찬은 통영을 소개할 때마다 등장하는데 '한 민족의 윤리를 일컬어 진실로 한 종교의 교리와 다를 바 없나니, 이로써 충무공은 비로소 그 진리 앞에 成仁한 교주시니라'는 내용이다.

교사, 인쇄소 직공, 서점 경영, 도장포 경영 등의 직업을 거친 김상옥은 62년 상경하여 인사동에서 표구사를 겸한 골동품가게 '亞字房'을 내어 72년까지 경영하면서 동아일보·중앙일보 등의 신춘문예 심사위원을 역임하기도 했다.

범부 선생의 신라사 강론을 경청하기도 하고, 옛 고서들을 가까이하면서 백자에 대한 사랑은 구체적으로 이론의 틀을 갖추게 되었고, 국립박물관 초청으로 백자에 대한 사랑과 예술정신을 강의하기도 하였다.

한편 어릴 적부터 좋아하던 그림에도 독학 정진하여 나름대로 일가를 이루었다. 서울, 부산, 대구, 대전, 마산, 진주 등지에서 그림전시회를 열기도 하고, 72년에는 쿄토의 융채당화랑에까지 초청을 받아 일주일 동안 대성황을 이루기도 했다.

1945년 아동 문학지인 『참새』를 간행하면서, 통영 문인협회를 조직하여 그 회장을 역임했고, 서울로 이주하기 전에는 주로 경남지방에서 작품활동을 했으며, 제1회 노산 문학상(76), 제1회 중앙 시조 대상(83) 등을 수상하기도 했다.

김상옥 시인이 자란 시기는 일제 시대였고, 그가 문단에 등단한 시기는 일제 말인 1939년이었다.[68] 그가 시조시인으로 더 잘 알려진 이유는 1930년대 우리말의 공백기나 다름없는 시대에, 즉 일제의 우리말 글의 말살정책 상황에서 '시조'로 등단하였으며, 많은 시조시인들이 고정관념이나 선입견을 가지고 그 울타리를 벗어나지 못하고 있을 때 김상옥은 그것에서 탈피를 시도하여 변혁을 꾀하고 있으며, 현대시조 발전의 한 계기를 마련했다고 보기 때문이다.

이 시기의 문학 속에 나타나는 '고향상실' 의식은 민족사의 현실과도 관련이 깊었다. 그 이유로는 우리 민족이 일제시대를 거치면서 고향에서 생존이 어려워 고향을 등지는 유랑민이 많이 생겨 공간적 고향상실감을 느꼈기 때문이며, 한편 근대 사회의 소외의식과 관련된 고향상실감은 일제에게 나라를 빼앗긴 민족으로서의 시대의식과 허무의식[69]에서 오는 상실감이라고 볼 수 있다. 농민들이 생존이 어려워 고향을 떠날 수밖에 없었던 이유는 농사지을 땅이 없거나,[70] 농사를 지

---

68) 김상옥은 1939년 『문장』에 '봉선화'를 발표하면서 등단하게 된다.
69) 이은상의 '옛 동산에 올라', 정지용의 '고향' 같은 작품이 여기에 속한다고 볼 수 있다.
70) 김소월의 시 「바라건대는 우리에게 우리의 보습 대일 땅이 있었다면」에 농사지을 땅이 없던 우리 민족의 비애가 잘 나타난다.
　나는 꿈꾸었노라, 동무들과 내가 가즈런히／ 벌가의 하루 일을 다 마치고／ 석양에 마을로 돌아오는 꿈을,／ 즐거이, 꿈 가운데.／／
　그러나 집 잃은 내 몸이여,／ 바라건대는 우리에게 우리의 보습 대일 땅이 있었다면!／
　이처럼 떠돌으랴, 아침에 저물손에／ 새라 새로운 탄식을 얻으면서.／／
　동이랴, 남북이랴,／ 내 몸은 떠가나니, 볼지어다,／
　희망의 반짝임은, 별빛이 아득임은,／ 물결뿐 떠올라라, 가슴에 팔다리에.／／
　그러나 어쩌면 황송한 이 심정을! 날로 나날이 내 앞에는／ 자칫 가늘은 길이 이어 가라. 나는 나아가리라. 한 걸음, 또 한 걸음／ 온 새벽 동무들, 저저 혼자……山耕을 김매이는.／／

어도 지주에게 소작료로 바치고 나면 먹고 살기 힘들어서이다. 그들은 국외로 떠나 유이민의 길을 떠나거나 국내에서 떠돌며 유랑하는 것이었다. 우리 민족의 그때의 상황을 살펴보면,

<blockquote>

조선의 '완전식민지화'를 하루바삐 앞당기기 위한 목적으로 대한제국의 통감 이등박문이 설치한 '동양척식회사'는 청일전쟁 당시 2만여 명에 불과했던 일본인 수를, 1904년 러 · 일 전쟁 직후부터 추진된 '일본 내 과잉인구 흡수정책'에 상응하게끔 '합방' 당해연도인 1910년에는 17만 1천5백43명, 이른바 '토지조사사업'이 완료된 1918년에는 33만 7천 명으로 급증시켰다. 또한 그 산하에 4만 6천 정보(1914)에 달하는 광대한 땅(가장 비옥한 논)을 소유함으로써, 그 결과 조선농민은 급속히 분해되었다. 그리하여 소작농 · 농업노동자로 금방 전락하거나, 화전민 · 도시노동자로 전환하는 농민들이 대부분이었으며, 국내에서 유리걸식하는 자, 만주 · 시베리아 등지로 유랑의 길을 떠나는 이농민 및 하와이 · 멕시코 지역으로의 값싼 노동이민으로 이주해 가는 이들이 속출하였다. 이 같은 대규모 '농민이향'의 결과가 당대 농민들로 하여금 국외 유이민으로 전락하게 하거나 도시노동예비군으로 곤두박질치게 하는 비참한 것이었다.[71]

</blockquote>

위에서처럼 비참한 것이었다. 일제의 민족말살 정책으로 우리 민족은 희망도 잃고 正體性도 없이 흔들릴 수밖에 없는 입장이었다. 이 시기에 뜻있는 애국지사들이나 문학자들은 어떻게 해야 희망을 잃은 이 민족에게 희망과 자존심을 줄 수 있으며, 어떻게 이 민족의 정체성을 살릴 수 있을까를 고민하지 않을 수 없었을 것이다. 그들은 이 민족에

---

71) 尹永川, 「국내외 유이민의 발생배경과 '유이민'시의 유형」, 『韓國의 流民詩』, 실천문학사, 1987. 16~17쪽.

게 자긍심을 주고, 민족애를 갖게 할 수 있는 힘, 민족혼을 일깨울 수 있는 힘이 무엇인가를 생각해야 했다. 이러한 자각의 일환으로 최남선은 1926년 「조선국민문학으로서의 시조」를 『조선문단』에 발표함으로써 우리의 전통 시가인 시조문학을 통해 민족의 정체성을 찾고 민족의식을 고취시키려 노력하였다. 이어 가람 이병기, 노산 이은상과 같은 이들이 시조의 맥을 이어 오고 있었다.

이때, 이 민족의 정서와 민족혼을 찾으려는 노력을 김상옥은 시조 작품에 기울였다. 정신적인 맥을 찾고 전통을 찾아 민족정서를 지켜 가는 것이 곧 민족정체성을 확립하는 것이라고 그는 생각했던 것이다. 향토인 조국강산을 일제에게 빼앗긴 상태에서 우리 민족의 정신적 뿌리감정인 전통의식, 전통미를 찾는 일은 곧 우리 민족의 정신적인 고향을 찾아 주는 일이었고, 일제하에서 할 수 있는 조국사랑과 민족사랑이었다. 잃어 가는 전통을 찾아 그 정신을 이어가는 것은 우리 민족의 정신적 지주를 찾아 주는 일이며 고향상실감과 국토상실감을 극복할 수 있는 하나의 방법이었다.

"鄕愁란 원래 故鄕에 대한 思慕이지만, 그 故鄕이란 반드시 有形임을 요하지 않는다"[72]고 볼 때, 우리는 無形의 정신적 안식처를 생각해 볼 수 있다. 정신적 고향인 민족의 정신적 뿌리를 찾는 일은 곧 우리의 역사를 거슬러 올라가 우리 민족이 삼국통일을 하여 현재의 영토를 지녔던 신라시대부터 찾아보는 일이었다. 문화와 과학이 발달했던 통일신라시대의 문화적 유물과 역사적 유적을 찾아보고 그들에게 의미와 가치를 부여해 주고 사랑하는 일이었다. 그리하여 김상옥은 신

---

72) 최재서, 『문학과 지성』, 인문사, 1938.

라의 문화 유물과 역사적 유적들에 관한 시조를 쓰기 시작했고, 그것
들에서 아름다움을 발견하려 노력하였다. 그는 우리 민족이 우리의 지
나온 역사와 문화에 관심과 애정을 갖도록 유도했던 것이다. 또 그 내
용을 담는 그릇으로서 우리 민족이 가장 오래 사랑해 왔던 문학장르
인 〈시조〉를 택했다.

그의 첫 시조집 『草笛』의 제3부 '노을빛 구름'에서는 신라·고려·
조선의 유물·유적을 노래하는 한편, 작품 「선죽교」 등을 통해서는 고
려충신 정몽주 등 민족의 위인들을 노래했다. 정신적 뿌리를 찾으려는
그의 의지는 바로 우리 민족의 유물·유적·인물에서 정신적 고향을
발견하여 시조작품화하였고, 그것에 대한 향수를 보여준다.

김상옥의 이러한 고향의식은 훗설의 "故鄕의 意識的이고 形而上學
的 측면을 볼 때 그 고향의 本質은 不變하고, 永久的이며, 또 그것은
自然的 空間만이 아닌 것이다."[73]라고 한 정의와 슈프랑어의 "故鄕意
識은 정신적인 뿌리감정(Geistiges Wurzelgefuhl)"[74]이라고 정의한 것
과 같은 맥락으로 이해될 수 있다. 전통문화에의 접근은 자연적·처소
적 공간이 아닌 '정신적인 고향'을 찾으려는 그의 노력이라고 볼 수
있기 때문이다.

또 한계전의 "시인들의 정신 밑바닥에 숨겨져 있던 고향의식은 실
제 자신이 태어난 구체적인 고향에 대한 것이 아닌 경우가 많다. 그것
은 보다 일반적인 것이며, 개인이 현재 처해 있는 상황이 고통스러울
때 자신의 상처를 어루만져 주고 위로해 줄 '상상적인 어머니'를 뜻하

---

73) 전광석, 「고향에 대한 철학적 반성」, 『철학연구』 제67집, 대한철학회 어
    문집. 98. 8.
74) 전광석, 앞 논문.

는 것이다. 물론 이때의 '어머니'라는 것은 이미지의 차원에서 만들어
진 것이지 현실의 특정한 대상을 가리키는 것은 아니다. 그것은 '조국'
이라는 남성적 존재와 대비되는데, 조국이 강력한 권력과 이념, 즉 '아
버지'적인 것을 통해 지탱되는 것과 달리, 이 어머니로서의 여성성은
내밀하며, 뚜렷한 이름도 없이 모든 것을 감싸고 있었던 영혼과도 같
은 것이다. 그것은 한 시대의 정신 밑바닥에 놓여 있는 것이다."[75] 라
고 한 주장과도 관련시켜 볼 수 있다.

　본고에서는 김상옥의 고향의식이 드러나는 작품을 두 가지로 나누
어 파악해 보고 분석하고자 한다. 하나는 지정학적인 고향인 통영을
중심으로 한 토속적 공간이며, 다른 하나는 우리 민족의 정신적 고향
인 전통문화유산을 통한 전통정신으로서의 고향이다.

가. 土俗的 정서 공간

　김상옥의 작품에서 나타나는 고향의식은 두 가지로 나타난다. 하나
는 지정학적인 고향인 통영의 향토적이고 토속적인 정서를 나타낸 것
들이요, 다른 하나는 정신적인 고향으로서의 이 민족의 전통적인 정서
에 바탕을 둔 고향이다.

　향토란 '시골, 고향'이란 의미로 사전에는 풀이되어 있다. 흔히 향토
성이란 어떤 지방 특유의 정취나 풍습 등을 말한다. 토속성이란 말도
같은 의미로 쓰여 그 지방만의 특유의 습관이나 풍습을 말하고 있다.
향토로서의 고향의식은 1920년대의 김기진 문학에서 찾아볼 수 있다.
1920년대 초 팔봉 김기진은 신경향파 문학 전개과정에서 〈力의 예술〉

---

75) 한계전, 「1930년대 시에 나타난 '고향' 이미지에 관한 연구」

을 주장하면서 계급문학의 정당성을 내세웠는데, 그에게서 향토로서의 고향의식이 나타난다.

> 우리의 향토—나는 여기서 국가라는 말을 쓰기 싫다—가 우리의 것이 아니고, 우리의 살림이 아니고, 우리의 살림이 우리의 조직—손에 있지 아니하다. 우리의 살림은 빈객인 저 사람들의 손아귀에 있다. 남산이 우리의 것이 아니고, 한강이 우리의 것이 아닌 거나 마찬가지로, 우리의 살림도 우리의 것이 아니요, 앞논, 뒷밭이 저 사람들 것인 동시에 우리 집 마당의 타작이 우리의 것이 아니고 저 건너 이판서나 강참판댁의 노적가리로 들어갈 것이다. ……[76]

여기서 김기진은 현재 우리의 근원적 고향을 '향토'라는 개념을 통해 제시하고 있다. "남산이 우리의 것이 아니고, 한강이 우리의 것이 아니고", "앞논, 뒷밭이 저 사람들 것"이라고 하여 김기진이 생각하는 향토의 개념은 '우리들이 살고 있는 땅'을 말하고 있음을 알 수 있다. 김기진은 30년대 초까지 향토를 중심으로 고향을 인식하는 모습을 보여주고 있다.[77]

김상옥의 작품 중에서 그가 태어나고 자란 공간적 차원으로서의 고향의식이 나타나는 작품들은 곧 향토적, 토속적 정서를 나타내는 것들과 연결된다. 그가 태어난 지정학적인 고향인 통영을 중심으로 回歸不可能한 시간과 공간인 어린 날에 대한 그리움과 토속적인 정서에 대한 그리움이 나타나고 있는 작품들이 여기에 속한다.

---

76) 김기진, 「마음의 폐허」, 『김팔봉 문학 전집』 Ⅵ, 문학과 지성사, 1989, pp.245-6.
77) 그러나 그는 1930년대 후반에는 친일의 논리에 따라 '향토'의 범위를 확장시킴으로써 사이비 유토피아 의식에 함몰하고 만다.

눈을 가만 감으면 구비 잦은 풀밭길이
개울물 돌돌돌 길섶으로 흘러가고
白楊숲 사립을 가린 초집들도 보이구요

송아지 몰고 오며 바라보던 진달래도
저녁 노을처럼 山을 둘러 퍼질 것을
어마씨 그리운 솜씨에 향그로운 꽃찌짐!

어질고 고운 그들 멧남새도 캐어오리
집집 끼니마다 봄을 씹고 사는 마을
감았던 그 눈을 뜨면 마음 도로 애젓하요

—「思鄕」 전문

題名이 암시하듯이 고향의 그리움을 담은 작품이다. 화자는 가만히 눈을 감고 고향을 떠올리고 있다. 구비가 잦은 풀밭길이 보이고, 개울물이 돌돌돌 길섶으로 흘러가는 모습이 보이고, 백양숲 사립을 가린 초집들도 보인다. 송아지를 몰고 오며 바라보던 진달래는 저녁노을처럼 붉고 아름답게 산을 둘러 퍼져 있다. "어마씨 그리운 솜씨에 향그러운 꽃지짐!"이라고 하여 생각은 다시 한번 비약하고, 후각적 이미지 묘사로 생생한 느낌이 더욱 강렬하게 다가온다. 저녁노을처럼 산을 둘러 퍼진 진달래의 붉은 빛, 그것은 다시 어머니의 그리운 솜씨인 진달래꽃으로 꽃지짐(花煎)을 붙이던 모습으로까지 상상의 폭이 넓어지고 있다. 어질고 고운 고향마을 사람들은 지금쯤 멧남새(산나물)도 캐어 올 것이다. 집집이 끼니때마다 봄을 씹고 사는 마을, 그 고향을 생각하며 감았던 눈을 다시 뜨면 고향에 대한 그리움으로 마음은 도로 애젓하게 저려온다.

그는 이 작품에서 향토적인 고향과 토속적인 정서를 그리워하고 있다. 풀밭길, 개울물, 길섶, 백양숲, 사립, 초집, 송아지, 진달래, 저녁노을, 산, 어마씨, 꽃찌짐, 멧남새. 집집, 마을 등 그가 고향을 생각하며 쓰는 소재들은 우리의 고향에서 흔히 볼 수 있는 토속적인 풍경이며 정서다. 이 작품에 대해 나재균은 "지금은 잃어 가고 있는 소중한 것들을 절실히 그리워 부르는 향수의 노래"[78]라고 하여 잃어 가는 것에 대한 단순한 그리움이라 하였으나 토속적인 정서에 대한 그리움으로 볼 수 있다.

유년 시절의 꿈을 꾸던 당시에도 갈등과 아픔과 시련이 그 꿈과 함께—어쩌면 현재의 삶보다도 더 강도 높게—공존하고 있었다는 사실은 회상이라는 여과기에 걸러져 버리고 오로지 비현실적인 회상 가운데 꿈은 행복의 원형으로 나타난다. "시인의 상상력 속에 되살아나는, 그리하여 빛을 발하기 시작하는 꿈은 행복한 이미지만을 이끌어 들이고 불행의 경험을 거부하는 이른바 이미지 중심인 것이다."[79] 때문에 어렵고 힘들었던 기억은 모두가 추억이란 이름으로 걸러지고 좋은 기억들만 남아 있다. 봄이면 가난하여 봄나물을 캐어 끼니를 이어갔겠지만 그것조차 화자에게는 아름답게만 느껴진다. '봄을 씹고 사는 마을'이 그것이다. 봄의 생명력적인 힘이 그대로 살아나는 생동감 있는 표현이다. 그리하여 향수는 인간에게 언제나 감초를 씹듯 향기롭고 감미롭게 다가온다.

---

78) 나재균, 「金相沃論」, 『韓國時調作家論』, 國學資料院, 1999, 888~889쪽.
79) 가스똥 바슐라르, 『몽상의 詩學』, 김현 譯, 弘盛社刊. 1978. 130쪽.

내 한때 豆滿江ㅅ가 邊氏村에 살았는데
고향을 묻길래 統制使 營門이던 통영
진사립 자개장롱 나는 곳이래도 모르데요.

아메야 에미네야 웃음이 마구 터지는데
가수내 이 문둥이 말끝마다 흉을 봐도
비빔밥 꽃찌짐 얘기는 숨도 없이 듣던데요.

되땅은 하로 아침길 慶尙道는 꿈의 나라
동삼 내 눈이 싸여도 한우리의 고장인데
아득한 먼 옛말같은 겨레들이 삽데다요.

—「邊氏村」 전문

시인의 고향 경상도 통영과 그곳의 특산품인 자개장롱 등의 소재가
나타나는 작품이다. 같은 민족이라 정서는 비슷하지만 조국과는 멀리
떨어져 있는 변씨촌인 두만강에서 더 가까운 곳은 중국 땅이고, 故鄕
인 경상도는 멀리 있어 꿈의 나라처럼 아득하게 느껴지는 곳에 우리
들의 겨레들이 살고 있더라는 내용이다. 그가 중국에 갔을 때 그곳에
사는 우리들의 동포들을 보고 쓴 작품이다.

자개장롱으로 유명하던 고향 통영에 대한 그리움과 토속적 정서를
그리워하며 또한 그곳에 살고 있는 우리 민족에게서 같은 겨레임을
발견하고, 동족애를 느끼고 있다. 같은 핏줄의 겨레붙이인 그들이 고
향도 모르고 조국도 잊은 채 살아가고 있는 모습에서 화자는 그들에
대한 애정과 안타까움을 보이고 있다. 종장에서의 간접 화법식의 '~
데요', '~다요'를 씀으로써 독자와 대화를 하고 있는 듯한 표현으로
독자에게 친근감을 주기도 하는 작품이다.

비오자 장독간에 봉선화 반만 벌어
해마다 피는 꽃을 나만 두고 볼 것인가
세세한 사연을 적어 누님께로 보내자

누님이 편지 보며 하마 울까 웃으실까
눈앞에 삼삼이는 고향집을 그리시고
손톱에 꽃물 들이던 그날 생각 하시리

양지에 마주 앉아 실로 찬찬 매어주던
하얀 손 가락 가락이 연붉은 그 손톱을
지금은 꿈속에 본듯 힘ㅅ줄만이 서노나

—「鳳仙花」 전문

이 시조는 1939년 가람 이병기의 추천을 받아 『文章』지에 실린 작품이다. 그동안 계속 교과서에 실렸었고, 가곡으로도 만들어졌다. 이병기는 다음과 같은 추천사를 통해 그의 언어구사능력을 높이 평가하고 있다.

하얀 손 가락 가락이 연붉은 그 손톱을/ 지금은 꿈 속에 본 듯 힘줄만이 서누나// 하는 것이 얼마나 그립고 놀라운 일이냐. 이런 정이야 누구나 가질 수 있지마는, 이런 표현만은 할 이가 그리 많지 못할 것이다. 타고난 시인이 아니고는 아니될 것이다. 쓰는 말법도 남달리 익숙한 바 〈삼삼이는〉과 같은 말을 쓴 건 그 묘미를 얻은 것이다. 항용 말을 휘몰아 잘 쓰기도 어려운 바, 한층 더 나아가 새로운 말법……우리 語感, 語例를 새롭게 살리는 말법을 쓰는 것이 더욱 용하다. 그러나 앞으로 더 洋洋한 길이 있는 이 詩人으로서 다만 鳳仙花 詩人으로만 그치지 말기를 바란다.[80]

조연현은 "동심에 가깝도록 소박하고 섬세한 감성"[81]을 보여주는 시인이라 보고 있으며, 또 임선묵은 "그의 시어는 맵거나 독하지 않고 원한에 사무쳤거나 비통에 몸부림치고 있지 않다. 순수와 참여가 조화된 본연의 모습을 證示하고 있는 것이다."[82]며 시어에 대한 선택이 뛰어남을 지적한다.

작품 「鳳仙花」의 뛰어남은 위에 지적한 '언어의 세련미' 외에도 '이미지의 선명함', '토속적 소재 사용'에도 근거할 수 있다. 장독간, 봉선화, 꽃, 사연, 누님, 고향집, 손톱, 꽃물, 양지, 실, 하얀 손, 가락 등의 단어가 보여주고 있는 토속적 정서가 우리의 마음속에 있는 향수를 자아내기에 충분한 소재이기 때문이다.

비가 오고 난 후 장독간에 핀 봉선화 꽃을 소재로 하여 시상이 전개되고 있다. 그 꽃으로 하여 시집간 누님이 생각나고, 자세한 사연을 적어 누님께로 보내자는 소년의 동심 어린 목소리가 담겨 있다. "양지에 마주앉아 실로 찬찬 매어주던" 누님에 대한 그리움을 詩化하고 있다. 양지에 앉아서 봉선화 꽃과 잎과 백반을 함께 찧어 손톱에 얹고 손가락을 헝겊으로 싸고 실로 찬찬 매어 주던 누님의 모습, 하루쯤 지난 다음 손가락을 풀었을 때 연붉게 물이 들어 있던 손톱, 그러나 그러한 유년으로의 회귀불가능한 지금은 꿈속에 본 듯이 힘줄만이 선다고 한다. 유년의 추억만이 힘줄처럼 강하게 선다는 상징적 의미로 볼 수 있다.

'누나' 또는 '누님'이라는 소재는 우리 시에 많이 등장한다. 김소월의

---

80) 이병기, 「시조를 뽑고」, 『문장』 10호, 1939, 180쪽.
81) 조연현, 「안정과 저항」, 『현대한국작가론』, 문예사, 1953, 113쪽.
82) 임선묵, 앞의 책.

시 「접동새」를 보면 누나의 이미지는 슬프다. 민간 설화에서 소재를 취했다는 김소월의 「접동새」의 누나는 죽어서도 오랍 동생들을 잊지 못해 집 앞에 와서 '접동접동' 울며 다닌다는 슬픈 존재 양상을 띤다.

> 접동/ 접동/ 아우래비접동.//
> 진두강 가람가에 살든 누나는/ 진두강 앞마을에/ 와서 웁니다.//
> 옛날, 우리나라/ 먼 뒤쪽의/ 진두강 가람가에 살든 누나는/ 의붓어
> 미 시샘에 죽엇습니다.//
> 누나라고 불너보랴/ 오오 불설워/ 시새움에 몸이 죽은 우리 누나
> 는/ 죽어서 접동새가 되엿습니다.//
> 아홉이나 남아 되는 오랩동생은/ 죽어서도 못니저 참아 못니저/
> 야삼경(夜三更) 남 다자는 밤이 깊으면/ 이山 저山 올마가며 슬피
> 웁니다.//

—「접동새」 전문

민간에 전해지는 설화는 의붓어미의 구박을 받고 자란 누이가 혼기가 되어 혼수 장만을 많이 했건만 갑자기 죽게 되어 아홉 오라비는 슬퍼하면서 마당에서 그녀의 혼수를 태웠다. 그런데 의붓어미가 아까워하면서 다 못 태우게 하자, 화가 난 오라비들은 혼수를 태우던 불에다가 의붓어미를 밀어 넣어 죽게 했더니 그 의붓어미는 까마귀가 되어 날아갔다. 죽어서 접동새가 된 누이는 밤마다 오라비들이 있는 곳에 와서 운다. 까마귀는 접동새만 보면 죽이는 습성이 있고, 이를 피하기 위해서인지 접동새는 밤에만 우는데 그러한 생태계의 모습을 보고 만든 설화이며 그것을 詩化했던 것이다.

김상옥의 「봉선화」에서 누나의 이미지는, 김소월의 시 '접동새'에

보이는 정서와는 다른 따뜻한 정감의 이미지로 다가온다. 즉 '누나'의 여성성이 자상하고 따뜻한 보호자적 의미를 지니고 있다. 때문에 이 작품은 한국의 토속적인 정서를 그대로 살린 여성적 포근함이 느껴지는 작품이다. 回歸不可能한 시간에 대한 향수가 향토적, 토속적 정서와 어울려 한층 더 애련함을 자아내기도 하고 독자들에게 고향에 대한 보편적 그리움을 더하기도 한다. 이 작품에서 보여주는 고향의 의미는 토속적 정서와 함께 따뜻한 모성적 여성성이다.

> 오오래 바다가에 외따로 살아오며
> 자나 깨나 물소리만 귀에 익혀 들었거니
> 바람 잔 고요한 날엔 가슴 도로 설레라
>
> ―「물소리」전문

바다란 그에게 모성과 같은 장소다. 파도소리를 들으며 그것을 자장가 삼아 자랐다고 해도 과언이 아니다. 통영에 대한 그리움은 바다에 대한 그리움과 동일성을 띤다. 사시사철 물소리에 젖어 산 그에게는 파도소리 그 자체가 고향에 대한 그리움으로 전이되는 것이다. "바람 잔 고요한 날엔 가슴 도로 설레라"의 표현은 특히 심리적인 묘사로서 화자의 고향에 대한 그리움을 절실히 드러내고 있다. 자기가 나서 자란 고향에 대한 그리움은 김상옥에게 있어 그것으로 그치는 것이 아니다. 향토애로서의 고향이 더 나아가 조국애가 됨을 알 수 있다. 그가 이 충무공 시비에 쓴 시가 그러하다. 곧 애향정신의 발로가 확대된 결과라 하겠다.

한 구비 맑은 江은 들을 둘러 흘러가고
기나긴 여름날은 한결도 고요하다
어디서 낮닭의 울음소리 귀살푸시 들려오고

마을은 우뜸 아래뜸 그림같이 놓여 있고
묻네로 가는 길은 꿈ㅅ결처럼 내다뵈는데
길에는 사람 한사람 보이지도 않아라.

—「江 있는 마을」 전문

위 작품은 그의 고향의 한 정경을 묘사한 것이라 생각된다. 한 구비 맑은 강은 들을 둘러 흐르는데 긴긴 여름날이 더욱 고요하다. 이런 고요를 깨고 어딘가에서 우는 낮닭의 울음소리, 그 소리마저 귀에 살풋 들린다. 우뜸 아래뜸 그림같이 놓인 집들이 아름답고, 읍내로 가는 길은 꿈결처럼 아득히 내다뵈는데 길에는 사람 하나 보이지도 않는다고 표현함으로써 적막만이 흐르는 고요하고 평화로운 고향 마을의 정경을 나타내고 있다. 이 작품을 통해 보여주고 있는 것은 마을의 평화이다. 동네 사람들은 안 보이는 어느 곳에서 일을 하고 있는지, 아니면 너무 더워 낮잠을 자면서 쉬고 있는지 이 작품만으로는 알 수 없다. 그러나 우리 민족의 고요한 정서가 나타나고 향토적, 토속적 평화로운 정경이 나타나는 작품이다.

그의 몇몇 작품은 위에서 보듯이 향수를 자아내게 하는 토속적이고 전통적인 정서의 작품에 해당된다. 우리 민족의 향토적, 토속적인 정서 및 생활습관 등을 그리워하는 모습을 나타내고 있는 것이다. 이것은 고향에 대한 의식, 또는 향수가 거의 토속적인 정서를 지니고 있는 우리 민족의 정서에 잘 부합되어 독자의 공감을 자아내기에 충분하다. 누구에게나 고향은 그립고 돌아갈 수 없는 어린 날은 짙은 향수와 함께 다가오기 때문이다.

회귀불가능한 시간과 공간에 대한 그리움은 있지만, 위 작품들에서 보듯 그의 고향에는 갈등적 요소가 없다. 늘 정겹고, 평온하고 꽃지짐 지지는 냄새가 나는 고향이다. 고향의 풍경도 직선적이지만 않고 곡선적이다. "눈을 감으면 구비 잦은 풀밭길이" 보이고, "한 구비 맑은 강은 들을 둘러 흘러가는" 풍경이다. 완만한 곡선의 이미지가 고향에는 있다. 뿐만 아니라 작품 속에 등장하는 화자를 비롯한 인물들도 마찬가지다. 「邊氏村」에서는 풍속과 문화적 차이가 남에도 불구하고, 고향의 역사와 향토문화를 내세우는 애향심이 드러나고, 「鳳仙花」에서는 봉선화 꽃을 매개로 하여 시적 화자와 누님이 고향으로 연결되어 있음을 본다. 앞에서 살펴본 작품 외에도 「비오는 분묘」, 「입동」, 「만추」, 「누님의 죽음」, 「흰 돛 하나」, 「안개」 등의 작품에 향토적·토속적 정서가 나타난다.

나. 民族精神의 뿌리 공간

김상옥의 시조에는 민족정신의 뿌리를 찾고자 한 작품이 많다. 그것은 정체성을 잃고 희망도 없이 지내던 우리 민족의 정신적 고향상실감을 극복하고자 했던 시인의 의지이기도 했다. 그는 민족의 정신적 뿌리를 찾고자 우리 민족이 위기에 처했을 때 민족을 구하려고 노력한 위인들을 가려내어 그들을 찬양하는 내용의 작품을 썼고, 또 우리의 전통미에 관심을 갖도록 하기 위해 민족 얼이 담긴 문화적 유물과 역사적 유적을 찾아 그것의 아름다움과 가치를 찬양하는 작품을 썼다.

빛나는 우리의 역사와 전통과 문화재를 사랑하고 민족의 정체성을 우리 스스로 찾고자 할 때 자신과 민족에 대한 자긍심과 자존심을 가질 수 있고, 자긍심과 자존심을 가질 때에만 우리의 정신은 살아나고, 독립에 대한 열의도 생겨 조국독립도 쟁취할 수 있다고 판단했기 때문이다. 아래 『草笛』의 후기와 김동리의 글을 보면 김상옥이 우리의 전통문화에 관심을 갖고 그것을 시조작품화한 이유를 알 수 있다.

> 지냇날 나는 이 겨레와 이 疆土를 이 글과 이 말을 마음으로 사랑하였으되 그의 받은 屈辱을 씻기에 憤怒보다 슬픔이 앞을 가리고 抗爭보다 怨望으로 살아 이제 이렇게 오늘을 맞으니 가슴을 이개는 기쁨보다 도로 恨되고 마음이 허전해짐을 느끼옵니다
>
> 진실로 지냇날의 그 사랑이 입에 붙은 사랑이 아니면 내 너무 미지근하고 行動함이 없었음을 나는 이제사 뉘우치고 스스로 五臟을 찢고 싶은 그러한 불같은 미움을 禁ㅎ지 못하옵니다 [83]
>
> 그는 그 당시 二十 五六 歲의 青年으로 거진 生理的으로 타고난 듯한 열열한 民族主義자였다. 그는 그의 고향인 통영에서 도망하여 (亡命) 咸興으로 元山으로 다시 三千浦로 轉轉 流浪하며 있었고 그의 뒤에는 殘忍한 警察의 손길이 뻗쳐져 있었다. 이렇게 그는 하룻밤도 발을 뻗고 쉬지 못하며……그 불타는 熱情과 샘솟는 詩魂마저 개나리보따리 속에서 햇빛 볼 겨를이 없었던 것이다.[84]

그의 시조집 『草笛』에서 그가 즐겨 다룬 시적 대상물이 문화적 유물인 것에 대해 정혜원은

---

83) 김상옥, 『초적』 후기, 1947.
84) 金東里, 「草笛의 樂譜, 김상옥 씨의 시조집을 읽고」, 《민중일보》, 1947.

　　일제하에서 아직 문화재나 유적에 대한 일반의 깊은 자각이 없던
시절, 홀로 외로운 노래로써 우리 것에 대한 소중함을 깨우쳐준 그의
일련의 시작들은 어떤 드높은 목청의 항일적 노래보다 귀한 것이었다
할 수 있다. ……실제로 그가 시를 통해 이 땅, 이 겨레의 문화 쪽으
로 이끌어 모은 관심의 폭은 어떤 적극적 행동보다도 민족의 혼을 살
리는 작업이었다.[85]

　　라는 견해를 보임으로써 민족혼을 살리려 한 김상옥 시인의 노력을 높
이 평가하고 있다. 앞의 글을 통하여 김상옥이 우리의 유물과 유적 등에
가치를 부여하고, 전통과 민족성에 가치를 부여함으로써 우리 민족에게
정신적 고향을 찾게 하고, 애국애족하는 민족 얼을 되찾게 하려는 숨은
의도가 있었음을 알 수 있다. 첫 시조집『草笛』에서 보여준 고전적 문화
유산에 대한 깊은 관조는 그 이후의 시조집『三行詩』까지도 이어진다.

　　　　보면 깨끔하고 만지면 매촐하고
　　　　神거러운 손아귀에 한줌 흙이 주물러져
　　　　千年전 봄은 그대로 가시지도 않았네

　　　　휘넝청 버들가지 포롬히 어린 빛이
　　　　눈물 고인 눈으로 보는듯 연연하고
　　　　몇포기 蘭草 그늘에 물오리가 두둥실!

　　　　高麗의 개인 하늘 湖心에 잠겨 있고
　　　　숙으린 꽃송이도 향내 곧 풍기거니
　　　　두날개 鄕愁를 접고 울어볼줄 모르네

---

85) 정혜원, 「김상옥 시조의 전통성」, 『한국 현대시조 작가론 I』, 태학사,
　　2002. 92~93쪽.

52

붓끝으로 꼭 찍은 오리 너 눈동자엔
風眼 테 넘어보는 할아버지 입초리로
말없이 머금어 웃던 그 모습이 보이리.

어깨 벌숨하고 목잡이 오무속하고
요조리 어루 만지면 따스론 임의 손ㅅ길
千年을 흐른 오늘에 상기 아니 식었네

—「靑磁賦」 전문

첫째·둘째 수에서는 외형을 묘사한 부분이 있지만, 셋째·넷째 수에선 사실적인 외형묘사와 함께 상상적인 요소가 등장한다. 다섯째 수에서는 화자는 이 도자기를 만든 조상의 숨결을 느끼고 있다. 때문에 이 작품은 정혜원의 지적처럼 "대상을 하나의 정물로서 바라보며 외적인 형상미를 추구하는 데 골몰했다."[86]고 보기만은 어렵다. 이 작품은 단순한 청자의 외적 형상미만 추구한 건 아니다. 거기엔 역사와 철학과 민족의 전통적 정서가 들어 있다.

벌숨한 어깨와 목잡이가 오무속하다는 것으로 보아 고려청자 중에서도 청자상감병을 말하고 있는 듯하다. '따뜻한 임의 손길'이란 천 년 전 도공의 솜씨가 오늘까지도 따뜻한 느낌으로 우리 민족에게 전해 오는, 강렬한 조상의 숨결을 말하고 있다. 화자는 고려시대의 청자에서 천 년 전의 도공의 숨결을 느끼고 천 년 전의 봄의 모습을 보고 있다. 천 년 전 흙을 빚던 도공의 마음을 생각하고 그 청자에 그려진 버들가지와 난초와 물오리의 모습에서 고려의 湖心도 읽어내고 蘭의 향기도 맡을 줄 알며 오리의 눈동자와 대화할 줄도 안다. 눈으로 보면

---

86) 정혜원, 앞 논문. 94~95쪽.

깨끗하며 아담하고 손으로 만지면 매끄럽고 말쑥하여 눈과 손 어디로 도 흠잡을 데 없는 깨끗하고 부드러운 고려청자를 말하고 있다.

중국 송나라 때 태평노인이라는 학자가 쓴 『수중금』이라는 책을 보면 천하제일이라는 대목 속에 "監書內酒 端硯 洛陽花 蓮州茶 高麗秘色(고려청자), 皆爲天下第一"이라고 하여 당시의 중국 지식인 사회에서 천하제일로 치는 명품 중에 고려청자가 한몫 꼽히고 있었음을 알 수 있다. 또 고려 인종 원년(1123)에는 송나라 휘종황제의 사절단원으로 고려에 왔던 서긍의 저서 『고려도경』에도 고려청자의 아름다움을 꽤 자세히 묘사한 대목이 있다고 하니 이미 송나라 지식인들 사이에 고려청자의 아름다움에 대한 정평이 나 있었던 것을 알 수 있다.

고려청자는 당시 귀족 사회의 유장한 생활 감정과 불교적인 고요의 아름다움이 곁들어 만들어진 美이다. 중국 청자의 '秘色'과 분별하기 위해 스스로 이름 지어 '翡色'이라고 자랑삼아 불러온 이 고려청자의 푸른 빛깔은 해맑고도 담담해서 깊고 조용한 맛이 나는 그야말로 한국적인 색감이다. 비색 청자의 맑고 푸른 빛깔과 길고도 연연하고 또 부드러운 몸체 곡선의 아름다움 속에 촉촉이 스며져 있는 것이다.[87]

이 도자공예를 소유한 것은 귀족 상류사회였고, 이것을 창조해 낸 것은 '점한'이니 '점꾼'이니 또는 '뺑뺑이꾼'이니 해서 사회에서 항상 천대만 받아오던 고려 무명도공들이었으나 그들의 조형 역량과 안목이 뛰어남을 고려청자를 통해 넉넉히 짐작할 수 있다. 고려청자에는 고려인이 가졌던 미적 감각과 정서가 깃들어 있다. 그것은 곧 우리 선조들이 가졌던 미감과 정서이고, 그러한 미감과 정서가 쌓여 우리 민

---

87) 최순우, 『무량수전 배흘림 기둥에 기대서서』, 학고재, 2002, 53~55쪽.

족의 전통미가 되었다. 김상옥은 섬세하고 아름다운 우리의 전통미를 고려청자에서 찾아낼 줄 알았고 우리 문화의 가치를 읽어낼 줄 알았다. 그것은 곧 전통미에 대한 깊은 이해와 애정이다. 우리 민족에게 우리의 전통적 미와 가치를 발견하게 하여 우리 민족 스스로가 자긍심을 갖고, 민족의 정신적 뿌리 찾기를 갈망했던 것이다. 이 작품은 그러한 시인의 의지를 드러낸 작품으로 볼 수 있다.

> 이런들 어떠오리 저런들 어떠하오리 술을 딸아 권하오거날
> 百死歌 읊으오시며 그 盞을 돌리오시다
> 그 몸이 아으 죽고 또죽고 千萬번을 고치오셔도 한 번 肝에다 사
> 기온 뜻은 굽힐길이 없드오이다
> 아으 그 노래 읊으온뒤에 半千年도 하로온양 오로다 王氏 李朝도
> 한길로 쓸어져 꿈이도이다
> 임 한번 베오신 피가 돌이 삭다 살아지오리
> 돌欄干 마자 삭아지어도 스며드오신 붉은 그 마음은 흐릴길이 없
> 으리오이다
>
> —「善竹橋」 전문

김상옥의 첫 시조집 『草笛』에 실려 있는 단 한 편의 辭說時調라고 볼 수 있다. 이 작품의 형식에 대해서 임선묵 씨는 "사설로 보기에는 중장이 너무 가지런하고 엇시조로 보기에는 통설에 적용하기 곤란하다"[88]라고 하며 변조로 다루고 있다. 정혜원은 "사설시조의 리듬감을 살리면서 어구의 제약에 얽매이지 않는 시형에 대한 모색은 이 시인에게 있어 일찍부터 싹텄던 것으로 보인다.『草笛』에 실린 「善竹橋」형

---

88) 임선묵, 「草笛攷」(동화문화사, 단국대 국문학 논집 11집, 1983), 121쪽.

식에서 이미 시조 특유의 호흡을 살리면서도 자유롭게 시상을 전개하려는 파격의 시조형이 조심스럽게 시도되었음을 볼 수 있다."[89]고 하였다. 이와 같이 임선묵, 정혜원은 「善竹橋」를 엇시조도 사설시조도 아닌 변조로 생각하고 있으며, 이후의 『三行詩』에 나타나는 장형 13편을 사설시조라고 보기에도 곤란하다고 판단 보류를 하고 있다.[90]

그러나 나재균은 "이 작품은 2수 1편으로 된 사설시조다. 사설시조로 중장은 평시조적 자수율을 지키고 있는 데 반해, 초·중장이 길어진 형태를 보여준다. 길어진 초·종장에서의 표현은 시적 율격을 가지기보다 다분히 산문적이다. 이러한 「善竹橋」적 사설성은 그의 후기 작품에 많이 나타난다."[91]고 하여 2수 1편으로 된 사설시조로 보고 있다. 사설시조에 대한 지금까지의 정의를 살펴보면 다음과 같다.[92]

1) 辭說時調는 初·中·終章에 두 句節 以上 또는 終章 初句라도 平時調의 그것보다 몇 자 以上 되었다. 그러나 初·終章이 너무 길어서는 안 된다. (李秉岐 國文學槪論 117쪽.)

2) 자유로운 형식을 취하여 初·中·終 三章 中에 어느 章이 任意로 길어질 수 있다는 것이다. 그러나 엄격히 말하면 初章은 거의 길어지는 法이 없고 中章이나 終章 中에 있어 어느 것이라도 마음대로 길어질 수 있다는 것인데 그 中에서도 大槪는 中章이 길어지는 수가 많다. (趙潤濟 國文學槪說 112쪽.)

3) 초·중장이 다 제한 없이 길고 종장도 어느 정도 길어진 시조

---

89) 정혜원, 「김상옥 시인의 전통성」, 『한국 현대시조 작가론Ⅰ』, 2002. 태학사. 99쪽.
90) 정혜원, 위 논문.
91) 나재균, 「김상옥론」, 『한국시조작가론』, 국학자료원. 1999.
92) 김제현, 『辭說時調全集』, 영언문화사, 1985. 30~31쪽 재인용.

다. (高晶玉 國文學要綱 396쪽. 金思燁 李朝時代의 歌謠研究 254쪽.)

4) 辭說時調는 初·中·終 三章의 句法이나 字數가 平時調와 같은 制限이 없고 아주 자유스러운 것으로 語調도 純散文體로 된 것이다. (金鐘湜 時調槪論과 詩作法 89쪽.)

5) 初·中·終章이 다 定型詩에서 音數律의 制限을 받지 않고 길게 지어진 作品을 辭說時調라 하며…… (金起東 國文學槪論 115쪽.)

6) 短時調의 규칙에서 어느 두 句 이상이 各各 그 字數가 十字 以上으로 벗어난 時調를 말한다. 이 破格句는 大槪가 中章(弟二行)의 一, 二句다. 물론 終章도 初章도 벗어나고 三章이 各各 다 벗어나는 수도 있다. (李泰極 時調槪論 69쪽.)

7) 辭說時調는 時調 三章 中에서 初·終章은 대체로 엇時調의 中章의 字數와 一致하고 中章은 그 字數가 制限없이 길어진 時調다. (徐元燮 時調文學研究 32쪽.)

8) 終章의 第一句를 제외한…… 두 句節 이상이 길어진 것을 長型時調 또는 辭說時調라고 한다. (鄭炳昱 編著 時調事典, 時調文學의 槪觀에서)

고시조 쪽의 사설시조는 주로 중장이 길어진 경우가 많았다. 그러나 위 작품 「善竹橋」는 중장은 기본율에 잘 맞고 초장과 종장이 길어져 있다. 위에 나열한 사설시조 정의로 보면 「善竹橋」는 김기동, 김종식, 리태극, 정병욱의 사설시조 개념에 맞는다. 본고에서는 위 작품 「善竹橋」를 초·중장이 길어진 한 편의 사설시조로 보고자 한다. 그 첫 번째 이유는 이 작품은 위에 열거한 몇몇 학자의 사설시조의 개념에 일치하며, 두 번째 이유로는 이 작품이 시조집에 실려 있는 작품이기 때문이다. 또 이 사설시조는 그가 자유시를 쓰기 시작하는 하나의 징검다리 역할을 한 작품으로 볼 수 있다. 왜냐하면 47년 시조시집인 『草笛』을 상재한 다음 해인 48년에는 『고원의 곡』, 49년에는 『이단의 시』 등의 자유시집이 계속 출간되기 때문이다. 이런 점으로 볼 때 이 시조는 시조와 자유시의 과도기적 성격을 지닌 작품으로 볼 수 있다.

김동리가 『草笛』을 소개하면서 "팔일오 解放의 鐘소리는 드디어 그의 개나리보따리 속에까지 비치게 되어 잃었던 풀피리(草笛) 三十九曲의 淳朴하고 廉絶하고 神妙한 韻律을 다시금 세상에 들려주게 된 것이다."[93] 라고 하여 「善竹橋」를 제외시키고 三十九曲이라고 하였던 것이라 짐작된다. 시조집 『草笛』에는 위 작품까지 포함하여 40편이 상재되어 있다.

그러나 후의 그의 시조집 『三行詩』에 보이는 장형의 경우는 작가가 의도적으로 시조의 새로운 형을 모색했다고 볼 수 있기 때문에 위의 김종식, 김기동, 리태극, 정병욱의 사설시조의 정의에 맞추어 본고에서는 사설시조로 보고자 한다.

「善竹橋」 내용은 고려 충신 정몽주의 충절에 관한 작품이다. 善竹橋[94]는 원래 이름은 善地橋였으나 정몽주가 피살되던 날 밤, 다리 옆에 대나무가 났기 때문에 善竹橋로 고쳤다는 기록이 남아 있다. 이 돌다리에는 아직도 정몽주의 혈흔이 남아 있다고 하며, 충절의 상징물로 여겨지고 있다. 조선을 건국할 때 이성계의 다섯째 아들 방원이 초장에 인용된 부분인 시조 「하여가」를 지어 정몽주에게 들려주며 넌지시 의향을 떠보았다. 그러자 정몽주는 중장에서 말하는 '百死歌', 즉 일백번 고쳐 죽어도 일편단심의 충절은 변할 수 없다고 답을 하고, 집으로 돌아가던 중 방원이 보낸 조영규 등 4·5인의 철퇴에 맞아 피살된다.

---

93) 김동리, 「草笛의 樂譜, 김상옥 씨의 시조집을 읽고」, 《민중일보》, 1947.
94) 북한의 개성시 선죽동 자남산 동쪽 기슭의 노계천에 있는 고려시대의
    돌다리이다.

정몽주의 충절을 '돌난간에 스며든 붉은 피'로 상징하고 있다. 왕씨도 이씨 조선도 다 망하여 모두가 지나간 꿈이지만 임의 충절은 아직도 살아 있음을 강조한다.

　김상옥이 이 작품을 통해 역사적 인물의 충절을 기리는 이유는 우리 민족에게 나라에 대한 사랑, 즉 애국심을 불러일으키고 싶었다고 볼 수 있다. 절개가 굳은 민족정신의 뿌리를 찾아, 굽히지 않는 애국심으로 일제에게 저항하여 나라를 되찾아야 한다는 숨은 뜻이 들어 있다고 보아야 한다. 민족말살과 한글말살의 시대이며 변절을 쉽게 하는 시대에 나라를 사랑하여 굽히지 않는 절개를 가졌던 정몽주 같은 인물을 그리워함을 알 수 있다. 한글로 작품을 쓰며, 네 번이나 일제에게 투옥되었던 그의 열렬한 민족주의와 독립정신을 생각해 보면 그 점을 쉽게 이해할 수 있다.

　　　　한결 깊숙해라 松籟소리 그윽하고
　　　　다만 무덤 앞에 엎드린 돌거북은
　　　　아득한 鄕愁를 안고 임을 외로 뫼시다

　　　　오랜 비바람에 띠은 아직 푸르르고
　　　　널리 흩인 겨레 한우리에 들이고져
　　　　애쓰던 임의 白骨은 여기 고이 쉬신가

　　　　칠칠한 숲속으로 저문빛이 짙어오고
　　　　골안개 풀리는양 눈앞이 흐리는데
　　　　벌끝에 갈가마귀 떼만 어지러이 날러라

　　　　　　　　　　　　　　　　―「武烈王陵」 전문

신라 제29대 太宗武烈王(654~661)의 陵은 사적 제20호로 경주시 서악동에 소재한다. 본명이 김춘추인 태종무열왕은 진덕여왕의 뒤를 이어 왕위에 오른 최초의 진골 출신 왕으로서, 왕비는 김유신의 동생인 문명 부인이며, 김유신 장군과 함께 삼국통일의 기반을 닦았으나, 통일의 완성은 그의 아들인 文武王 때 이루어졌다. 능 앞 碑閣에는 국보 제25호로 지정된 신라 태종무열왕릉비가 있는데, 당대의 문장가로 이름난 왕의 둘째 아들 김인문이 碑文을 지었다고 한다. 지금은 碑身은 없어지고 碑身을 받치고 있었던 龜趺와 碑身의 머리를 장식하였던 螭首만 남아 있다.

소나무소리 그윽하고 깊은 곳, 무덤 앞에 엎드린 돌거북만이 아득한 향수를 안고 외로이 무덤을 지키고 있다. 이때의 돌거북은 '태종무열왕릉비'를 받치고 있었던 귀부를 말한다. '松籟소리'의 소나무의 원형상징은 '변함없는 영원성, 푸르름, 절개' 등이다. 첫째 수에서 보여주는 것은 무열왕에 대한 변함없는 향수이다. 둘째 수에서는 그의 업적을 찬양하고 있는데 "널리 흩인 겨레 한우리에 들이고져"라고 하여 겨레를 통일하고자 애쓰던 살아생전의 김춘추의 모습과 노력을 찬양하고 있다. "칠칠한 숲속으로 저문빛이 짙어오고"라고 하여 저녁 시간을 말함으로써 '어둡고 암담해지는 현실'을 상징하고, "골안개 풀리는 양 눈앞이 흐리는데"라고 하여 더욱 희망이 없는 상황을 상징적으로 표현하고 있다. 또 일본에게 나라를 빼앗긴 암담함이 "갈가마귀 떼만 어지럽게 나" 상황으로 상징 표현되고 있다.

이 시조에는 신라의 통일을 위하여 애쓰던 김춘추의 애국심을 그리워하고 조국의 현실상황을 안타깝게 여기고 있는 화자의 마음이 나타난다. 일제하의 어지러운 때에 나라를 먼저 생각하는 위대한 지도자가 나타나기를, 그리고 우리 민족이 이러한 유적을 돌아보고, 애국심을 고취하기를 바라는 마음이라 볼 수 있다. 삼국을 통일하고 외세를 몰아냈던 신라인의 민족정신으로 일제에게 저항하고 싶은 화자의 의지가 잘 드러나고 있는 작품이다. 무덤 앞 돌거북만이 그 무열왕의 애국심에 대한 아득한 향수를 지니고 임을 혼자 모시고 있다고 보는 표현 속에는 우리의 지나간 역사와 유적들을 돌보지 못하는 상황에 대한 안타까움도 들어 있다.

    옛城에 올라서서 드멀리 바라보니
    안개만 자욱하고 山河를 모를노다
    그전날 임의 龜船이 煙幕 펴듯 하여라

    검은 구름떼는 소내기를 묻어오고
    저 불칼 휘둘으는 번개와 우뢰ㅅ소리
    壬亂을 다시 치는양 눈에 彷佛하여라

—「艅艎山城」 전문

艅艎山城은 통영성의 북쪽에 있는 산성이다.[95] 옛 산성에 올라 민

---

95) 여황산은 통영시가지의 해발 약 174m의 단아한 형세의 산이다. 북포루, 세병관, 충렬사가 위치해 있다. 오(吳)나라 임금이 지극히 아끼던 화려한 배 여황(艅艎)을 적국 초(楚)에 빼앗겨 애통해하다가 결국 이를 되찾아 설욕했다는 전사(戰史)가 전한다. 이로 인해 후세에 '여황'은 호화롭게 장식한 배의 대명사 그리고 나아가 훌륭하게 군세를 갖춘 큰 전선(戰船)을 상징하는 의미를 지니게 되었으며, '여황산' 또한 이러한 고사에서 유래된 지명으로 사료된다. 그 연유는 임진란 당시 왜적의 침략을 이곳 앞 바다에서 여지없이 무찔러 설욕했던 우리 수군의 한산 승첩을 옛 춘추전국시대의 고사에 견주었음 직하며, 이 고장에 통제영을 설치한 이래 더욱 정비된 삼도수군의 당당한 군세와 함께, 통제영 군영을 진호

족의 영웅 이순신을 그리워하고 있다. 임진왜란을 승리로 이끈 장군, 민족의 등불로 빛나는 장군. '그전날 임의 龜船이 煙幕 펴듯 하여라'라고 하여 안개 자욱한 모습을 거북선으로 연막을 펴는 듯하다며 이순신을 떠올린다. 그가 만든 거북선을 생각하고, 소나기를 몰아오는 번개와 우렛소리가 임이 용감하게 싸우던 임란을 방불케 한다며 임진왜란 당시를 회상하고 있다. 이 작품 역시 어려운 전쟁에 처해서 나라를 구하고자 노력했던 민족의 영웅을 찬양하는 내용이다. 일제 강점하에서, 350여 년 전 일본과 용감하게 싸워 나라를 구했던 이순신을 생각함은 우리 민족의 한 사람으로서 너무나 당연한 일이다. 이순신에게서 위대한 민족정신을 발견하고, 누군가가 임진왜란 때의 이순신처럼 활약하여 일본을 패망시키기를, 그리하여 그동안 우리 민족이 당한 억울함을 설욕하고 하루빨리 조국이 독립되기를 바라는 화자의 의지가 행간에 숨어 있는 작품이다. 吳나라 임금이 지극히 아끼던 화려한 배 艅艎을 적국 楚에 빼앗겨 애통해하다가 결국 이를 되찾아 설욕했다는 戰史처럼 말이다.

김상옥의 고향의식이 나타나는 작품 중에서 전통문화유산을 통한 민족의 정신적 뿌리를 찾으려는 작품들을 살펴보았다.

유물·유적들을 찬양하는 작품과 애국지사들을 찬양하는 작품으로 분류해 볼 수 있다. 앞의 토속적 정서의 고향의식과 비교해 보았을 때 유적·유물에 대한 작품에서는 토속적 정서의 고향의식에서와 마찬가지로 갈등은 나타나지 않는다. 그러나 애국지사들을 찬양하는 작품에

하는 산이란 크나큰 상징성에 걸맞은 산 이름을 갖추기 위함이었던 것으로 해석된다.

서는 약간의 갈등하는 모습이 보인다. 그것은 한민족으로서 나라를 위해 굽히지 않는 절개와 애국심이 절실히 필요하고, 그러한 지사들의 유적들에 대한 보호가 당연히 있어야 하는 당위성에도 불구하고 현재의 우리가 갖는 애국심이나 절개의 미흡함에 대한 안타까움과 그들 유적에 대한 미보호에서 오는 갈등이다. 존재에 대한 당위성과 그렇지 못한 현실 사이에서 오는 갈등이라고 볼 수 있다.

위 작품들은 우리나라의 최초 통일국가인 통일신라까지 거슬러 올라가 맥을 닿고 있으며, 고려·조선시대를 거치면서 유물·유적들과 애국지사들과 정신적 문화유산을 찬양하고 이들 작품들을 통하여 우리 민족의 정신적 뿌리를 찾고자 하는 작가의 의지를 볼 수 있다. 때문에 작품에서는 우리 민족의 정신적 뿌리, 정신적 고향인 전통적 정서가 나타난다. 우리의 문화적 유물과 역사적 유적의 전통미를 발견하고 찬양함으로써 우리의 정체성을 찾고 우리 것을 스스로 사랑하고, 자존심을 지키는 일은 곧 우리 민족의 정신적 뿌리, 즉 정신적 고향을 찾는 일이었던 것이다.

2. 純粹로서의 고향—李泰極

리태극은 1913년 7월 16일에 강원도 화천군 간동면 방현포 268에서 출생했다. 그는 시조시인이며 국문학자요, 문학박사이다. 호는 월하(月河), 동망(東望)이다. 춘천고보를 졸업(33)한 후 일본 와세다 대학 문과를 중퇴하고 서울대 문리대 국문학과를 졸업(50)했다. 춘천학교, 홍천화산학교 등지에서 초등교원(1934~45), 춘천고등여학교, 서울동덕여중에서 교사로 역임(45~53)하기도 했다. 동덕여대 및 서울대·이화여대에 출강(50~53)하였고, 이화여대 교수(53~78)를 역임하였다.

1967년 한국문인협회에 〈시조분과〉를 독립시키고 1972년까지 동분과 회장으로 있었으며 정년퇴직(78) 후에는 한국시조시인협회 회장 등을 역임하였다.

1935년 여름 해금강에서 지은 '하루살이'(22세)를 처녀작으로, 1953년 한국일보에 「산딸기」를 발표하면서 본격적으로 시조를 창작하기 시작했다. 시조창작 및 시조연구를 계속하면서 시조 저변확대를 위하여 시조전문지인 〈시조문학〉을 하한주 · 조종현 · 김광수 등과 더불어 창간(60)하여 시조발전에 기여하였다.

그는 50년대 중엽, 정병욱 · 김동욱 · 조윤제 등이 시조부흥에 부정적인 견해를 펴자 이에 맞서 시조가 현대시의 대열에 참여하여 단형시로 살 수 있음을 역설하기도 하였다. 한편 『시조개론』 등으로 일반인들의 시조에 대한 이해를 촉진시키는 등 시조중흥운동을 위하여 노력했다.

이론적 뒷받침이 없던 시조단에 노산 · 가람의 뒤를 이은 그의 학문적인 연구와 시조의 저변확대를 위한 노력은 시조가 현대시의 대열에 참여하게 되는 데 많은 공헌을 하였고, 여러 편의 논문[96]을 써서 가

---

96) 1952년 1월 서울대학 신문에서 「創作을 指向하는 時調의 基本律」을 비롯하여 「時調 復興論」(『시조연구』 1, 1953. 1), 「時調 字數律의 再考」(『국어국문학 5호』, 1953. 10), 「文化 再建과 時調 文學」(《조선일보》, 1955. 3. 17), 「時調의 過去와 現在」(《조선일보》, 1955. 4. 20), 「時調復興을 위한 提言」(《조선일보》, 1955. 5. 25), 「時調復興과 現代詩」(《조선일보》, 1955. 5. 27), 「時調 創作과 基準律」(《조선일보》, 1955. 8. 23), 「一步前進의 氣勢〈時調學의 展望〉」(《동아일보》, 1956. 8. 9), 「現代詩의 隊列에」(《동아일보》, 1956. 8. 9), 「時調는 現代詩로 살고 있다」(《新太陽》, 1956. 9) 등이 있다.

람·노산 등의 시조이론에 체계화를 더하였다.

시조집으로는 『꽃과 여인』(70), 『노고지리』(76), 『소리·소리·소리』(82), 『날빛은 저기에』(1990), 『자하산사 이후』(1995) 등이 있고, 자서전 『먼 영마루를 바라 살아온 길손』(1996)이 있다. 저술로는 『시조문학과 국민사상』(국민사상연구원, 1954), 『시조개론』(새글사, 1959), 『시조연구논총』(을유문화사, 1956). 『현대시조작법』(정음사, 1981), 『시조 큰 사전』(을지문화사, 1985) 등이 있다. 그는 노산문학상, 육당문학상, 중앙시조대상을 수상하였고, 대한민국 예술문화상('90), 대한민국 문화훈장('94)을 받기도 하였다.

리태극은 50년대에 등단한 시인이다. 그의 고향의식도 50년대 이후의 작품에서 찾을 수 있다. 6·25로 인한 조국의 분단과 황폐해진 조국의 모습, 그러한 가운데 많은 사람들이 생활터전이었던 고향을 떠났고, 타향살이를 하면서 고향을 그리워하는 모습이 생활 속에 나타났다. 또 6·25로 인한 조국의 분단으로 북한이 고향인 사람들은 자기의 고향으로 돌아갈 수 없는 불행한 실향민이 되었고, 민족적인 비극인 이산가족도 생겼다. 60·70년대 산업사회가 되면서 우리의 생활터전이었던 농어촌을 떠나 도시로 이주하는 사람이 부쩍 늘어났다. 그러한 이유 때문에 공간적·정신적 고향상실감을 느끼는 사람들이 많아졌고, 고향에 대한 그리움으로 鄕愁·思鄕 등의 작품이 문학에 많이 나타난다.

하이덱거에 의하면 고향이란 전면적인 주변면식(Umgebungsbekanntheit)과 예외 없는 방향 설정에의 무욕(Orientierungsunbedürftigkeit)의 총괄개념이다. 인간의 현존은 고향상실(Heimatlosigkeit)의 현존, 존재 망각(Seinsvergessenheit)의 현존이며 고향은 고요하고 위험이 없는 세계지정에 대한 표현이다. 그는 피투성(被投性, Gewofenheit)과 세계 내 존재성(In-der-Welt-Sein) 가운데 있는 인간 현존은 그 본래성이 비본래성에 의해 은폐되어 그 본래성을 잃은 상태에 있다고 보고 이런 상태를 고향상실로 표현하였다. 그리고 고향인 본래성의 회복이야말로 철학자의 과제이고, 또 인간의 근본적인 지향 목표라고 보고 있다.[97]

리태극의 작품에서의 고향은 바로 고요하고 위험이 없는 세계이며, 고향상실의 현존은 본래성이 비본래성에 의해 은폐되어 그 본래성을 잃은 상태에 있다고 볼 수 있다. 순수성, 본래성에 대한 향수는 현재의 기계화, 문명화된 생활 속에서 물질문명의 물신숭배로 인해 소외되는 인간성[98]에 대한 안타까움과 인간성 회복의 극복의지다. 그가 그리는 고향은 문명의 이기에 물들지 않은 순박한 인정과 때 묻지 않은 자연이다. 강원도 화천의 깊은 산과 맑은 물을 그리워하는 모습이 그의 작품 곳곳에서 발견된다. 삭막한 현실과 대비되는 순수한 자연 속의 고향은 자유와 평화의 피안공간이며, 순수지향의 공간이다. 한편 그의 고향의식 속에는 분단된 조국에 대한 인식이 나타나고, 이것을 극복하고자 하는 의지가 나타나는데 이것은 곧 조국통일에의 염원과 통일지향 의식을 나타내기도 한다.

그는 전통적 인본주의와 낙관적 미래관, 자연친화사상 등 현대인이 갈망하는 내면세계를 구축하여 자연과의 교감을 통한 자아성찰로 인

---

97) 전광식, 「고향에 대한 철학적 반성」, 『철학연구』 제67집, 대한철학회 어문집. 98. 8.
98) 마르크스주의의 고향이론과는 구별해야 한다. 마르크스주의에서는 소외는 경제적 소외 이론으로 부르주아 계급은 고향을 가진 자로, 프롤레타리아 계급은 고향상실자로 보고 있다.

간의 순수한 본연의 마음을 갈망하고 회복하고자 하며, 미래지향적인 삶의 의지를 표출하고, 남북이 분단되기 이전의 고향모습을 회복하고자 한다.

가. 淳朴한 인심의 평화공간

리태극의 시조 중에서 고향의식이 나타나는 작품을 살펴보고자 한다. 그의 작품에서는 순수한 자연과 순박한 인심을 그리워하는 모습을 볼 수 있다. 그의 지정학적 고향은 강원도 화천군 간동면 방현포 268번지이다. 강원도 화천의 깊은 산과 맑은 물을 그리워하는 모습이 그의 작품 곳곳에서 발견된다. 그가 그리는 고향은 문명의 이기에 물들지 않은 순박한 인정과 때 묻지 않은 자연이다. 그의 고향은 삭막한 현실과 대비되는 순수한 자연과 순박한 인심의 평화공간이며, 순수지향의 공간이다.

그의 작품에는 물질문명의 물신숭배로 인해 소외되는 인간성 상실에 대한 인식이 나타나는데 순수성, 본래성에 대한 향수는 현재의 기계화, 문명화된 생활 속에 소외된 인간성에 대한 안타까움이다. 따라서 그의 작품에는 인간성 회복의 극복의지가 나타난다. 또 분단된 조국에 대한 인식이 나타나고, 이러한 것을 극복하고자 하는 조국통일 의지도 나타난다. 본 장에서는 그의 고향의식의 작품을 통해 오염되지 않은 순박한 인심의 평화공간으로서의 고향을 살펴보려 한다.

三國遺事 朝鮮條에서 환웅이 "後還隱於阿斯達爲山神 壽一千九百八歲"라 하여 태백산의 산신이 되어 1908세나 살았다는 것은 영생적인 삶의 염원과 이상적인 삶의 추구를 동시에 추구하는 신선사상이며, 우리 민족의 낙관주의적 인생관을 표출[99]하는 대목이라 볼 수 있으며,

이선희도 "이러한 고유의 신선사상은 노장사상과 맥을 같이하는데, 노장사상에서는 '道以自然爲貴'라 하여 자연이 도의 본성이며, '樸·卽無爲敦質之體, 爲道之本'이라 하여 어떤 인위도 가하지 않은 자연성 자체를 가리키는 것으로, 인간이 무위자연해야 하며 타고난 대로 소박해야 함을 말하고 있다. 그리하여 '道以虛靜爲體, 謙弱爲用'인 虛靜과 謙弱이 도의 성질이 되는 無爲自然의 세계를 이상향으로 삼는다. 즉 자연친근사상이다. 자연은 인간 삶의 뿌리이다. 우리 민족도 예부터 하늘을 숭상하고 자연과 합일되는 민족의 정서를 키워 왔다."[100]며 월하 시조에 나타나는 전통사상을 살피고 있다.

낙원에의 지향을 N. 프라이는 인간은 본래 낙원에서 살았으나 이를 상실함으로써 상실의 회복을 위해 부단히 낙원을 추구한다고 지적하고 있다. 낙원은 천상계를 대표하고, 천상은 통일된 세계, 합일된 세계로서 영원의 세계라는 구원을 시사하는 세계가 된다. 그래서 천상을 시사하는 세계가 되며, 천상계를 지향하는 태양·산·나무·깃발·무지개·화살·새·탑·백조와 같은 사물을 상승지향이미지를 대표하는 원형상징물로 제시한다. 월하의 시조에 나타나는 평화공간은 이러한 상승이미지들을 동원, 구축하여 이루어짐을 오승희는 그의 논문[101]에서 밝힌 바 있다.

순수한 자연과 순박한 인심을 지향하고 그리워하는 리태극의 고향의식은 인간을 소중하게 생각하는 인본주의사상과 무위자연을 이상으로 삼는 자연친화의 정신세계를 보여준다. 리태극에게 있어 고향은 시인의 회상공간이며 현실의 삭막함과 대비되는 순수한 자연과 순후한

---

99) 김제현, 앞의 책, 147쪽.
100) 이선희, 「리태극론」, 『한국시조작가론』, 국학자료원, 1999. 807쪽.
101) 오승희, 『현대시조의 공간연구』, 동아대학교 대학원 박사학위논문, 1992.

인간이 그려지는 평화공간이기도 하다.

　　　오로지 하늘 바라
　　　靑山이여 서 있는가?

　　　옹종기 네 권속들
　　　날개 펼쳐 마주 쥐고

　　　흘러간 세월에 안겨
　　　오늘 날을 맞음인가.

　　　무리지어 사는 곳에
　　　네 없이 어이하리

　　　물 줄기 바람 소리
　　　언제나 곁에 두고

　　　온갖 것 길러 섬기는
　　　내 벗이여 靑山이여!

　　　소용돌아 風化되어
　　　땅 위에 자리 잡고

　　　네 품으로 찾아드는
　　　人間이 못 잊혀져

　　　그렇게 솟아 앉아서
　　　낮과 날을 삶인가?

―「靑山이여!」 전문

리태극의 고향의식에는 山水가 있고, 순후한 인심의 사람들이 있다. 이 작품에서는 어질고 인정 많은 사람들이 무리 지어 사는 곳은 바로 화자의 고향이라 볼 수 있으며 바로 여기에는 靑山이 벗으로 있어 준다. 이 시조에는 순수 자연공간이며 화자의 어렸을 때 자라던 고향의 모습이기도 한 靑山을 그리워하는 화자의 마음이 잘 나타나고 있으며 자연을 통한 서정세계에 안주하고 싶어 하는 심정이 나타난다. 그리고 그러한 자연공간을 가진 고향은 화자에게 평화공간으로 인식된다. 변화무쌍한 현실의 삶 속에서 사는 인간들에게는 변함없는 영원의 모습으로, 우주 만물의 존재공간과 질서공간으로 서 있는 '온갖 것 길러 섬기는' 靑山이 精神的 安息處가 되는 것이다. 유토피아적 모습을 보이기도 하는 청산을 통해서 화자는 꿋꿋하게 살아가는 생활의 지혜를 터득하고 인간의 미덕을 지닌 삶을 그리워하며 인간성을 회복하고자 노력한다. 시인은 物質萬能主義의 현대인의 삶 속에서 시인의 고향의 모습이기도 한 대자연의 질서를 겸허하게 지켜보며, 자신의 분수를 지키고 이상 세계의 구현을 위한 삶을 끝없이 지향하고자 하는 것이다. 그는 인간의 정감을 자연에 용해시켜 한국적 정서가 잘 드러나는 작품을 씀으로써 抒情的 美學을 보여주기도 하는데 이 작품은 고려시대의 나옹선사(1320~1376)의 다음 시와 비교해 볼 수 있다.

청산은 나를 보고 말없이 살라하고,
창공은 나를 보고 티없이 살라하네.
탐욕도 벗어놓고 성냄도 벗어놓고,
물같이 바람같이 살다가 가라하네.

나옹선사의 시에서는 청산과 인간은 不二關係로 화자와 청산의 거리감이 없다. 마찬가지로 리태극의 작품에서도 '내 벗이여, 청산이여'라고 표현했는가 하면 '네 품으로 찾아드는 인간'이라 하여 청산에 가까이 접근하고, 아예 인간은 그 안에 안겨 안주해 버리는, 靑山은 인간의 彼岸空間으로 제시된다. 또 위 작품은 또 成渾(1535~1598)의

> 말업슨 靑山이요 態업슨 流水ㅣ로다
> 갑업슨 淸風이요 님자 업슨 明月이라
> 이 中에 病업슨 이 몸이 分別업시 늙으리라

라는 시조와도 맥을 같이한다. 자연 속에서 건강한 몸으로 욕심 없이 살아가겠다는 安貧樂道의 사상이다. 자연과 동화된 삶을 살아가고자 하는 화자의 정서는 리태극의 작품과 비슷한 정서를 지닌다.

우리 민족은 合自然을 추구하고 그 속에서 自然과 더불어 사는 것을 하나의 이상적인 삶으로 생각했다. 곧 自然親和思想이다. 자연을 사랑하는 우리 민족의 전통사상은 자연과 인간 사이가 主客關係나 從屬關係가 아니라 自然의 흐름 안에서 하나의 질서로서 人間事를 이해했던 것이다. 『논어·옹야』에는 〈知者樂水 仁者樂山〉이라는 글이 있다. 〈知者는 물을 좋아하고 仁者는 산을 좋아한다.〉는 내용이다. 인간이 왜 산수를 즐기는가에 관해 공자는 주객관의 유사성을 들어 설명한다. 〈知者는 움직이고 仁者는 고요하다. 知者는 즐기고 仁者는 천수를 다한다.〉고 하여 고요함을 좋아하는 사람들은 산을 좋아한다고 하였다.

언제나 인간의 벗이 되고 인간의 따뜻한 품이 되며 모든 것을 포용하는 청산은 리태극에게 영원한 고향이기도 하다. 진달래, 산딸기, 산

나리 등 그의 시조에 등장하는 자연적 소재는 언제나 그의 고향산천의 모습이다. 그의 고향은 인공이 전혀 가해지지 않고 오염되지 않은 자연 그대로의 순진무구한 상태의 순수한 자연이며 현실의 각박함이 없는 순박한 인심이 나타나는 평화공간인 것이다.

> 머루랑 다래랑 먹고
> 靑山에 살고 진 季節
>
> 그래 까아만 瞳子같은
> 알알을 손에 들고
>
> 내 여기 삶의 주름 헤며
> 無限定을 그린다.
>
> 아름 차게 이고 진 머루
> 손에 손을 넘어와서
>
> 기계가 날고 기는
> 長安 뒷집 툇마루에
>
> 山精氣ㄹ 맛 보란듯이도
> 광우리에 담겼다.

—「머루」 전문

리태극의 처소적 고향이기도 한 강원도 산골에서 많이 나는 산머루를 소재로 하고 있다. 이 작품의 화자는 "살어리 살어리랏다 청산에 살어리랏다. 머루랑 다래랑 먹고 청산에 살어리랏다. 얄리얄리 얄랑셩 얄라리 얄라"[102]라는 고려시대 「靑山別曲」의 화자와 다를 바 없는 서정을 지니고 있다. '머루'라는 소재가 주는 소박함과 순수함에 대한 그리움이 이 작품의 근간이다. '삶의 주름 헤며 무한정을 그린다.'는 표현으로 삶의 각박한 현실에서 고향의 순수성으로의 회귀를 갈망한다. 현대 사회는 기계화, 산업화 등의 물질문명이 급속도로 발달함에 따라 인간성 상실과 도덕의 부재 등이 팽배하고 있다. 이기주의가 팽배하여 도덕과 질서가 파괴되고 인간의 정이 메마를 수밖에 없는 사회가 되어 가고 있다. 각박한 현실 속에서 방황하는 현대인들은 기계 문명에 의한 소외감으로 삶의 가치를 잃게 되고, 나아가 자아상실과 소외된 삶을 살아가게 된다. 고향이 주는 포근한 감정을 잃고 현대문명의 이기로 감정이 메말라 가는 사회에 따스한 정감을 불어넣어 인간성을 회복하고 참된 삶을 추구하는 마음을 리태극의 작품에서 찾아볼 수 있다.

'기계가 날고기는 장안'의 그 삭막한 서울의 뒷집 툇마루에 산정기를 맛보란 듯이 광주리에 담겨 있는, 여러 사람의 손을 거쳐 왔을 '머루'를 보면서 고향산천을 그리워하는 화자는 바로 순박한 인심을 지향하는 마음이다. 그의 고향의식 속에는 순수하고 소박한 인정과 평화로움이 있다.

> 골짝 바위 서리에 빨가장이 여문 딸기
> 가마귀 먹게 두고 산이 좋아 사는 것을
> 아이들 종종쳐 뛰며 숲을 헤쳐 덤비네.
>
> 삼동을 견뎌 넘고 삼춘을 숨어 살아
> 되약볕 이 산 허리 외롬 품고 자란 딸기
> 알알이 부푼 정열이사 마냥 누려지이다.

―「산딸기」 전문

---

102) 작자미상의 고려가요 「靑山別曲」의 한 구절.

고향산천의 「산딸기」가 소재가 되고 있는 작품이며, 화천 파로호 옆 리태극의 시비에 새겨진 내용이다. 이 작품에 대해 김준은 "산딸기를 찾아 숲을 헤매는 아이들의 동심의 세계"[103]로 해석하고 있다. 이에 대해 오승희는 "기실 「산딸기」의 세계는 동심의 세계가 아니라 빛으로 영그는 밝음의 공간으로 엮어가는 삶의 한 과정으로서의 공간으로 보는 것이 타당하다."[104]는 견해를 보이고 있다. 곧 밝음의 세계는 빛의 세계로서 구원의 세계이고 행복한 공간으로서의 세계이다. 그러나 이러한 공간 확보는 우연의 산물이 아니라 산딸기와 같은 삶의 여정 끝에서 만나는 極地이며, 밝음의 極地는 어둠을 극복했을 때만 가능한 세계이고 공간이다. 시조 「산딸기」에는 "삼동을 견뎌 넘고 삼춘을 숨어살아"의 극복의지가 있다. 그것은 삼동의 견딤 없이 삼춘을 맞을 수 없고, 삼춘을 맞지 않고서는 '뙤약볕'의 빛으로 영글 수 없음이 자연의 순리다. 오승희의 견해대로 '밝음의 공간으로 엮어가는 삶의 한 과정'이라고 해석하기보다 유년 시절 추억으로의 과거지향적 회귀 공간으로 보는 것이 더 적당하다.

탐스럽고 빨갛게 익은 산딸기를 따 먹으러 몰려다니던 개구쟁이 아이들이 탐스럽게 딸기가 열린 산딸기나무를 발견하고 지르는 환호성과 그것을 딸 때의 희열은 경험한 사람만이 느낄 수 있는 소중한 추억이기 때문이다. 군것질거리가 별로 없었던 옛날, 가난한 산골에서 계절마다 자연이 주는 열매들은 귀하고 소중한 아이들의 간식이었다.

이러한 소재를 찾는 화자는 이 작품에서 현실에서 잃은 것을 찾고

---

103) 김준, 「月下 李泰極論」, 『月下 李泰極博士 古稀紀念文集』, 문학신조사, 1982. 283쪽.
104) 오승희, 앞의 논문, 130쪽.

싶어 행복했던 시간과 공간을 추구하고 있는 것이다. 자연의 한 작은 소재를 작품화함으로써 어렸을 때 고향에서 경험한 추억이 비로소 생명을 갖고 되살아난다. 리태극의 고향에 대한 향수와 자연에 대한 애정이 나타나는 과거지향적 회귀공간의 작품이다.

키다리 수숫대는 주체스레 이삭 달고
푸른 하늘 조아리며 추석을 기다리네
올 가을 수수고물제빈 동이 함께 먹어야지—.

—「수숫대」

그 까만 눈동자들을 동글동글 깜빡이며
동구밖 재재공론 단풍 잎 더욱 고와
덤불 밑 참새 공론도 익어가는 어스름!

—「참새」

흰 머리 너울짓는 저 언덕 갈대숲밭
어깨동무 처얼철 그 소리도 메아리쳐
노을이 비낀 언덕으로 신이 나는 숨바꼭질!

—「갈대」

빨간 고추지붕이 겨울로 다가가네
무 배추 퍼러한 올해 뜰도 풍성하고
엄마의 다래끼 속엔 엄마 마음 가득 해—.

—「고추」

벼 이삭 휘어진 둑 아빠의 환한 얼굴
시루떡 무설기 눈 앞에 서리는 김
가을은 보람만 찬 잔치 누나도 시집간대—.

—「가을」

「가을 五題」는 가을의 정서를 주제로 한 작품들이다. 한 제목 아래 다섯 편의 단시조 형태의 시조가 있다. 자연이 고향임을 잘 드러내 주는 작품들이다. 산골 정서를 나타내는 소재를 택하여 어린이의 순수한 동심을 노래하고 있다.

무거운 이삭을 이고 서 있는 수수의 모습을 보고 수수고물제비를 동이째 먹고 싶다는 소박한 동심은 인간의 가장 순수한 모습이다. 동시적 상상력은 복잡다단한 세계를 단순화시켜 바라보려는 순진무구한 세계관에 바탕을 두기 때문에 어린아이의 눈에 비친 세계는 그것이 지닌 실제적 복합성에도 불구하고 간명하고 구체적으로 형상화된다. 사회의 구조적 모순을 이미 다 알고 있는 어른의 시각에서는 논리적이거나 비판적으로 인식될 만한 세계의 악조차도 천진난만하게 인식함으로써 궁극에는 이 세계를 긍정적으로 해석하게 된다. 그 수수가 열매 맺기까지, 추수하기까지의 힘든 노력, 곡식을 쪼아 먹는 참새를 쫓느라, 늦가을 갈대가 흔들릴 때쯤의 을씨년스런 추위 속에 김장준비로 무·배추를 뽑아 들이던 늦가을걷이의 어려움 등은 이미 추억과 동심이란 이름으로 걸러진다. 모든 사물에 대한 긍정적인 사고와 여유만이 남는다. 고향의 행복 이미지만 존재하게 된다. 리태극의 추억 속의 고향은 아무런 갈등이 없고, 가을의 풍성함만이 느껴지는 순박하고 순후한 인심공간이며 언제나 여유와 미소를 주는 행복하고 평화스런 시·공간이다.

스스러운 죽지는 접고
발을 터는 처마밑

문고리에 닿는 情이
삶을 지레 솟꾸는데

따라온 사연은 겹쳐
창문 턱에 누웠네.

그믐 달 새어 들어
야위어 서린 벼갯맡

성황당 부엉이도
밤새 울다 지친 思念

저 먼 길 嶺이 뵈는 곳
두고 두고 가는 밤—.

—「酒幕」 전문

위 작품은 『꽃과 여인』에는 '1966년 5. 28일 감나무골'이라 되어 있고, 또 『노고지리』에는 '1966. 5. 湖井'에서라고 되어 있어 작품을 창작한 장소가 어디인지는 정확히 알 수 없다. 한편 이것은 詩想의 구상과 창작 장소는 다를 수 있음을 시사한다.

긴장된 사회생활에서 오는 피로를 풀기 위해, 나그네가 길을 가다가 목을 축이기 위해 들르는 곳이 주막이다. "문고리에 닿는 정이/ 삶을 지레 솟구는데"라는 표현으로 한국인의 인간미가 느껴지는 따뜻한 공간이다. 현대의 각박한 삶의 질곡으로 자아상실감을 느끼는 현대인을 따뜻이 맞아 주는 곳이다. 그러나 주막에서도 쌓인 회포는 다 풀지 못하여 "따라온 사연은 겹쳐/ 창문가에 누웠다."고 하여 시름 많은 인생을 말하고 있다. 고향 떠난 삶을 살면서도 언제나 고향의 언덕은 생각나는 곳이기에 그 고향을 마음속에 두고 살고 있다. 특히 우리가 삶의 질곡에 부딪치고 외로움을 느끼게 될 때, 고향은 더욱 간절히 생각나는 안식의 공간이다. 비정한 현대 문명 속에서도 희망을 잃지 않고 긍정적인 삶을 살게 해 주는 정신적 위안의 장소는 바로 성황당이 있고 부엉이가 우는, 두고 온 고향이다.

이상으로 리태극의 고향의식이 나타나는 작품 중에서 순수한 자연과 순후한 인심의 평화공간으로 인식되는 작품들을 살펴보았다. 題名에서 보여주듯이 「머루」, 「산딸기」, 「靑山이여」 등은 산에서 소재를 취하고 있다. 그의 고향의식 속에 순수한 자연과 순박한 인심을 지닌 사람들이 존재함을 보여주는 작품들이다. 「가을 五題」는 산골의 가을 모습의 풍성함과 후덕한 인심이 나타나는 유년의 평화공간이다. 「酒幕」은 고향에 대한 그리움을 지니고 살아가는 삶을 보여주고, 고향은 삶을 살아가는 데 있어 언제나 위안의 구심 공간임을 보여준다. 위 고향의식의 작품들에서는 고향은 갈등적 요인이 전혀 없는 순수한 자연과 순박한 인심의 평화공간으로 表現되고 있다.

나. 分斷된 국토의 인식공간

리태극의 고향은 강원도 화천으로 옛날에는 삼팔선 이북이다. 화천은 철의 삼각지로 육이오 때 치열한 격전으로 많은 병사들이 전사한 곳이다. 그때의 희생의 결과로 화천은 휴전선 이남으로 남게 되었지만 삼팔선 대신 휴전선이 생기고 또다시 자유로운 왕래가 끊어진 남과 북의 조국산천이다. 때문에 그의 고향의식 속에는 육이오전쟁에 대한 기억과 자유의 소중함과 국토분단에 대한 아픔과 안타까움이 존재한다. 이러한 현실인식은 또한 그의 작품에서 통일에 대한 염원과 의지로 확대되어 나타난다.

> 꿈으로 그리던 고향/ 찾아보면 파로호수//
> 뫼새들도 반기는 듯/ 다람쥐도 종종걸음//
> 이 저산 흩어진 애긴/ 꾸레미져 안겨 들고―.//
>
> 산영(山影) 잠긴 그 속/ 내 어린 시절이 있고//
> 햇볕도 노 결에 부신/ 물소리 웃음소리//
> 한나절 녹음도 겨워/ 매아미는 울어 쌌나?//
>
> 굽이굽이 기슭을 따라/ 물길을 가노라면//
> 구름은 영을 넘고/ 바람은 재롱짓고//
> 옛 생각 실꾸리되어/ 감겨들고 감겨나고―.//
>
> 총소리 드놓던 골짝/ 초목은 잠들었고//
> 줄기 가눠 오르면/ 못 넘는 저편 언덕//
> 차라리 저 작은 나비가/ 그저 그만 부럽기만―//
>
> 몇 대를 비알 갈아/ 목숨을 이어 살고//
> 이 물속 잉어 낚아/ 푸짐한 잔치라네//
> 목메기 뒤쫓는 앞날/ 환히 밝아 주려마.―//

―「尋鄕曲」 전문

시인이 꿈으로 그리던 고향은 바로 파로호수가 있는 그의 지정학적 고향인 화천이다. 그 고향을 찾으면 산새들도 반기고 다람쥐도 종종걸음을 치면서 반기는 듯하다. 옛 고향을 찾은 화자에게 옛 생각은 실꾸리처럼 감기고 풀리고 한다. 육이오전쟁으로 인하여 총소리가 요란했던 전쟁터인 골짝, 지금은 초목도 잠이 든 듯 조용하고 그 줄기 가눠 오르면 못 넘는 저편 언덕이 보이고, 그럴 때는 그곳을 자유롭게 넘나드는 작은 나비가 부럽기만 하다고 화자는 말하고 있다. 남북이 가로막혀 국토를, 더구나 옛고향을 마음대로 넘나들지 못하는 안타까움은 화자로 하여 한 마리 나비를 부러워하게 한다.

첫째, 둘째, 셋째 수의 고향은 자연친화적이며 평화공간으로 인식된다. 그러나 넷째 수와 다섯째 수에 오면 민족 분단의 현실인식이 나타나고 통일의 갈망이 나타난다. '못 넘는 저편 언덕'이라 하여 자유롭게 넘나들 수 없는 분단의 현실인식에서 오는 절망과 아픔이 나타난다. "차라리 저 작은 나비가/ 그저 그만 부럽기만."이라 표현하여 그 작은 나비보다 못한 자아인식과 함께 현실에 대한 극복의지가 어떤 적극적 행동으로 나타나지 못하고 '작은 나비'이기를 갈망하는 소극적인 사고에 머물고 있다. 때문에 통일의지의 한계가 나타나는 작품이기도 하다.

이렇게 리태극의 고향의식 속에는 고향이 순수한 자연과 순박한 인심의 평화공간이라는 인식과 함께 조국의 비극인 국토분단이라는 현실인식이 있다. 순수한 자연과 순박한 인심 속의 평화공간으로 인식되는 고향, 그러나 그 고향의식 속에는 국토분단이라는 아픔의 현실인식 공간이 있어 평화공간에 대한 저해 요인으로 작용하기도 한다. 마땅히 있어야 할 요소인 평화공간에 갈등적 요인이 되는 현실 인식공간인 조국분단이 함께 존재한다. 그러나 마지막 수에서 보여주듯이 그의 낙관적이고 긍정적인 미래관은 앞날이 밝으리라는, 그래서 머지않아 통일이 되리라는 의지가 나타나고 있다.

> 깊은 산에 안겨
> 어짊을 잃지 않고
> 맑은 물 바라보며
> 슬기를 안 무리들이
> 풍요의 먼 발치에서도
> 예 이제를 살아왔네
>
> 철따른 금강 소식
> 한강으로 띄워주고
> 골골을 누벼 우는
> 산새들의 가락맞춰
> 뿌리고 거두어 사는
> 이 고장의 어버이들
>
> 한 때는 철의 장막
> 파로호는 피의 바다
> 되찾은 자율 안고
> 지켜 새는 휴전선
> 보람찬 내일을 바라
> 맑아오는 화천이여!

—「山水의 고향」 전문

「山水의 고향」도 「尋鄕曲」과 같은 맥락의 작품으로 볼 수 있다. 셋째 수에서 휴전선을 소재로 다루고 있다. 山水의 고장인 화천, 금강산에서 흘러오는 물로 강을 이루며, 인심이 어질고 슬기로운 조상들이 예부터 이제까지 살아온 고장이다.

첫 째와 둘째 수에서는 山紫水明의 평화공간으로 고향은 존재한다. 소박하고 자연친화적인 삶을 사는 사람들이 존재하는 공간이다. 셋째 수에 오면 비로소 현실인식이 드러나는데 파로호 부근은 한때는 삼팔선 이북으로 철의 장막이었고, 육이오 때 자유를 되찾았으나 지금은 새롭게 만들어 놓은 휴전선이 버티고 있다. 비극적 현실이지만 그의 긍정적인 미래관은 현실을 절망하지 않는다. "보람찬 내일을 바라 맑아오는 화천이여"라며 고향 화천을 긍정하고 찬양하며 통일에의 꿈을 저버리지 않고 있다.

전후의 비극적인 조국의 역사 상황을 인식한 시조작품으로는 이은상의 「너라고 불러보는 조국아」, 「고지가 바로 저긴데」와 최성연의 「핏자국」이라는 현실직시의 성실한 체험이 드러난 작품과 송선영의 「설야」와 「휴전선」도 전쟁의 상흔을 말한 불행한 시대의 작품이다.

리태극의 고향의식이 나타나는 작품 중에서 분단된 국토의 인식 작품은 분단의 비극적 현실이 소극적으로 형상화되어 있다. 작품에서 현실의 비극적인 면이 잘 드러나지 않기 때문인데, 그 이유로는 작품의 창작연대가 육이오의 비극성이 많이 희석된 시기이기 때문일 수도 있고, 그의 긍정적인 미래관 때문이라고도 볼 수 있다. 이 작품 역시 그의 고향을 통해 분단조국의 현실을 인식하는 작품이며 나아가 통일에의 염원이 들어 있는 작품인데 통일의지가 적극적으로 나타난다고 보기는 어렵다.

青瓷빛 맑은 하늘
구름으로 솟는 녹음

창을 넘어 훨훨
마음은 氣球인채

그늘속 환히 열린 새날
아름차다 아름차.

쏟아지는 태양이
그저 마구 타던 한낮

洞口 밖 장승들도
내 江山 고향인데

펄펄펄 휘나는 祖國
꽃으로 피던 그날이여!

감겨 들던 그 기쁨을
돗자리를 깔아 놓고

두리던 가얏고의
열 두 줄도 골랐건만

수무 돌 밝는 햇살 앞엔
토라 앉은 먼 地脈.

—「아! 그날이」 전문

광복 스무 돌을 맞는 감격이 표현된 작품이다. 첫째, 둘째 수에서는
밝음의 이미지를 나타내는 상징어들 '하늘, 솟는, 환히 열린, 태양, 피
던' 등의 어휘들이 많이 쓰이고 있다. 광복 스무 돌을 맞는 기쁨으로

밝음의 이미지가 나타난다.

　그러나 마지막 수 종장에 오면 통일되지 못한 조국을 안타까워하는 마음은 '토라 앉은 먼 地脈'으로 표현되고 있다. '스무 돌 밝는 햇살', 즉 광복의 기쁨 가운데 통일되지 못한 국토는 안쓰러움, 안타까움으로 남아 있다. 이데올로기의 희생이 된 국토와 민족을 인식하고 통일을 갈망하는 화자의 마음을 읽을 수 있는 작품이다.

　　　종달이의 울음으로
　　　피어난 진달래가

　　　활개 펴고 누운
　　　兵士의 꿈을 덮노라

　　　이따금 노이는 총소리에
　　　골은 울어 쌓아도―.

―「진달래」첫째 수

　　　古宮에 世宗路에
　　　외어 웃고 서 있구나

　　　그 빛깔 그 목숨이
　　　來日인들 가실까만

　　　발 멈춰 기울이는 向念에
　　　보람참이 겨우리.

―넷째 수

「진달래」에서는 고향과 전쟁의 상흔이 함께 상기된다. 꽃의 상징은 아름다움이다. 고궁에, 세종로에 고향산천을 옮겨다 놓은 듯 아름답게 피는 진달래, 웃고 있는 그 아름다워야 할 꽃의 모습에서도 고향산천의 전쟁의 상흔이 존재한다. 이영도의 「진달래」가 4·19 때 희생된 학생들을 애도하는 작품이라면, 리태극의 「진달래」는 고향산천에 피는 진달래를 생각하며 6·25 때 죽은 병사들의 넋을 위로하는 작품이다. 6·25 때 희생된 젊은 영혼들의 희생이 값지기를, 보람차기를 바라는 화자의 마음이 '발 멈춰 기울이는 向念'으로 표현된다. '向念'이란 그들에 대한 묵념이나 기도이다. 조국분단이라는 안타까운 비극적 역사인식 속에서도 애써 긍정을 찾아내는 화자의 현실 극복의지가 마지막 수 종장에서 긍정적으로 밝은 미래를 향하고 있음을 볼 수 있다. 이 작품에서도 분단조국에 대한 안타까움이 표현되고 있다.

이상으로 리태극의 고향의식의 발현 양상을 살펴보았다. 그의 의식 속에 나타나는 고향은 현실의 삭막함에 오염되지 않은 순수한 자연과 순박한 인심의 평화공간과 분단된 국토의 인식공간으로 나타나고 있다. 그 이유는 그의 지정학적인 고향이 화천이고 그곳은 山紫水明의 고장이기 때문에 어렸을 때 본 때 묻지 않은 순수의 자연과 순박한 인심을 가진 고향 사람들이 살던 평화스런 공간으로 인식되고 있으며, 한편 전쟁의 상흔을 다른 곳보다 많이 간직한 고향에 대한 인식은 분단된 국토에 대한 현실인식이며 나아가 통일에의 의지로까지 확대된다. 그의 고향의식의 작품을 통해 의식 속에 있는 고향은 순수 자연과 순박한 인심의 평화공간에 대한 그리움과 분단된 국토의 인식공간의 안타까움으로 나타나며 이러한 인식은 통일에의 의지로 확대되어 민족애, 조국애로까지 확산됨을 알 수 있다.

3. 自然으로서의 고향—鄭椀永

白水 鄭椀永은 1919년 11월 11일 경북 금릉군 봉산면 예지동 65번
지에서 父 知鎔, 母 延安 田氏 俊生의 4남2녀 중 2남으로 태어난다.
본관은 延日이며 조부 염기로부터 한학을 배운다. 1927년에는 봉계공
립보통학교에 입학하였으나 3학년 여름 홍수로 말미암아 단수 5마지
기가 유실됨에 따라 살길을 찾아 일본으로 건너간다. 1932년 대판 천
황사 야간부기학교 입학, 2년 수료 후 고향에 다시 돌아와 보통학교를
마치고, 1938년에는 성산 김씨 주배의 장녀 덕행과 결혼을 한다.

정완영은 1941년부터 시조를 습작했으며, 1941년에는 시조 창작 관
계로 일경에 끌려가 고문을 받기도 했다. 시조창작에 인연을 준 사람
으로는 초등학교 3학년 때 조선어시간에 동요를 열심히 가르쳐 주던
홍성린 선생과 일본에서 돌아와 5학년에 편입했을 때 일본인 교장 몰
래 시조와 우리 역사를 가르쳐 주던 이위응 선생이다. 1946년 「김천
시문학구락부」에서 「오동」이란 동인집을 2집까지 내다가 중단했으며,
6·25 피난 후 김천에서 「白水社」라는 문구점을 차렸었고, 동네사람들
은 그를 白主事라 부르기도 했다.

1960년에는 정완영이 작품만 쓰고 추천을 받지 않는 것을 딱하게
여긴 처남이 2편을 골라 부산에 있는 〈국제신보〉에 보내 「해바라기」
가 당선된다. 62년에는 본인의 의사에 따라 〈조선일보〉신춘문예에 「祖
國」을 보내 당선된다. 이 때가 42세였고, 정완영은 이때를 出壇이라
생각한다.

1966년에는 이호우·이영도·이우출과 함께 〈영남시조문학회〉를 창
립한다. 1967년에는 〈동아일보〉 신춘문예에 동시 「해바라기처럼」이 당

선되었고, 제2회 〈김천시 문화상〉을 수상하기도 한다.

1968년에는 첫 시조집 『採春譜』를 출간하고 1972년에는 시조집 『墨鷺圖』를 출간한다. 1974년에는 시조집 『失日의 銘』을 발간하게 되고 제11회 〈한국문학상〉을 수상한다. 또 그해에 고등학교 3학년 교과서에 작품 「조국」이 수록된다. 1976년 시선집 『산이 나를 따라와서』를 출간하게 되며, 1979년에는 동시조집 『꽃가지를 흔들듯이』를 출간하고, 회갑기념시사집 『백수시선』을 출간한다. 이 해에 제1회 가람문학상을 수상하고, 한국문인협회 시조분과회장을 맡게 된다.

1981년에는 『시조창작법』을, 1982년에는 『고시조 감상』을 출간한다. 중앙일보 시조 강좌를 맡고, 한국청소년연맹 시조 지도위원을 맡게 되며, 고향 김천의 남산공원에 고향 사람들의 뜻으로 시비가 세워진다. 1983년 초등학교 5학년 교과서에 작품 「분이네 살구나무」가 수록된다. 1984년에는 중학교 1학년 교과서에 작품 「父子像」이 수록되며, 시조집 『蓮과 바람』을 출간하고, 제3회 「중앙일보 시조대상」을 수상한다.

1985년에는 『시조산책』을 출간하였다. 1989년 『고희기념 사화집』을 헌정받았으며, 제5회 「六堂文學賞」을 수상한다. 1990년에는 시조집 『蘭보다 푸른 돌』을 출간하였으며, 1992년에는 한국시조시인협회 회장에 추대된다. 이 해에는 『茶 한잔의 갈증』이라는 수상집을 출간한다. 1994년에는 直指寺 경내에 시비가 건립되고, 시조집 『오동잎 그늘에 서서』를 출간한다. 1995년에는 『白水散稿』, 『나뷔야 靑山가즈』라는 수상집을 출간했으며, 은관문화훈장을 받는다. 1998년 동시조집 『엄마 목소리』를 출간하고, 2001년에는 시조집 『이승의 등불』을 출간한다. 그는 한국시조시인협회 부회장, 한국문인협회 시조분과 위원장, 영남시조문학회 회장, 한국문인협회 이사 등을 역임하기도 하였다. 1998년부터 直指寺

경내에 「鄭椀永 時調文學觀」 건립을 추진 중이다.

정완영은 41년부터 시조를 써 왔다고 하지만 60년대에 등단한 만큼 60년대의 시인으로 보고 있다. 때문에 그의 작품에서 60년대 이후의 고향의식이 어떻게 나타나는가를 살펴보아야 할 것이다. 1960년대는 4·19와 민주화 운동이 한창이던 시대이다. 그리고 국토개발과 가난극복이라는 이유로 많은 사람들이 농촌을 떠나 도시로 모여들던 시대이기도 하다. 산업사회를 거치면서 급격히 사회가 변화되어 空間的·精神的 고향상실감을 느끼는 사람이 많아졌고, 때문에 문학에서 고향에 대한 鄕愁, 思鄕 등의 작품이 많이 나타난 시기이다.

정완영의 12권의 시조집에서 발견한 고향이나 향수에 관련된 시조들은 중복을 빼고 나서도 100편이 넘는다. 그것은 주로 고향이란 단어가 들어간 경우인데, 고향이란 단어가 보이지 않으면서도 고향을 노래한 작품까지 치면 더 많은 분량이라고 볼 수 있다.

그의 시조에서 보면 15년의 고향 생활이라고 한다. 여든이 넘은 그의 인생에서 15년이란 일생의 5분의 1도 안 되는 삶이지만, 그것이 평생 그의 마음속에 자리잡고 그의 밑바닥에 간직된 정서로, 그리움으로 남아 있음을 알 수 있다.

일반인들보다 감정이 섬세하다고 하는 시인에게 있어서는 고향이라든가, 어린 날의 추억이 더욱 감상 깊게 다가올 수밖에 없을 것이며, 또한 그 고향이 시골이고 전원생활을 했던 곳이라면, 도시의 각박한 현실에 묻혀 생활하다 보면 고향산천이 더 그리워지게 마련이다. 고향이란 단어가 주는 편안함, 그리움, 사랑스러움 등은 보편적 인간이 느끼는 감정이다.

볼노프는 고향을 "인격이 태어나고 자라고 또 일반적으로 계속 집으로 가지고 있는 삶의 영역"이라고 정의한다. 또 고향은 그에게서 부모와 자식, 형제자매 등과 같은 가족 내에서의 친밀한 인간관계들과 함께 시작되는 곳이라고 보고 있으며 이것은 고향을 어떤 영역적인 차원에서 접근하기보다 혈통 및 가족 중심적으로 접근하는 시도이다. 이런 요소 외에 고향은 마을과 같은 공간적인 차원과 또 전통 같은 시간적인 차원을 지니고 있다는 것이다.[105]

D. W 하아딩은 향수의 사회성에 대해서 '사회생활의 일면'이라고 규정하면서 "사회에서 우리가 적절한 집단생활을 경영할 수 없을 때 우리는 鄕愁를 가진다"[106]고 하여 일상생활에서 향수의 유발동인에 대한 사회적 측면의 고찰을 제시했다.

양현승은 思鄕은 막연하게 이미 존재하지 않는 시·공간에 대해 선험(Priori)된 것을 그대로 마음속에 회상하여 재현시켜 본다는 의미가 아닌 "선험된 것에 대한 想像의 즐거움이 동반된 思를 의미하는 것"이라 보았다. 이 즐거움은 歸巢本能이라는 일종의 본능적 욕구를 충족시킴으로써 얻어지는 쾌락이며 위안이라고 볼 때 思鄕은 歸巢本能의 慾求에 대한 代理滿足[107]이라고 보았다.

정완영의 작품에는 고향의 자연이 늘 함께하는 자연친화 사상이 들어 있다. 그에게 있어 고향은 인격이 성장한 곳이며, 조상과 자손이 함께 사는 땅이며, 부모와 동기가 함께하는 친밀한 인간관계를 지닌 곳이며, 자연 그 자체이다. 그는 고향을 노래함으로써 자연과 인간에 대한 사랑과 종교적 귀의까지 나타내고 있다.

---

105) 전광석, 앞 논문에서 재인용.
106) 전광석, 앞 논문에서 재인용.
107) 양현승, 앞 논문.

가. 田園的 자연친화 공간

人間은 자라면서, 그리고 어른이 된 후에도 回歸不可能한 시간과 공간인 유년에 대한 그리움을 갖는다. 어린 시절 태어나서 자라난 곳, 즉 고향과 현재 생활하는 곳이 다를 경우 어린 시절에 대한 추억과 그리움은 더 클 것이다. 幼年의 꿈을 키워 오던 遊戲空間이었고 童話空間이 바로 고향이기 때문이다.

동서양의 모든 인간들이 고향을 그리워하고 고향을 사랑하는 것은 공통된 정서이지만 삭막한 도시공간이 아닌 田園的, 自然的 공간이 고향인 사람들은 더욱 고향을 그리워함을 알 수 있다. 그것은 産業化된 삭막한 현대의 都市生活에서 自然에의 鄕愁가 더욱 간절하기 때문이다.

조선시대에도 '歸去來'를 외치며 田園으로, 自然으로 돌아가기를 원했던 '江湖歌道'가 있다. 그들은 벼슬살이를 하다가 당파 싸움으로 고향으로 돌아가 자연을 벗하며 살기를 원했던 사람들이고, 아니면 아예 어지러운 政界에 나타나지 않고 자연 속에 파묻혀 살기를 원했던 사람들이다. 그만큼 예부터 우리 민족은 자연을 좋아하고 그 속에서 살기를 원했던 것이다. 정지용이 고향을 그리며 쓴 작품인 「鄕愁」는 우리들에게 전원적이며 아늑한 공간으로서의 고향을 느끼게 하며, 이은상의 「가고파」는 우리 모두에게 고향에 돌아가고픈 마음을 갖게 한다.

넓은 벌 동쪽 끝으로/ 옛이야기 지줄대는/ 실개천이 회돌아 나가고/ 얼룩백이 황소가 해설피 금빛 게으른 울음을 우는 곳.// ─그 곳이 참하 꿈엔들 잊힐리야.//

질화로에 재가 식어가면/ 뷔인 밭에 밤 바람 소리 말을 달리고,/
엷은 조름이 겨운 늙으신 아버지가/ 짚벼게를 돋아 고이시는 곳,//
—그 곳이 참하 꿈엔들 잊힐리야.//
　흙에서 자란 내 마음/ 파아란 하늘 빛이 그립어/ 함부로 쏜 화살
을 찾으려/ 풀섶 이슬에 함추름 휘적시던 곳,// —그 곳이 참하 꿈엔
들 잊힐리야.//

—「향수」 부분

내고향 남쪽 바다 그 파란 물 눈에 보이네
꿈엔들 잊으리오 그 잔잔한 고향 바다
지금도 그 물새들 날으리 가고파라 가고파

—「가고파」 부분

　이러한 작품들이 우리들을 숙연하게 만드는 건 그 시 속에 자신의
어린 날이 있고, 아름다운 자연이 있기 때문이다. 인간은 고향을 그리
워하여 鄕愁病(homesickness)에 걸리기도 하는데 '알프스의 소녀'에서
하아디는 아름다운 알프스 산정의 자기 집을 그리워하다 鄕愁病
(homesickness)에 걸려 밤마다 '몽유병'으로 고생하게 된다. 그때 그
소녀는 고향, 곧 맑디맑은 알프스산의 자연으로 돌아가고픈 향수였다.
이때의 향수는 실재적인 장소의 고향을 의미한다. 그러나 고향의식에
는 실재적 장소를 그리워하는 향수 외에 고향에 대한 지향의식인 정
신적인 의미로서의 향수(nostalgia)도 해당이 되는 것이다.
　정완영의 시조의 전체적 맥락 속에서 고향은 매우 비중 있는 의미를
지닌다. 고향에 관한 시조 작품은 그의 전 생애에 걸쳐 광범위하게 나
타나며, 그것은 그의 모든 시조집에 고향에 관한 작품이 실려 있는 것
으로도 증명된다. 정완영의 시조세계는 유년의 삶을 형상화하는 고향

을 모티브로 한 시조에서 출발하여 확산 수렴하는 양상을 보이고 있다.

그의 고향 시조의 공간은 처소적 의미로만 간주할 수는 없다. 그의 고향 작품은 농경문화적·전원적 터전을 기반으로 형상화되어 있으나, 이 공간은 부모·동기들에 대한 가족애와 가족 간의 유대관계가 깊은 곳이기도 하다. 抒情的이고, 田園的이며, 牧歌的인 면을 많이 발견할 수 있는 그의 작품은 그의 성장 환경과 관련이 있다. 어렸을 때 보고 자란 원형적 공간인 고향에는 바로 자연이 있다. 곧 고향을 사랑한다는 것은 어릴 때 고향에서 보고 자란 자연에 대한 사랑을 의미한다.

> 내 고향은 언제나 황악산에서부터 소나기가 쏟아져 내려왔습니다. 그 소리는 흡사 천병 만마가 말발굽을 굼놓으며 달려오는 시늉을 했고, 이 소나기가 지나가고 나면 덩그렇게 쌍무지개 걸린 동녘 하늘 아래 금릉 30리 내달이벌에 7월 벼 오르는 소리가 물씬물씬 들려왔던 것입니다.
>
> —「시가 있는 여름」

위의 예처럼 정완영의 고향에 대한 愛着은 그의 수필 곳곳에서 발견된다. 시조에서 나타나는 그의 고향에 관한 작품은 處所였던 金泉이나 금릉을 중심으로 사실적인 情景描寫나 어린 날의 추억이 많은 비중을 차지한다. 정완영에게 그 고향은 自然親和의 空間이며, 祖孫이 함께 사는 땅으로 인식된다. 그의 작품에서는 處所的 故鄉의 情景描寫를 주로 하고 있으며 그의 故鄉에 대한 그리움은 곧 고향 김천 직지사 주변의 自然과 田園에 대한 그리움이기도 하다. 作品을 통하여 故鄕意識의 發現樣相을 살펴보기로 한다.

경부선/ 김천에서/ 북으로 한 20리//
추풍령/ 먼 영마루/ 구름 한 장 얹어두고//
밟으면/ 거문고 소리/ 날듯도 한 내 고향길.//

한 구비/ 돌아들면/ 돌부처가 살고 있고//
또 한 구비/ 돌아들면/ 이조 백자 닮은 마을//
땟국도/ 금간 자국도/ 모두 정이랍니다.//

바위 틈/ 옹달샘에도/ 다 담기는 고향 하늘//
해와 달/ 곱게 접어/ 꽃잎처럼 띄워 두고//
조각달/ 외로운 풀에도/ 꿈을 모아 살던 마을.//

널어논/ 무명베 같은/ 시냇물이 흘렀는데//
낮달이/ 하나 잠기어/ 흔들리는 여울목엔//
별보다/ 고운 눈매의/ 조약돌도 살았어요.//

두 줄기/ 하얀 전선이/ 산마루를 넘어 가고//
쑤꾸기/ 울음 소리가/ 그 전선에 걸려있고//
늦은 봄/ 장다리밭엔/ 노오란 해가 숨었지요.//

—「시인의 고향」 전문

故鄕을 주제나 소재로 쓴 많은 시조에서 정완영은 주로 實在의 地名을 쓰고 있다. 이러한 표현의 효과는 독자에게 사실감과 친근감을 주어 작품의 진솔성과 함께 더 쉽게 작품에 접근할 수 있게 한다. 작품에서 實在 地名을 사용함으로써 시 속의 화자는 바로 시인 자신이며, 시인 자신의 고향을 말하고 있음을 알 수 있다. 시인이 태어나고 자란 곳, 즉 처소적 고향에 대한 그리움을 노래하고 있는 것이다.

원래 시인은 작품 '밖'에 존재하고, 화자는 작품 '안'에 존재한다. 그래서 작품 속에서 말하는 이를 시인과 구분하여 화자[108]라 부른다. '작품 속의 시인'은 시인의 경험적 자아가 시적 자아로 변용·창조된 것이지 시인의 실제의 개성 그 자체는 아니다.[109] 시에서 화자와 시인이 동일시되면 개성론이 되고 이때의 시는 고백적이며 자전적이다. 즉 1인칭 화자인데, 시조 작품은 1인칭 화자가 많은 편이며, 특히 고향을 소재나 주제로 한 작품은 더욱 그러하다. 때문에 고향을 소재나 주제로 한 정완영의 작품에서 나타나는 1인칭 화자는 바로 시인 자신이라고 볼 수 있다. 따라서 그의 작품은 개성론의 시로서 고백적이며, 자전적인 경우가 많다. 이러한 작품을 통하여 독자는 정완영의 육성을 듣게 되고 그의 인격을 보게 된다. 고향에서의 유년의 추억을 말하고 있는 경우, 화자가 체험을 겪고 난 뒤에 어느 한 시점에서 자신의 목소리로 이야기를 하는 경우이다.

위 작품은 고향에 대한 선명한 이미지의 제시와 정경묘사를 통해 고향을 그리는 향수가 구체적으로 실감나게 표현되어 있다. 인간사는 유한이고 자연은 무한이라, 그 고향 마을에 살던 사람들과 고향 집은 많이 변한 상태겠지만, 시인이 뛰어 놀고 꿈을 심던 유희공간인 산과

---

108) 화자(persona)는 배우의 가면을 의미하는 라틴어 퍼소난도(personando)에서 유래한 연극 용어이다. 그러나 이제 퍼소나는 연극의 가면만을 가리키는 희곡의 인물뿐만 아니라 시, 소설의 인물, 특히 시, 소설의 일인칭 화자를 가리킨다.

109) S. K. Langer는 서정시의 주관성이란 사실인즉 실제의 시인의 그것과는 다른 가상적 주관성이라고 했으며, N. Frye는 서정시나 에세이조차도 어느 정도까지 작자는 '허구'의 독자에게 '허구'의 주인공으로 이야기한다고 했다. T. S. Eliot가 〈전통과 개인의 재능〉에서 시란 정서로부터 그리고 개성으로부터 '도피'라고 말한 진정한 의미는 여기에 있다.

들, 산마루와 시냇물은 예전의 모습을 유지하고 있을 것이다. 정경묘사를 통해 표현되는 고향의 모습, 정경묘사를 통한 시각적 이미지 제시는 보다 선명하고 자연스러운 유년의 고향의 모습을 형성하며, 이 시조를 읽는 사람에겐 어릴 때의 동화 공간을 환기시켜 주는 역할도 한다.

話者는 소년으로 童心空間으로서의 故鄕情景을 소개하고 있다. 김천에서 이십 리를 더 가면 거기 그리운 시인의 고향이 있다며 고향을 소개한다. 동심의 추억 속에 그리는 동화적·유희적 공간은 지금도 회귀 가능성이 있는 實存空間이다. "경부선/ 김천에서/ 북으로 한 20리//"라고 하여 화자가 어린시절을 보낸 실존공간으로서의 고향을 첫 수의 초장에서 설정하고 있다. 그 공간에서 볼 수 있는 소재는 시각적 심상의 추풍령 먼 영마루에 얹힌 구름 한 장이다. '구름 한 장'에서 느껴지는 아득한 그리움의 그 고향길은 "밟으면 거문고 소리 날듯도 하여" 종장에 오면 고향의 그윽함이 '거문고 소리'로 청각적 심상화하고 있다.

둘째 수에 오면 고향은 생동감이 넘치며 소박한 아름다움을 지닌 모습으로 다가온다. '돌부처가 살고 있고'란 표현으로 무생물도 살아 숨쉬는 생동감이 있는 고향이며, '이조 백자를 닮은 마을'로 화려하지 않고 소박한 이미지로 다정다감하게 다가오는 고향이며, 그리하여 땟국도 금간 자국도 모두 정으로 느껴지는 고향이다.

이 시조에서는 '추풍령, 영마루, 구름, 돌부처, 마을, 바위, 옹달샘, 고향 하늘, 해와 달, 꽃잎, 조각달, 풀, 시냇물, 낮달, 여울목, 별, 조약돌, 전선, 산마루, 쑤꾸기, 장다리밭, 해……' 등 주로 자연 및 전원적 풍경이 소재로서 등장하며, 어린 날의 꿈이 담긴 고향의 모습이 나타난다. 이렇게 정완영의 고향의식 속에는 자연이 함께 존재한다. 그가

추억하는 유년의 고향은 자연과 밀접한 생활이 있던 곳이며, 그 속에
서 자연을 사랑하고 자연과 더불어 삶을 누리는 자연친화적 공간임을
알 수 있다.

쓰르라미 매운 울음이 다 흘러간 極樂山 위
내 고향 하늘빛은 열무김치 서러운 맛
지금도 등 뒤에 걸려 사윌 줄을 모르네.

洞口밖 키 큰 장성 十里벌을 다스리고
푸수풀 깊은 골에 시절잊은 물레방아
秋風嶺 드리운 落照에 한 幅 그림이던 곳.

少年은 풀빛을 끌고 歲月 속을 갔건마는
버들피리 언덕 위에 두고온 마음 하나
올해도 차마 못 잊어 봄을 울고 갔더란다.

오솔길 갑사댕기 서러워도 달은 뜨데
꽃가마 울고 넘은 서낭당 제 철이면
생각다 생각다 못해 물이 들던 도라지꽃.

가난도 길이 들면 양처럼 어질더라
어머님 곱게 나순 물레줄에 피가 감겨
靑山 속 감감히 묻혀 등불처럼 가신 사랑.

뿌리고 거두어도 가시잖은 억만 시름
고래등 같은 집도 다락같은 소도 없이
아버님 탄식을 위해 먼 들녘은 비었더라.

빙그르 돌고 보면 人生은 回轉木馬
한 목청 뻐꾸기에 고개 돌린 외 사슴아
내 죽어 내 묻힐 땅이 구름 밖에 저문다.

—「고향 생각」 전문

　이 작품은 일곱 수로 된 연시조로, 고향에 대한 옛 추억을 살리고 있을 뿐 아니라 앞으로 내 죽어 내 묻힐 땅이 구름 밖에 머문다고 표현함으로써 죽어서 고향에 묻히고 싶은 귀향의식까지 내포하고 있다.

　고향에는 그림같이 낙조가 아름답던 어린 날이 있고 버들피리 불던 소년의 마음이 있다. 그러나 그 속에는 기쁨만 있는 것이 아니고 가난과 탄식과 울음도 함께 담겨 있다. 첫째 수를 보면 "쓰르라미 매운 울음이 다 흘러간 극락산 위"라고 표현함으로써 '쓰르라미 매운 울음'이란 생의 괴로움이나 고통을 상징한다고 볼 수 있다. '다 흘러간 극락산 위'란 그러한 고통이나 괴로움 등이 다 사라진 후의 극락 같은 평화로운 곳을 상징한다고 볼 수 있다. 그러나 '고향 하늘빛은 열무김치 서러운 맛'의 서러운 심상이며, 지금도 사윌 줄을 모른다고 하여 고향이 서러움으로 화자에게 다가옴을 알 수 있다. 셋째 수와 일곱째 수에서도 고향은 서러움으로 다가온다. 풀빛처럼 푸르고 어리던 소년은 세월을 끌고 늙어가서 이제는 고향 땅에 가 묻힐 생각을 하고 있다. 어릴 적 동화공간·유희공간의 상실에 대한 인식으로부터 향수는 나타난다. 이때 유년의 향토적 생활공간의 상실에 대한 아픔이 절실하면 절실할수록 고향에 대한 정경묘사는 목가적이고 전원적이며 자연친화의 경향을 보여준다. 어린 시절의 유희공간이 자라서 성년이 되고 고향을 떠난 후에는 정서공간·보편정신의 안식공간으로 나타난다.

1. 현대시조의 고향성 연구　97

둘째 수에서의 '장성, 물레방아, 낙조' 등의 시각적 심상을 통해 그림처럼 아름다웠던 고향을 추억하고 있다. 셋째, 넷째 수에서는 어린 날의 꿈과 낭만과 사랑이 나타난다. 다섯째, 여섯째 수에서는 어머니와 아버지에 의해 상기되는 고향의 모습이다. 가난 속에 양처럼 어질게 살다 가신 어머님, 시름 속에 탄식 속에 살다 가신 아버님에 대한 회상이 시적 모티브가 되고 있다. 일곱째 수의 "빙그르 돌고 보면 人生은 回轉木馬"라고 하여 인생에 대한 관조적 자세가 나타나며 첫째 수의 "쓰르라미 매운 울음이 다 흘러간 극락산 위"와 맥을 같이한다. 고향의 천진한 소년은 꿈을 찾아 타관 땅을 찾게 되고 그 땅에는 어려움과 시련이 있다. 그 시련을 겪으면서 소년은 어른이 되고 삶을 이해하고 터득하게 된다. '풀빛을 끌고 歲月 속을 간' 소년은 인생을 살아 보고 나서 인생에 대한 깨달음과 관조를 배우고, 이미 세상의 어려움과 시련을 맛보고 나서 순수한 원래적 고향의 고귀함을 깨닫는다.

'인생은 회전목마', '내 죽어 내 묻힐 땅'이란 표현 속에 고향에의 귀향의지와 자연에서 태어나서 다시 자연으로 돌아가는 人生의 理致를 강하게 드러내고 있다. 위 시조에서는 향토적 정서공간에 대한 귀향가능성의 인식과 귀향의지가 생의 마지막 순간, 죽어서는 고향땅에 묻히겠다는 소박한 꿈과 의지로 나타나고 있다. 고향에 대한 이러한 정서는 독자에게 정서적 공감대·정신적 일체감을 형성해 주기도 한다.

이 작품에 대해 김제현은 "청산유수처럼 흐르는 리듬 속에 언어들이 제자리를 찾고 있으며 그 감성은 가장 한국적인 자연과 정감과 이미지를 교직하여 서정의 높은 품격"[110]을 이루어 내고 있다는 견해를 보여

---

110) 김제현·고경식, 『시조 가사론』, 예전사, 278쪽.

서정의 품격이 높은 시조임을 지적한 바 있다. 또한 이성재는 "「고향생각」은 단순한 고향의 추억이나 향수를 노래한 것이 아니라, 한국인의 전통적 정서인 정한을 노래하고 있는 것이다. 정완영의 고향은 정한의 세계로 한국적 정한과 육친에 대한 사무침에 기인한다."[111]라고 하여 정완영의 고향의식을 한국적 정한과 육친에 대한 사무침으로 보고 있다.

또 서벌은 "쓰르라미의 울음이 맵다는 감각, 내 고향 하늘빛이 서러운 열무김치의 맛으로 오는 감각은 이 나라 산천이 백수 세계에 준 共感覺이고 特惠다. 고향을 가슴에 지니되 사무침으로 지니지 않고서는 이런 특혜를 받지 못한다. 그것은 고향을 지극한 감성으로 받드는 데서 오는 사무침이고, 나를 낳아 주고 길러 준 부모 감각과 일치된 데서 우러난 사무침이다."[112]라고 하여 고향에 관한 사무침의 시로 보고 있다.

위에서 보듯 김제현은 "한국적인 자연과 정감과 이미지를 교직하여"라고 하여 작품에 나타나는 자연성을 말하고 있으며, 서벌 역시 "이 나라 산천이 백수 세계에 준 공감각이고 특혜다."라고 하여 정완영의 작품 속에 '이 나라 산천', 즉 그의 시조에 자연이 깊게 작용하고 있음을 말하고 있다.

> 시냇가 수양버들 눈은 미처 못 떴지만
> 봄 오는 기척이야 어디서나 소곤소곤
> 별밭도 잔뿌리 내리고 잠도 솔솔 내리더라.
>
> —「고향의 봄」

---

111) 이성재, 「정완영론」, 『한국시조작가론』, 국학자료원. 1999.
112) 서　벌, 「유·불·선의 동심원, 그 한국적 감성과 가락 —백수 정완영론」, 『백수 정완영선생 고희기념사화집』, 가람출판사, 1989, 497쪽.

동구밖 정자나무는 대궐보다 덩그런데
패랭이꽃 만한 하늘은 골에 갇혀 혼자 피고
금매미 울음소리만 주렁주렁 열리더라.

―「고향의 여름」

붕어떼 피라미떼 살 오르던 시냇물이
밤이면 꼬리치며 하늘로도 이어지고
그 물이 은하수 되어 용마루에 흐르더라.

―「고향의 가을」

아랫목 다 식어도/ 정이 남아 훈훈하고
쌀독 쌀 떨어져도/ 밤새도록 내리던 눈
삼이웃/ 둘러만 앉아도/ 만석 같은 밤이더라.

―「고향의 겨울」

이 시조는 고향의 봄, 여름, 가을, 겨울을 생각하며 쓴 작품이다. 이 작품의 소재는 '시냇가, 수양버들, 별밭, 잔뿌리, 동구 밖, 정자나무, 패랭이꽃, 하늘, 골, 금매미, 붕어떼, 피라미떼, 시냇물, 은하수, 용마루' 등으로 우리가 느낄 수 있는 한국적 정서, 향토적 정서인 자연이 소재가 되어 작품에 다정다감한 이미지를 주고 있다. 누구나 꿈꾸고 있는 원초적 고향의 모습일 수도 있다.

정완영에게 고향은 자연과 깊이 밀착되어 있다. 사계절의 모습이 우리의 삶과 밀착되어 있는 곳, 그곳은 우리의 정서가 배어 있는 곳이며, 바로 고향 마을이다. 이렇게 고향에 대한 그리움은 곧 자연에 대한 그리움이기도 하다. 공간적 정경묘사가 월등한 이 작품은 시간적 의미 인식에 대한 작품보다 현재적 삶의 모습이 현저히 약화되어 있어 현재적 삶의 모습은 거의 나타나지 않는다. 고향에 대한 과거의 회상적인 기억만 나타날 뿐 현재의 화자의 모습은 보이지 않는다. 어떠한 갈등도 나타나지 않고, 평화스런 계절의 모습과 화자의 그리움만 존재하는 공간이다.

이 작품에서는 "시냇가 수양버들 눈은 미처 못 떴지만"이라는 표현 속에는 자연을 의인화하여 고향의 이른 봄 모습을 인격화하고 있다. '눈을 미처 못 떴다'는 표현 속에서 느낄 수 있는 것은 '눈 못뜬 강아지'의 귀여운 모습을 본 듯하여 우리로 하여금 보호본능을 자아내게 하여 더욱 다감한 모습으로 작품에 다가가게 하는 효과를 나타낸다. "패랭이꽃 만한 하늘은 골에 갇혀 혼자 피고"란 표현 속에 시골의 작고 어여쁜 하늘의 모습이 나타나고, "금매미 울음소리만 주렁주렁 열리더라."라고 청각을 시각화하여 한여름 요란한 매미소리를 보이듯이 표현하고 있다. '붕어떼 피라미떼 살 오르던 시냇물', '밤새도록 내리던 눈' 등으로 고향의 자연과 계절을 정감 있게 표현하고 있다.

또 이 작품은 종장마다 '더라'라는 과거회상형의 시어를 써서 현재가 아닌 과거의 기억만을 재생시키고 있다. 기억의 재생, 즉 어린 시절에 대한 기억은 심리적인 폐허의 영역이며, 추억의 골동품일 수밖에 없다. 그러나 정완영은 고향에 대한 작품을 통하여 빛바랜 추억을 반짝반짝 빛나는 소중한 보석으로 변화시키고 있다. 그리고 비록 그 경험들이 서로 다른 날짜와 장소를 배경으로 이루어졌더라도 향수라는 정서적 공감대를 형성하여 독자를 감동시킨다. 작가가 작품을 통해 자신의 경험을 되살리는 것을 계기로 하여 독자는 그 작품을 읽음으로써 자신의 경험을 되살리게 되어 제각기 기억 속에 사장되어 있던 어린시절의 단편적인 추억을 살아 꿈틀거리는 생명으로 부여받게 되는 것이다.

그것은 아무래도/ 太陽의 眷屬은 아니다
두메 산골 긴긴 밤을/ 달이 가다 머문 자리
그 둘레 달빛이 실려/ 꿈으로나 익은 거다.

눈물로도 사랑으로도/ 다 못 달랠 懷鄕의 길목
산과 들 적시며 오는/ 핏빛 노을 다 마시고
돌담 위 十月 上天을/ 등불로나 밝힌 거다.

초가집 까만 지붕 위/ 까마귀 서리를 날리고
한 톨 감 외로이 타는/ 韓國 千年의 시장기여,
세월도 팔장을 끼고/ 情으로나 가는 거다.

―「감」 전문

　　가장 아름다운 한국적 전원 풍경의 한 단면이다. 우리 민족의 농경 문화 속에서 볼 수 있는 풍경인 한국의 자연, 한국의 정서가 가장 잘 드러나는 모습이다.

　　이 작품의 소재인 '감'은 고향의 정서, 자연의 정서를 나타내 준다. 시각적 심상이 두드러진 이 작품에서 '감'은 '달이 가다 머문 자리', '꿈으로 익은 것', '돌담 위 十月 上天', '핏빛 노을 마신 등불', '한국 천년의 시장기', '정'으로 은유 및 상징으로 형상화되어 나타나고 있다. 작품의 전체적 분위기에서 느껴지는 따뜻하고 아름다운 고향의 정서가 '감'의 형상화로 잘 나타나고 있다. 감이 익어가는 공간은 한국의 어느 산비탈의 모습일 수도, 아니면 마을 한가운데의 모습일 수도 있다. 늘 우리들 마음이 달려가는 고향, 그곳엔 언제라도 우리들의 마음을 편안하고 넉넉하게 감싸 주는 자연적 환경이 있다. 인간이 자연과 더불어 살아가는 모습의 단면을 위 작품은 보여준다. 정완영의 뛰어난 언어감각과 비유감각이 "그것은 아무래도 태양의 권속은 아니다, 韓國 千年의 시장기, 세월도 팔장을 끼고" 등에서 잘 드러나고 있다.

정완영의 고향의식의 발현 양상 중 자연친화적 공간으로서의 고향을 살펴보았다. 위의 작품을 통해 그가 그리는 고향은 전원적 자연친화의 공간임을 알 수 있다. 그가 주로 쓰는 소재는 한국적 정서, 향토적 정서인 자연이다. 사계절의 모습이 뚜렷이 나타나는 한국의 자연, 어린 날의 유희 공간이었고 동화 공간이었던 고향의 정경을 제시하여 고향의 모습을 보여주고 있다. '귀거래'를 읊으며, 고향의 자연으로 돌아가 조용히 살기를 원했던 조선시대의 江湖歌道처럼 정완영은 어린 날의 추억과 자연 속의 생활을 그리워하고 있다. 그가 그리는 고향은 그가 태어난 김천이라는 지정학적인 고향을 중심으로 한 한국적 정서가 깃들어 있는 전원적 자연친화 공간이다.

나. 祖孫이 함께하는 안식 공간

정완영의 시조에 나타나는 고향의식에서 자연친화의 공간 외에 고향은 조상과 자손이 함께 살아가는 안식 공간으로 발현된다. 조부모, 부모, 형제, 친지들이 함께 등을 맞대고 살아가는 안식 공간이다. 그는 고향의 정의를 다음과 같이 하고 있다.

> 고향이란 산 사람과 죽은 조상이 등을 맞대 사는 마을이다. 고향이란 산 사람들만이 이해에 얽혀 그날 그날을 살아가는 근시안적이고 단세포적인 뜨내기 마을이 아니라 산 사람(子孫)과 죽은 사람(祖上)이 등을 맞대 사는 마을이다.113)

고향이란 아빠 엄마만이 자녀들을 기르며 사는 단세포 마을이 아니라 할아버님, 아버님의 석굴암 대불과 할머님, 어머님의 관세음보살이 그 산천에 앉아 계시어 그 후광으로 자손들을 가호하고 있는 곳이다.[114]

어머니 아버지, 다시 말해서 어버이는 집이라는 우리 안에서만 사는 어린 새끼들의 비호자가 아니라, 그 선을 훨씬 넘어서 고향이라는 至情의 처소에 정좌하시어 슬플 때나 기쁠 때나 撫愛하고 愛恤하시며, 雨露의 은택까지를 내 兒孫들 위에 드리워주시는 現人神이시며, 비호자 아닌 가호자이시다.[115]

이러한 백수의 고향관은 그의 작품 곳곳에서 나타난다. 고향은 조상이 살았던 땅이요, 부모가 살았던 땅이요, 내가 죽어 묻힐 땅이다. 부모, 형제, 친구, 친척 등을 생각할 때 으레 고향이 떠오르는 것이고, 또 고향을 생각할 때마다 떠오르는 얼굴들이 그들이다. 고향은 육친에 대한 밀착성을 떠올려 주는 세계인 것이다. 그리하여 조상이나 부모로부터 보호받았던 곳, 보호받을 수 있는 곳이므로 그곳은 언제나 따뜻하고 편안한 안식 공간으로 존재한다.

높지도 않은 그 산, 깊지도 않은 그 물,
그래도 그 산 그 물 무엇인가 비칠 듯 해
닦으면 닦아낼수록 청동거울 같은 고향

---

113) 정완영, 위 책.
114) 정완영, 『차한잔의 갈증』, 햇빛출판사, 1992. 96쪽.
115) 정완영, 『백수 정완영선생 고희기념사화집』, 가람출판사, 1989, 426쪽.

하늘엔 빗살무늬 기러기떼 날아가고
사계의 비바람이 어루만진 無紋土器
세월이 흐르지 못하고 거기 숨어 사옵디다.

애당초 고향이야 깊이 잠든 先史時代
파 보면 파 볼수록 출토되는 햇살이여
한결로 별빛에 가 닿는 祭器 아니오리까.
―「先史고향」 전문

고향에 대한 긍정적 인식을 보여주는 작품이며, 우리들 의식의 깊은 밑바닥에 있는 삶의 정신적 뿌리로서의 고향을 보여주고 있다. 원래 선사란 역사 이전의 역사다. 기록되기 전의 역사를 선사라고 하듯 고향으로 인식되기 전의 고향을 「先史고향」으로 보아야 할 것이다. '높지도 않은 그 산, 깊지도 않은 그 물'에서 느낄 수 있는 정서는 위압적이지 않고 다정다감하여 언제라도 쉽게 다가갈 수 있는 포근한 자연적 공간이다. 별 볼일 없을 것만 같은 공간인데도 '무엇인가 비칠 듯 한' 고향이다. 녹슨 곳을 닦아 내면 닦아 낼수록 반짝이는 청동거울처럼 고향은 생각하면 생각할수록, 애정을 가지면 가질수록 우리들 마음속에 더 밝고 아름답게 비친다. 그곳은 시간이 흐르지 않는 것이 아니라 우리들 기억 속의 시간이 정지되어 있는 곳임을 이 작품에서는 말하고 있다. 또 '빗살무늬 기러기떼'와 '無紋土器'를 대조하여 '빗살무늬 기러기떼'는 날아가는 존재로서, '無紋土器'는 비바람 속에 남아 있는 존재로서 표현하여 '시간의 흐름'과 '시간의 정지'를 상징하고 있다.

비록 어렸을 때 떠난 고향이라도 고향은 언제나 우리 의식의 중심에 있다. 우리가 살면서 저도 모르게 핏줄이 당겨지는 목숨의 磁場이 그곳에는 있다. 뚜렷하게 높지도 않은 산, 깊지도 않은 물, 그러면서도 그곳은 닦으면 닦을수록 윤기 나고 빛나는 청동거울 같다. 어떠한 화려한 무늬도 없이 무문토기 같은 밋밋하고 단순한 고향, 그곳에는 정지된 시간이 있다. 생각이 멈추고 흐르지 않는 공간이다. 우리들의 선조가 살다간 시대처럼 우리들의 의식 속에 잠들어 있는 시간과 공간, 그곳에서 시인은 밝음을 찾아내고 있다. 별빛에 가 닿는 祭器처럼 신성한 곳이 또한 고향이라고 보고 있다.

반 만 년인 5천 년의 역사를 지녀 온 우리 민족, 우리 조상이 이 땅에 뼈를 묻어 온 지는 더 오랜 세월임이 분명하다. 산 사람과 죽은 조상이 등을 맞대 사는 곳, 산 사람과 죽은 사람의 유대의식이 핏줄처럼 이어져 내리는 곳, 조상의 幽宅인 마을이 고향이다. 「先史고향」으로 照鑑해 보는, 역사적 시간이라는 과거의 고향은 나의 主體가 존재하게 된 諸根源으로서 중요한 의미를 지니기도 한다.

> 날만 새면 홍수가 나서 소용도는 세상살이
> 다 잊고 어느 하루 고향마을 찾아갔더니
> 감꽃이 적막한 이 세상 한복판에 떨어지더라.
>
> 아버지 어머니는 저 세상의 뻐꾹새 되고
> 형님 누나 모두 데려가 품에 안고 뻐꾹새 되고
> 사시절 한 우물 파는 푸른산만 깊어 가더라.
>
> 온 세상 떠내려 가도 고스란히 남은 섬아!
> 내 죽어 촉루로 빛날 들찔레도 미리 펴나고
> 섬돌 위 벗어놓고 온 내 신발도 거기 있더라.

—「떠내려 가지 않는 섬」 전문

시각적 심상이 두드러진 이 작품은 그 모든 인생의 희로애락 속에서도, 망각의 세월 속에서도 화자의 의식 속에 자리한 뿌리 깊은 고향은 흔들리지 않고, 떠내려가지 않는 세계임을 보여주고 있다. 그는 삶의 고달픔을 '날만 새면 홍수가 나서 소용도는 세상살이'로 표현하고 있다. 타향에서의 인생살이는 결코 쉽지가 않다. 늘 새로운 고민거리와 그 해결로 인생은 소용돈다. 그러한 모든 것을 잊고 고향을 찾아갔을 때 느낀 적막감을 첫 수에서는 말하고 있다.

고향에서 느끼는 적막감의 이유가 둘째 수에 나온다. 그것은 이미 나와 깊은 유대관계를 맺고 있는 아버지, 어머니, 형님, 누나가 모두 저 세상의 뻐꾹새가 되었기 때문이다. 화자에게 있어 고향은 끊을래야 끊을 수 없는 핏줄의 유대관계인 부모·동기의 개념이다. 시간이 흘러 그 다정한 모든 사람들이 사라져 가고, 人間事도 변하고, 푸른 산만 깊어가고 있다. 그러나 그 산은 모든 것을 안고 있다. 부모와 동기들의 유택으로서 그들을 품에 안고 있다.

"온 세상 떠내려가도 고스란히 남은 섬아!"라는 표현 속에는 고향은 어떠한 홍수에도 떠내려가지 않는 섬이라는 인식이 들어 있다. 그곳은 화자에게 정신적인 깊은 유대관계 속에서 존재하는 고향인 것이다. 그리하여 '내 죽어 촉루로 빛날 들찔레'까지 미리 보면서도 비탄에 잠기지는 않는다. 오히려 그러한 고향은 귀의처로서 안도감이나 안식을 느끼고 있는 것이다. 더구나 "섬돌 위 벗어놓고 온 내 신발도 거기 있더라."란 표현 속에 고향은 화자의 추억 속에 손상되지 않은 원형으로 존재함을 말하고 있다.

감꽃이 적막한 이 세상 한복판에 뚝 떨어지듯 적막과 평화만이 도는 고향마을. 화자의 마음속에는 그리운 원형의 고향이 고스란히 남아 있다. 비록 부모와 동기가 저 세상의 뻐꾹새가 되었을망정 어떠한 삶의 질곡 속에서도 상처받지 않고 훼손되지 않는, 공동체의 화해로운 원형적 공간으로, 영원한 안식공간으로 고향은 남아 있음을 보여준다.

이따금 고향에 갈 때면 고속버스를 타고 간다
추풍령 먼 발치에 용배라는 못이 있어
못물에 아버님 옛모습 일렁이기 때문이다.

낚대로 세월을 낚던 아버님은 길 떠나고
그 못물 입고 서서 깃을 빗는 물새 한 쌍
못물이 누구냐? 물으며 눈 비비기 때문이다.

오늘은 아버님 그림자 갈대꽃이 비쳐주고
갈대꽃 사이 사이 글썽이는 그 못물이
가슴에 눈물을 담으며 울고 있기 때문이다.

—「용배 못물」 전문

이 작품은 첫 수의 초장에서 "이따금 고향에 갈 때면 고속버스를 타고 간다"고 전제하고 그 이유를 세 가지로 답하고 있다. 고향을 가면서 고속버스를 타는 이유를 화자는 용배 못물 때문이라고 한다. 그 못물에 아버님 옛 모습이 일렁이기 때문에 그 모습을 보기 위해 화자는 고속버스를 타고 간다. 화자는 아버지의 고향, 역사적 시간이라는 과거의 고향으로 돌아가며, 하나의 못물을 소재로 아버지에 대한 그리움을 구체화시키고 있다. '낚대로 세월을 낚던 아버님'이라 하여 과거의 아버님의 경험을 떠올리고 그것이 시적 소재가 되고 있다.

고향의 하늘과 산과 들에는 아버지, 어머니, 형제들, 친척들이 얼비친다. 고향의 못물에도 풀 한 포기에도 그러한 사람들의 얼굴을 떠올리고 그리움을 갖게 된다. 화자는 고향 못물에 일렁이는 아버지 모습, 그 못물을 바라보며 세상 떠난 아버지를 생각한다. '갈대꽃 사이사이 글썽이는 그 못물'이란 시인 자신의 슬픔을 대신해 울어 주는 자연이다. 시인은 이렇게 고향의 자연을 끌어와 감정이입을 하고 있으며, 고향과 부모를 생각하게 하여 독자로 하여 공감의 폭을 넓히고 있다.

시인의 모든 과거는 시의 소재가 될 수 있는데, 이 말은 시인이 일상인에 비해서 탁월한 기억력을 갖는다는 것은 아니며, 늘 과거의 어떤 기억이나 회상 속에 일상인보다 많이 잠겨 있다는 뜻도 아니다. 다만 일상인은 하나의 경험이나 추억으로 그치지만 시인은 그 경험을 새로운 창작에 이용할 수 있다는 것에 본질적인 차이가 있다. 경험을 재생하고 이용할 수 있다는 것은 언제 어디서 그것이 일어났는가를 기억하고 있다는 것이 아니라, 과거의 경험을 단순한 기억이 아닌 그때의 정신상태를 이용할 수 있는 상태로 지닌다는 것을 의미한다. 현재에 이용될 수 있는 가능성이 많은 정신상태란 여러 가지 형태의 경험 중에서도 감각경험이다. 많은 경험 중에서 현재의 어떤 유사한 계기와 유사한 충동에 의해서 재생의 가능도가 높은 경험이 채택된다.

특히 고향을 노래한 시 속에 이용되는 과거의 경험은 여타의 성격을 가진 시들보다 본질적으로 극히 개인적이며 주관적인 경험들이다. 이 경험들이 외면적인 객관화 속에서 의미가 부여되고 통합되어 한 편의 시로 탄생되는 것이다. 일상적 경험이 미적 경험으로 승화되는 것이다.

이때 과거의 경험 제시만 하는 게 아니라 현재적 감정과 정황이 곁들어짐을 알 수 있다. 그 현재적 감정의 기저에는 그리움과 가벼운 우수가 동반된다. 즉 이미 존재하지 않는 시간과 공간 그리고 이에 대한 경험과 기억이 현재적 삶의 보편정신의 안식처이기 위해서는 '이미 존재하지 않음'에 대한 상실감과 그리움에 동반되는 우수가 발견된다. 때문에 그리움과 우수가 동반되는 과거의 경험·기억에 대한 회상과 상실감의 인식이 향수의 가장 큰 모체가 됨을 알 수 있다.

知命에 어버일 여의도/ 생각은 길 잃습니다//
세월이란 山脈 속에/ 病만같은 고향을 두고//
시시로 고개를 돌려/ 바라기나 하였더니.//

百年도 恨으로 재면/ 꿈결이라 하옵는데//
눈 감으면 가슴에 찾아 와/ 갈피 갈피 밟히는 산천//
어머님 계오신 靑山이/ 젖줄처럼 빨립니다.//

얼마나 슬픔을 살면/ 悔恨은 또 잠드오리//
오늘도 저무는 하늘/ 마음 하나 歸鳥로 떴오//
고향산 그 어디메에/ 둥지라도 트오리까.//

—「어머님 가신 후로」 전문

부모가 살아 계실 때는 부모가 계시다는 생각으로 부모가 돌아가시면 부모가 돌아가셨다는 이유로 생각나는 곳이 고향이다. 부모가 계시는 고향이기에 시시로 고개 돌리고 마음은 늘 고향으로 돌아가는 한 마리 새가 되는 것이다. 정완영의 고향의식 속에는 고향은 부모와 밀착되어 나타난다. '갈피 갈피 밟히는 산천'은 '어머님 계오신 靑山'이며, 나는 또 그것을 '젖줄처럼 빨고' 있다. 고향 산천과 어머니와 나는 뗄래야 뗄 수 없는 깊은 관계로 밀착되어 있음을 볼 수 있고, 나의 삶

110

의 근원이 그곳에 있음을 말하고 있다. 내 삶의 근원으로서의 고향이다. 타향에서 고향과 부모를 그리는 마음은 늘 슬프고 깊은 悔恨이다. 그리하여 '오늘도' 마음은 '歸鳥로 떠서' 고향으로 돌아가는 새가 되고, 고향에 돌아가 고향 산에 둥지라도 틀고 싶은 심정을 토로하고 있다. 그러나 마음만 그러할 뿐 실천은 하지 못하는 서글픔을 이 작품에서는 나타내고 있다.

고향이란 조상의 산소가 있고 부모와 형제와 친지가 있는 곳이며, 이들과 함께하던 삶이 있는 곳이다. 고향의 안온함은 어머니로 하여 더욱 진하게 나타난다. 고향이 안식의 공간으로 인식되는 정완영의 작품에서는 고향은 영원한 모성적인 모습을 지니고 있다. "영원한 모성성(여성성)이 우리를 천상의 세계로 인도한다(Das Ewigweibliche Zieht uns hinan!)."116)는 괴테의 말처럼 모성성만이 화해로운 원형의 공동체를 보호하고 그것을 유지시켜 줄 힘이 있다고 생각하기 때문일 것이다. 고향 하면 떠오르는 어머니 얼굴, 어머니와 함께하는 고향의 모습이 그의 작품에 자주 등장한다.

고향을 그리워하듯 어머니를 그리워하고, 어머니를 그리워하듯 고향을 그리워하는 화자의 모습이 위 작품에도 역력하게 나타난다. 고향이 안식공간으로 인식되는 것은 조상이 있고, 어머니가 있기 때문임을 정완영의 작품에서는 보여준다. 위 작품 외에 어머니가 등장하는 작품에는 다음과 같은 것이 있다.

---

116) 괴테, 『파우스트』.

立冬철 어머님은 흰 옷만도 추웠는데
                              ―「귀고」

어머님 켜 놓고 간 등불만한 설움으로
                              ―「감」

어머님 옛날엔 이 물이 은하에도 가 닿았고
                              ―「시냇물」

어머님 잠 드신 봉분도 내 가슴엔 달이더라
                              ―「봉분」

가신 길 하도 멀어 세월마저 가뭇하고
                              ―「달빛」

고향산 어머님 봉분 등불 들고 계오신 골
                              ―「쑥국새 봉분」

너 왔냐! 말도 없이 한줌 흙만 보태신 이
                          ―「한 줌 흙 보태신 이」

어머니 무덤가엔 생시 같은 꽃 피는데
                              ―「눈물이 아직 남아」

아버지 어머니는 저 세상의 뻐꾹새 되고
                          ―「떠내려가지 않는 섬」

한 철만 살다가 죽어도 나 모천에 가고싶네.
                          ―「모천에 가고 싶네」

어머님 愁心이 흘러 물은 이리 우웁는데
                              ―「향산 귀추」

할아버님 봉분 아래
아버님의 잠든 봉분

고향은 흙살이 두터워
다 흙으로 돌아가고

옛 꿈만
풀 끝에 올라
찬 이슬로 맺혀 있네.

—「찬 이슬 고향」 전문

고향을 노래한 시조 중에는 가족이나 친지에 관한 것이 많은데 그 중에서도 유난히 봉분이나 돌아가신 아버지와 어머니가 많이 나오는 것은 정완영 자신이 늦게 등단을 하고 문단에 늦게 나온 때문일 것이다. 작품 창작 당시의 본인의 나이가 많다 보니 고향으로 상기되는 부모는 이미 돌아가셨기 때문이라 추측해 볼 수 있다.

가족 공동체 의식이 나타나기도 하는 이 작품에서 고향 산에 잠든 할아버지, 아버지의 봉분을 보며 "옛 꿈만 풀 끝에 올라 찬 이슬로 맺혀 있네."라는 종장의 표현에서 인생의 허무감을 느끼고 있는 화자를 볼 수 있다. 인식의 범위가 한정되고 순수한 정서만 간직했던 유년 시절에 각인된 고향은 그 자체로 낙원이요, 꿈의 공간이다. 그러나 이러한 공간은 더 이상 현실적으로 존재하지 않는다. 세월이 흘러 변해 버린 고향은 화자가 꿈꾸던 어린 날을 잃어버린 상실감과 다정했던 할아버지·아버지까지 흙으로 돌아가 봉분으로 앉아 있는 냉혹하고 무의미한 현실인식이 '찬 이슬'이라는 은유적 표현으로 나타나고 있다. 그렇다고 이 작품에서 고향이 비관적인 모습으로만 비취는 것은 아니다. '고향은 흙살이 두터워'라는 표현에서 오히려 고향을 안식의 공간으로 인식하고 있는 화자를 볼 수 있다. 핏줄로 이어지는 할아버지와 아버지가 등장하는 고향의식의 작품에는 다음의 것이 더 있다.

천지에 늙혔던 잠을 일으켰던 할아버님

―「봉춘」

아버님 당신 생각에 목련꽃이 풀립니다

―「휘일」

우리 할아버지는 눈을 감고 계시다가도

―「우리 할아버지는」

아버지 어머니는 저 세상의 뻐꾹새 되고

―「떠내려가지 않는 섬」

아버님 白髮이 비쳐 山은 저리 嚴威롭고

―「鄕山 歸秋」

고속버스 停留場까지 二十里길 따라나와
손 흔들며 배웅해 준 텃기 없던 고향 친구들
그날 그 주름진 얼굴이 햇살처럼 번져 온다.

거름 냄새 물씬 풍기는 자라같은 손을 내밀며
人生이 반은 허물인 날 보내는 인사법들
「조카 늬 언제 또 올래」먼 하늘에 솔개가 돌데.

세월에 핑계가 많아 돌아 못간 數三年에
더러는 이미 산자락 熟果처럼 떨어지고
생각만 고향 까치집 동그맣게 걸려 있다.

―「세월이 간다」 전문

　　공동체적 삶을 살았던 고향은 조상과 부모, 동기, 친척 외에도 어렸을 때의 소꿉친구인 고향친구가 있다. '죽마고우'라고도 표현되는 어렸을 적의 친구는 동기간보다도 더 가까운 모습으로 다가올 수 있다. 위 작품은 그러한 친구들에 의해 상기된 고향이다. 언제 가도 반겨 주는 고향 친구들, 이십 리 먼 길까지 따라 나와 손 흔들며 배웅해 주는 정이 많고 사심 없는 친구들이다. 화자는 고향에 다니러 갔다가 다시 도회적인 삶의 공간 속으로 돌아오는 길이다. "그날 그 주름진 얼굴이 햇살처럼 번져 온다"는 직유적 표현으로 그들에게서 느끼는 따뜻한 정감을 표현하고 있다.

'조카 늬 언제 또 올래'라는 표현에서 동기간보다 더 가까운 고향 친구를 느낄 수 있다. 그런데 그 인사말에 왜 '먼 하늘에 솔개가 도는'가. 언제 다시 만날지 모르는 아득함, 쓸쓸함, 내일을 기약하기 힘든 나이 때문이다. 서너 시간이면 갈 수 있는 고향이지만 일상생활에 젖다 보면 고향에 가기란 그리 쉬운 것은 아니다. 그것을 화자는 "세월에 핑계가 많아 돌아 못간 數三年에"라고 표현하고 있다. 그동안 친구들은 산자락에 익어 떨어지는 낙과처럼 돌아가고, 생각만 언제나 그곳에 까치집처럼 걸려 있는 것이다. '친구', '까치집' 등의 소재를 통해 고향에 대한 그리움의 공감을 얻고 있는 작품이다.

이상으로 정완영의 고향의식의 작품 중에서 조부모, 부모, 형제자매, 친지들을 통한 고향에 대한 그리움을 노래한 것들을 살펴보았다. 이러한 작품을 통해 나타나는 고향은 조상의 산소가 있고 부모와 형제와 친지가 있는 곳이며, 이들과 함께 생활하던 가족공동체적 삶이 있는 곳이다. 즉 조손이 함께하는 고요하고 평화로운 안식공간이다. 또한 고향이 안식의 공간으로 인식되는 정완영의 작품에서는 고향은 영원한 모성적인 모습을 지니고 있다. 고향 하면 떠오르는 어머니 얼굴, 어머니와 함께하는 고향의 모습이 그의 작품에 자주 등장하는데, 모성성만이 화해로운 원형의 가족공동체를 보호하고 그것을 유지시켜 줄 힘이 있다는 인식 때문일 것이다.

그리고 작품에 나타나는 인물이 시인 자신의 부모, 형제자매, 친구라 하여도 개인적 그리움의 차원에 머물지 않고 있다. 그것은 독자로 하여금 자신의 부모, 형제자매, 친구들을 생각하게 하기 때문이다. 그러한 공감을 획득할 수 있는 것은 고향이란 이름만으로도 부모를 떠올리고 형제자매를 떠올리고 친구·친척을 떠올리게 되는 인간의 보편적 정서와 맥을 같이하고 있기 때문일 것이다. 시인과 독자가 고향에 대한 그리움이란 정서로 자연스럽게 공감을 이루게 되고, 독자 또한 고향이란 祖孫이 함께 사는 평화롭고 안온한 안식공간으로 인식하게 된다.

Ⅲ. 고향상실감과 향수

1. 傳統精神과 傳統美에 대한 향수

가. 精神的 고향상실감

김상옥의 작품에서 정신적 고향상실감을 느끼며 전통정신과 전통미에 대한 향수의 작품을 살펴보기로 한다. 艸丁 金相沃은 1939년 『文章』지에 「鳳仙花」를 발표하여 문단에 나온 시인이다. 일제 말에 작품활동을 시작했고, 그때는 민족문화말살정책이 심했던 때라 한글말살정책도 심했다. 이러한 일본의 정책으로 민족이 자기정체성을 잃어 가고 있다고 판단될 때 그는 우리의 전통문화유산에서 우리 민족의 정신적인 뿌리를 찾고자 노력했다. 민족의 정신적 고향을 찾고자 했던 것이다.

1947년에 간행된 그의 첫 시조시집 『草笛』에는 10년에 걸쳐 써 온 시조시 40편이 가람의 서문과 그의 후기와 함께 실려 있다. 1부 〈잃은 풀피리〉에는 10편, 2부 〈집오리 노래〉에는 17편, 3부 〈노을빛 구름〉에는 13편이 실려 있다. 3부에 실린 13편[117]은 모두가 우리의 문화적 유물·역사적 유적에 관한 것이다.

민족문화가 발달했었던 신라시대의 조상들에게서 자주정신을 찾고, 그 정신이 깃들어 있는 문화적 유물·역사적 유적에 대해 관심을 갖고 찬양함으로써 그것들 속에 깃든 우리 민족의 얼과 민족정서를 찾고자 했다. 또 고려청자나 조선백자 등을 찬양함으로써 민족전통문화의 가치를 높이고 민족에게 자긍심을 주도록 노력했다.

또 신라, 고려, 조선시대의 인물 중에서 충신이나 위인의 이야기가 깃든 곳을 의도적으로 찾아 그 인물을 찬양하고 있음을 발견할 수 있다. 그것은 여러 번 일본 경찰에 붙들려 감옥에 갇힌 그의 애국적인 정신을 보아도 알 수 있고, 『草笛』의 후기에서도 알 수 있다. 그러한 의식이 그로 하여금 우리의 전통정신을 추구하게 하였고 민족의 얼과 민족문화의 가치를 높이려는 의지를 작품에 반영하게 하였다.

> 헐린 城廓을 둘러 江물은 흐르고 흐르고
> 나루에 빈배 한채 몇몇날로 매었는지
> 갈밭속 해질 무렵에 기러기떼 오른다
>
> 흰모래 깔린 벌에 대숲은 푸르른데
> 무너진 흙담 안에 祠堂은 벽이 없고
> 비바람 추녀에 들어 窓살 마자 삭는다

---

117) 「靑磁賦」, 「白磁賦」, 「鞦韆」, 「玉笛」, 「十一面觀音」, 「大佛」, 「多寶塔」, 「矗石樓」,
「善竹橋」, 「武烈王陵」, 「鮑石亭」, 「財買井」, 「艅艎山城」 등의 13편이다.

욱쓸어진 古木을 돌아 다락에 올라서면
옷 빠는 안악네는 끼리 끼리 모여앉아
蒼蒼한 傳說을 띄워 물과 함께 보낸다

—「矗石樓」 전문

위 작품은 논개의 충절과 관련이 있는 진주의 촉석루[118]를 노래하고 있다. 임진왜란 때 2차 진주성싸움으로 진주성이 함락되자 왜적들은 촉석루에서 자축연을 벌였다. 이때 관기였던 논개가 손가락이 미끄러지는 것을 미연에 방지하기 위해 열 손가락에 가락지를 끼고 왜장 에야무라 로쿠스케를 껴안고 남강에 몸을 던져, 조선 여인의 기개를 유감없이 보여준 곳이다. 그녀는 전쟁으로 원혼이 된 6만 진주성민의 원수를 갚으려 했던 것이다.

보통 '江물'의 원형상징은 '시간의 영원한 흐름, 죽음과 재생, 생의 순환의 변화상' 등을 나타낸다. '빈배'는 '쓸쓸함, 적막함, 실려야 할 것이 실려 있지 않음으로 하여 오는 허전함' 등으로 볼 수 있다. 임진왜란 때 왜장을 안고 조국을 위해 젊은 목숨을 바쳤던 그 뜨거운 충절이 돌보아 주는 이 없어 삭아가고 퇴색되고 있다. 하나의 전설이 되어

---

118) 촉석루는 고려 공민왕 14년(1365)에 세워져 일곱 번의 중수를 거쳤으며, 전쟁 때에는 지휘본부로, 평화로운 때에는 과거를 치르는 시험장으로 쓰였던 곳이다. 한국전쟁 때 완전히 파괴된 것을 1959년 원형대로 복원한 것이 현재 건물이다.
촉석루 바로 옆에 있는 의기사는 논개의 사당으로 영조 16년(1739)에 처음 세워졌으며 이후 여러 차례 중수되어 오늘에 이르고 있다. 안에는 이목구비가 뚜렷하고 용모가 훤칠한 논개의 초상화 한 점이 모셔져 있다. 이 영정은 친일 부역 화가 이당 김은호가 그린 것인데, 근래에 이 초상화를 둘러싸고 진주 시민들 사이에 의견이 분분하여 귀추가 주목된다.(『한겨레신문』, 1995년 3월 2일)

아낙네의 이야깃거리로나 남아 있는 것에 화자의 안타까움이 나타난다. '흐르고 흐르고'라고 반복 표현함으로써 덧없는 세월의 흐름을 강조했으며, 쓸쓸한 심상을 나타낸다.

'대숲'은 '변함없는 푸르름'을 나타내어 '절개'를 상징한다. '사당'은 '신성한 곳, 거룩한 곳, 조상의 혼을 모신 곳'이란 의미가 있고, '논개의 사당'은 '논개의 충절'을 상징하며, 또한 '그러한 정신'을 모신 곳이다. 논개의 사당인 '의기사'는 '사당은 벽이 없다.'라고 하여 벽조차 헐어지고 없는 상태로, 전혀 보호받지 못하고 있음을 보여준다. 논개의 이야기를 '창창한 전설'로 표현하고 있는데, 전설은 원래 구체적인 배경과 특정의 증거물이 제시되는 영웅적 인물의 기행담이다. 여기서는, '논개의 애국심'이 전설이 되어 아낙네들의 심심풀이 이야깃거리로나 남아 있음을 말하고 있다.

'물'의 원형적 상징이 '시간의 흐름, 사라짐, 창조의 신비, 탄생, 죽음, 소생, 정화와 속죄, 풍요와 성장'이라면 여기서는 '시간의 흐름과 함께 사라짐'을 상징한다. 결국 「촉석루」에서 화자가 느끼는 것은 소중하게 아껴야 할 논개의 애국정신을 방치하여 역사의 흐름 속으로 흘러가게 두는 것에 대한 안타까움이라고 볼 수 있다.

이러한 작품표현의 이면에는 정신적 지주를 잃고 정신적 고향상실감을 느끼고 있는 민족 상황을 나타낸다. 잃어 가는 조국애와 민족애를 안타깝게 생각하고 민족의 조국애를 살리고 싶어 하는 화자의 의지가 실린 작품이다.

그러나 김상옥의 작품이 이렇게 내적으로 우리 민족에게 자각성을 일깨우려 했다고 해서 그의 시가 목적시를 의도했거나 교시적 기능을 중요시했다고 보기는 어렵다. 왜냐하면 그러한 교시적 내용이 직설적으로 나타나 있지는 않기 때문이다.

김상옥의 시조시는 어디까지나 서정시이다. 낭만주의 표현론처럼 원래 서정시란 대상의 '재현'이 아니라 자기표현(self-expression)이다. 주관적 경험, 내적 세계의 '표현'이 서정형식이다. 서정형식은 세계에 대한 것이라기보다 '자기 자신'에 대한 직접적 관계 속에 자신의 이미지들을 제시한다. 주관·객관은 장르를 구분하는 낯익은 전통적 기준들 중의 하나다.[119] 슈타이거에 의하면 서정적인 것은 우리의 마음을 부드럽게 한다. 시적 세계관에서 볼 수 있었던 것처럼 서정시에서 자아와 세계는 분리되지도 않을 뿐만 아니라 대결하지도 않는다. 서정적인 것은 적대감정이 아니라 조화의 감정이다.

김상옥의 작품에서 보듯 서정시는 주관적 장르이기 때문에 일인칭의 화자가 채용되며, 개인의 정서를 드러낸 것이다. 그것이 읽는 독자에게 교훈을 줄 수도, 그렇지 않을 수도 있다. 그것을 어떻게 해석하든 그것은 독자의 자유이다. 위의 시조도 시인의 의식지향점이 돌보지 않아 초라해진 역사적 인물의 옛 사당 모습에 대한 서글픔이라고 간단히 보아 넘길 수도 있다. 그러나 그것을 시대의식과 결부시키고 시인의 꼿꼿한 정신과 결부시켜 해석했을 때, 위와 같은 상징적 해석이 나올 수 있는 것임을 주목해 볼 필요가 있다.

> 초라히 남은 碑閣 비바람이 마자 헐고
> 풀잎 욱은 속에 메어진 얕은 새암
> 여기를 임의 집자리 우물터란 말인가!

---

119) 객관의 서사, 주관의 서정, 주·객의 종합인 극을 3분한 것은 헤겔의 유명한 변증법적 갈래론이다. 곧 서정은 시인의 내면상태를 표현한 것이고 서사는 주인공보다 환경을 더 중시하여 사회의 전체적 모습을 드러낸 것이고 극은 이 전체적 모습이 주인공의 행동에 집약된 것이다.

그 님이 칼을 들고 北伐하러 가시던 날
이 앞을 지나치다 말우에 오르신채
한 손에 고비를 쥐고 타는 목을 추기시다

千有年 한결같이 물은 상기 솟아나고
흰 구름 푸른 하늘 그대로 잠겨있어
이젠날 임의 后裔는 다시 이를 마시다
　　　　　　　　　　─「財買井─金庾信將君의 舊址」전문

　비교적 자수율이 잘 맞는 3수로 된 연시조이다. 신라시대의 장군으로 신라가 삼국통일을 이루는 데 제1등 공신이었던 김유신의 집터 우물 '재매정'[120]은 천여 년이 지난 지금 물이 솟아나고 있다. 화자는 비바람 속에 초라히 남은 비각의 모습과 풀잎 우거진 속에 메워진 얕은 새암을 보고 그 옛날 신라시대의 장군 김유신을 생각한다.

　원래 '물'의 원형 상징은 '창조의 신비, 탄생, 죽음, 소생, 정화와 속죄, 풍요와 성장' 등이다. 그 물이 솟아나는 '새암'은 그러한 상징 위에 '맑음, 신선함, 순결함, 영원한 생명' 등의 상징이 추가될 수 있다. 그런데 지금 '재매정'이란 새암은 어떠한 상태인가 하면, '풀잎 욱은 속에 메어진 얕은 새암'이라 하여 그 '창조력 또는 생명력이 무디어진 상태, 사라진 상태'를 말하고 있다. "여기를 임의 집자리 우물터란 말인가!"라고 표현함으로써 그 옛날 유명하고 화려했던 장군의 집터이고 우물이건만 돌보지 않아 초라해진 역사의 모습을 놀라워하고 한탄한다. 과

---

120) 경주시 교동 89번지 남천 북쪽 기슭에 있는 김유신 장군께서 마시던 우물. 옛날에는 서라벌 35 금입택(金入宅 호화롭고 큰 집)의 하나이던 큰 집이 있던 곳이다.

거의 영광은 이렇게 사라지고 잊혀져 간다. 이 작품의 주제를 김보한은 '퇴색되고 변모되는 인간 역사의 허망함'이라고 보고 있다.[121] 그러나 이 작품에서 작가가 정작 말하려는 것은 그것이 아니다.

김유신 장군의 일화[122]는 전쟁 중이던 그때, 상황의 긴박감도 있었겠지만, 당시의 김유신의 마음은 사사로운 감정을 넘어 국토 통일을 꿈꾸고 있었다. 가솔들에게 향하는 마음보다 나라에 대한 충성심, 애국심이 더 컸음을 알 수 있게 해 주는 이야기이다.

'칼'은 무장임을 상징하는 것이고, '북벌'은 고구려 정벌이라고 볼 수 있다. 돌보지 않아 초라한 비각과는 달리 지금도 한결같이 솟아나는 재매정의 샘물을 "이젠날 임의 후예는 다시 이를 마시다"라고 하여 임의 후예인 화자는 그 물을 지금도 마시고 있음을 말한다. 즉 그의 애국심을 이어가고 있음을 말하려는 것이다.

'새암의 물'의 원형상징은 위에서도 말했듯이 '탄생, 소생, 창조력, 생명력' 등을 나타낸다고 볼 수 있다. 아직도 솟아나고 있는 물, 천 년이 지난 다음에도 생명력을 지닌 '새암에서 솟는 물'은 아직도 계속되는 김유신의 '나라 사랑하는 마음'을 상징한다.

이 시의 화자는 천 년 전 나라를 사랑하던 김유신의 정신이, 아직도 솟아나는 그의 집 우물에 담겨 있다고 생각한다. 화자는 그 물을 마시며, 나라를 사랑하던 그의 정신까지도 마시고 있다. 우리 민족은 그러한 애국정신을 가졌던 김유신의 후예들일 것이므로 그 '재매정의 물맛'

---

121) 김보한, 「김상옥의 시조」, 『현대시조』 77호, 2003.
122) 싸움터에 나가다가 자기 집 앞을 지나게 되었을 때 식구들은 만나지 않고 한참을 지나친 후 부하에게 자기 집 우물물을 떠오게 하여 단숨에 마시고는 "우리 집 물맛은 예나 다름없구나."하고 지나갔다는 이야기이다.

처럼 변함없는 애국정신을 가져야 한다는 의미가 상징적으로 들어 있다. 돌보지 않아 초라해진 비각 등에 대한 비판과 안타까움이 나타나며 조상들의 애국정신을 본받아야 한다는 교훈성이 깔려 있는 작품이다.

어느날 문득 먼 귀울림, 내가 짐짓 네 房 안에 있는 줄 아는가?

내 한쪽 둘레에 쬐그만 싸리꽃 피고, 바람에 묻어온 코발트의 나비, 또 한 五百年 幼稚園엘 다녀온 鐵砂의 龍. 그리고 내 무릎앞에 네가 있고, 네 房안 세간과 네 妻子, 그리고 火藥庫와 성냥개비. 네 눈치, 네 수염, 네 사랑, 그리고 숨바꼭질과 또 어디메 눈꼽만큼도 세도 없는 나라. 그 나라의 티끌, 꽃도 龍도, 배슬어 낸 너희 어머님! 그리고 저 유유히 잇닿은 因緣의 강.

진실로 고얀지고. 네가 날 어찌 몇푼의 銀子로 바꿀라는가? 내 인제 이가 좀 빠지고, 허리에 얼룩진 醬물이 배었다기로.
—「내가 네 房안에 있는 줄 아는가」 전문

나재균은 이 작품을 '중장이 길어진 사설시조'라 하였으나 이 작품에서 길어진 것은 중장뿐이 아니다. 중장이 특히 길긴 하지만 초, 중, 종장 모두가 길어진 상태다. 때문에 변형의 사설시조로 보아야 한다. 본고에서는 이 작품을 초·중·종장 모두가 길어진 한 편의 사설시조[123]로 보고자 한다.

도자기가 의인화되어 나타나는 이 작품은 상징성이 많다. 이 작품의 '먼 귀울림'이란 도자기가 하는 말이 '귀에 들려온다'는 의미로 보

---

123) 사설시조에 관해서는 본 연구 Ⅱ장 김상옥의 「선죽교」 참조.

아야 한다. '저 유유히 잇닿은 인연의 강'에서의 '강'은 실제의 강은 아니다. 그건 話者인 도자기가 만들어지고 그 집에 있게 되기까지의 오랜 세월의 '유구한 인연의 흐름'을 상징한다. 이 작품의 화자는 오래된 도자기인 장물이 배고 이가 빠진 鐵砂龍紋磁器이다. 이 도자기는 노인처럼 대상을 향하여, 자기를 귀하게 여기지 않고 몇 푼의 돈으로 바꾸려는 것에 노기를 띠고 호령한다. '허리에 얼룩진 장물이 배었다'는 의미는 실생활에 쓰이던 것임을 상징하고, 조선시대의 자기였을 가능성을 상징한다. 왜냐하면 고려시대의 청자는 귀족들이 주로 사용했고, 조선시대의 도자기는 서민들이 실생활에 사용했기 때문이다.

'네 방에 내가 있는 줄 아느냐'고 큰소리치는 것은 비록 그것이 '한 개인의 방에 있더라도 그것은 오랜 시간 조상의 숨결이 담긴, 인연의 강을 따라 여기까지 흘러온 우리 조상의 유물임'을 상징한다. 즉 그것은 개인의 것이되 결코 개인의 것일 수 없음을 말하고 있다. 정혜원은 앞의 논문에서 "호령소리와 함께 그가 차지하는 정신적 용적은 불어나서 인간을 무릎 앞에 거느리도록 거대해지고 500년 세월은 童心조차 지울 수 없을 만큼 짧아진다."고 해석하고 있다.

또 화자인 도자기가 말하는 쬐그만 싸리꽃, 코발트 색깔의 나비, 유치하게 그려진 용 등 자기에 그려진 이 모든 유치하게 보이는 것들은 바로 '우리 조상의 숨결'을 상징한다.

상상 속의 동물이며 특히 동양인들이 좋아하는 용, 도자기를 만드는 사람이 굳이 미술에 대해 공부하지 않았을지라도 그도 한국사람이었으므로 용을 좋아하고 유머러스하게 그려 넣었을 용을 '한 五百年 유치원엘 다녀온 龍'이라고 표현하고 있다. '싸리꽃과 코발트 빛깔의 나비'란 흔히 볼 수 있는 평범한 꽃과 나비지만 그것 나름으로 가치를 지니고 있다. 멋있고 균형 잡힌 그림이 그려졌다면 더 가치가 있었을지 모르지만, 유치하면 유치한 대로 조상의 멋과 운치, 슬기와 아픔이 배어 나온다.

이 작품에서 호령하고 있는 도자기는 그러한 멋과 운치를 실생활에 적용할 줄 알았던 우리 조상의 숨결과 지혜와 손때와 애정이 깃들어 있는 예술품이다. 이러한 우리 조상들의 손때가 묻고 얼이 깃들어 있는 생활용품들에 대해 가치를 전혀 인식 못하고 있는 우매성을 안타까워 하는 작품이다. 도자기에 대해 유난히 애정을 많이 간직하고 있는 김상옥 시인은, 우리의 전통이 배어 있는 유물의 문화적·정신적 가치를 누구보다 깊이 인식하고 있었기에 이 작품에서 호령하는 화자는 바로 우리의 전통적 유물들을 우리 민족이 무지하여 헐값으로 외국으로 팔아넘기는 것에 대한 시인 자신의 나무람이다. 도자에 대한 애정은 「詩와 陶磁」라는 그의 수필에서도 잘 나타나고 있다.

　　詩와 陶磁는 사실상 별개의 것입니다. 그렇지만 도자기를 詩와 더불어 이야기 못할 것도 없다고 생각합니다. 왜냐? 비유컨대 詩는 언어로 빚은 '도자기'라고 말할 수 있다면, 도자기는 흙으로 빚은 '시'라고 말할 수 있겠기에 말입니다.
　　여기 '言語'라는 말이 나왔지만, 소리로써 의사를 전달하는 우리네 일상의 '언어'가 있고, 또 소리 아닌 어떤 造形으로 의사를 전달하는 이른바 '造形言語'라는 말도 있습니다. 때문에 詩란 반드시 언어로만 빚어질 것이 아니라, 흙으로, 즉 '조형언어'로 빚을 수도 있다는 말입니다. 저는 여태껏 詩를 썼지만, 詩에서 詩를 공부하기보다는 차라리 도자기에서 더 많이 詩를 공부한 경험이 있습니다.124)

---

124) 김상옥, 「시와 도자」『묵을 갈다가』(창작과 비평사, 1981), 104~105쪽.

그는 '陶磁'를 향해 신앙에 가까운 애정과 함께 '陶磁'를 많은 작품의 모티브로 삼고 있다. 이병기가 난과 매화를 사랑했다면, 김상옥은 陶磁에 대한 애정이 깊음을 알 수 있다. 陶磁에 대한 김상옥의 관심은 소재의 선택이나 감상에 그치지 않고 이들 대상에 영혼을 불어넣은 후 자유로운 상징의 기법을 통해 전혀 새로운 세계를 열어 보인다.

위의 작품에서는 우리의 傳統文化遺産에 대해 바르게 인식하지 못하고 있는 민중들의 우매함에 대한 준엄한 경계이며, 이러한 우매함에서 정신적 고향상실감이 드러난다.

> 저 굽은 돌틈으로 물과 함께 盞이 돌고
> 조을던 어린 舞姬 수심도 어여쁜채
> 질탕한 풍악 소리에 몇몇밤이 새드뇨
>
> 우수수 落葉만이 이리 저리 구으는 날
> 그의 后裔들은 어디로 헤매는지
> 지켜 선 마른 古木도 하는 말이 없더
>
> ―「鮑石亭」전문

鮑石亭125)에 대해 지금까지 우리가 인식해 오고 있던 "신라왕이 이곳에서 風流만 일삼다가 나라를 망쳤다"는 부정적·비판적 시각에 의

---

125) 경주 남산의 절경에 만들어진 신라 왕실의 쉼터였다. 이 포석정은 927년 55대 경애왕이 이곳에서 잔치를 베풀며 놀고 있다가 후백제 견훤의 습격을 받아 붙잡히게 되어 스스로 목숨을 끊어 신라 천 년의 종말을 내린 슬픈 장소이기도 하다. 최근에는 포석정이 단순한 놀이터가 아니라 왕과 귀족들의 중대한 회의 장소이기도 했다는 학설이 제기되어 설득력을 얻고 있으며, 또 제사를 지내던 곳이라는 설도 제기되고 있다.

해 이 작품은 창작되었음을 알 수 있다.

첫째 수에서는 鮑石亭은 놀이잔치를 벌이던 즐거웠던 장소였으나, 둘째 수에서는 슬픈 역사의 장소가 된다. 그 흥망성쇠의 역사를 지켜보고 있는 鮑石亭 옆의 마른 고목은 말이 없다. 한 나라의 망함과 더불어 화려했던 과거의 자취는 역사 속으로 사라지고, 그 찬란한 역사의 후예들도 낙엽이 구르는 것처럼 방황하고 있다.

여기서 '물'의 원형상징은 '흘러가는 것, 사라지는 것'이다. '물과 함께 잔이 돌고'란 '찬란했던 역사가 술잔과 함께 떠내려갔다'는 것을 상징한다. 결국 술을 마시며 노는 것을 즐기다가 그 술잔과 함께 화려했던 역사가 흘러갔다. '낙엽'은 나무라는 모태(?)로부터 떨어진 '외로운 존재, 죽어가는 존재'를 상징한다. '후예들'도 결국은 낙엽과 같은 존재이다. 그래서 모태로부터 떨어진 쓸쓸한 존재, 소외된 존재로서 방황하고 있다는 의미가 된다. 그 후예란 바로 조국을 잃어버리고, 고향도 잃어버린 우리 민족의 모습을 상징한다고 볼 수 있다.

이상으로 김상옥 시인의 정신적 고향상실감에 관한 작품을 살펴보았다. 김상옥은 일제시대에 민족정신의 사라짐을 안타깝게 여겨 우리 민족에게 그것을 상기시켜 민족정신, 자주정신을 고취시키려 했다. 곧 우리 민족의 정신적 뿌리를 찾게 하려는 의지가 담긴 작품들이다. 「矗石樓」에서는 논개의 얼을 상기시킴으로써 일제시대에 일본 장수를 안고 강물에 뛰어들어 꽃다운 나이로 숨진 논개의 충절과 애국심을 기리고 그의 정신을 우리 민족에게 알리고 본받게 하려는 의도를 짐작할 수 있다. 신라시대의 '김유신'을 상기시키는 「財買井」이란 소재를 택함으로써 국토를 통일하고 사랑했던 그의 애국애족하는 마음을 본받게 하고 싶

었던 시인의 마음을 알 수 있다. 또 「내가 네 房안에 있는 줄 아는가」라
는 작품에서는 우리 민족이 무지하여 헐값으로 우리의 유물들이 팔려
나가고, 우리의 소중한 문화재가 유출되는 것에 대한 안타까움과 비판
정신이 들어 있다. 그리하여 도자기의 입을 빌어 호된 꾸지람을 함으로
써 우리의 소중한 유물들을 지키려는 의지가 드러나 있다. 또 「鮑石亭」
이란 작품에서는 역사의 흥망성쇠가 주는 교훈을 생각하고 낙엽처럼
방황하는 우리 민족에 대한 안타까움이 나타난다. 민족의 정신적 고향
상실감을 인식하고 그것을 회복하려는 의지가 드러난 작품들이다.

나. 精神的 뿌리에 대한 향수

정신적 고향상실감에 대한 안타까움은 곧 정신적 뿌리에 대한 향수
로 나타난다. 그리하여 우리 민족의 정신적 뿌리, 즉 정신적 고향을
찾고 싶어 하는 의식으로 나타난다. 우리의 전통적 정서가 나타나는
여러 가지 소재를 택하여 민족정서가 깃들어 있는 것들을 찾고자 노
력하며 우리의 실생활과도 밀접한 관련이 있는 여러 소재를 택하여
우리의 생활 가까이에서 민족정서를 찾고자 한다.

솔씨가 썩어서 송진을 게워내기까지
송진이 굳어서 반쯤 蜜花가 되기까지
용하다 李朝의 흙이여 너는 얼마만큼 참았는가.

슬픈 손금을 달래던 마음도 네게로 가고
그 숱한 비바람도 다 네게로 갔는데
지금쯤 李朝의 흙이여 너는 어디만큼 닿았는가.

하룻밤 칼을 돌려대고 五百年 훔쳐온 이름

어느 골짜기 스스로 그 無垢한 눈을 길러

끝끝내 찾아 낸 네 乳白의 살은 또 어디로 옮겼는가.

—「李朝의 흙」 전문

　　정혜원은 앞의 논문에서 이 작품에 대해 "솔씨가 썩어서 송진을 게
워내기까지, 송진이 굳어서 반쯤 밀화가 되기까지 영겁의 시간을 참아
온 이조의 흙은 몸을 받고, 혼을 받아냈다.[126]"고 보고 있는데 그 몸
과 혼이란 결국 도자기로 변화된 모습이라 볼 수 있다.

　　나재균은 이 작품을 평하면서 "김상옥의 언어 감각은 그의 작품을
더욱더 빛나게 하고 있다. 일반적으로 쓰이는 평범한 언어들도 그의
손을 거치면 구슬처럼 맑고 투명해지며, 그의 뛰어난 언어 구사 능력
은 특히 그것이 시조일 때는 더욱더 찬란하게 빛을 발하고 있다.[127]"
며 김상옥의 언어구사능력을 높이 평가하고 있으나 이 작품의 내용이
나 상징성에 대해서는 구체적인 언급이 없다.

　　'흙'의 원형적 상징은 '흙으로 이루어진 대지'를 뜻하기도 하고, 대지
는 '모든 것을 생산하는 풍요'의 상징이라고 볼 수 있다. 때문에 흙의
원형적 상징은 '대지', '생명 탄생', '풍요', '어머니' 등이다. 이 작품의
흙은 바로 질그릇을 만들던 재료, 즉 질그릇의 모습이 되기 전의 원형
인 태토이다. 질그릇의 밑감으로 쓰는 흙이 태토인데 태토에는 백자를
만드는 고령토가 있다.

　　하나의 암석이 부서져 고령토[128]가 되기까지도 수많은 시간이 걸렸

---

126) 정혜원. 앞 책.

127) 나재균, 앞의 책.

128) 고령토: 카올린 · 고릉토 · 백도토(白陶土: china clay)라고도 한다. 도

을 그 흙은 다시 도자기로 구워진 후 또 어디에서 시간을 보내고 있는지에 대해 화자는 "너는 어디만큼 닿았는가, 네 乳白의 살은 또 어디로 옮겼는가"고 궁금해하고 있다. '유백의 보오얀 살결'이란 표현에서 조선시대 백자를 만들던 '백토', 즉 '고령토'를 말하고 있음을 알 수 있다. 그 이조의 흙인 '조선 백토'의 영원한 삶은 도자기로 변화된 삶이다. 도자기로 변화한 후 어디에서 그 모습을 유지하고 있는가를 궁금해하고 있다. '이조의 흙'이란 '조선시대 백자를 만들어 내던 태토'란 단순한 의미 외에 '이조의 도자기에서 느껴지는 조상에의 숨결'을 상징한다.

이 시조는 이조 백자의 근원을 추구해 본 작품이다. 이 작품을 통해 시인은 지금 현재 보이는 아름다움만을 생각하는 것이 아니고, 그 작품이 완성되기까지의 과정과 근원을 생각하고 있다. 우리 민족이 만든 아름다운 고려청자와 이조백자, 그 재료는 흙이었다. 그것은 나라 이름이 고려이건, 조선이건 상관없이 무구한 흙일 뿐이다. 흙을 빚어 뽀얀 살결의 유백색 도자기를 만들기까지 어느 도공의 정성과 인내와 인고의 세월이 거기에는 담겨 있다. 바로 우리 조상의 정신, 민족 얼이 담겨 있는 것이다.

네 앞에 있으면 그저 멍멍하구나. 어디에 대질렸던지 산산이 금간 저 靈魂의 거죽. 이제사 나도 너처럼 나를 놓아버리고저! 그동안 얼마나 부질없는 기나긴 旅行이던가.

자기의 원료로 사용된다. 고령토는 중국의 가오링[高陵]에서 많이 산출되었으므로 고령토라 불리게 되었다. 한국에서는 흔히 백토(白土)라고 하는데, 경남 하동(河東) 지방에 질이 좋은 백토가 많이 생산된다.

저희가 손끝으로 날리던 名目의 새는, 공중에 표표하는 나뭇잎 부스러기 종이 조바기…… 너는 또 이네들을 하나하나 옷입히는 자상한 術師. 일찌기 너를 기웃거린 그 많은 구경꾼, 숫제 다른 박수와 눈물을 찾아 길을 떠났지만.

그러나, 또 무슨 꿈으로 요량하는가. 어느새 손바닥에 宮闕이 서고, 머리 위에 내려앉는 머언 斗牛의 물빛! 여지껏 광을 내던 나의 金은, 嗚呼라 네 앞에서만 이렇게 마구 넝마처럼 뒹구는구나.
「金을 넝마로 하는 術師에게」 전문

본고에서는 이 작품을 한 수로 된 사설시조로 보기로 한다.[129] 이 작품도 도자기와 관련된 작품이다. 너의 위력이 커서 나란 대질려 산산이 금간 영혼의 거죽임을 깨닫고 나를 놓아버리고자 한다. 지금껏의 삶이 부질없는 긴 여행이었다는 하나의 깨달음을 얻고 있다. 話者는 自我를 놓아버리고 無爲自然으로 돌아가고자 한다. 老子의 『道德經』과 일치하는 구절이다. "道可道非常道 名可名非常名"이라는 『道德經』의 구절처럼 '道라 하여 항상 바른 道는 아니요 이름이라 하여 항상 바른 이름은 아님'을 비로소 깨닫는다.

이 시조에서 말하는 '술사'는 여태껏 광을 내던 금마저 초라하게 만드는 위대한 사람이다. '어느새 손바닥에 궁궐이 서고'처럼 손바닥 안에 들어갈 수 있는 하나의 작은 작품도 궁궐처럼 크게 보이도록 만든 그 위대한 도공의 예술성을 찬양하고 있다. 위대한 도자를 만들어 낼

---

129) 이 작품은 조윤제, 고정옥, 김기동, 김종식 등이 주장한 특징의 사설시조1) 정의가 더 어울리는 작품으로 초장, 중장, 종장 모두가 길다. 때문에 3연을 각각 1연씩 떼어 사설시조 1수씩으로 보아 3수로 된 사설연시조로 볼 수도 있고, 전체를 한 수로 된 사설시조로도 볼 수 있다.

수 있는 창조력을 가졌던 도공, 그는 마술사처럼 신비한 능력을 발휘했던 것이다. 김상옥은

> ……이조 백자만은 아무리 작아도 옹졸한 기색이 보이지 않고, 아무리 커도 미련한 기미가 보이지 않기 때문입니다. 하기에 이러한 조짐은 일찍 인간이 낳은 조형문화에의 도전적인 경이요, 또 불가사의한 현상이라 아니할 수 없습니다. '손바닥 위에 궁궐이 선다'고 한 귀절은 '손바닥 위에 놓일 만큼 작은 도자기도 오히려 궁궐같이 커 보인다'는 감격적인 표현입니다.[130]

라고 밝히고 있어 위 작품은 도자를 극찬한 시조임을 알 수 있다. '지금껏 광을 내던 나의 금'이란 지금까지 빛난다고 생각했던 '자신의 능력에 대한 자만심'이라 볼 수 있다. '넝마처럼 뒹구는' 것은 자만심에 대한 부끄러움이다. 선인들이 과거에 남긴 그 위대한 遺作 앞에 자신을 겸허하게 반성하며 그들의 영광된 유업을 계승해야 한다는 화자의 의지를 알 수 있는 표현이다. 이 작품은 시조집 『느티나무의 말』에 오면 다음과 같이 단시조화되어 있다.

> 뜨거운/ 불길 속에서도/ 함박눈 쓰고 나오더니//
> 오늘은/ 이 손바닥 위에/ 드높이 솟는 소슬한 궁궐!//
> 여지껏/ 광을 내던 순금도/ 넝마처럼 뒹구는 것을.//
> ──「손바닥 위의 궁궐」 전문

후기로 올수록 단순화를 추구하는 단시조를 쓰고 있는 김상옥 시인의 변모를 볼 수 있는 작품이기도 하다.

---

130) 金相沃,「詩와 陶磁」,『墨을 갈다가』, 創作과 批評, 1981. 112쪽.

옛날 甕器장수 舜임금도 지나가고, 眼鏡알 닦던 스피노자도 지나가
던 길목. 그 길목에 한 不遇의 少年이 앉아, 도장을 새긴다.

田黃石을 새기다 田黃石의 고운 무늴 눈에 재우고, 象牙를 새기다
象牙의 여문 質을 손에 태운다. 향木도 홰양木도 마저 새겨, 동글한
도장, 네모난 도장, 온갖 도장을 다 새긴다. 하고많은 글자중에 사람
들의 이름字, 꽃이름 아닌 사람들의 이름字, 꽃모양 새모양으로 篆字
體를 새긴다.

그 少年, 잠시 칼질을 멎고, 지나가는 얼굴들을 바라본다. 그 많은
얼굴 하나같이, 지울 수 없는 도장들이 새겨져 있다. 찍혀져 있다.

—「圖章」 전문

순임금, 스피노자가 지나던 길목, 한 불우의 소년은 도장[131]을 새긴
다. 도장을 새기는 가난한 소년을 등장시켜 작품의 객관성을 유지시키
며 관조적 모습을 보이고 있다.

이 작품에서도 상징성이 많이 나타나고 있다. 순임금과 스피노자에는
상징의 변형인 인유[132]가 나타난다. 순임금은 전설상의 인물로 백성을
잘살게 한 어진 임금으로 알려져 있고, 스피노자는 철학자이다. 한때 옹
기장수였던 순임금처럼 어진 성인도, 스피노자처럼 뛰어난 철학자도 지

---

131) 솔로몬 시대의 힛타이트족 통치자의 옥새 부조품들이 발견된 것을 보
　　면 도장의 역사는 솔로몬 시대보다 거슬러 올라갈 수 있고, 우리나라에
　　서 도장을 쓰기 시작한 것은 신라시대에 임금이 바뀌면 도장이 바뀌었
　　다고 하니 신라 이전이라 볼 수 있다.
132) 인유의 원천(인물, 사건, 글귀 등)은 이미 잘 알려진 것들이다. 이 인유
　　를 동양시학에서는 '用事'라 한다. 이것은 공자의 述而不作(선왕의 도를
　　서술하여 전하되 사실에 없는 것을 짓지 않는다)처럼 옛것을 빌어서
　　현실을 설명하는 기법이다.

나가고, 평범한 사람들도 지나가는 골목에 앉아 소년이 도장을 새기고 있다. '그 길목'이란 삶의 길목을 상징한다. 그 삶의 길목에서 소년은 도장을 새기고 있다. 소년은 순임금 같은 삶의 길을 갈 수도 있으며, 스피노자 같은 삶의 길을 갈 수도 있음을 초장에서는 말하고 있다. 그러나 소년은 길을 가지 않고 그 자리에 앉아 도장을 새기고 있다. 전황석, 상아, 향목, 회양목 등의 여러 가지 재료를 가지고 동글한 모양, 네모난 모양, 꽃 모양, 새 모양 등으로 사람들의 이름을 새긴다. 그러면서 지나가는 사람들의 얼굴을 관찰한다. 그러면 저마다 얼굴에 도장들이 새겨져 있고, 찍혀져 있다. 소년은 삶의 관찰자로 등장해 있다.

그리고 '도장'의 원형상징은 '한 인간을 대신하는 것'이다. 어떤 책임져야 할 문서에 도장을 찍음으로써 효력이 발생하는 것은 그것이 자기임을 증명하는 것이고 자기를 대신하는 것이라고 생각하기 때문이다. 즉 도장은 '그 도장에 새겨진 사람의 이름으로 그 사람을 대신하여 그 사람의 권리나 의무를 나타내는' 상징으로 쓰인다.

특히 동양인들은 도장을 많이 썼다. 문서나 그림에 낙관을 찍음으로써 자기가 쓴 글과 자기가 그린 그림임을 증명했던 것이다. 옛날 임금의 도장은 한 나라를 통치하는 임금의 상징이었다. 문서에 도장을 찍음으로써 권력을 집행할 수 있었으니 국새가 찍힌 판결문이나 선언문은 임금의 명령이나 윤허를 나타내므로 지켜지지 않으면 국가에서 형벌을 내릴 수 있는 권력의 상징이었다.

한 사람, 한 사람의 도장이 틀리듯이, 얼굴에 새겨진 도장이란 다각각 다른 얼굴 모양을 말한다. 그 얼굴에는 저마다의 살아온 삶과 저마다의 성격이 각인되어 있다. 사십이 되면 자기 얼굴에 책임을 져야 한다는 말이 있듯이 자기가 만들어 온 얼굴 모양이 거기에 있다. 삶의 다양한 모습과 희로애락이 서려 있는 각자의 얼굴은 우리들이 도장으로 자기 이름, 즉 자기 존재를 상징적으로 나타내듯이 자기 삶의 모습과 인격의 모습을 반추해 보여주는 아주 극명한 도장이다. 인자함, 험상궂음 등 그 사람의 성격이 얼굴에 나타나기 때문이다. 얼굴은 자신의 이름을 나타내는 또 하나의 도장이며, 상징이다. 똑같은 칠십 년이라는 세월을 살아도 누구는 聖人으로, 누구는 哲學者로, 누구는 凡人으로 살아간다. 이 작품에서는 다양한 인간의 인상을 그 사람을 상징하는 또 하나의 도장으로 보고 있다.

그리고 "田黃石을 새기다 田黃石의 고운 무늬 눈에 재우고, 象牙를 새기다 象牙의 여문 質을 손에 태운다. 향木도 홰양木도 마저 새겨, 동글한 도장, 네모난 도장, 온갖 도장을 다 새긴다." "꽃모양 새모양으로 篆字體를 새긴다."는 표현에서 도장을 새기는 그 자체도 하나의 아름다움이며 우리의 전통정서라 볼 수 있다. 이 작품은 우리의 전통정서에 대한, 정신적 뿌리에 대한 향수가 나타나는 작품으로 볼 수 있다.

　　철쭉이 진다. 全身에 철쭉이 진다. 滿山 철쭉이 점점이 어룽진다.
　　훙건히 떨어져 수북이 꽃잎은 쌓인다.

　　바람도 햇빛도 오지 않는 이세상 저승, 典獄署 監房안엔, 뒤척여 뒤척여도 굴신조차 할 수 없는 한분 囚人이 앉아 있다. 萬古에 외로운 囚人이 앉아 있다. 날이 날마다 그 濕하고 어두운 그늘에 묻히어, 바랠대로 바래져 흴대로 희어진 그의 살갗 위에 꽃잎이 亂杖으로 어룽진다. 어룽진 꽃잎은 또 어쩌면 그리도 영절스레 山을 그리고 江을 그리던가. 오오 大東輿地圖! 저기 千年묵은 지네처럼 山의 등뼈 갈비뼈를 새겨내던 그의 팔뚝, 그의 부르튼 손끝이 파르르 떨고 있다.

보아라 저 白頭山 天池, 漢拏山 白鹿潭 에도 한결같이 그의 푸른
마음은 떨고 있다. 달빛처럼 드푸른 마음은 떨고 있다. 지금 이 百年
後生의 가녀린 가슴에도 사시나무 떨듯 그렇게 떨고 있다.
　　　　　　　　　　　　　　　　 ―「古山子 金正浩先生頌」 전문

　이 작품133)의 내용은 〈大東輿地圖〉134)를 만든 김정호135)에 대한
찬양이다. 김정호는 남들이 인식하지 못할 때 지도의 중요성을 깨달아
그것을 제작한 선구자로서 위대한 민족혼을 지닌 한 사람이다.

　불과 150여 년 전의 인물임에도 그에 대한 자세한 기록이 없는 건
그가 양반가문이 아니고, 개인적으로는 지도 제작을 하지 못하게 하던
시절의 인물이었고, 또 지도를 실생활에서 별로 중요하게 인식하지 못
했던 당시 사회분위기 탓이기도 하다. 그는 지도의 중요성을 남보다
먼저 인식하고, 자신의 집념을 굽히지 않고, 수많은 산과 골짜기를 찾
아다니며 〈大東輿地圖〉를 완성하고자 했던 사람이다. 민족에게 이롭고
편리하게 쓰이기를 진심으로 바라면서 그것은 완성되었다.

　"천년 묵은 지네처럼 산의 등뼈 갈비뼈를 새겨내던 그의 팔뚝"이란

---

133) 앞의 시조 「도장」과 이 작품은 초장, 중장, 종장이 모두 형식에 어긋난
　　 다. 초장, 중장, 종장이 모두 길어진 하나의 사설시조로 보든가, 아니면
　　 각 연을 하나하나의 사설시조로 보아 사설연시조로도 볼 수 있다. 왜냐
　　 하면 첫 연 부분이 사설시조라기보다는 자수가 조금 어긋나긴 하지만
　　 4음보의 평시조 1수로도 볼 수 있기 때문이다. 형식상 많은 논란이 될
　　 수 있는 작품이다. 본고에서는 1수로 된 사설시조로 보고자 한다.
134) 〈대동여지도〉는 1861년에 김정호가 만든 분첩절첩식 우리나라 전국지
　　 도. 목판본.
135) 김정호(金正浩): 생몰연대 미상. 조선 후기의 실학자 겸 지리학자. 본
　　 관은 청도. 일명 정호(正暭). 자는 백원(伯元), 백온(伯溫), 백지(伯之).
　　 호는 고산자(古山子).

표현 속에서는 지네의 발을 그리듯 그 많은 산맥들을 선과 면으로 제
작해 내던 김정호의 모습에 대한 묘사가 역력하게 드러난다. '점점이
철쭉이 진다'는 의미는 꽃잎처럼 아름다운 삶이 소멸함을 상징한다.
'꽃이 진다'는 것은 '소멸, 죽음, 결실' 등의 원형상징이 있다. 꽃처럼
아름답게 살신성인한 그의 삶이 잊혀져 가고 있음(소멸해 감)에 대한
안타까움이다.

　지도 제작의 어려움은 당시 실학에 대한 사회적 인식의 미약함에서
오는 경우가 더 심했다. 개인이 지도를 제작할 경우, 천기를 누설한다
하여 당시로서는 금기로 여겼기 때문이다. 불리한 사회적 여건 속에서
경제적 어려움을 감수해 가며, 수많은 고생을 무릅쓰고 지도를 완성한
김정호였다. 그는 불우한 생활 속에서 오직 지도 제작과 지지 편찬에
만 온 정성을 쏟았다.

　그는 죽어서도 굴신도 할 수 없는 외로운 수인의 모습으로 저승의
감방 안에 갇혀 있다. 흥선대원군집정 때 〈大東輿地圖〉의 인본을 조정
에 바쳤던바 그 정밀하고 자세함에 놀란 조정 대신들이 나라의 기밀
을 누설시킬 우려가 있다는 혐의로 판각을 입수, 소각하고, 그도 옥에
가두어 마침내 옥사하였다는 이야기를 바탕으로 이 작품이 쓰였을 가
능성이 높다. 그러나 〈大東輿地圖〉나 〈청구도〉가 잘 보존되고 있어 그
이야기가 와전인 것 같다[136]는 견해도 있어, 김상옥이 그 사실을 모
르고 쓴 작품이 아닐까 추정된다. 만약 그가 옥사한 내용을 믿고 쓴
작품이라면 김정호는 억울하게 죽었으며, 죽은 후에도 그 억울함을 풀
지 못하고 계속 감옥에 갇혀 있다는 것으로 해석할 수 있다.

---

136) 『한국민족문화대백과사전』, 한국정신문화연구원, 1991. 878~880쪽.

　　그러나 김상옥이 〈大東輿地圖〉나 〈청구도〉가 존재하고 있는 것과 그 이야기가 와전임을 알고 이 작품을 썼다면 그것의 의미는 다르다. 그것은 '그의 살아생전의 고생하던 모습'을 상징한다. 대동여지도를 그리느라 날이면 날마다 방에 갇혀 있거나 아니면 이 산 저 산을 올라가 그 지방의 지형을 내려다보며 그것을 그리기에 바빴던 김정호는 생전에 너무 고생을 하여 죽어서는 굴신조차 하기 힘든 몸으로 죄인처럼 방안에 갇혀 있음을 상징한다고도 볼 수 있다.

　　일생 동안 오로지 정확한 지도를 그려야겠다는 꼿꼿한 신념과 의지로 일관했던 인물, 김정호의 정신은 달빛처럼 드푸른 마음이 되어 백년 후생인 화자의 가슴에도 사시나무 떨듯 떨고 있다. 김정호에게서 받는 화자의 정신적 감동이 그만큼 깊음을 말하고 있다. 김정호처럼 살신성인하는 모습으로 자기의 신념에 일생을 바칠 수 있었던, 민족을 사랑하는 마음도 우리의 전통적 민족정서의 하나라고 볼 수 있으며, 민족의 정신적 뿌리를 찾는 일이라고 할 수 있다.

　　이상으로 김상옥의 작품 중에서 정신적 뿌리에 대한 향수가 느껴지는 작품을 살펴보았다. 김상옥의 작품은 상징성이 강하다. 그는 시제 설정에서도 대상의 직접제시를 피하고 상징적으로 나타내고 있어 작품의 해석이 어렵다. 「圖章」에서는 도장의 상징성과 인생에 대한 철학적 관찰을 보이고 있다. 「李朝의 흙」에서는 이조의 도자기들이 만들어지던 태토로서의 흙의 원형을 추구하고 있으며, 「金을 넝마로 하는 術師에게」는 대단한 능력을 가진 술사를 찬양하고 있는데 그 술사는 도자기를 만들던 도공을 상징한다고 볼 수 있다. 「古山子 金正浩先生頌」에서는 대동여지도를 그렸던 김정호에 대해 찬양하고 있다. 김상옥이 이러한 작품을 통해 추구했던 것은 결국 민족정서 및 민족정신의 뿌리를 찾으려는 의도였다. 우리 민족에게 민족정신의 뿌리를 찾아 줌으로써 우리 민족이 스스로 긍지를 갖고 민족의 자존심을 갖게 하는 데 그 목적이 있었다고 볼 수 있는 작품들이다.

다. 民族情緒 및 正體性에의 향수

우리 민족에게는 우리 민족만의 정서가 있다. 우리 민족에 깃든 민족정서를 찾아내어 한민족의 정체성과 한민족의 자존심을 키워가는 일은 광복 전인 일제시대에도, 광복 후에도 여전히 중요한 일이다. 김상옥의 작품 중에서 우리의 민족정서 및 민족정체성에 대해 향수를 느끼는 작품을 살펴보기로 한다.

> 접었다 펼친 華扇 춤출 때 알아봐라!
> 日月도 三角山도 파르르 떨고만다
> 노잣돈 챙기던 處容, 온데간데 없어라.
>
> 으스름 달빛아래 방울소리 요란하다.
> 人造라 人工이라 요사스런 귀신들아
> 새벽이 열리기 전에 탈을 벗고 앉아라.

—「巫歌」 전문

위의 작품은 巫女가 巫歌를 부르며 춤을 추는 것을 노래했다. 이것도 우리 민족의 정서의 한 모습이라고 볼 수 있다. 옛날 우리 조상들은 집안에 탈이 생기거나 원혼이 생긴다고 생각할 때 원혼을 위로해 주기 위해, 우환이 있을 때, 답답하고 일이 잘 안 풀릴 때 巫堂을 불러 굿을 했다. 이들 무당은 굿을 하면서 巫歌를 불렀던 것이다. 巫歌의 종류도 많아 부정거리, 성주풀이, 손님굿, 심청굿, 당금아기, 신중타령, 탈놀음, 사제타령, 바리공주, 씻김굿, 거리굿 등 다양하다.[137]

이 작품에 보인 處容은 신라시대의 「處容歌」[138]에서 유래된 처용이라 볼 수 있다. 處容은 용왕의 아들이라고 하며, 疫病을 막는 부적으로 處容의 얼굴을 그린다는 民間療法이 전해지고 있었다. 즉 신라의 「處容歌」에서는 "본디 내 것이건만 앗음을 어찌 하리오"로 處容은 관용을 베푸는 노래를 부르고, 이후에 처용의 얼굴을 그려 붙이는 辟邪進慶의 풍속이 생겼던 것이다. 잘못한 이에게 관용을 베풀 줄 아는 신라 처용에게서 우리 민족의 너그러운 마음가짐을 볼 수 있다.

굿을 할 때 자주 등장하는 處容은 고려시대에 오면 용서나 화해가 아닌 대결상태를 보여준다. 고려 처용가는 궁중의 儺禮儀式 때 무녀들이 떼 지어 나와서 춤과 아울러 부르는 긴 노래로서 잡귀를 불러내었다.[139]

「巫歌」의 화자는 "인조라 인공이라 요사스런 귀신들아, 새벽이 열리기 전에 탈을 벗고 앉으라"고 위협적인 말을 한다. '귀신들'로 상징되는 현대 문명의 '모든 인조로 된 것', '인공으로 된 것들'은 그 탈을 벗고 본연의 모습을 보이라는 의미이다.

'탈'의 의미는 '원래 본 모습을 감추기 위한 가면'이다. 여기서 '탈'의

---

137) 최길성, 「굿과 무당」, 『한국의 무당』, 열화당, 1981.
138) 서울밝은 달에/ 밤 깊이 노닐다가/ 들어와 자리 보니/ 다리가 넷이어라/ 둘은 내 것이었고/ 둘은 뉘 것인가/ 본디 내 것이건만/ 앗음을 어찌 하리오.(신라 처용가 전문. 양주동 역)
139) 끝 구절 다음에 "이런 저긔 처용아비 옷 보시면 열병신이아 회가시로다/ 천금을 주리여 처용아바/ 칠보(七寶)를 주리어 처용아바/ 천금 칠보도 말오/ 열병신을 날 잡아 주소서/ 산이여 메히여 천리외에 처용아비를 어여러거저/ 아으 열병대신의 발원이샷다"//(고려 처용가 부분)

원형적 상징은 '가식적인 것, 진실성이 없는 거짓' 등을 나타낸다고 할 수 있다. 화자는 현대에 나타나는 인위적, 인공적인 것이 못마땅하여 巫歌를 불러 그들 귀신을 쫓으려는 화자의 의도가 들어가 있는 작품이다. 요즘의 현대판 잡귀들을 쫓으면서 우리의 사라져가는 풍속의 하나이며 우리 민족의 한 정서였다고 볼 수 있는 巫俗信仰인 「巫歌」를 사용한 것이다. 사라져가는 우리 민족의 옛 정서를 불러일으킴으로써 현재 우리 삶의 본질적인 정체성을 찾고 싶은 작가의 의지가 드러난 작품이다.

> 멀리 바라보면 사라질 듯 다시 뵈고
> 휘날려 오가는 양 한 마리 蝴蝶처럼
> 앞 뒤 숲 푸른 버들엔 꾀꼬리도 울어라.
>
> 어룬님 기다릴까 가벼얍게 내려서서
> 포란簪 빼어 물고 낭자 고쳐 찌른 담에
> 오지랖 다시 여미며 가쁜 숨을 쉬도다.

—「鞦韆」 전문

이 작품은 우리의 고전소설 '춘향전'에서 오월 단옷날 춘향이가 향단이를 데리고 광한루에 나와 열심히 그네를 뛰는 모습, 그 아름다움을 생각나게 하는 작품이다.

'사라질 듯 다시 뵈는' 그네를 뛰는 주인공의 모습을 '휘날려 오가는 양 한 마리 호접처럼'으로 비유하고 있어 그 가벼운 몸동작과 아름다움이 잘 나타나고 있다. 계절도 꾀꼬리가 울고, 신록이 우거진 춥지도 덥지도 않은 양력 5월쯤이다.

　이렇게 즐거운 그네놀이인데도 사랑하는 임이 기다릴까봐 그네타기를 마치고, 머리를 다시 단정하게 다듬고 앞섶을 여미며, 아직도 가쁜 숨을 다듬고 있다. 한국적 여인의 아름다움이 나타난다. 이 작품에서는 '춘향전'의 춘향과는 달리, 그네를 타던 여인은 결혼을 한 여인이다. 비녀를 꽂았다는 것은 결혼을 했다는 것을 상징하며 "어룬님이 기다릴까 가벼얍게 내려선다"는 표현이 있기 때문이다. 그녀의 가벼운 몸동작이 한 마리 나비 같은 느낌을 주고 있다. 우리 민족의 놀이였던 그네뛰기를 통해 민족의 정서를 보이고 있는 작품이며, 또한 사라져가는 민족정서에 대한 향수의 작품이다.

> 손에 쥐고 왔다 다시 옮겨 쥐어본다.
> 그가 데운 온기, 내 살에 스미는 백자
> 이 희고 둥근 모양을 어따 도로 옮기나.
>
> 흙이 불에 들어 한줌 뭉친 눈송이!
> 손과 손을 거쳐 오늘 여기 내온 모양
> 시시로 볼에 문질러 눈을 감고 찾는다.
>
> 눈에 묻은 때는 눈으로 씻어내고
> 마음 어린 그림자 마음으로 굽어보다
> 어디에 홈대를 지르고 다시 너를 채울까.

—「硯滴」 전문

　여러 사람의 손을 거쳐 나에게까지 온 硯滴, 그렇게 여러 사람의 손을 거쳐 오면서 덥혀진 온기로 내 살에 따뜻함이 전해진다. 이 작품에는 희고 둥근 모양의 연적, 또 언제 나의 손을 떠나 다른 사람에게로 넘어갈지 모른다며 애지중지하는 모습이 나타난다. '흙이 불에 들어 한줌 뭉친 눈송이!'란 '눈송이 보다 희고 고운 연적의 모습'을 상징한다.

시인의 백자 연적에 대한 안목은 그의 수필[140]에 잘 나타나 있다. '알같이 생긴 연적'이란 글에서

……사실, 이 연적은 구만리 장천을 난다는 저 대붕의 알은 아니라 해도, 거위나 백조의 알보다는 조금 크고, 타조의 알보다는 약간 작은 것이다. 눈도 코도 없이 다만 물을 머금고 물을 뱉는 두 개의 구멍이

---

140) 김상옥, 「백자 이제」, 『꼭 읽어야 할 한국명수필 111선』, 타임기획, 2001. 63쪽.

"……요 며칠 전, 어느 고물(古物) 가게를 지나다가 나는 또 담청(淡靑)을 곁들인 무릎모양의 백자 연적(白瓷硯滴)을 하나 샀다. 그러나 이도 입이 깨어졌다. 이것은 때우려는데 그 조그마한 입을 때우는 품삯이 이 몸뚱이 전체를 산값보다 더하다.

얼른 생각하면 어리석은 일이라 하겠다. 그러나 사람도 만약 입이 없고 몸만 있다면 폐물(廢物)이 되고 말 것이니, 연적 또한 이와 마찬가지리라. 그러나 때우는 데는 먼저 몸에 밴 때를 뽑아야 한다. 하기에, 때를 뽑으려고 탈지면(脫脂綿)에 과산화수소(過酸化水素)를 묻혀 환부(患部)를 온통 싸 두었었다. 과산화수소는 환부를 소독하는 약(藥)이지만, 자기(瓷器)의 상처에서 때를 뽑는데도 그만이다. 나의 이러한 거동을 보고 있던 아내와 아이들은 킥킥거리고 웃는다. 꼬마 놈은 방 안에서 병원 냄새가 난다고 야단이다.

하루에도 몇 번씩 탈지면(脫脂綿)을 들어 보고 마음을 죄어도 때는 좀처럼 빠지지 않더니 하루는 거짓말같이 말갛게 때가 빠졌다. 이것을 맑은 물에 헹구어 내어 화대(花臺)로 쓰는 소반 위에 올려놓았었다. 소반의 검은 칠(漆)빛과 이 담백(淡白)의 연적 빛이 서로 대조되어 더욱 희고 더욱 검게 보인다. 더구나 형광등(螢光燈) 불빛 아래 이 볼록한 무릎 모양의 연적을 보고 있노라면, 홀연히 어느 끝없는 환각에 사로잡히기도 한다."

있을 뿐, 이 수수께끼 같은 단순한 형태, 그러나 이는 다름 아닌 지난
날의 어느 도공의 그 천명에 순종하던 마음을 태반으로 하여 낳은 한
개 무념의 알, 백자 연적일 따름이다.[141]

라고 하여 그의 백자 연적에 대한 사랑을 잘 나타내고 있는데, 그
러한 사랑을 다시 시조작품화했다고 볼 수 있다. 가장 한국다운 미를
꼽는다면 바로 '조선의 백자'라고 미술가 최순우는 서슴없이 말하고
있다.

> 조선 오백 년의 도자사상에는 이 분청사기와 아울러 백자·청화백
> 자가 또 하나의 색다른 아름다움을 쌓고 있었다. 원래 중국 명나라에
> 서 유행하던 청화백자의 풍조에서 자극된 것이지만 한국 민족은 흰빛
> 을 그리도 좋아했다. 흰빛으로 빚어진 어수룩하게 둥근 뭇 항아리의
> 군상들, 때때로 목화송이같이 따스하고 때로는 백옥같이 갓맑은 살결
> 의 감촉, 조선시대 백자의 흰 빛은 그 아름다움에 참으로 변화가 많
> 다. 우리의 미술 중에서 무엇이 가장 한국적이냐 할 때 나는 서슴치
> 않고 조선시대 백자기를 들고 싶다.[142]

그만큼 백자는 우리 민족의 모습을 닮아 있고, 우리 민족에게 사랑
을 받아 온 도자기이다. 하나의 단순한 '硯滴'에서 그것의 아름다움을
발견하고 그것을 만든 어느 도공의 마음까지 읽으려는 화자의 마음은
진정한 우리 것에, 우리의 과거에 대한 애정이라고 볼 수 있다. 조선
시대에 유명했던 백자, 그 깨끗하고 조촐한 미, 바로 우리의 전통미이

---

141) 김상옥, 「백자 이제」, 『꼭 읽어야 할 한국명수필 111선』, 타임기획,
　　 2001. 63쪽.
142) 최순우, 앞의 책. 57쪽.

144

다. 이 작품은 우리의 민족정서가 잘 드러나는 전통미와 정체성에의
향수를 보여주는 작품이라 볼 수 있다.

>   으즛이 連坐우에 발돋움하고 서서
>   속눈섶 조으는 듯 東海를 굽어 보고
>   그 무슨 緣由 깊은 일 하마 말슴 하실까
>
>   몸짓만 사리어도 흔들리는 구슬소리
>   옷자락 겹친 속에 살ㅅ결이 픠비치고
>   도도록 내민 젖가슴 숨도 고이 쉬도다
>
>   해마다 봄날 밤에 杜鵑이 슬피 울고
>   허구헌 긴 世月이 덧없이 흐르건만
>   황홀한 꿈속에 쌓여 홀로 微笑 하시다
>
>   ―「十一面觀音」 전문

  경주 석굴암의 「十一面觀音」[143]은 통일신라시대인 8세기 중기에 만
들어진 얼굴이 11개이고 높이 2m의 관음상이다. 그 조각의 섬세함과
정교함이 뛰어나 단단한 화강암을 떡 주무르듯 한 신라 장인의 솜씨
가 잘 드러나는 작품이다.
  「十一面觀音」 조각에 대한 심상이 위의 시조작품에는 생생하게 나
타난다. 관음보살은 자비의 상징으로 착한 사람을 보면 자심을 내어
칭찬하면서 더욱 북돋아 주고, 악한 사람을 보면 비심을 내어 안쓰러

---

143) 십일면관음보살: 석굴암 본존불의 바로 뒷면에 자리를 잡아 주벽에 새
     겨진 보살 가운데 유일하게 정면을 보고 있다. 머리에 열하나의 얼굴이
     있는 모습이라 십일면관음이라고 한다.

운 마음으로 그들을 고통에서 구하려고 하는 보살이다. '連坐 위에 발돋움하고 서서'는 세상을 살피려는 관음보살의 태도를 상징한다. "속눈섶 조으는 듯 동해를 굽어 보고/ 그 무슨 연유 깊은 일 하마 말슴 하실까"라고 하여 반만 뜬 눈은 동해를 굽어보고 금방이라도 무슨 말을 할 듯한 입술모양이라고 하였다. 이 시조는 조각에 대한 생생한 묘사를 보여준다. 시인의 표현에 의해 비로소 피가 돌고 살아 움직이는 조각상이 된다. 옷깃에 매어 달린 수많은 구슬이 금방이라도 소리를 낼 듯하고, 하늘하늘한 옷자락 속에는 곱고 부드러운 살결이 곧 보일 것만 같고, 어여쁘게 내민 젖가슴에는 숨도 고르고 예쁘게 쉬고 있는 것 같은 보살의 모습이다. 세월이 흘러가도 언제까지나 미소 짓고 있는 보살, 천 년이 흐른 지금에도 '황홀한 꿈속에 쌓혀 홀로 미소'하는 보살이다. 「十一面觀音」상에 흐르는 아름다운 우리 민족의 정서이기도 하다. 미술가 최순우는,

나는 석굴암에 갈 때마다 그 자비롭고 원만한 본존 불상이나 보살들의 얼굴을 바라보면서 잘생긴 한국인의 얼굴과 그 풍김을 다시금 그 모습들 속에서 되새겨 보면서 진실은 속일 수도 감출 수도 없다는 것을 새삼스럽게 느낀다. 본존 석가여래불상 뒤에 숨어 서서 가냘프고도 깔끔한 모습으로 불타에 바치는 지성을 절절하게 표정 짓고 있는 십일면관음보살의 얼굴을 바라볼 때마다, 나는 신라 여성들이 지녔던 높은 절조와 청정한 풍김을 연상하면서 마음이 설레곤 했다. 이러한 아름다움이야말로 한국미의 본바탕에 흐르고 있는 선과 미의 음률이다.144)

---

144) 최순우, 「석굴암의 11면 관음상」, 『무량수전 배흘림 기둥에 기대서서』, 學古齊, 131쪽.

라 하여 「十一面觀音」상은 한국미의 본바닥에 흐르고 있는 선과 미의 아름다움이라고 보고 있다. 다른 부조에 비해 강하게 돌출된 「十一面觀音」상은 6.5등신의 현세적 미인관을 반영하고 있으며 우리 조상들의 이상적인 미인관이라고 볼 수 있는데, 김상옥은 이러한 아름다움을 시조작품화하여 다시 한번 그 아름다움을 살아나게 하여 전통미를 발견한다.

이 시조작품을 통해 신라의 미에 대해 새롭게 인식하며, 우리의 문화재를 더욱 가치 있게 인식할 수 있다. 김상옥은 이렇게 문화재들을 시조작품화함으로써 우리 민족에게 우리의 유물·유적을 새롭고 아름답게 인식하게 하여, 한민족의 자손으로서 긍지를 갖게 하려고 했다. 이러한 맥락에서 김상옥의 「十一面觀音」은 우리 민족의 정신적 뿌리찾기의 한 작품이며, 민족정서 및 정체성에의 향수 작품으로 볼 수 있다.

김상옥의 작품 중에서 우리의 민족정서 및 정체성에 향수를 느끼는 작품을 살펴보았다. 우리 민족이 아름답게 생각했던 우리의 유물·유적과 정서가 깃들어 있는 것들에서 전통정서와 전통미를 찾아내어 이것을 시조작품화하였다. 우리의 전통문화유산인 유물·유적을 통하여 민족정서와 정체성을 찾는 일은 곧 우리 민족의 주체성을 찾고 자존심을 찾는 일이다. 앞의 작품들을 통하여 김상옥은 우리 민족의 정서와 정체성을 찾아 그것을 가치 있게 만들고 보존하는 일이 우리를 우리답게 가꾸어 갈 수 있는 것임을 깨닫게 해 주며, 또 이 작품들은 우리의 민족정서와 정체성에의 향수를 느끼게 한다.

2. 人間性에 대한 향수

가. 人間性 상실에 대한 위기감

복잡하고, 편리한 현대 사회를 살면서 우리는 얻는 것도 많은 동시에 잃는 것도 많다. 그 잃어 가는 것 중의 하나가 바로 인간성이다. 시간과 돈에 쫓기면서 살아가는 현대인은 순수하고 소박하고 아름다워야 할 인간의 따뜻한 마음을 잃으면서 살아간다.

우리의 건국이념은 '홍익인간'이라 하여 이웃을 널리 이롭게 하면서 사는 것을 주장하였고, 또한 미덕으로 생각해 왔다. 현대의 산업사회, 정보화 사회로 오면서 자기만이 소중하다고 생각하는 개인주의, 이기주의가 생기고, 이웃에게 신경 쓰지 못하여 이웃에 누가 사는지도 모르는 무관심의 세상이 되었다.

리태극의 고향의식이 나타나는 작품에는 산업사회에서의 각박한 도시의 삶을 살아가면서 인간성을 상실해 가는 것에 대한 안타까움을 나타내고 인간성을 회복하려는 극복의지가 나타난다. 서울이라는 도시생활 속에서 고향의 아름다운 산수와 어질고 순후한 인심을 그리워하는 마음이 드러나고 있는 작품이다. 그의 고향의식을 나타낸 작품을 통해 인간성에 대한 향수와 인간성 회복의 극복의지 등을 살펴보기로 한다.

> 깊은 산에 안겨/ 어짊을 잃지 않고//
> 맑은 물 바라보며/ 슬기를 안 무리들이//
> 풍요의 먼 발치에서도/ 예 이제를 살아왔네//
>
> —「山水의 고향」 첫째 수

철따른 금강 소식/ 한강으로 띄워주고//
골골을 누벼 우는/ 산새들의 가락 맞춰//
뿌리고 거두어 사는/ 이 고장의 어버이들//

―둘째 수

　이 작품은 고향인 강원도 화천 파르호 부근에 사는 순박한 고향 사람들에 대한 그리움을 나타낸 시조다. 山紫水明의 아름다운 곳에서 거기에 걸맞게 어진 사람들, 그들은 욕심 없이 농사를 지어 씨 뿌리고 곡식 거두며 지금껏 순박하게 살아왔다. 安貧樂道로서 자족할 줄 알며 평화롭게 사는 自然親和思想을 지닌 사람들의 모습에서 어떠한 갈등도 나타나지 않는다. 그러한 고향의 모습을 그리워하는 화자는 현재의 생활에 만족을 누리지 못한다고 볼 수 있다. 각박한 생활에서 순박한 인정을 잃어 가는 안타까움, 복잡하고 바쁜 도시의 생활에서 인간성 상실의 위기의식을 느끼며 살고 있는 사람이다. 고향이 주는 소박하지만 아름다운 정서를 그리워하고 있다.

　인간은 자연 속에서 깊은 우주적 의미를 체험하고 그 의미를 통해 자연과 인생의 깊이를 체험함으로써 속세와 정치를 초월한 소여의 심적 상태에 이르고 진정한 자연의 맛에 젖어드는 것이다. 자연 속에서 자연의 순리에 거스르지 않고 살아가는 삶을 그리워하는 리태극의 정서는 김인후(조선 중종)의 작품인 "청산도 절로절로 녹수라도 절로절로/ 산 절로 수 절로 산수간에 나도 절로/ 이 중에 절로 자란 몸이 늙기도 절로절로.//"에 나타나는 자연친화적 질서의식의 작품과 맥락을 같이한다. 자연의 질서 속에 한 사람의 자연인으로 살아가고 싶은 욕망이, 그로 하여 어린 시절의 고향사람들의 순박한 모습을 그리워하게 하는 것이다.

높푸른 하늘 아래
허둥이는 발뿌리들

무언가 두고 가는 듯
바라 오는 듯

세기의 아침을 안고
쓰혀지는 여정기(旅程記)

멀리 고향이 어리우는
포푸라 여린 손길

터지듯 기적은 울어
여울짓는 가슴가슴

미움도 이약도 안개로
엇갈리는 레일길—.

—「서울역」 전문

　「서울역」이란 작품은 도시의 단면을 보여주는 작품이라 할 수 있다. 고향을 떠난 사람들의 뿌리 없이 흔들리는 도시의 생활이란 언제나 바쁘고 허둥대는 삶이다. '높푸른 하늘'이라 하여 자연은 '아름답고 희망적'임을 상징하고, '허둥이는 발뿌리들'이라 하여 아름다운 하늘 아래의 '인간의 생활은 바쁘고 정신없음'을 상징한다.

　늘 부족함을 느끼며 현실에 만족하지 못하는 삶은 '무언가 두고 가는 듯 바라 오는 듯' 허둥대기만 한다. 종장에 오면 '아침'이라고 하여 '희망의 이미지'를 상징한다. 모두가 바쁜 걸음 속 고향을 찾아가는 사

람, 고향에서 돌아오는 사람, 저마다의 여정기로 분주한 삶이다. "미움
도 이약도 안개로 엇갈리는 레일길"이란 이러한 여러 가지 상황의 서
로 엇갈리며 달리고 있는 '인생길'을 상징하고 있다. 바쁜 생활 속에
인간성을 상실해 가는 위기감이 느껴지는 작품이다.

> 내 어린 시절이
> 저렇게 흘러간다.
>
> 해와 달 비와 눈들
> 모두 모아 담은 채로
>
> 한 줄기 모래를 씻어
> 멈춘 듯이 말없이
>
> ―「한강」 전문

　　화자는 '한강'을 보면서 자신의 어린 시절이 흘러감을 아쉬워한다.
흐름의 미학이란 한자리에 머물러 있지 않음이다. 흘러가는 시간과 강
물은 두 번 다시 오지 않는다는 냉혹함의 인식이 초장에서 드러난다.
금강산에서 비롯되는 북한강의 물줄기는 화천을 지나 남한강과 만나
는 양수리를 지나 한강으로 흘러가고, 그 한강을 보며 어린 시절의 고
향을 생각하는 화자이다. 그 조용히 말없이 흐르는 강물 속에는 해와
달, 비와 눈, 화자의 어린 시절 고향에서의 추억과 꿈과 낭만이 함께
흘러가고 있다. 삶의 기쁨과 슬픔도 모두 흘러간다.

　　'흘러간다'는 것은 '모든 것이 사라짐'을 상징한다. 存在가 無로 化하
는 것을 의미한다. '해와 달, 비와 눈들'을 모두 담은 채로 흘러가고 있
다. 여기서 '해와 달'은 '삶의 광명스런 것'을 상징한다면 '비와 눈들'은

'삶의 슬프고 궂은 것'을 상징한다. 이러한 것을 모두 담고 흘러가는 '강물'의 원형상징은 '시간의 영원한 흐름, 죽음과 재생, 생의 순환의 변화상' 등을 나타내며 이 작품에서는 '시간의 영원한 흐름'을 의미한다. 한편 이 작품에서는 모든 것을 포용하면서 그 흐름의 바닥(모래)까지도 깨끗하게 씻어 주며 멈춘 듯 조용히, 말없이 흘러가는 강물은 그 모든 것을 포용하며 흐르는 화자의 관용적인 삶을 상징하기도 한다.

'흘러간다'는 것은 '모든 것이 사라짐'을 의미하기 때문에 이 작품은 사라짐에 대한 아쉬운 마음을 나타낸다. 즉 어렸을 때의 순수를 잃어가는, 인간성 상실에 대한 안타까움을 표현하고 있음을 알 수 있다.

철길가 흐드러진/ 함박 웃음 밀물로 와//
연분홍 맺힌 사연/ 찾아오는 이 오후는//
스치는 꽃샘 바람도/ 가슴 깊이 안긴다.

해마다 이 기슭에/ 고요히 피어나는 너//
외롬을 감싸주고/ 설레임도 다둑이고//
그 생애 다함 없는 정을/ 궁창 가득 채우나.//

네 품에 안기고파/ 공간을 달려간다.//
옛 고향 비알따라/ 피던 그 모습들//
이제사 다시 찾았구나/ 이 마을 이 언덕에서.//

바람도 자취 없고/ 벌 나비도 숨었는가//
너와 나 고요속에/ 나눌 말도 잊었노라.//
어둠아 네 증언으로/ 한밤 내내 세우리라.//

—「진달래 연가」 전문

‘연분홍 맺힌 사연 찾아드는 이 오후’란 표현 속에는 진달래가 꽃망울 맺힌 풍경이라 볼 수도 있고, ‘오후’란 말은 하루 중의 오후일 수도 있지만, 인생의 후반기를 상징한다고도 볼 수 있다.

한국 사람들에게 진달래는 너무나 친숙한, 고향산천 하면 떠오르는 꽃이다. 우리 삶의 가장 중심적인 땅, 고향을 생각나게 하는 꽃이기에 어디에서 보아도 정겹다. 말없이 보고만 있어도 이심전심이 되는, 고향의 냄새를 맡을 수 있는, 향수에 잠길 수 있는 꽃이다. 화자는 그러한 정서를 알고 있기에 바람도 벌·나비도 오지 않는 고요 속에 한마디 나눌 말도 잊고 한밤 내내 반가운 진달래와 함께 지내고 싶다고 한다.

김소월의 「진달래꽃」이 이별의 정한으로 서럽게 다가오는 여인의 이미지라면 리태극의 「진달래 연가」는 고향 산천에서 많이 보던 진달래꽃을 이 마을 이 언덕에서 다시 찾아 기뻐하는 그야말로 진달래꽃 자체를 사랑하는 마음을 드러낸 작품이다.

진달래를 보면서 기뻐하는 화자에게서 고향을 떠나 살고 있는 현실 인식과 함께 고향을 그리워하는 마음이 은연중에 나타남을 알 수 있다. 반가움을 마음과 마음으로 전하는 꽃과의 대화, 그것은 곧 진달래 붉게 피는 고향 산천에 대한 그리움이며, 고향산천과의 대화이며, 현실의 삶에서 여유를 잃고 살아가는 인간성 상실에 대한 안타까움이기도 하다.

그늘진 갈대숲에
밀어닥친 회오리로

꿈도 산산조각
멍청히 눈만 뜨고

빈 하늘 구름길 따라
깃을 치는 철샌가.

그 하늘 넓은 공간
두루 두루 나래 걷고

꽃구름 피워 올려
옛이야기 나누면서

겨레의 오올찬 노래로
다둑 다둑 살렸는데.

—「회오리」 전문

이 작품에서 화자는 고향을 떠나 회오리바람 때문에 꿈도 산산조각
난 떠도는 철새로 자신을 비유하고 있다. 주로 고향을 떠나 방랑하는
삶을 '철새'로 비유한다. '텃새'가 되지 못하는 悔恨 속에 철따라 이동
하는 '철새'처럼 살아가는 삶, 방랑자 같은 고독함과 쓸쓸함이 잘 나타
나고 있다. 화자가 바랐던 삶은 "꽃구름 피워 올려/ 옛이야기 나누면
서// 겨레의 오올찬 노래로/ 다둑다둑 정답게" 사는 것이다. 꽃구름처
럼 정답고 포근한 이야기를 나누며 인간답고 아름다운 삶을 살고 싶
었지만, 삶에는 회오리바람이 몰아친다. 평화롭게 살려는 꿈은 霧散되
고 빈 하늘 외로운 한 마리 철새가 되어 있는 현실에서 話者는 悲哀
를 느낀다. "빈 하늘 구름길 따라 깃을 치는 철샌가?"라고 표현하여

154

고향을 떠나 꿈도 잃고 철새처럼 살아가는 삶의 悔恨 속에 人間性 喪
失의 悲哀를 느끼고 있다.

　　서울살이에서 가장 오래 머문 자리
　　짐꾸려 옮긴 빈터 정적을 깨고
　　크레인 드높은 소리로 허물어져 가기만

　　정어린 선물이기 정드려 가꾼 오동
　　십칠년의 흔적 그냥 나뒹굴어 떨고 있고
　　싱그레 너울대던 파초도 소리없이 쓰러졌다

　　방싯 반겨주던 산목련도 흔적없고
　　겨우 살려피우던 매화도 살지 말지
　　추위가 닥치는 언덕에 세워지는 골조기둥

　　용문산정에서 옮긴 원추리꽃 맺힌 정도
　　파로호에서 맞아온 상사화의 그리움도
　　뿌리서 돋아 자라던 감그루도 먼 기억뿐

　　볼 밝혀 안겨오던 대추알도 아물아물
　　주저리 달려 웃던 청포도도 눈에 어리고
　　그 그저 허수아비로 허공만을 바라본다

　　사십여편 자하산사의 花木讚도 시로만 남고
　　아침저녁 매만지던 손길도 자취로만 남아
　　주름진 얼굴만 들고 석양길을 밟는다.
―「깃은 헐리고」 전문

위 시조는 제2의 고향 같은 집, 서울에서 정들었던 자하산사를 떠나면서 쓴 작품이다. 타향인 서울에서 정들었던 땅과 집, 새로운 건설을 위해 포크레인으로 살던 집을 파헤치고 집을 옮겨야 하는 것이 화자의 처지이다. 첫 수의 '크레인 소리'는 '삭막함과 소란함을 나타내는 산업사회'의 상징이라 볼 수 있다. 크레인 드높은 소리의 도시 산업사회 속에서는 오동, 파초, 산목련, 매화, 원추리꽃, 상사화, 감나무, 대추나무, 청포도 등을 가꾸며 서울에서 전원생활을 꿈꾸며 살아오던 생활이 무너지고 있다. 문명의 이기는 자연친화적 그의 시심까지 앗아가고 있다.

자연을 사랑하는 마음은 그의 삶에 그대로 반영되어 이곳에서 꽃도 심고 나무도 길렀는데, 이 자연친화적 환경을 떠나면서 또 하나의 고향을 떠나는, 고향상실의 아쉬움이 나타난다. 산업화 시대의 非情은 서울생활에서 확보한 작은 安住의 공간마저 잃게 하고 있다. 삭막함을 싫어하고, 인정과 자연을 그리워하는 시인의 모습이 이 시조에서 여실히 드러난다. 이렇게 삭막함 속에 사는 인간은 자연친화사상에서 보여주는 삶에의 여유라든가 포용심이라든가 타인에 대한 이해심까지도 망각하게 되고 인간성을 상실하게 된다.

나무 한 그루, 꽃 한 그루, 풀꽃 한 포기를 심고, 사랑할 수 있는 것도 그것들을 심을 수 있는 공간과 마음의 여유가 있어야 하는데, 삭막한 도심에서 나무와 꽃을 기르고 정을 주며 자연에의 향수를 달래던 시인에게 이런 공간과 여유마저 잃어야 하는 悲哀가 위 작품의 근간을 이루고 있다. 人間性 喪失에 대한 안타까움이 나타나기 때문에 고향의식의 작품으로 분류해 보았다.

소위 문화주택이란 새 빌라로 옮기다
쌓아두었던 책을 싣고 온 옛 자리
사라진 화목(花木)의 망령만이 소리없이 맞는다.

살기엔 편하지만 갇혀진 새장 속에
철문은 굳게 닫히여 지척도 천리인 듯
조여진 마음을 다둑이며 창문만을 바라서다

길들면 그저 그냥 살아갈 순 있겠지만
꽃 가꾸고 새 기르고프고 흙도 새록 그리워라
모든 것 다 떨쳐버리고 돌아갈까 전원으로.
　　　　　　　　　　　　　　　—「다시 자하산사에서」전문

　자하산사를 떠나 새로 이사한 집에서 그 감회를 쓴 작품이다. 고향을 떠나와 향수에 쌓이듯이 자하산사에서 살던 삶을 그리워한다. 이사한 곳은 소위 문화주택이라는 새 빌라지만, 인간적인 모든 정취를 앗아간 삭막한 자리이다. 꽃 가꾸고, 새도 기르고픈 인간적인 욕망과 정취를 앗아간 자리에서 인간성 상실의 안타까움을 노래하고 있다. 고향에 관한 시조는 아니더라도 전원을 그리워하고 자연을 그리워하는 화자의 마음이 나타나는 작품이다.

　리태극의 고향의식의 작품에서 인간성 상실에 대한 위기감과 안타까움이 나타나는 작품들을 살펴보았다. 산업사회 속 도심에서의 삭막한 삶은 동양인들이 추구하던 자연친화의 삶과는 거리가 멀다. 고향의 때 묻지 않은 자연 속에서 순박하게 사는 고향사람들의 삶의 모습이야말로 바쁘고 삭막한 도시에 사는 그가 마음속으로 동경하는 삶의

모습이다. 즉 어렸을 때 고향에서 누리던 삶의 모습과 같은 合自然의
삶이며 꽃 가꾸고 새를 기르며 자연과 더불어 사는 것이다. 화자는 자
연을 통한 서정세계에 안주하고 싶은데 현실은 그렇지 못해 갈등이
생기고 비애가 생긴다. 이렇게 리태극의 고향의식의 작품은 저마다 바
쁘고 삭막한 현대인의 도심 속 삶의 한 단면을 보여주며, 그 삭막한
현대생활 속에서 인간성을 상실해 가는 것에 대한 안타까움을 표현하
고 있다.

나. 淳朴한 인정에 대한 향수

리태극은 고향에 대한 향수로서 순박한 인정을 그리워하는 모습을
보이고 있다. 그가 살던 강원도 산골사람들의 순박한 인심, 그것은 바
쁘고 편리하면서도 공해 많고, 삭막한 서울생활에선 찾을 수 없는 잃
어버린 모습이다. 현실이 각박하고 힘들수록 더욱 그리워지는 것이 유
년 시절에 대한 향수이며 사람들의 순박한 인정이다. 바쁘게 살면서도
가슴속이 언제나 허전한 것은 삭막한 인간관계 속에 순박한 인정에
대한 그리움 때문이다.

> 허공 담장 허리에 뿌리한 산나리꽃
> 활짝 피어나 한 여름을 열고 있다
> 그 어느 보람도 겨웁게 넓은 하늘 받혀 안고
>
> 어린적 산 기슭에 반겨찾던 그 모습을
> 창열고 바라면서 가슴 설레이며
> 소음도 멀어진 한낮 절오의 뜻 새기다

한알의 씨앗도 저렇게 길찬 것을
외오 따르지 못하는 회오(悔悟)같은 어설픔에
앙가슴 소용돌이치는 물소리를 듣는다.

—「산나리꽃」 전문

이 작품은 어렸을 때 고향의 산기슭에서 많이 보던 꽃인 산나리꽃
이 소재가 되고 있다. 지금은 어느 집 담장 허리에 뿌리 내려 활짝 피
고 있는 꽃이다. 장소를 옮겨왔건만 산나리꽃은 뿌리 잘 내리고 저렇
듯 길차게 살고 있는 데 반해 인생은 그것에 따르지 못하고 悔悟 같
은 어설픔을 지니며 살아가고 있음을 안타까워한다. '길차다'란 뜻은
'아주 훤칠하게 길다'란 뜻으로 보아야 하고, '외오'란 뜻은 '멀리, 외따
로'의 의미가 있는데 여기서는 '외따로'로 보는 것이 타당할 것 같다.
이 작품에 대해 오승희는 "'활짝 피어나 한 여름을 열고'나 '그 어
느 보람도 겨웁게 넓은 하늘 받혀 안고'는 빛의 세계를 지향하는 상승
이미지의 동원이다. 여기에 창 열고 바라면서 가슴 설레는 지향의지를
추가하면 시조 「산나리꽃」은 빛을 향한 밝음의 세계를 지향하는, 빛으
로 밝히고자 하는 삶의 묵시적 이미지화"[145]란 견해를 보여 밝음의
이미지로 보고 있다. 하지만 이 작품은 산나리꽃과 화자의 삶의 대비
를 보인 작품으로서, 산나리꽃 자체는 '한알의 씨앗도 저렇게 길찬 것
을'이라고 하여 밝음의 이미지가 나타나지만 그것과 대비되는 인간의
삶은 '외오 따르지 못하는', '앙가슴 소용돌이치는 물소리를 듣는다'라
고 표현하여 상승이나 밝음의 이미지와는 상반되는 어두움의 이미지
가 나타난다.

---

145) 오승희, 앞 논문, 128쪽.

　　결국 「산나리꽃」은 자기가 살던 산속 고향을 떠나와도 잘 살고 있는데, 사람은 자기가 처음에 태어나고 뿌리내렸던 안식의 고향을 떠나와 어설프게 회오만 삼키며 세사에 시달려 앙가슴 속에 소용돌이치는 물소리를 들으며 살고 있다는 인생의 서글픔과 아픔이 느껴지는 작품이다. 우리의 삶은 살아가면서 인간과 인간 관계, 인간과 삶의 관계는 언제나 회의와 후회가 따르게 마련이고, 그것이 정신적 안식처인 고향을 떠나 있을 때 더 크게 작용하고 있음을 이 작품은 보여준다. 삭막한 도심에서 인간다운 삶에 제대로 뿌리내리지 못한 아픔으로 話者는 회의에 잠기며, 삶의 터전이었던 고향의 순박한 인심에 대한 그리움을 나타내고 있다.

눈 감으면 거울되는/ 내 놀던 푸른 언덕//
북한강 따라 올라/ 四明山의 북녘 기슭//
지금은 破盧湖 깊숙한/魚鱉들의 보금자리.//

피어난 진달래가/ 석장을 수 놓으면//
산꿩들의 울음따라/ 잠차지던 소꿉놀이//
냉잇국 쑥버무림에/ 초생달도 밝았지?//

물이 불면 고기 뜨고/ 날이 들면 뱃놀이들//
벌거숭이 洞童들의/ 꿈은 마냥 부풀기만//
밤나무 그늘 밑에서/ 귀글 소리 우렁찼지?//

서시래 벼랑 끝에/ 단풍이 불타나고//
영 너머 조 이삭이/ 석양에 물들며는//
온 마을 타작 마당은/ 풍년가로 들렸지?//

눈이 찬 바람이/ 강마을을 휘몰아치면//
잉어 잡이 토끼 몰이/ 따라나선 꼬마 용사//
짚신 속 발가락이 얼어도/ 지칠 줄을 몰랐지?//

이렇듯 꿈 꿈으로만/ 새김하는 옛 내 고향//
耳順 문턱에 서/ 티끌만 호흡한다.//
색동옷 그 마당에 앉은 채/ 소쩍소리 들으며—.//

—「失鄕曲」 전문

題名이 보여주듯이 '失鄕'이라 하여 고향상실감의 안타까움을 표현하고 있다. 리태극의 추억 속 고향공간은 수몰지구가 되어 영원히 사라지고 이 세상에 존재하지 않는다. 우리가 고향을 그리워할 때는 일반적으로 회귀불가능한 시간적 고향이다. 공간적 고향은 다시 돌아갈 수 있다고 생각하기 때문이다. 그런데 이 작품에서는 고향의 시간과 공간 모두를 상실한 자로서의 그리움이 나타난다. 즉 이 작품의 화자는 시·공간 고향 모두 회귀불가능한 것이다. '꿈으로만 새김하는' 고향이기에 그의 고향에 대한 향수는 배가되어 나타날 수밖에 없다. 분단에 의해 일시적(50년이 넘는 시간이긴 하지만)으로 가지 못하는 공간적 고향146)을 북한에 두고 있는 경우와는 또 다른 정서이다.

이 시조의 구성은 평시조 여섯 수로 되어 있다. 즉 서수와 본수 4수(고향의 봄, 여름, 가을, 겨울)와 결수이다. 고향의 추억을 말하기 위해 첫째 수를 서수로, 현실을 인식하는 마지막 수를 결수로 하여 여섯 수로 구성된 평시조이며 연시조이다.

---

146) 현재 우리 민족에게는 고향이 북한이라 공간적 고향으로 자유롭게 돌아갈 수 없는 사람들이 존재하고, 그리고 그들이 고향에 대해 쓴 시조 작품도 존재한다.

　고향의 봄, 여름, 가을, 겨울의 모습과 추억을 말하며, 마지막 수에서
는 이런 사계절의 아름다운 추억이 꿈으로만 존재하는 이순 문턱에 있
으면서, 아직도 마음은 색동옷 입고 앉아 소쩍소리를 듣는다. 그는 이
작품에서 산골의 정서인 '진달래, 석장, 산꿩, 냉잇국, 쑥버무림, 물, 뱃
놀이, 밤나무, 벌거숭이, 단풍, 영, 이삭, 석양, 타작'이란 어휘들을 사용
하여 산골고향의 순박한 정서와 어린 날의 추억을 그리워하고 있다.

　　　단풍잎 가지마다에/ 마지막 정열은 타고//
　　　산국화 오목소복히/ 이슬이 차가웁다//
　　　먼 줄기 서리운 강물엔/ 고향만이 다가서고—.//

　　　코스모스 웃는 모습/ 그대 주고 간 마음//
　　　갈대꽃 하얀 손길/ 무덤가에 떨고 섰다//
　　　꿈으로 도파온 가락/ 산새만이 배워 사나?//

　　　갈 곳 차마 모르던/ 떠도는 한 마리 철새//
　　　흐려진 碑銘에/ 비와 바람 다구쳐도//
　　　제 날개 제가 따르며/ 울어 쫓는 삶의 길!//

—「思悼의 章」 전문

　첫 수는 가을철이 되어 고향이 그리워지는 마음을 단풍잎, 산국화,
강물에 담았다. 이 작품에서도 상징성을 찾을 수 있다. "단풍잎 가지
마다에 마지막 정열은 타고"라고 하여 계절의 가을만을 의미하는 것
이 아니라 화자의 사랑(이성)에 대한 마지막 정열이었음을 상징하고
있다. "산국화 오목소복히 이슬이 차가웁다"라는 표현은 정열이 사라
진 곳에 차가움만 남아 있다는 의미이다. '강물'의 원형상징은 '시간의

영원한 흐름, 죽음과 재생, 생의 순환의 변화상' 등을 나타낸다. 이 작품에서 강물은 '시간의 흐름'을 상징하고 흘러감을 역류해 가면 기억 속의 고향이 존재한다. 고향에서의 순수했던 사랑의 추억이다.

한때 사랑했던 청초한 웃음을 남기고 간 마음의 여인을 코스모스와 갈대꽃, 산새 등으로 비유하여 묘사했다. '갈대꽃 하얀 손길'이라 하여 '사랑하던 여인의 손길'이 비유된 갈대꽃이 핀 무덤 앞에 서 있는 화자는 갈피잡지 못해 방황하던 과거의 삶과 현실의 삶을 사는 자신을 '한 마리 철새'로 비유하고 있다. 생의 무상감을 느끼며 어디로 가야 할지 몰라 방황하던 젊은 날, 그러나 흐려진 비명 앞에 비와 바람은 달구쳐도 어차피 자기가 가야 할 길을 찾아 울면서라도 가는 화자의 의지적 삶이 있다. 여기서 碑銘이란 사랑하던 이의 무덤 앞에 세워진 碑石을 의미한다.

이 작품에서 고향을 떠나 방황하는 화자는 자신을 한 마리 철새로 비유하고 있다. 고향을 소재나 주제로 다룬 작품 중에는 철새와 텃새를 노래하는 작품이 많은데, 주로 고향을 지키는 새를 텃새로, 고향을 떠난 새를 철새로 비유한다. 고향을 노래하는 많은 시들에 새가 등장하는 것은 바로 새가 고향을 떠나 살고 있는 동안 시간의 흐름을 인식게 하는 계기적 충동물로 등장하고 있다는 것을 의미한다. 때가 되면 가고 때가 되면 오는 철새의 주기를 가진 반복성이 인간에게 귀소본능의 욕구를 일깨워 준다.

시간은 인간 의식의 흐름을 수치적으로 계산해 놓은 것이다. 이 의식의 흐름을 인식하게 하는 가장 중요한 계기가 인간을 포함한 주위 환경의 변화이며, 그 변화가 주기성을 가지고 반복적일 때 더욱 강하게 느끼게 된다. 일출과 일몰의 반복, 사계절의 반복, 인간의 탄생과 죽음의 반복 등이다. 철새의 반복성은 인간에게 시간이 흐름—고향을 떠나 살고 있는 시간—을 인식하는 데 적극적으로 작용한다. 고향을 떠나온 후 다시 고향으로 날아서 돌아가야 함에도 현실적이라는 인위적 환경의 조롱에 갇혀 비상을 잊어버린 퇴화해 버린 날개, 텃새적 생태를 갖는 인간은 오히려 유랑의 철새가 되고, 유랑의 이미지를 지닌 철새는 귀소본능의 텃새적 생태를 보여준다[147]고 한다.

이 작품은 고향을 떠나 살고 있는 자신을 한 마리 철새로 비유하고 있으며, 고향에서의 순수한 옛사랑을 떠올리며 젊은 날의 사랑과 순박한 인정에 대한 그리움을 노래하고 있다.

풀섶 나무 잎이 노을로 불 붙으면
드높은 창공은 투명 속의 청자 거울
빠알간 능금알들이 가슴 가슴 안기네

이렇게 가을이 오면 마음은 돛을 달고
그 옛날 뒷들의 능금 밭에 닿는다
못 잊을 하나의 영상을 되찾아나 보련 듯

―「가을이 오면」 전문

화자는 가을의 아름다움 속에 회귀불가능한 고향의 시공간을 그리워한다. '불, 창공, 청자 거울, 빠알간 능금알, 가슴' 등의 이미지들은 밝고 긍정적인 시어들이며 밝음을 나타내는 상징어들이라서 이 작품에 대한 밝고 긍정적인 심상을 보여준다. 첫 수 초장의 '불'과 종장의 '빠알간 능금알'들은 같은 맥락의 시어들로 '정열, 충만, 사랑'에 대한 원형상징이다. 그러한 시어들로 고향은 정열, 충만, 사랑이 가득 찼던 젊은 날의 그리운 추억의 공간임을 말하고 있다. '드높은 창공은 투명

147) 양현승, 「고향의 미학」, 『비평문학』, 1988.

속의 청자 거울'이라 하여 그 모든 고향의 자연 현상을 비추는 아름다운 거울이라는 것이다. 이것은 또한 화자의 거울 같은 마음이라고도 볼 수 있다. 현재의 가을에서 과거의 가을(추억)까지 모든 것을 비추고 있는 화자의 마음을 상징한다고 볼 수 있다. 또 화자는 영혼에 각인된 못 잊는 영상을 찾아 마음은 돛을 달고 옛날 능금밭으로 달려간다. 젊은 날의 사랑과 추억이 있는 곳, 그 회귀불가능한 고향의 공간과 시간은 화자로 하여금 그리움을 자아내게 한다.

외로울 때면 고향을 생각하고 삶의 질곡에 부딪혔을 때에도 고향을 생각하는 것이 우리의 삶이라 할 때, 사색의 계절 가을이 오면 더욱 짙게 생각나는 곳이 고향이다. 모든 꿈이 서려 있고 걱정 근심을 모르던 시절의 푸른 동산, 모든 괴롭고 어려웠던 일은 시간이라는 여과기로 걸러지고 아름다운 추억만이 간직되는 곳이다. 이 작품 역시 고향에서의 잃어진 시간과 순수한 인정에 대한 그리움이 나타나는 작품이다.

지금까지 리태극의 작품 중에서 순박한 인정에 대한 그리움이 나타나는 시조를 살펴보았다. 위의 작품들을 통하여 고향은 순박한 인정을 지닌 사람들이 사는 평화공간으로 인식되며 그 순박하고 평화로운 삶을 살던 사람들의 인정을 그리워하는 작품들이다. 물론 이러한 작품의 밑바탕에는 현재의 삭막하고 각박한, 개인적이고 이기적인 도시인들의 삶에 대한 회의와 반성이 들어 있다. 또 맑고 순수한 심성을 간직하고 싶은 시인의 의지도 표현되고 있음을 알 수 있다.

다. 分斷된 조국에 대한 안타까움

리태극의 고향의식의 작품에는 분단된 조국에 대한 안타까움이 나타나는 작품이 있다. 우리나라가 해방이 되고 나서 육이오 이전까지 강원도 화천 부분은 삼팔선 이북에 속했던 땅이다. 육이오 때는 그곳을 사수하기 위하여 국군과 북한군이 팽팽히 맞섰던 곳이고, 수많은 젊은이들이 사망했던 곳이다. 화천은 6·25 이후 남한땅이 되어 자유로운 왕래가 가능한 곳이 되었지만, 화천에서 가까운 곳에는 지금도 남북 분단의 상징인 휴전선이 있다. 삼팔선과 휴전선은 이름만 다를 뿐 남과 북이 대치하는 상황에는 변함이 없고, 또한 오고 가지 못한다는 공통점이 있다. 한민족의 커다란 비극이 아직 존재하며 그것을 안타까워하는 의식이 곧 그의 고향의식 작품 속에 표현된다.

<blockquote>

일월도 서먹한 채 그늘진 정은 흘러
핏자욱 길목마다 귀촉도 우는구나
건널목 숲으로 가름한 저 언덕과 이 강물!

—「내 산하에 서다」 첫째 수

진달래 피어 들고 단풍잎 불타 나고
부르며 바라보는 어배들의 보금자리
배리는 화사의 습성 굳어만 가는 마음벌!

—「내 산하에 서다」 둘째 수

</blockquote>

이 작품은 고향의식 속에 남과 북으로 갈린 민족의 아픔을 말하고 있는 것이다. 귀촉도는 우리 고전시가에서 비탄, 애탄, 기다림의 상징으로 많이 채용되고 있는 전통적 심상이다. 숲을 건널목으로 하여 갈라서 있는 '저 언덕과 이 강물'이란 남과 북을 상징하고 있어 분단에 대한 화자의 안타까움이 나타나는 구절이다.

'화사'의 상징은 '에덴동산에서 이브와 아담을 유혹하여 선악과를 따 먹게 한 악'이다. 그리하여 인간으로 하여 낙원을 상실하게 하여, 부끄러움을 알게 하고 질시와 반목을 알게 했던 악의 상징인 것이다. 낙원의 세계로부터 멀어진 후 질시와 반목의 역사가 인간에게 존재한다는 기독교적 해석처럼, 같은 민족이면서도 남과 북은 반세기의 세월 동안 서로 반목하며 미워하며 적대감을 가지고 살아왔다. 얼룩진 '수의(비단옷)'는 '아름다운 우리나라(금수강산)'를 상징하고 있다. 아름다운 우리나라가 6·25의 傷痕으로 얼룩이 졌다. 화자는 이 작품을 통해 같은 민족끼리 원수인 양 서로에 대한 미움의 감정을 '굳어만 가는 마음벌!'이란 표현으로 안타까움을 나타낸다. 그의 고향을 그리는 내면의식 속에는 분단된 조국 현실을 아파하고, 그것을 극복하고자 하는 의지가 보인다.

깊은 산에 안겨
어짊을 잃지 않고
맑은 물 바라보며
슬기를 안 무리들이
풍요의 먼 발치에서도
예 이제를 살아왔네

철따른 금강 소식
한강으로 띄워주고
골골을 누벼 우는
산새들의 가락맞춰
뿌리고 거두어 사는
이 고장의 어버이들

한 때는 철의 장막
파로호는 피의 바다
되찾은 자율 안고
지켜 새는 휴전선
보람찬 내일을 바라
맑아오는 화천이여!

—「山水의 고향」 전문

화자의 고향땅은 자유를 찾기 위해 피 흘렸던 곳인데, 지금은 휴전
선이 지켜 서 있다. 세계에서 하나밖에 없는 민족 분단의 나라, 조국
분단에 대한 안타까움이 순박한 고향 사람들에 대한 그리움과 함께
나타나고 있다. 첫째, 둘째 수에서는 고향의 공간은 순박한 인정을 지
닌 사람들이 사는, 고요하고 정적이며 평화스런 공간으로 그려지고 있
다. 그러나 셋째 수에서는 조국분단의 현실인식이 나타난다. 그것은
곧 화자의 고향에 대한 안타까움이며, 더 나아가 조국에 대한 사랑이
며 안타까움이다. 그래도 그는 '내일을 바라'는 낙관적 미래관을 가지
고 조국통일을 염원하며 통일에 대한 희망성을 보여준다.

하이얀 갈대들이
날개 젓는 언덕으로

바래진 나날들이
갈기갈기 찢기운다

어허남 요령도 아련히
푸른 하늘 높푸른데……

칡넝쿨 얼기설기
휘돌아 산다는 길

가마귀 석양을 넘듯
넘어나 가 봤으면

그 훗날 저 꽃 증언 삼아
다시 여기 서나 보게.

—「갈대」 전문

　　이 시조도 갈대를 보면서 조국 분단의 안타까움을 말하고 있다. 갈대 속에 감정이입이 들어가 있는 작품이다. "바래진 나날들이 갈기갈기 찢기운다"고 하여 갈대가 바람에 나부끼는 모습을 묘사하면서, 동시에 '지나간 추억들이 찢어지는 아픔을 느낀다'는 상징적 의미를 지니고 있다. 이 작품에서는 고향은 화해의 공간이나 평화의 공간이 아닌 분단상황을 인식하고 아픔을 느끼는 공간으로 나타나고 있는 것이다.

　　초장의 '칡넝쿨 얼기설기 휘돌아 산다는 길'은 바로 휴전선 때문에 '갈 수 없는 북한 땅'을 상징하고 있다. 휴전선을 자유롭게 넘나들 수 있기를 바라는 이 시인의 마음은 "가마귀 석양을 넘듯 넘어나 가 봤으면" 하는 표현으로 나타난다. '그 훗날'이란 '남북이 통일되었을 때'를 상징한다. 고향의식을 담고 있는 이 작품 속에 그의 남북 분단 현실에 대한 안타까움이 나타나고 있다.

밀리고 밀어 찾은
철의 삼각지대

저 허리 이 물굽이
겨레끼리 피 흘렸어도

저렇게 뵈는 남북이
총칼 들고 또 버텨야.

—「철의 삼각지대」 첫째 수

철원·양구·화천 주변을 우리는 '철의 삼각지대'라고 불렀다. 위의
작품도 육이오 때 전쟁의 치열한 격전지였던 공간적 고향을 생각하며
쓴 작품이다. 화자는 "저렇게 뵈는 남북이 총칼들고 또 버텨야"라고
표현함으로써 휴전선을 사이에 두고 같은 민족인 남북이 아직도 총부
리를 겨누고 對峙하고 있는 상황을 안타까워하며 아파한다.

지금까지 리태극의 고향의식 작품 중에서 남북 분단에 대한 안타까
움이 나타나는 작품을 살펴보았다. 그의 지정학적인 고향인 화천은 삼
팔선 이북이었고, 6·25전쟁 때문에 자유를 찾긴 했지만 휴전선이라는
철조망이 또 다른 자유를 가로막고 있는 현실이다. 위 작품들을 통하
여 분단된 조국의 현실에 대한 안타까움과 아픈 역사 인식공간으로
고향을 인식하는 화자를 볼 수 있다.

3. 自然에 대한 鄕愁

가. 幼年의 상실감과 향수

고향을 그리워하는 것은 回歸不可能한 공간과 시간에 대한 그리움
이다. 물론 공간적인 고향은 회귀가능하다고 하지만 실제로 그것은 시

간과 함께했을 때에만 가치가 있는 것이다. 이미 지나가 버린 어린 시절은 돌아오지 못하고 그것에 대한 기억만이 남아 있기 때문에 어린 시절의 동화 공간, 유희 공간의 상실감에서 오는 향수는 그만큼 더 강한 그리움을 동반한다. 이러한 경향을 정완영의 고향의식의 작품을 통해 살펴보기로 한다.

> 너는 순이, 나는 돌이었지
> 모시내 맑은 여울목
>
> 난 쫓고, 넌 쫓기고
> 온 개울이 무지개였지
>
> 세월은 흘러 五十년
> 순이야 멱을 감는다.

—「멱」 전문

어린 날 고향에서의 추억을 말하고 있는 작품이다. 초장에서 천진난만한 소녀·소년의 모습은 '모시내 맑은 여울목'으로 상징된다. '모시내 맑은 여울목'이란 시인의 고향에 있는 實地名의 개울 모습이기도 하지만, 이 작품에서 '순이와 돌이'의 순수하고 깨끗한 사랑을 상징하기도 한다. 중장에서는 고향의 공간에서 즐겁게 놀고 있는 소년, 소녀의 모습을 묘사하며 온 개울이 무지개라 생각될 만큼 황홀하고 아름답던 순간을 말하고 있다. 맑은 자연 속에 나타나는 맑은 동심이 표현되고 있다. 화자는 종장에서 50년의 세월이 흘렀음을 인식한다. 현재의 늙은 인생의 자각에서 오는 어린 시절의 행복하고 즐거웠던 유희

공간에 대한, 回歸不可能한 시간 속의 고향에 대한 그리움이다.

이 작품은 고향의 시간적 의미에 대한 절대회귀불가능성의 인식 속에 쓰였다. 이러한 작품은 고향상실에 대한 아픔이 훨씬 현재적·인간적으로 표현된다. 곧 고향상실은 시간의 상실임을 인식하기 때문이다. 공간적 의미의 시들에 나타난 향토공간의 상실과 인식은 정태적 모습인 데 비해, 이 시간적 의미의 상실에 대한 인식과 아픔은 동적인 모습으로 심화되어 나타나기 때문이다. 정경에 대한 묘사가 많은 경우 시인의 현재적 삶의 모습이 정경묘사에 가려 보이지 않지만, 시간적 의미를 나타낼 경우는 시인의 현재적 삶의 모습과 가치관 등이 드러나는데 여기서는 50년 전을 추억하는 화자의 모습을 볼 수 있다.

또한 고향상실의 공간적 의미의 시들이 정적 사유공간의 제시를 앞세우는 반면, 고향상실의 시간적 의미의 시들은 동적이며 의지적 자세를 보여준다. 위의 시조에서도 "세월은 흘러 五十년/ 순이야 몃을 감는다."는 표현으로 50년 세월 속에서 아직도 몃을 감는다는 의미로 보아, 그때의 동심을 가지고 50년을 살아가고 있다는 의미로 해석될 수 있으며, 또한 현재 추억 속에 잠긴다는 의미로 해석될 수 있다.

이 시조의 초·중장은 과거이며 종장은 현재로 표현되어 있다. 때문에 중장과 종장은 50년의 세월을 건너뛰고 있는데, '거리의 서정적 결함(lyric lack of distance)'148)이라는 서정시의 한 전형이다. 이 거리의 서정적 결함은 제재에 대한 시간적 거리의 결함을 의미하기도 한다. 종장에서 현재 시제를 사용함으로써 과거회상의 현재화가 나타난다.

사람들은 현재의 삶이 어린 시절의 꿈의 연속이며 꿈의 실현을 위

---

148) P. Hernadi, 앞의 책, p.34.

한 지향적 삶이기를 바란다. 어느 날 문득 어린 시절의 꿈을 상기하면
서 현재의 살아가는 모습과 비교하게 되고 꿈의 상실감을 느끼게 되
어 우리는 향수에 잠기게 된다. 유년 시절, 꿈을 꾸던 시절에도 갈등
과 아픔과 시련이 있었겠지만, 그러한 사실은 회상이라는 여과기에 걸
러져 버리고 오로지 비현실적인 회상 가운데 꿈은 행복의 원형으로
나타난다. 시인의 상상력 속에 되살아나는 꿈은 행복한 이미지만을 이
끌어 들이고 불행의 경험을 거부하는 이른바 이미지 중심[149]이기 때
문이다. 위 작품은 그러한 행복했던 유년의 상실감에서 오는 향수를
노래한 작품이다.

    아람은 벌고만 싶고
    대추는 붉고만 싶고

    할아버지 白髮은 높아
    나대로인 王子였었네

    이 밤엔 날 따라와서
    날 울리는 고향 달아.

―「추석」 전문

    한국인 모두의 가슴 속에 간직되어 있는 고향의 모습을 초장에서는
보여주고 있다. 전원 속 고향의 추석은 밤송이가 벌어지고, 대추가 붉
게 익는 아름다운 명절이다. 순수하고 포근한 정서만 지녔던 유년 시
절에 각인된 고향은 그 자체가 낙원이며, 꿈의 공간이다. 하지만 현실

---

149) 가스똥 바슐라르, 『몽상의 시학』, 김현 역, 홍성사간, 1978, p.130.

적으로는 더 이상 존재하지 않는 공간이다. 때문에 고향을 그리워하는 것은 이상향에 대한 추구이기도 하다.

집안의 어른인 할아버지에게 귀한 손자였던 화자는 궁전같이 느껴지는 고향집에서 왕자의 대우를 받으며 자라나던 어린 시절이 있었다. 그런데 이 밤엔 행복했던 시절 고향에서 보던 그 달이 낯선 타향까지 쫓아와 나를 울린다. 이 작품의 초장과 중장은 화자의 과거의 모습이며, 종장은 화자의 현재 상황이다. 미래의 꿈을 꾸며 왕자처럼 생활하고 행복했던 유년의 과거와 타향에서 그 시절을 회상하고 있는 현재를 대비시킴으로써 유년 시절의 꿈과 유리된 현재의 삶에서 서러움을 느끼고, 현실의 비애를 더 절실하게 느끼는 화자를 볼 수 있다.

유년기의 동화공간의 상실감, 현재의 삶 속에서 다른 것에 의해 대치될 수 없는 정서공간과 안식공간의 부재, 유년 시절의 꿈의 상실감과 거리감, 그리고 넉넉하고 아름다운 삶의 원형에 대한 추구, 이러한 모든 것을 넉넉히 만족시켜 줄 수 있는 공간이 바로 고향이다. 그런데 이 작품에서는 회귀불가능한 시간에 대한 인식이 화자를 서럽게 하고 있다. 화자는 어린 시절 유희공간·동화공간의 공간상실과 함께 왕자처럼 귀한 대접을 받으며 자라던 유년의 시간도 상실하고 있다. 때문에 이 작품은 어린 시절에 대한 상실감과 그에 대한 향수를 나타낸 작품150)이다.

---

150) 그리고 이 시조의 초장과 종장은 현재 시제가 쓰이고 있다. 초장에서 쓰인 현재 시제는 역사적 현재이다. 작품에 현실감을 주기 위해 과거사실을 현재 사실처럼 표현한 예술적 의도이다. 역사적 현재란 현재를 과거와 미래를 함께 소유한 것으로 느끼는 것, 즉 과거·현재·미래를 분리시키지 않고 '지속'으로 느끼는 것이다. 행위를 마치 현재의 것처럼 말함으로써 그 행위의 생생함을 고조하는 문학적인 한 방식이다. (Susanne K.

어린 제 늙었던 나무
늙어 와도 오히려 푸르네

少年은 간 곳 없건만
風霜속에 지켜 선 나무

나무는 그때 그 하늘
조용하게 펴 들었다.

―「古木壯春」 전문

　소년이었을 때 보던 고향의 古木은 이제 다시 늙은이의 모습으로 와
도 별로 변함이 없다. 고목과 소년의 대비와 고목과 노인의 대비를 통
해, 화자가 어렸을 때는 그렇게 크고 나이 많아 보이던 늙은 나무의 모
습이었건만, 인생이 늙어 와도 그 나무는 오히려 소년시절 그때와 다르
지 않아 봄이면 푸른 잎을 피워 오히려 젊어 보인다. 꿈이 많았던 어린
시절에는 화자가 고목을 안쓰럽게 여겼는데, 인생을 거의 다 산 지금은
상황이 바뀌어 그 나무가 오히려 당당하다. ‘소년은 간 곳 없건만’이란
표현은 ‘시간이 흘렀음’을 상징하며, 삶의 허무감을 나타낸다. 고향의
공간에 돌아와 고목을 보며 회한에 젖는 화자를 볼 수 있다.
　나무는 그동안 많은 풍상을 겪었겠지만 봄이 되면 푸른 잎을 달 줄
알고, 인간의 수명보다 더 길어 지금도 젊은 듯, 화자의 어렸을 그때
처럼 조용한 모습으로 하늘을 펴 들고 있다. 고향 古木의 변함없는 모
습을 보며 늙은 자신의 모습과 대비시켜 삶의 허망함을 나타낸다. 이
러한 관조적인 화자의 태도는 유년의 상실감에서 오는 향수와 인생에

Langer, Feeling and Form, Charles Scribner's Sons, 1953. 267쪽 참조.)

대한 허무감을 보여주고 있다.

> 소년은 풀빛을 끌고 歲月 속을 갔건마는
> 버들피리 언덕 위에 두고온 마음 하나
> 올해도 차마 못 잊어 봄을 울고 갔더란다.
>
> —「고향생각」 셋째 수

위 작품에서 '소년은 풀빛을 끌고'의 '풀빛'이란 '젊은 시절'을 상징한다. 젊은 시절을 끌고 '세월 속을 갔'다는 것은 삶의 역정을 말한다. 소년은 젊은 시절을 끌고 삶의 질곡 속으로 사라져갔다는 의미이다.

그러나 그 삶의 역정 속에서도 '버들피리 언덕 위에 두고 온 마음 하나'가 있어, 흘러간 소년시절은 이미 회귀불가능한 시간이지만 마음은 늘 고향으로 돌아가 어렸을 때 버들피리 불던 시절에 머무름을 의미한다. 마음속에 늘 살아 있는 공간이 바로 고향임을 보여주는 표현이다. 유년의 꿈도 사라지고 세월은 흘러갔건만 추억만은 푸르게 살아 있어 "올해도 차마 못 잊어 봄을 울고 갔더란다"라고 화자는 말하고 있다. 어린 시절의 상실감과 그 시절에 대한 향수가 나타나는 작품이다.

> 고향은 멀리두고 바라는 맘 더욱 좋고
> 사랑도 보내놓고 못잊는 정 더 그리워
> 꿈같은 안타까움이 설레이는 내 젊음.
>
> —「愛生無限」 둘째 수

「愛生無限」에서는 고향은 멀리 두고 바라는 맘이 더욱 좋다고 한다. 멀리 있을 때에만 고향은 더 그리운 것이다. 고향은 어머니의 모태처럼 결코 돌아갈 수 없는 인간의 영원한 이상향이기 때문에 언제나 그리운 모습으로 나타나는 것이다.

그리고 고향의 시·공간적 의미는 서로 상반된 모습을 지닌다고도 볼 수 있다. 누구나 돌아가고 싶다고 느끼는 고향의 의미가 공간적으로는 回歸可能性으로 인식되지만, 시간적 의미에서는 回歸不可能性으로 인식되기 때문이다. 回歸可能性과 回歸不可能性의 상반된 인식은 추구와 체념이라는 갈등 속에서 고향을 주제로 하는 시들을 역설적 이중구조의 성격을 갖게도 한다. 고향에 대한 공간적 회귀가능성이란 누구나 고향에 돌아갈 수 있음을 의미한다. 그러나 그 공간이 회귀가능하다고 해도 이미 어린시절 고향의 공간은 되지 못한다. 어린 시절에 보던 동화의 공간, 유희의 공간, 꿈의 공간은 이미 지나가 버린 시간과 함께하기 때문이다. 그것은 절대회귀불가능한 시간성이다. 인간이 느끼는 향수는 이러한 동화공간, 유희공간의 상실에 대한 인식으로부터 시작된다.

때문에 고향에 있을 때는 고향에 대한 상실감을 못 느끼지만 고향을 떠나있을 때에 그 고향은 아득한 꿈처럼 그립고 아쉬운 공간으로 인식된다. 이 작품에서 "고향은 멀리두고 바라는 맘 더욱 좋고"로 표현하여 화자는 차라리 향수를 즐기고 있다. 이 작품에서는 상실한 젊은 날에 대한 향수가 드러나고 있다.

이상으로 정완영의 고향의식의 작품 중에서 어린 시절의 상실감과 향수가 나타나는 작품을 살펴보았다. 어린 시절에 대한 상실감과 거기에서 발생하는 향수이다. 화자는 작품에서 과거회상과 현실인식을 동시에 함으로써 '거리의 서정적 결함'을 보이기도 한다.

위 작품들은 고향의 시간적 의미에 대한 절대회귀불가능성의 인식 속에 쓰였기에 고향 상실에 대한 아픔이 훨씬 현재적이며 인간적으로 표현된다. 시간적 의미의 상실에 대한 인식과 아픔은 동적인 모습으로 심화되어 나타나며, 의지적 자세를 보여주기도 한다. 공간적 의미의 시들에 나타난 향토공간의 상실과 인식은 정적 사유공간의 제시를 앞세운 정태적 모습이다. 이럴 경우는 정경에 대한 묘사가 많아 시인의 현재적 삶의 모습이 정경묘사에 가려 잘 보이지 않는다. 그러나 시간적 의미를 나타낼 경우는 시인의 현재 삶의 모습과 가치관 등이 위의 작품들처럼 드러나기도 한다.

나. 自然에 대한 상실감과 향수

정완영의 작품에서는 조선시대에 보이는 강호가도의 시조에서처럼 자연에 대한 사랑을 노래한 것이 많다. 예부터 동양인들은 자연을 사랑하고, 인간이 자연 속의 일부로 살아가기를 바랐다. 고향에 대해 많은 작품을 남긴 정완영은 고향의 공간을 주로 정경묘사함으로써 자연에 대해 애착을 보이고 있다. 고향을 떠나 도회의 공간에 살면서 그가 그리워하는 건 잃어 가는 전원적, 자연적 생활이라고 할 수 있다. 때문에 그의 고향에 대한 향수는 곧 자연에 대한 향수라고 볼 수 있다. 고향을 떠나와 현대 산업사회의 삭막한 도시공간에서 살고 있다는 인식은 곧 자연에 대한 상실감의 심화를 의미하며 때문에 고향을 그리워하는 의식 속에는 자연에 대한 향수가 있다.

소백산 푸른 산맥이 남쪽으로 흐르다가
한 번 불끈 힘을 주어 추풍령을 만들었고
또 한번 구비를 틀어 황악산을 앉혔지요.

산이 높아 골이 깊고 골이 깊어 절은 사는데
실꾸리 감았다 풀듯 겨울 가면 봄은 또 오고
새 울면 새가 운다고 지즐대며 흐르는 물.

목트인 인경 소리가 골안개를 걷어내면
흐르는 개울물 소리 핏줄처럼 흔들리고
내 고향 천년 직지사 벌떼처럼 이는 솔빛.

그 옛날 사명대사님 이 절에 와 머리 깎고
산과 물 정기 받아 큰 스님이 되신 후에
불바다 임진왜란을 몸소 막으셨대요.

일찌기 김삿갓도 이 산 이 물 찾아와서
직지사 가는 길이 왜 굽었나 노래하며
떠가는 구름도 한 장 물빛 보태놨데요.

꺾어 든 두릅순과 더덕 취 고사리순
손 끝에 마음 한 끝에 산 냄새가 묻어오고
뻐꾸기 울음 소리도 바구니에 담겨와요.

아빠가 밭을 갈면 쟁깃날에 해가 뜨고
엄마가 씨 뿌리면 울던 아기 잠도 들고
황악산 두루 30리 날빛 밝아옵니다.
—「직지사 그 산 그물」 전문

이 작품은 그의 동시조집에 실려 있는 작품으로 자연과 인간이 화
해하는 원형공동체로서의 고향을 보여주고 있다. 이 시조의 정서는 원
형적 세계의 자연친화 정서이며, 정완영 시인의 처소적 고향인 김천의

정경이 역사적인 인물인 '사명대사', '김삿갓' 등과 더불어 소개되고 있다. '소백산', '추풍령', '황악산', '직지사' 같은 실재의 지명에서 친근함과 함께 그의 고향에 대한 그리움을 알 수 있고, '산, 골, 새, 물, 골안개, 개울물 소리, 벌떼, 솔빛, 구름, 두릅순, 더덕, 취, 고사리순, 산냄새, 뻐꾸기울음, 밭, 쟁깃날, 씨' 등의 詩語에서 사용한 소재는 모두가 자연이며, 전원의 생활이라 자연친화적 정서를 보여준다. 대자연의 순환 속에서의 삶은 "실꾸리 감았다 풀듯 겨울 가면 봄은 또 오고"로 표현된다. 자연에 순응하며 사는 전원적이고 목가적인 생활과 마을의 평화가 손끝에 와 잡히는 듯하다. 또한 이 작품은 어린이가 화자이며 아빠·엄마와 함께하는 고향에서의 가족공동체적 삶의 모습을 보여준다. 그리고 "황악산 두루 30리 날빛 밝아옵니다."라는 표현으로 밝은 심상이 두드러지게 나타나 밝고 희망적인 고향의 심상이 형상화되어 있다. 이 작품을 통해 시인의 기억 속 고향은 낙원과 같은 행복의 원형으로 작용하고 있으며 갈등의 모습은 보이지 않는다.

"시골서 태어나고 시골서 자라나서 성년기에 고향을 떠나온 나이기에 아무래도 내 사상의 태반은 고향이고, 내 사유의 탯줄은 고향으로 향하는 길이기에 이 연고 관계를 끊을래야 끊을 수 없는 것"[151]이라는 정완영의 글을 보면 그의 고향의식은 그가 태어나고 자라난 시골인 자연에 근거하고 있으며, 때문에 그가 고향을 그리워하는 의식 속에는 전원생활과 자연에 대한 상실감과 그에 대한 향수가 나타나고 있음을 알 수 있다. 고향에서의 삶은 시골 농촌의 삶이고, 그곳에서의 삶은 그리 화려하지 않았으며 낙원과는 동떨어진 누추하고 가난한 생활이었을 것

---

151) 정완영, 『나뷔야 靑山 マス』, 햇빛출판사, 1995. 316쪽.

이다. 그러나 그곳은 어머니 같은 곳이고, 우리 삶의 태반 등의 의미가 있기 때문에 우리는 고향을 동경하게 되는 것이다. 그곳은 초라했지만 화목했던 삶이 있던 공간이며, 정신적인 위안 공간인 것이다.

정완영의 작품에는 본인이 직접 농촌이나 전원으로 돌아가 밭 갈고 씨 뿌리며 농사짓기를 원하고 있는 것은 아니다. 조선시대의 산수자연을 배경으로, 그 속에서의 서정 자아의 흥취와 이상을 미적으로 형상한 江湖歌道의 時調152)나 당쟁 속의 벼슬길을 사양하고 고향으로 돌아가 농사지으며 살기를 원하던 歸去來辭의 時調,153) 또는 공간적 배경으로 밭 갈고 씨 뿌리는 구체적 삶의 현장이 등장하는 田家時調154)

---

152) 조윤제, 『국문학 개설』, 1955.
　　 江湖歌道는 黨爭下의 明哲保身과 致仕客의 閑適에서 형성되었다. 江湖歌道에 나타난 自然의 양상은 一般美이고, 그것은 調和·永遠·절로절로를 내용으로 한다.
　　 내 셩이 게으러더니 하늘히 아ᄅ실샤
　　 인간만사를 흔 일도 아니 맛뎌
　　 다만당 ᄃ토리 업슨 강산을 딕희라 ᄒ시도다
　　 (孤山 尹善道 山中新曲)
153) 강호로 돌아가자는 내용의 시조이다.
　　 늘것다 물러나자 ᄆ음과 論議ᄒ니/ 이 님 ᄇ리고 어드러로 가쟌 말고/ ᄆ음아 너란 잇거라 몸만 몬져 가리라// (俛仰亭 宋純 致仕歌)
　　 歸去來 歸去來 말ᄲᅮᆫ이오 가리 업싀/ 田園이 將蕪ᄒ니 아니 가고 엇뎰고/ 草堂에 淸風明月이 나명들명 기ᄃ리ᄂ니// (聾巖 李賢輔 效嚬歌)
154) 權純會, 『田家時調의 美的 特質과 史的 展開 樣相』, 고려대학교 박사논문, 2000.
　　 아래 작품과 같이 직접 전원을 생활대상으로 하여 구체적인 생활모습을 보여주는 시조이다.
　　 삿갓에 되롱이 닙고 細雨 中에 호믜 메고/ 山田을 훗ᄆ다가 綠陰에 누어시니/
　　 牧童이 牛羊을 모라 잠든 날을 ᄭᅱ와다// 〈청진 323〉

와는 구별된다. 정완영은 전원 속에서 살던 어린 날의 상실을 안타까워하고 그리워할 뿐, 생활의 영위 공간으로 그곳으로 돌아가고자 하지는 않기 때문이다.

이 작품은 「직지사 그 산 그 물」이란 題名에서 알 수 있듯이 '그 산 그 물'이라 하여 지금 화자는 고향과의 거리감을 느끼고 있다. 화자가 현재 고향을 떠나 있는 상태이며, 향수에 젖어서 어린 날을 추억하고 있음을 알 수 있다. 결국 시인은 이 작품에서 어린 날의 고향을 말하며, 그 고향의 공간인 자연을 그리워하고 있다. 대화체를 사용하여 독자를 향해 다정다감하게 들려주는 시인 자신의 고향소개인 것이다.

> 인생은 꿈이라지만
> 생각은 못(釘)인가 보네
>
> 그 청산(靑山) 그 산마을이
> 시들한데 왜 못 잊는가
>
> 이 밤도
> 가슴에 젖는
> 두고 온 내 고향 불빛.
>
> ―「두고 온 불빛」 전문

위의 작품을 보면 고향은 멀리 떠나 있기 때문에 그리운 것이다. 삶의 구체적인 공간이었던 고향은 떠나오면 추상적인 공간이 된다. 고향에 다시 돌아가 보면 이미 예전의 고향이 아님을 우리는 경험한다. 그것은 우리의 상상 속에서 좋은 기억으로, 더 나은 곳으로 기억하려는 의지 때문에 고향은 빛나는 곳으로, 아픔이 없는 낙원으로 기억된다.

　고향은 어차피 우리들의 정신 속에 자리잡은 형이상학적 존재이고 인간의 현존에서는 모두 고향을 상실하고 있다고 볼 수 있다. 그렇게 본다면 인간은 영원히 고향을 그리워하는 존재일 뿐 그 고향으로 돌아가지 못하는 방랑자의 모습일 수도 있다.

　"인생은 꿈이라지만 생각은 못(釘)인가 보네"란 표현에는 꿈을 찾아 인생을 헤매지만, 생각은 늘 고향에 가 박혀 있음을 말하고 있다. 중장의 "그 청산 그 산마을이 시들한데 왜 못 잊는가"라고 의문을 제기함으로써 고향의 원형에 대해 생각해 보게 한다. 인간에게 과연 고향이란 무엇인가란 원초적 물음을 제기하고 있다. 별로 잘난 것도 없고, 특별한 것도 없고 어릴 때를 생각하면 구차하기조차 한 고향일 것이다. 그런데 그 시들한 곳이 결코 잊히지 않고 있음은 무엇을 의미하는가. "이 밤도/ 가슴에 젖는/ 두고 온 내 고향 불빛.//"이라고 종장에서 답을 제시하고 있다. 그곳은 늘 반짝이는 불빛을 지니고 있기 때문이다. 고향이란 이름 하나만으로 그곳은 환한 등불이 되며, 등불처럼 밝은 곳이라 그곳에만 마음이 쏠리게 되는 것이다. 그곳은 영혼의 불빛이 되어 밤마다 화자의 가슴을 적시며 살아 있는 공간으로 존재하고 있다. 「고향이란 이름의 등불」이란 다음 수필에서도 정완영의 고향의식은 잘 나타난다.

　　고향을 고토(故土)라고도 하고, 모토(母土)라고도 합니다. 그리고 부조(父祖)의 땅이라고도 합니다. 그래서 고향에 돌아가는 것을 귀향(歸鄕)이라고 하지만, 어버이가 계신 고향집에 돌아가는 것은 귀성(歸省)이라 이르고, 부모 형제가 다 돌아가시고 안 계시는 고향에 돌아가는 것을 귀고(歸故)라고 합니다. ……
　　어린 시절에 밟고 다니던 오솔길을 거문고줄이라 하고, 어린 날 떡을 감던 시냇물을 핏줄이라고 한 시인이 있습니다. 그러기에 우리네 망막 속에 어리는 고향 산천은 눈만 감으면 거문고 소리로 울려오고, 마을 앞을 흐르는 시냇물은 우리가 어느 땅에 가서 어떤 모습으로 살든 늘 가슴속에 핏줄로 당겨 아파오는 것입니다. 월나라 새는 남쪽 가지에 둥지를 틀고(越鳥棲南枝), 호국말은 북녘바람을 향해 운다(胡馬依北風)고 했습니다. 이런 비유는 비단 고향이란 그리운 땅이요 잊혀지지 않는 땅이라는 것만을 뜻하는 것은 아닙니다. 그보다는 더 고향을 잊어서는 안 된다는 교훈이 담겨져 있는 말입니다. 까마귀는 중국에서는 효조(孝鳥)라고 일컫지만, 우리나라 생각으로는 흉조(凶鳥)입니다. 그런데도 불구하고 '까마귀도 고향 까마귀는 반갑다' 했으니 아마도 우리 민족도 천성으로 타고난 '월나라 새'요, '호국의 말'일시 분명합니다.

내 고향이 다른 이의 고향보다 산천이 더 수려해서 소중한 것이 아닙니다. 내 어머니가 남의 어머니보다 더 잘나서 자랑스런 것도 아니요, 내 조국이 다른 나라보다 더 위대해서 눈물겨운 것도 또한 아닙니다. 내가 탯줄을 메고 이 땅에서 태어났고, 장차 죽어 한 줌 흙을 보탤 땅이 이 땅이기 때문에 소중하고 눈물겨울 따름입니다.[155]

이 글을 통해 우리는 정완영이 생각하는 고향을 알 수 있다. 철새들이 철 따라 강남으로 이동해 가고, 朔北의 땅으로 나래 저어 가는 것은 비단 먹이를 구하고 寒暖을 찾아서만 가는 것이 아니라, 저희들의 목숨의 磁場이 거기 있기 때문이다. 고향이란 우리 삶의 자장이 있는 곳이기 때문에 우리는 그곳을 그리워하고 그곳을 향해 고개 돌리며 마음속에 살아 있는 공간으로 간직하는 것이다. 그리하여 그곳은 우리 삶의 구심점으로, 행복의 원형으로 존재하게 된다.

---

155) 정완영, 「고향이라는 이름의 등불」, 『차한잔의 갈증』, 햇빛출판사, 1992.
  56~60.

이 돌은 내 고향 直指寺
저문 산의 打鍾 소리

蓮 잎 같은 푸른 바람에
너울너울 실려 와서

천리 밖
萬慮의 창 아래
뚝 떨어진 쇠북소리.

—「직지사 범종 소리」 전문

　'돌'이라는 한 작은 자연이 소재가 되고 있는 단시조이다. 화자는 하나의 자연인 작은 돌에서 고향 직지사의 종소리를 듣고 있다. '하나의 돌'에서 끌어내는 상상력인데, 이 작품의 화자는 작은 돌 하나를 보고도 생각은 이미 고향으로 달려가 있다. 그 돌이 고향에서 가져온 돌이든, 아니든 상관이 없다. 화자는 그 돌을 보며 고향 생각에 깊이 잠겨 있다. 중장에선 그 타종 소리가 연잎처럼 푸른 바람에 실려 오고, 종장에선 화자의 만 가지 생각의 창 아래 고향 직지사의 쇠북소리가 떨어진다. "천리 밖 萬慮의 창 아래 뚝 떨어진 쇠북소리"로 아련히 젖어오는 고향에 대한 情感이 독자로 하여 공감을 자아내게 하는 시이며, 고향과 자연에 대한 향수를 불러일으키는 작품인 것이다.

　이렇게 한 개의 무심하고 작은 돌에서 고향 하늘에 맴돌고 있을 저녁종소리와 쇠북소리를 들을 수 있는 것은 사물에 대한 남다른 애정과 남다른 귀와 남다른 눈을 가진 시인의 탁월한 능력 때문이기도 하지만 그보다도 늘 고향을 생각하여 고향으로 마음이 달려가 있는 시인의 고향의식 때문이라 볼 수 있다.

호박꽃을 들여다보면
벌 한 마리 놀고 있다.

호박꽃을 들여다보면
초가 삼간이 살고 있고

경상도 어느 산마을
노오란 등불이 타고 있다.

—「호박꽃」 전문

　시골에서 흔히 볼 수 있는 호박꽃이 소재가 되고 있다. 호박꽃으로
하여 상기되는 공간적 고향, 즉 고향산천이다. 지금 호박꽃이 피어 있
는 공간, 그것을 들여다보고 있는 공간이 어디인지는 알 수 없지만 그
곳은 고향과는 떨어진 곳이다. 화자는 삭막한 도시의 삶에서 느낄 수
없는 소박한 산골, 소박한 자연의 모습을 그리워하고 있다. 호박꽃이
환하게 피어 있는 초가집들이 있는 산골마을의 정겹고 평화로운 모습
이 "호박꽃을 들여다보면 벌 한 마리 놀고 있다."라는 표현으로 나타
난다. 우리가 못생긴 여자를 놀릴 때 '호박꽃'이라는 말을 쓰지만, 호
박꽃은 우리 민족에게는 참으로 정겨운 꽃이다. 시골에서 살던 사람들
은 담장 둘레의 울안이나 밭 가장자리에 자리한 여름날 환하게 피어
있는 호박꽃을 기억할 것이다. 굳이 중국 '차윤'의 형설지공의 고사가
아니더라도 시골 여름밤에는 호박꽃에다가 개똥벌레(반딧불이)를 잡
아넣어 호롱이라며 어린이들이 가지고 놀던 기억이 있다. 그 호박꽃
속에 '벌이 놀고' 있고, 시골의 '초가 삼간이 살고' 있고, '어느 산마을
노오란 등불이 타고' 있다고 하여, '호박꽃'은 어느 산마을을 밝히는

등불로 환치되고 있다. 이 작품에서의 고향은 화자의 유년이 지니는 순수한 꿈과 사랑의 의미로 나타나고 있다. 밝음의 이미지만 나타나는 고향에서의 유년 시절에 대한 그리움과 산골의 전원적인 정서를 그리워하는 화자의 향수가 나타나는 작품인 것이다.

黃岳山 千年 直指寺
오신 봄이 상기 어려

산수유 눈 못 뜨고
물소리도 잠겼는데

羅漢殿 童佛님들만
木蓮처럼 펴올랐다.

—「羅漢殿의 봄」 전문

"오신 봄이 상기 어려"란 표현과 "산수유 눈 못 뜨고 물소리도 잠겼는데"라는 표현 속에서 고향산천의 이른 봄 정경을 떠올릴 수 있고, 사물에 대한 따뜻한 사랑의 눈을 지닌 시인을 볼 수 있다. "나한전 동불들이 목련처럼 펴올라" 환하고 밝은 이미지의 고향의 자연과 피어나는 이른 봄의 심상이 선명하게 나타나는 이 작품에서 고향의 봄, 고향의 자연에 대한 짙은 향수를 느낄 수 있다.

보리밭 맹동만 해도 종다리가 뜬다면서
洞口 밖 고향 까치집 등불로나 밝힌 채로
빈 하늘 솔개나 돌리며 그렇게를 살자던 너.

—「봄편지」 둘째 수

정완영의 고향의식 속에는 늘 전원과 자연이 들어 있다. 「봄편지」
에서는 전원생활을 꿈꾸었던 젊은 날을 말하고 있다. 지난날 전원에서
살기를 원하며 "빈 하늘 솔개나 돌리며 그렇게를 살자던 너"와의 약
속이 있건만, 화자는 고향을 멀리 떠나 현재의 삶에서 지난날을 돌이
켜보고 있다. 전원에서의 욕심 없는, 소박한 생활을 꿈꾸던 화자는 현
재 전원적 삶을 살지 못하고 있다. 그가 꿈꾸던 전원 속의, 자연 속의
생활을 하지 못하고 있는 데 대한 회의가 나타나며, 전원적 생활에 대
한 그리움이 나타난다.

인간을 자연의 일부로 생각하고 있는 그는 '빈 하늘 솔개나 돌리며'
자연 속에서 친구와 함께, 또는 사랑하는 사람과 함께 자연의 일부로
살아가고자 했던 것이다. 이 작품은 자연에 대한 향수의 작품으로, 인
간은 고향의 산천인 자연 속에서 태어나서 다시 그 산천인 자연으로
돌아갈 목숨이라는 걸 그가 깊게 인식하고 있음을 보여준다.

옛날 우리 마을에서는 동구 밖에 연밭 두고
너울 너울 푸른 연잎을 바람결에 실어 두고
마치 그 눈푸른 자손들 노니는 듯 지켜 봤었다.

연밭에 연잎이 실리면 연이 들어왔다 하고
연밭에 연이 삭으면 연이 떠나갔다 하며
세월도 인심의 잉여도 연밭으로 점쳤었다.

더러는 채반만하고 더러는 맷방석만한
직지사 인경소리가 바람 타고 날아와서
연밭에 연잎이 되어 앉는 것도 나는 봤느니.

훗날 석굴암 대불이 가부좌하고 앉아
먼 수평 넘는 돛배나 이 저승의 삼생이나
동해 저 푸른 연잎을 접는 것도 나는 봤느니.

설사 진흙 바닥에 뿌리 박고 산다 해도
우리들 얻은 백발도 연잎이라 생각하며
바람에 인경소리를 실어 봄즉 하잖는가.

—「蓮과 바람」 전문

위 작품은 화자가 유년 시절이던 때, 고향에서의 자연친화적 조상들의 삶 방식을 보여준다. 첫 수에서는 고향에서 연밭을 동구 밖에 만들어 두고 너울대는 푸른 연잎을 눈푸른 자손들이 노니는 듯 고향사람들은 사랑스럽게 지켜보았다는 것을 말하고 있다. 하나의 자연현상으로, 즉 연잎의 살고 죽음으로 세월도 인심의 잉여 등 행불행을 점쳤던 고향에서의 조상들을 말하고 있다. 또한 유년 시절 고향에서 그러한 것을 보고 들으면서 자라 온 화자도 마찬가지로 자연에서 모든 것을 배우고, 삶조차 자연의 일부로 생각하며 살아가고 있다.

비록 진흙 바닥에 뿌리를 박고 살더라도 아름다운 꽃을 피우는 연꽃, 그 꽃을 받쳐 주고 있는 연잎을 보며 삶의 지혜를 배우고 있다. 그것은 다음과 같은 시구로 구체화되어 나타난다. "설사 진흙 바닥에 뿌리 박고 산다 해도/ 우리들 얻은 백발도 연잎이라 생각하며"라고 표현함으로써 우리들의 보통 상식으로는 안타까워하고 슬퍼하는 우리들 백발도 우리의 생명을, 우리의 존재를 받쳐 주는 연잎쯤으로 생각하고 바람에 인경소리를 실어 보는 여유쯤은 가져도 되지 않겠는가라고 설의법을 써서 화자는 삶에서 마음의 여유를 갖는 지혜를 보여주고 있다. 누구나 한스럽게만 생각하는 인생의 백발을, 인생이라는 꽃을 받쳐 주는 잎쯤으로 생각하는 마음의 여유가 이 시를 돋보이게 한다. 가장 순수하고 근심이 없는 고향에서의 유년 시절, 그가 본 고향 사람들, 즉 조상들의 자연을 사랑하는 방법이다.

인간의 想像力은 우주를 접었다 펼 수도 있고, 大自然에 대한 관망과 해석도 다양하게 할 수 있다. 셋째, 넷째 수에서 話者는 '더러는 채반만하고 더러는 맷방석만한' 고향 직지사 인경 소리가 연잎이 되어 앉는 것을 보았다 한다. 또 시인은 동해 푸른 바다를 한 잎 연잎으로 비유할 줄도 안다. 하나의 자연 현상을 인생과 결부시키고 있으며, 우리 조상들이 보인 자연친화적인 삶을 그리워하는, 자연에 대한 향수의 작품이다.

이상으로 고향의식이 나타나는 정완영 시조 중에서 자연의 상실감과 그에 대한 향수가 나타나는 작품을 살펴보았다. 어렸을 때의 동화 공간, 유희공간이었던 전원과 자연을 상실하고 복잡하고 바쁜 산업화의 도시 속에서 삭막한 현실을 살고 있는 시인은 전원에 대한, 자연에 대한 향수를 지니고 있다. 그의 고향의식 속에 자연이 자리하고 있고, 자연에 대한 상실감과 향수가 그로 하여 위와 같은 작품을 쓰게 했다고 볼 수 있다. 그러나 정완영의 작품은 조선시대의 산수자연을 배경으로, 그 속에서의 서정 자아의 흥취와 이상을 미적으로 형상한 江湖歌道의 時調나 당쟁 속의 벼슬길을 사양하고 고향으로 돌아가 농사지으며 살기를 원하던 歸去來辭의 時調, 또는 공간적 배경으로 밭 갈고 씨 뿌리는 구체적 삶의 현장이 등장하는 田家時調와는 구별된다. 왜냐하면 정완영의 작품에서는 어린 시절의 동화적·유희적 공간의 상실과 전원적·자연적 삶의 상실에 대한 아픔과 향수를 지니고 있을 뿐 고향에 돌아가 농사를 지으며 전원생활을 하고자 하는 의지를 보여주지는 않기 때문이다.

다. 父母·同氣에 대한 그리움

정완영의 고향의식이 담긴 작품 중 부모와 동기와 친지에 대한 그리움을 살펴보려 한다. 이미 앞장 고향의 발현 양상에서 정완영에게 있어 고향은 조손이 함께하는 안식공간으로 인식되고 있음을 살펴보았다. 고향이라고 하면 어렸을 때 함께 살던 할아버지, 할머니, 아버지, 어머니, 그리고 형제, 자매, 어린 날의 친구가 생각나는 곳이다. 이들에 대한 그리움이 나타나는 작품을 살펴보려 한다. 그들이 고향에 현존하든 않든 그들에 대한 그리움에는 변함이 없다.

> 아버님 白髮이 비쳐
> 산은 저리 嚴威롭고
>
> 어머님 愁心이 흘러
> 물은 이리 우옵는데
>
> 두고 간 님의 山川이
> 도로 붉어 탑니다.
>
> —「鄕山 歸秋」전문
>
> 밝혀 든 촛불입니까
> 황황히 타는 이 시냇물

어머님 옛날엔 이 물이
은하에도 가 닿았고

밤이면 물레도 자으며
삭신마저 앓았지요

—「思母曲—시냇물에 부쳐」 전문

「鄉山 歸秋」는 돌아가신 아버님, 어머님을 그리워하는 작품이다. 이 작품에서 화자는 '嚴威로운 山'을 '아버님 백발'로 은유하고 있으며 '우는 물'을 '어머님의 愁心'으로 은유하고 있다. 고향이란 단어는 필연적으로 부모와 동기들을 생각나게 한다. 고향산천에 가을이 돌아오고 그 가을날 화자는 아버님·어머님이 두고 간 붉게 타는 산천을 보며 아버님·어머님을 생각하고 있다. 부모가 떠나도 남아 있는 고향산천을 말하고 있는 것이다. 고향의 자연을 가족 구성원과 관련짓고 있는 작품이다.

「思母曲」은 어머니를 생각하는 시다. 고려시대에도 고려가요 「思母曲」이 있었듯이 어머니의 사랑은 어느 시대나 문학의 주제나 소재로 사용되고 있다. 자식에 대한 어머니의 사랑은 무한하고 극진하며, 자식에게는 무엇보다 큰 감동으로 남아 있기 때문일 것이다. 그리하여 어머니를 생각하는 아들은 "밝혀 든 촛불입니까/ 황황히 타는 이 시냇물"이라며 시냇물에서도 촛불처럼 타오르는 어머님의 희생과 사랑의 모습을 떠올리고 있다. 화자는 가난한 생활 속에서 자식을 키우시며 밤마다 물레를 자으시던 어머니의 모습을 생각하며, 자식을 위해 고생하시던 어머니의 사랑을 나타낸 작품이다. 이성재는 "정완영에 있어 육친은 정한의 근원적 존재이다. 다시 말해 정완영의 정한은 육친의 품에서 존재화된 아픔의 세계인 것이다. 정한은 어려운 시절을 살았던 부모의 삶을 보면서 형성된 슬픔인 것이다."[156]고 보고 위 작품을 '정한'의 작품으로 분류하고 있다. 정완영의 어머니에 대한 생각은 다음 수필에서도 잘 나타난다.

> 어머니는 어버이요, 어버이는 무릇 조상이요, 조상은 고향이요, 고향은 조국이요, 조국은 인간애요……. 이렇게 확산되어 비화하고, 연소되는 사랑의 불길로 말미암아 인류사가 엮어져나가는 것이다. 다시 말해서 어머니의 사랑, 어머니의 가슴은 인류생성의 에너지원이라는 것이다.[157]

이 수필을 보면 정완영에게 있어 어머니의 사랑은 모든 정한의 극점이며, 이 극점이 확대되어 어버이, 조상, 고향, 조국, 인류애로 확대되어 나타나고 있음을 볼 수 있다.

정완영의 고향을 노래하는 시조작품에서 어머니가 특히 많이 등장하는 것은 주목해 볼 필요가 있는데, 그에게 고향은 모태와도 같은 곳이란 의식 때문이다. 즉 고향이 그에게 모성과 같은 따뜻함을 지닌 곳으로 인식되며, 고향은 바로 어머니와 함께한 공간이란 인식 때문일 것이다. 고향의 정신적 기능으로서 개인이 현재 처해 있는 상황이 고통스러울 때 자신의 상처를 어루만져 주고 위로해 줄 '상상적인 어머니'를 고향[158]이라 볼 수 있다면, 그 부드럽고 따뜻한 모성의 여성성인 고향이, 정완영 시인에게 있어 실재의 어머니와 함께 부각되어 나타나고 있음을 볼 수 있다.

---

156) 이성재, 앞 논문, 875쪽.
157) 정완영, 「고향과 분묘」, 『백수 정완영선생 고희 기념사화집』, 가람출판사, 1989, 426쪽.
158) 한계전, 「1930년대 시에 나타난 '고향' 이미지에 관한 연구」, 『韓國文化』 16,

사흘 와 계시다가/ 말 없이 돌아가시는//
아버님 모시 두루막/ 빛 바랜 흰 자락이//
웬 일로 제 가슴 속에/ 눈물로만 스밉니까.//

어스름 짙어오는/ 아버님 餘日 위에//
꽃으로 비쳐 드릴/ 제 마음 없사오매//
생각은 무지개되어/ 故鄕길을 덮습니다.//

손 내밀면 잡혀질 듯한/ 어린제 시절이온데//
할아버님 닮아가는/ 아버님의 모습 뒤에//
저 또한 그 날 그 때의/ 아버님을 닮습니다.//

―「父子像」 전문

아버지를 통해서 상기되는 고향이며 교과서에 실려 학생들에게 널리 알려진 작품이다. '빛 바랜 흰자락이'란 늙고 나약해진 아버지의 상징이며, 또 그 아버지에게 새 옷 한 벌 못해 드리는 가난한 아들의 아픔이기도 하다. '어스름 짙어오는 아버님 여일'이란 사실 날이 얼마 남지 않은 늙은 아버님을 상징하며, "생각은 무지개 되어 고향 길을 덮는다"는 표현은 현실에서 못 해 드리는 효도를 안타까워하며 고향으로 돌아가시는 그 길을 무지개처럼 밝고 아름답게 해 드리고 싶은 화자의 마음이다.

"할아버님 닮아가는/ 아버님의 모습 뒤에// 저 또한 그 날 그 때의/ 아버님을 닮습니다.//"라는 표현을 통해 화자는 늙어가는 아버지의 모습에서 화자가 어렸을 때의 할아버지의 모습과 동일시를 발견하며, 자신은 그때의 아버지의 모습과 동일시된다. 시간이 흐름을 인식하고 시인 자신의 성장과 변화를 발견하고 있다. 이렇게 아버지로 하여 상기되

는 고향은 조손이 함께 사는 가족공동체로서의 고향이며 유년의 꿈이
서려 있는 곳이다. 고향에서의 어린 날이 손 내밀면 잡힐 것 같이 짧게
느껴지는 거리인데도 인생은 벌써 이만큼 흘러와 있다. 화자는 아버지
의 늙어 감에 대한 안타까움과 세월의 무상감을 이 작품을 통해 드러
내고 있으며, 아버지로 하여 상기하는 고향에의 향수를 보여준다.

> 입동철 어머님은
> 흰 옷만도 추웠는데
>
> 윗 냇물 냇물에 앉아
> 씻어 올린 그 배춧잎
>
> 흡사 그 배춧잎 같은
> 눈이 시린 고향 하늘.
>
> —「歸故」첫째 수

> 정이 이리 미욱하여
> 다시 뜨는 순이 생각
>
> 홀로 사는 처마밑이
> 그 얼마나 끓었을까
>
> 내가 준 손톱 자국이
> 초승달로 걸렸다.
>
> —둘째 수

첫 수는 고향에서 입동철 김장하시던 어머니의 모습을 말하고 있다. 옛날 가난했던 시절 김장김치를 하려면 그 많은 배추를 냇가에서 씻어야만 했다. 냇물 가에 앉아 김장배추를 씻으려면 얇게 입은 흰 옷만으로도 추웠을 텐데, 더구나 차갑게 흐르는 냇물에다 배추를 씻으실 때의 어머니 모습은 참으로 춥고 손이 시렸을 것이다. 그 어머니를 상상하며 종장에서 "흡사 그 배춧잎 같은 눈이 시린 고향 하늘"이라고 하여 생전에 고생하시던 어머니에 대한 화자의 아픈 마음이 表現되고 있다. 고향하늘에서 어머니에 대한 사랑과 안쓰러움을 새삼 발견하는 것이다.

둘째 수는 어렸을 때의 고향친구의 모습을 형상화하고 있다. 인간과 인간 사이 딱 부러지게 끊을 수 없는 것이 情이며, 그러한 人間의 감정을 表現한 것이 "정이 이리 미욱하여 다시 뜬 순이 생각"이다. 인간이 미련하고 어리석어서가 아니라 고향에 가면 어렸을 때 함께 놀던 친구가 당연히 생각날 것이며, 지금은 어떻게 살고 있을까 궁금해지는 것이 人之常情이다. "홀로 사는 처마밑이 그 얼마나 끌었을까"라는 표현에서 지금은 홀로 살고 있는 친구에 대한 憐憫의 정을 나타내고 있다. 어렸을 때 놀다가 실수로, 또는 사소한 다툼으로 준 상처를 "내가 준 손톱 자국이 초승달로 걸렸다"는 표현으로 표현의 참신성을 볼 수 있다. 원래 손은 '오른 손은 신의 권능, 정의' 등을, 왼손은 '재난' 등을 상징하기도 한다. 또 손은 '축복이나 저주, 요구와 거부, 사랑의 만남, 창조, 지성, 헌신' 등 모든 동작(시혜, 질서, 악덕)을 수행하는 존재로서 나타나기도 한다. 결국 '손톱 자국'은 손의 악덕으로 행해져 상대에게 준 '상처'를 의미한다. 그 상처가 초승달로 걸려 있다고 한다. '초승달'이란 손톱모양의 형상이라고도 볼 수 있고, 또는 초승달처럼 '가냘프지만 뚜렷하게 남아 있는 상처'의 모습을 상징한다. 또 '보름달처럼 풍만하지 않고 가냘프고 애처로운 모습'의 친구의 심상을 나타낸다고도 볼 수 있다. 친구를 통해 어린 날의 추억과 고향에 대한 유대감을 느끼고 있는 작품이다. 그에게 고향은 부모와 동기와 친구들이 존재하는 안식의 공간이다.

시골서 보내 온 모과
울퉁 불퉁 늙은 모과

서리 묻은 달 같은 것이
광주리에 앉아 있다.

타고난 모양새대로
서너 개나 앉아 있다.

시골서 보내 온 모과
우리 형님 닮은 모과

주름진 고향산처럼
근심스레 앉아 있다.

먼 마을 개 짖는 소리
그 소리로 앉아 있다.

시골서 보내 온 모과
등불처럼 타는 모과

어느 날 비라도 젖어
혼자 돌아오는 밤은
수수한 바람 소리로
온 방안에 앉아 있다.

—「木瓜」 전문

고향에서 보내온 木瓜가 자아내는 향수이다. 굳이 고향 모과가 아니라도 늦가을 그 풍기는 향이 넉넉히 향수를 불러일으킬 만한데, 고향에서 보내온 모과라서 고향에 대한 애틋한 그리움은 절실함이 더하다.

화자는 그 모과를 보면서 형님을 그리워한다. 울퉁불퉁 못생기고 늙은 모과, 그 투박한 모과에서 꾸밈없고 순박한 고향의 형님 모습과 눈에 익은 주름진 고향산의 모습을 본다. '고향산이 주름졌다'는 것은 인생의 연륜을 상징한다.

하나의 모과에서 아련하게 들리는 먼 마을의 개 짖는 소리와 그리움처럼 타오르는 고향의 등불 모습과 우리들의 마음을 고요히 흔들고 있는 고향의 수수한 바람소리를 듣는다. 더구나 향수에 젖기 좋은 비오는 날, 혼자 돌아오는 밤에는 더 강렬하게 다가오는 고향의 모습과 향기를 모과는 보여주고 있다. 고향에서 보내온 그 人情의 木瓜에서 화자는 다정다감하게 다가오는 고향과 혈육의 모습을 보며, 고향의 소리를 듣는 것이다.

지난 추석에는
형님 찾아 고향 갔네

형님은 石窟庵大佛
실려 가는 난 뜬 구름

南行車
기적소리가
풀잎처럼 흔들렸네.

—「고향행 열차」 전문

　명절이면 민족의 대이동이 이루어지는 곳이 우리나라이다. 설과 추석에 고향의 조상산소와 부모님과 친척들을 찾아보는 것이 우리의 오랜 풍속이기 때문이다. 이 작품에서도 추석에 형님을 찾아 고향에 갔다는 내용이다. 그 형님은 고향을 지키고 있는 석굴암대불 같은 듬직한 존재이고 타향에서 살다 가 남행열차를 타고 형님을 찾아가는 화자는 실려가는 뜬구름 같은 가벼운 존재라는 의미이다. "남행차 기적소리가 풀잎처럼 흔들렸네"라는 종장은 고향도 잃고 풀잎처럼 흔들리며 사는 우리들의 삶을 상징한다. 고향을 찾아가는 설렘과 형님에 대한 그리움 때문에 '기적소리가 풀잎처럼 흔들린다'고도 볼 수 있다. 이 작품에선 고향의 공간은 잘 나타나지 않는다. 석굴암대불 같은 형님이 그 고향을 대변하고 있으며, 그 형님을 통하여 고향이 편안한 안식의 공간으로 나타난다. 형님에 대한 믿음과 애정과 그리움이 행간을 통해 잘 표현된 작품이며, 동기를 통해 고향에 대한 그리움이 나타나는 작품이다.

외롭고 서럽기야 고향 말고 또 있는가
형님은 이제 지쳐 廢屋처럼 앓아 눕고
九節草 닮은 누이는 소식 듣고 달려왔다.

한 우물 고이듯이 가슴으로 고이는 것
그러지 말자해도 눈에 이슬 맺히는가
옷자락 한 끝이 풀려 구름결에 가 닿고.

눈망울 밝혀들면 새까맣게 타는 視點
어머니 무덤가엔 生時 같은 꽃 피는데
꺾여진 갈대가 되어 蓬髮 못 일으킨다.

萬古에 푸른 것이 靑山이라 하데마는
실상 고향보다 골깊은 땅 있다든가
이 밤은 등불도 주름져 혼자 흔들리누나.
—「눈물이 아직 남아」 전문

사람이 고향을 떠나 살면 늘 그리운 것이 고향이다. 자기의 생활이 바쁘고, 행복하면 잊었다가도 외롭고 고달프게 느껴질 때면 더 생각나는 곳, 모태로서의 고향이다. 그래서 이 작품의 시인은 외롭고 서러운 것이 고향 말고 또 있는가라고 설의법을 쓰고 있다.

고향을 생각하는 그 자체가 이미 부모형제가 사는 고향을 떠나 멀리 있는 외로움이고, 고달픈 인생을 사는 서러움이다. 이미 형님은 늙어 병들어 있고, 그 소식을 들은 누이는 병문안을 달려온다. 외로운 섬으로 떠 있는 목숨들, 이 외로운 와중에 부모와 동기와 자식보다 더 가까운 것이 없다는 것을 이 작품에서 느껴볼 수 있다. 항상 귀 기울이며 소식을 기다리는 마음, 그건 피를 나눈 부모와 자식, 형제, 자매이기 때문이다.

셋째 수에서는 돌아가신 어머님에 대한 그리움을 보인다. "눈망울 밝혀들면 새까맣게 타는 視點/ 어머니 무덤가엔 生時 같은 꽃 피는데 / 꺾여진 갈대가 되어 蓬髮 못 일으킨다."라는 표현으로 우리들의 원향인 어머니, 언제나 우리들의 고단한 몸과 마음을 품에 안아서 따뜻하게 감싸 주실 그 어머니가 그리워도 다시 만날 수 없는 상황이며 그리움은 안타까움으로 변화하여 나타난다.

이렇듯 마음의 깊은 골에는 늘 고향생각, 부모와 동기에 대한 생각이다. 고향을 생각하면 등불이 주름져 흔들리듯 마음도 주름지며 부모 형제에 대한 연민과 인생에 대한 무상감을 느끼게 된다. 고향이라 하여 무조건적으로 미화된 모습으로만 나타나지는 않는다. 현실의 삶 속에서 현실인식과 함께 오는 고향, 시간의 흐름에 의하여 변화된 고향이고 동기들이다. 어머니는 이미 돌아가고, 동기들은 늙고 병들어 이제 고향이 외롭고 서럽게 느껴진다. 실상 아름답게만 느껴지는 고향은 추억 속에서만 존재한다. 상상속의 아름답게만 느껴지던 고향이 현실적인 인식에 의해서는 서러움으로, 아픔으로 다가오는 것이다. 그러면서도 '고향보다 골 깊은 땅이 없다'고 하여 고향은 마음의 영원한 안식공간임을 말하고 있다.

위에서는 고향의 부모, 동기, 친지를 그리워하는 작품을 통해 그의 고향의식을 살펴보았다. 이러한 작품을 통해 그의 고향의식은 부모, 동기가 함께하던 평화롭고 안온했던 공간과 시간으로 인식되며, 고향은 조손이 함께 사는 땅이란 인식과 함께 그들에 대한 그리움이 향수로 나타나고 있다. 위 작품을 통해 고향을 떠나 살고 있는 화자의 고향의식 속에는 부모와 동기, 친구 등에 대한 그리움이 담겨 있음을 알 수 있다.

Ⅳ. 귀향의식과 유토피아

1. 傳統精神과 傳統美의 회복

가. 新羅精神의 지향

김상옥만큼 전통에 대한 향수를 지닌 시조시인도 드문 것 같다. 그는 주로 신라시대에 만들어진 유물·유적을 통해 신라정신에 맥을 대고 있으며, 고려시대·조선시대를 거쳐 오면서 고려청자나 조선백자에 담긴 우리 민족의 숨결을 더듬고 그것에 배어 있는 민족정신과 정서에 대한 향수도 드러내고 있다. 향수가 단순히 향토라는 공간에 대한 것이 아니고 정신적인 면에서도 그것을 찾는 것이 가능하다고 보았을 때, 김상옥은 그러한 우리 민족의 전통과 민족정신에 대한 향수를 가졌던 것이다. 그는 전통문화에 대한 향수와 그것에 가치를 부여한 시인이다. 그의 첫 시조집 『草笛』3부에 실려 있는 작품의 대부분이 여기에 속하며 다른 시조집에서도 그러한 작품을 발견할 수 있다.

『草笛』에 실린 작품의 정확한 창작연대는 알 수 없다. 하지만, 해방 2년 후인 47년에 나온 시집이고, 39년 등단 후 첫 시조집이었으므로 10년에 걸쳐 쓴 작품임을 알 수 있다. 때문에 『草笛』에 실린 작품들이 일제 시대에 쓰인 작품일 수도, 그렇지 않을 수도 있다. 그러나 이 시집을 읽으면 작가가 우리 민족의 정신적인 맥을 신라정신에서 찾고자 했음을 알 수 있다. 그래서 신라의 유물이나 유적에 의미를 부여하고 그것에서 전통적인 가치창출을 하고 있다. 신라는 불교미술이 발전했었고 〈石窟庵〉, 〈多寶塔〉, 〈十一面觀音〉, 〈大佛〉 등의 작품에서는 불교사상이 나타나기도 한다. 이 예술품들에서 우리 민족이 가졌던 종교와 내세에 대한 믿음과 미에 대한 의식을 찾을 수 있는데, 김상옥은 시조 작품을 통하여 더 생생한 생명을 불어넣어 주고 있다.

73년에 간행된 『三行詩』에서도 신라시대, 신라 정신에서 소재를 취한 것이 많다. 우리 조상의 숨결이 배어 있고, 그들의 미의식과 가치의식이 담겨 있는 것을 발굴하고 예찬하는 것은 우리들의 과거에 대한, 또 우리 자신에 대한 긍지이며 자존심이기 때문이다. 조상들의 손길이 닿았던 우리의 유물 또는 유적을 보며 작품화할 수 있었던 것은 그의 예술에 대한 심미안적 안목과 함께 전통에 대한 애정과 향수라고 할 수 있다.

> 지긋이 눈을 감고 입술을 추기시며
> 뚫인 구멍마다 임의 손이 움즉일때
> 그 소리 銀河 흐르듯 서라벌에 퍼지다
>
> 끝없이 맑은 소리 千年을 머금은 채
> 따수히 서린 입김 상기도 남았거니
> 차라리 외로울망정 뜻을 달리하리오
>
> ―「玉笛」 전문

위 작품 「玉笛」을 보면 천 년의 세월을 뛰어넘어 지금도 그 소리가 들리는 듯하다. 신라 삼보 중 하나인 '玉笛'을 보며 그 소리가 은하처럼 서라벌에 퍼지는 것을 상기하고 있다. 이 작품을 통해 천 년 전 '玉笛' 을 불던 사람과 맑은 옥피리 소리를 상상하고 있다. 첫째 수에서는 '玉 笛'을 불던 신라시대의 사람의 모습을 섬세하게 表現하며, 현재 시제를 씀으로써 지금도 그 아름다운 소리가 들리듯이 묘사하고 있다. 둘째 수에서는 그 맑은 소리가 천 년의 시간을 머금은 채 그 '玉笛'을 불던 사람의 따뜻한 입김이 아직도 남아 있다는 것이며, 차라리 외로울망정 뜻을 달리하겠느냐는 것이다.

'玉笛'은 신라시대 때 만들어진 길이 약 53.5cm이고 지름은 약 3.3cm인 피리다. 누런 바탕에 검은 점이 찍혀 있고, 대나무처럼 마디가 있다. 이 '玉笛'은 신라 神文王 때 만들어 月城 天尊庫에 감추어 둔 것이라고 하는데, 1692년(숙종 18)에 경주 東京館에서 발견되어 국립경주박물관에 보관하고 있다. 일부에서는 『삼국유사』에 전해 오는 萬波息笛이 바로 이 '玉笛'이 아닌가 추측하기도 한다. 만파식적은 신문왕 때 대나무로 만든 피리라 하며 나라의 근심·걱정이 있을 때 그것을 불면 근심·걱정이 사라진다는 신비한 피리다. 같은 신문왕 때 만들었던 피리이고 귀하게 다루어졌던 피리라서 '玉笛'이 '萬波息笛'이 아닐까 추측하는 것이다. 이 시조에서는 '玉笛'을 萬波息笛의 의미로 해석했던 것이라 생각된다. 나라의 우환이 있을 때 피리를 불어 그 우환을 없앴다는 신비한 피리, 일제의 압제로 불편했던 우리 민족에게 그 피리가 다시 한번 효능을 발휘할 수 있었으면 하는 바람이었을지도 모른다. 그것이 시의 화자가 외로울망정 뜻을 달리하겠다는 의미라고 볼 수 있다.

新羅 一千年 서라벌은 한 王朝 아니라, 한 王朝의 서울 아니라, 진실로 人間의 서울, 오직 人間나라의 서울이니라.

한 가닥 젓대의 울림으로 萬이랑 사나운 물결도 잠재운 나라, 모란빛 진한 피비림도 새하얀 젖줄로 용솟음치운 나라, 첫새벽 홀어미의 邪戀도 여울물에 헹궈서 건네준 나라, 그 나라에 또 소 몰던 白髮도, 行次에 나선 젊으나 젊은 남의 아내도, 서로 罪없는 눈짓 마주쳤느니

204

꽃벼랑 드높은 언덕을 단숨에 뛰어올라, 기어올라, 天地는 보오얀
봄안개로 덮이던 生佛나라, 生佛들의 首都이니라.
　　　　　　　　　　　　　　―「人間나라 生佛나라의 首都」 전문

　가장 인간다운 나라, 살아 있는 부처님들이 사는 나라 그것이 신라
의 서라벌이었다고 화자는 말하고 있다. 인간나라이며, 생불나라의 수
도라고 제목 붙여진 이 시조는 초, 중, 종장 모두가 길어진 한 편의
사설시조다.

　서라벌은 신라 한 왕조의 서울이 아니라, 진실로 인간다운 인간들이
사는 수도, 산부처님들이 사는 수도라고 한다. 남의 잘못을 탓하지 않고
덮어줄 줄 아는 여유와 아량을 지닌 사람들이 중장에 등장한다. 피리
소리 하나로도 만 이랑 사나운 물결도 잠재운 나라, 이차돈의 순교에서
하얀 피가 솟았다는 이야기를 지닌 나라, 첫새벽 홀어미의 邪戀도 여울
물에 헹궈서 깨끗하게 건네준 나라, 헌화가의 백발노인의 수작도, 행차
에 나섰다가 꽃을 꺾어 주기를 원했던 수로부인의 태도도 아름답게 표
현할 줄 아는 너그러운 사람들이 사는 곳이다. 그러한 아량과 여유를
지니는 것이 우리 민족의 전통의 하나라고 화자는 생각한다.

　시인은 우리 민족의 전통적 정서를 신라의 정신에서 찾고자 했다.
화랑도와 같은 기상도 지닐 줄 알았고, 수로부인과 같은 낭만도, 처용
설화와 같은 아량도, 향가와 같은 문학적 향기도, 이차돈과 같은 깊은
불심도 지닐 줄 알았던 신라 사람들, 그러한 신라인의 마음이 지금 우
리 민족에게 전해지고 있는 것이다. 그 정신을 이어가야 한다는 시인
의 의지가 반영되어 있는 작품이다.

가까이 보이려면 우러러 눈물겹고
나서서 뵈올사록 後光이 떠오르고
사르르 눈을 뜨시면 빛이 窟에 차도다

어깨 드오시사 연꽃 하늘 높아지고
羅漢도 물러서다 가슴을 펴오시니
임이여! 큰한 그 뜻은 다시 이뤄지이다

—「大佛—石窟庵」 전문

이 석굴암에 대한 가치는 20세기 유엔에서도 인정한 세계의 문화재다. 남천우 박사는 석굴의 구조란 깊이 조사하면 조사할수록 무서우리만큼 숫자상의 조화로 충만되어 있다[159]고 말하고 있으며, 석굴은 경이적인 정확도로서 기하학적으로 건립되었다고 한다. 그 엄청난 무게의 돌을 자르고 깎아 세우면서도 10m를 재었을 때 1mm의 오차도 허용하지 않았다고 했다. 즉 1만분의 1의 실수도 보이지 않은 것이다. 그 정확한 기술에는 이 시대에도 상상할 수 없는 과학이 뒷받침되어 있었던 것이다. 일제 때의 건축가 야나기라는 자의 글에 「석불사의 조각에 관하여」라는 글을 보면

실로 석굴암은 분명히 하나의 마음에 의해 통일된 계획의 표현이다. 인도 아잔타나 중국 용문석굴처럼……누대의 제작이 모인 집합체가 아니다. 하나의 마음을 도처에서 찾아볼 수 있는 정연한 구성이다. 서로가 서로를 살리는, 분리할 수 없는 하나의 유기체적 제작이다. 외형적으로도 심리적으로도 놀랄 만큼 주도면밀히 계획된 완전한 통일체다.[160]

---

159) 남천우, 「석굴암 원형보존의 위기」, 『신동아』, 1969년 5월호.
160) 야나기 무네요시(柳宗悅, 1889~1961), 「석굴암의 조각에 관하여」, 『예술』,

'우러러 눈물겨운' 부처의 모습. 그 자비스런 모습만 보고도 감동한다. '큰 한 그 뜻'이란 '부처님의 치세'를 상징하고 있다. 온 세상에 자비를 베풀어 모두가 평화롭고 고요해지는 세상을 말하고 있는 듯하다. 이 시조에서는 '대불'의 모습을 '십일면관음'처럼 자세히 묘사하지는 않았다. 다만 '대불'을 거룩한 숭배의 대상으로만 나타내었다. '보지 않은 자는 보지 않았기에 말할 수 없고, 본 자는 보았기에 말할 수 없다.'는 의미를 담고 있다. 과학과 예술과 종교를 사랑할 줄 알았던 마음가짐과 심미안적 감각을 지녔던 신라인들의 정신에 대한 그리움을 담고 있으며, 그러한 신라정신을 본받고 싶은 화자의 마음이 드러난 작품이다.

불꽃이 이리 티고 돌ㅅ조각이 저리 티고
밤을 낮을 삼아 정소리가 요란터니
佛國寺 白雲橋우에 塔이 솟아 오르다

꽃쟁반 팔모 欄干 층층이 고운 모양!
임의 손 간데마다 돌옷은 새로 피고
머리엔 푸른 하늘을 받처 이고 있도다

—「多寶塔」 전문

'多寶塔'이 완성되기까지의 모습과 완성된 탑의 아름다움을 노래하고 있다. 그 옛날 정과 망치 밖에 없던 시대에 하나의 돌을 다듬어 탑이 되기까지, 돌을 다듬어 부처님을 만들기까지 인내와 노력은 대단했을 것이다. "불꽃이 이리 티고 돌ㅅ조각이 저리 티고"라는 표현 속에

1919. 6.

서 이 탑을 만들기 위해 노력하는 석공의 모습이 보인다. 완성된 미의 아름다움보다 완성과정에서의 피맺힌 아픔이 첫째 수를 이루고 있다. 그 피나는 노력 끝에 마침내 佛國寺 白雲橋 위에는 탑이 완성되어 솟는다. '多寶塔'의 모습은 팔모로 된 꽃쟁반 모양 한 층 한 층 고운 자태이다. 그것을 다듬은 석공의 손길, 그의 손길이 간 곳마다 천여 년이 지난 지금 돌옷이 새로 피고 그것과 조화를 이룬 하늘, 그 푸른 하늘을 탑이 이고 있다.

탑을 보면서 외형적 아름다움에만 머물지 않고 그것을 만든 석공의 마음까지 헤아리고 있다. 그 석공의 미적 감각과 정교함, 섬세함, 탑을 완성하기까지의 인내심, 그러한 정신을 그는 찬양하고 있다. 아름다움을 사랑하는 우리의 전통, 그것은 섬세함과 정교함과 균형을 잡을 줄 아는 뛰어난 미적 감각과 그것을 감상할 줄 아는 높은 안목이 조화를 이룬 데서 나타나는 것이다. 이러한 신라인의 미적 감각과 아름다움을 사랑하는 정신을 김상옥 시인은 찾아낼 줄 알았고, 이러한 전통에 대한 향수를 이 작품에서는 엿볼 수 있다.

> 지금도 지금도 그리움 있으면 影池가로 오너라
> 그날 지느러미처럼 휘날린 내 치맛자락에
> 산산이 부서지던 구름발 山그림자 그대로 있네.
>
> 아무리 굽어봐도 이는야 못물이 아닌 것을
> 그날 그리움으로 하여, 그대 그리움으로 하여
> 내 여기 살도 뼈도 혼령도 녹아내려 질펀히 괴었네.

보굻아라, 돌을 깨워 눈띄운 신기한 증험!
十里 밖 아니라, 千里 밖 萬里 밖이라도
꽃쟁반 팔모 欄干 층층이 솟아, 이제런듯 완연네.

千年 지난 오늘, 아니 더 오랜 훗날에도
내 이대론 잴수 없는 水深의 그리움이기에
塔보다 드높은 마음, 옮겨다 비추는 거울이 되네.

지금도 지금도 늦지 않네, 影池가로 나오너라
시시로 웃음살 주름잡는 山그림자 속에
내 아직 한결같이 그날 그 해질무렵 받고 있네.
―「雅歌 其一―阿斯女의 노래」 전문

이 작품은 통일신라시대 석탑의 전형적인 모습인 釋迦塔, 일명 無影塔을 만들 때의 아사달과 아사녀의 애절한 전설이 소재가 되고 있다. 그 탑을 만들기 위해 백제의 유명한 석공인 아사달이 불려오고 그를 사랑하는 아내 아사녀는 탑을 무사히 만들고 돌아오기만을 기다리는데, 아사달이 탑의 그림자가 연못에 비칠 거라고 약속했던 기한이 지났는데도 탑의 그림자가 떠오르지 않자 실망한 그녀는 탑 그림자가 비칠 것이라고 약속했던 연못에 뛰어들었다는 이야기이다. 실제 탑이 완성되었는데 어떻게 된 일인지 그림자가 생기지 않았다고 해서 無影塔이라는 이름이 붙여졌다. 이 슬픈 이야기의 주인공인 아사달은 황룡사 구층탑을 완성한 아비지의 후손이며, 이 이야기로 미루어 백제의 건축 수준이 아주 뛰어났었음을 짐작할 수 있다.

남편을 그리다가 죽은 아사녀의 그리움은 죽어서도 눈감지 못하여 "지금도 지금도 그리움 있으면 영지가로 오너라"고 사랑을 부른다.

"그날 지느러미처럼 휘날린 내 치맛자락"은 바로 "아사녀가 죽던 날 아사녀의 그리움"을 상징하며, 影池는 못물이 아니라 "살도 뼈도 혼령도 녹아내려 질펀히 괸" 그녀의 그리움이요 사랑이다. 그리하여 그녀의 사랑은 "천년 지난 오늘, 아니 더 오랜 훗날에도 내 이대론 잴수 없는 水深의 그리움"이 된다. 그녀의 사랑은 탑보다 더 높고, 그녀의 그리움은 잴 수 없는 수심처럼 깊었다. 사랑하는 사람을 가까이 두고도 보지 못해 相思病으로 죽을 수밖에 없었던 그녀의 지극한 사랑과 그리움을 노래한 이 작품에서 우리 민족전통의 하나인 여인의 정절과 사랑을 볼 수 있다. 여인들의 애절하고도 슬픈 사랑의 일편단심이 또한 우리의 아름다운 전통이요 미덕이었던 것이며, 이러한 전통에의 향수가 이 작품을 탄생하게 했던 것이다.

위의 작품을 통하여 우리 민족의 전통정신과 전통미를 찾기 위하여, 삼국을 통일하여 우리나라 최초의 통일국가가 된 통일신라의 정신을 추구하고자 한 김상옥의 정신적 고향의식을 볼 수 있다. 신라인의 정신은 지금도 우리 민족의 핏속에 흐르는 정신이고 정서이며, 우리가 추구해야 할 것들이라고 시인은 생각했기 때문이다. 민족성과 정체성을 잃어 가는 시대에 우리가 추구해 가야 할 민족정신, 전통적 정서를 신라시대에 꽃핀 불교문화와 예술, 그리고 그들의 정신 속에서 찾음으로써 우리 민족의 정신적 뿌리인 고향을 찾고자 하는 시인의 의지가 잘 나타난다.

나. 傳統美의 재발견

그는 신라 정신 외에도 고려시대 및 조선시대의 우리의 문화재에 관심을 갖고 그것에 대해 찬양하는 작품을 많이 썼다. 「靑磁賦」, 「白磁賦」, 「硯滴」, 「紅梅幽谷圖」, 「翡翠印靈歌」, 「葡萄印靈歌」 등의 문화재와 「巫歌」, 「鞦韆」 등 전통 풍습 등에 관해서도 작품을 써서 우리 민족의 전통정신을 추구하였던 것이다.

찬서리 눈보라에 절개 외려 푸르르고
바람이 절로 이는 소나무 굽은 가지
이제 막 白鶴 한쌍이 앉아 깃을 접는다

드높은 부연끝에 風磬소리 들리던 날
몹사리 기달리던 그린 임이 오셨을 제
꽃아래 비진 그 술을 여기 담아 오도다

갸우숙 바위틈에 不老草 돋아나고
彩雲 비껴 날고 시내물도 흐르는데
아직도 사슴 한마리 숲을 뛰어 드노다

불속에 구어내도 얼음같이 하얀 살결!
티 하나 내려와도 그대로 흠이 지다
흙속에 잃은 그날은 이리 純朴하도다

　　　　　　　　　　　　　　　　—「白磁賦」 전문

　김상옥은 〈詩와 陶磁〉라는 산문집에서 도자기에 대한 애착과 안목을 보여준다. 이러한 도자기에 대한 그의 사랑은 많은 시조작품에 중요한 모티브로 등장한다. 그는 도자기인 백자에 영혼을 불어넣은 후 자유로운 상징의 기법을 통해 전혀 새로운 세계를 열어 보인다. 즉 그는 단순한 소재의 선택으로만 그치는 것이 아니라 도자기에 영혼을 불어넣어 생명을 지니게 하고 있다. 유성규는 「백자부」는 단순한 백자의 외양을 읊은 것이 아니라 백색을 유난히 좋아하는 한국사람들의 정서·낭만·예술·문화·철학 등 한국의 상징으로 제시된 것[161]으로 보고 있다.

"찬서리 눈보라에 절개 외려 푸르르고"란 표현은 추사 김정희의 세한도를 떠오르게 하는 구절이면서, 백자의 깨끗함, 담백함, 고고함을 상징적으로 표현하고 있다. "몹사리 기달리던 그린 임이 오셨을 제/ 꽃아래 비진 그 술을 여기 담아 오도다"라는 표현은 아주 귀한 손님이 왔을 때만 그 백자를 쓰겠다는 의미로 '백자의 소중함'을 의미하고 있다.

백자의 외양묘사로 보면 바위틈에 갸우숙이 불노초가 돋아나 있고, 아름다운 구름과 흐르는 시냇물, 그 맑은 곳에 뛰어 노는 사슴 한 마리의 평화가 있다. 고요한 산의 적막과 평화가 이 백자에 고스란히 담겨 있다. 백자의 본래 모습인 흰 살결, 티 하나가 내려와도 흠이 질 수밖에 없는 깨끗한 모습이 백자의 진가임을 말하고 있다. 얼음같이 차고 맑은 모습 속에 이조의 흙이 그대로 살아 있고 이 백자를 만들던 때의 도공의 순박한 마음과 조상들의 생활이 깃들어 있음을 작가는 말하고 있다. 도자기 하나에도 흐르던 우리 민족의 정서를 읽어 내고 그것에 대한 예찬을 하고 있으며 민족정신에 대한, 전통에 대한 향수를 이 시조에 담고 있다.

> 네 몸은 뼈만 앙상, 타다 남은 쇠가치
> 휘틀린 등걸마다 선지피 붉은 망울
> 터질 듯 맺힌 상채기 향내마저 저리어라.

---

[161] 유성규, 『현대시조의 자유 시화에 관한 연구』, 홍익대 교육대학원 석사 학위논문 54~55쪽.

여기는 푸른 달빛, 희부옇던 눈보라도
감히 오지 못할 아득히 외진 골짝
저 안에 울부짖는 소리 朔風만은 아니다.

文明의 살찐 과일, 이미 익어 떨어지고
꾀벗은 푸성귀들 빈손으로 부비는 날
참혹한 難을 겪어낸 못자욱을 남기리니.

차웁고 매운 말씀, 몸소 입고 나와
죽었다 살아나는 너 異蹟의 동굴 앞에
더불어 질긴 그 목숨 새겨두고 보잔다.

—「紅梅幽谷圖」 전문

제목에서 홍매의 그림을 보고 쓴 작품임을 알 수 있다. 뼈만 앙상한 쇠가치 같은 줄기에서 선지피인 듯 붉게 망울 앉은 꽃, 터질 듯 맺힌 꽃망울이 '상채기' 같아 향내마저 저리다. '상채기'라는 표현은 그 꽃망울을 맺기까지의 아픔을 상징한다. 푸른 달빛도, 눈보라도 오지 못할 외진 골짝에 울부짖는 소리는 삭풍만은 아닌, 영혼의 깊은 아픔을 울부짖는 소리이다. 참혹한 겨울을 견뎌내며 죽었다 살아나는 질긴 그 목숨, 그것은 못 자국 있는 아픔의 모습이다. 그러나 그 혹한의 겨울을 참고 견뎠기에 지금 異蹟을 보여줄 수 있는 것이다. 선지피 터지듯 맺혀 있는 아름다운 매화의 꽃망울이다.

매화의 기품에서 느낄 수 있는 차웁고 매운 말씀, 그리고 질긴 목숨, 이러한 것을 사랑할 줄 아는 우리 민족의 안목과 정서는 우리의 전통미로서 영원히 지켜가야 할 것들이다. 이렇게 옛 그림을 아름답게 보고, 우리의 조상이 남긴 작품을 높게 평가하는 일, 전통미에 가치를

부여하며 그것을 사랑하는 일은 곧 민족애이고 조국애라고 볼 수 있
는 것이다.

아픔을, 손때 절인 이 寂寞한 너희 아픔을,
잠자다 소스라치다 꿈에서도 뒹굴었다만
외마디 끊어진 신음, 다시 묻어오는 바람을.

풀고 풀어볼수록 가슴 누르는 찍찍한 繃帶밑
선지피 얼룩진 한송이 꾀벗은 葡萄알!
오늘이 오늘만 아닌 저 끝없는 기슭을 보랴.
―「葡萄印靈歌」 전문

붕대 밑으로 배어 나오는 혈흔 같은 아픔을 간직한 '鐵砂葡萄紋' 항
아리. "잠자다 소스라치다 꿈에서도 뒹굴었다"라는 표현 속에는 무생
물을 의인화하여 영혼을 불어넣고 있으며, 이들 물형들의 아픔을 함께
하고 있는 화자를 만난다. "선지피 얼룩진 한 송이 꾀벗은 포도알!"이
란 표현에서 선지피처럼 배어나는 葡萄紋의 도자기 모습을 알 수 있
다. 조상의 손을 거치고 거치면서 손때도 많이 묻었을 것이며, 안으로
인내한 아픔도 컸을 것이다. "오늘이 오늘만 아닌 저 끝없는 기슭을
보랴"라고 표현함으로써 지금까지 이어져 왔듯 葡萄가 그려진 이 도
자기의 가치와 삶은 계속될 것임을 화자는 말하고 있다.

본디 끝없다가 또 다른 모양을 금긋던 部分
이렇게 한 結晶으로 돌아온 내 슬픈 비늘이여
깊은 밤 미친 풀무질 속에 녹아나온 혼령이여.

하늘 푸르른 거미줄에 걸려든 辰砂 꽃잎!
다시 어느 無限으로 잘려간 저 구름의 꼬리
무너진 너의 潛跡을 찾아 構造안에 머무느냐.
—「翡翠印靈歌」 전문

'色卽是空 空卽是色'이라 하여 모든 형체는 空이라는 佛敎의 진리는 사물에 대한 본질을 파악하게 한다. 본디 모양을 갖추고 있지 않다가 하나의 결정으로 돌아왔다는 것은 흙이 하나의 형상으로 굳어진 것, 즉 도자기로 만들어진 것을 상징한다. 풀무질 속에서 녹아나는 영혼, 뜨거운 불 속에 녹아 하나의 결정으로 탄생한다. 신비하고 아름다운 푸르른 비취 색상의 도자이다. 푸른 하늘이 거미줄인 양 걸려든 진사 꽃잎, 무한의 공간 속으로 잘려나간 구름의 꼬리, 이러한 모든 것을 하나의 형태 안에 갖춘 도자기는 곧 하나의 작은 우주이다. 김상옥은 무생물에 하나의 영혼을 부여하고 그 영혼의 슬픔까지 파고든다. 사물의 본질을 파악하려는 그의 노력은 하나의 무생물을 의인화하여 하나의 뜨거운 영혼을 지닌 생명체로 다시 태어나게 하는 것이다. 그리하여 하나의 사물 안에 감춰진 아름다움, 슬픔, 인고의 세월이 적나라하게 펼쳐진다. 김춘수의 시 「꽃」에서 "내가 그의 이름을 불러주었을 때, 비로소 그는 내게로 와 하나의 꽃이 되었다."라는 시구처럼 무심하게 보아 넘기지 않고 애정을 가지고 그것을 보았을 때에만 그는 나에게로 와 꽃이 되는 것이다. 그것의 가치와 생명이 비로소 살아난다.

위에서 살펴보았듯이 김상옥 시인은 무생물도 의인화하여 살아 있듯 생동감을 느끼게 한다. 도자기라든가, 돌이라든가, 흙이라든가 하는 무생물에 영혼을 불어넣고 아름다움의 깊이와 슬픔의 깊이까지 파고든다. 그리고 그러한 것의 가치를 아름다움으로 승화시킬 줄 안다. 눈길 한번 닿으면, 손길 한번 닿으면 그 사물이 비로소 생명을 얻고 아름다움을 얻는다. 우리의 전통미의 아름다움, 전통문화유산의 아름다움, 그것은 애정을 갖고 바라보면 볼수록 가치를 더해 가는 것이다. 우아한 아름다움을 노래한 「賦」도 영혼의 아픔까지, 사물의 본질의 깊이까지를 노래한 「靈歌」도 우리 전통문화에 대한 애정이다. 「白磁」의 아름다움, 「鐵砂葡萄紋」 항아리의 아름다움과 아픔, 그리고 「紅梅幽谷圖」의 인내와 아픔과 아름다움도 결국 우리 민족이 만들어 낸 하나의 아름다움이다. 그러한 것에 담긴 민족의 정서를 읽어 내고 그것에 대한 예찬을 하고 있으며 민족정신에 대한, 전통에 대한 향수를 느끼고 있다. 우리 민족의 안목과 정서는 우리의 전통미로서 영원히 지켜가야 할 것들이다. 전통작품에 대한 예찬을 통해 우리의 조상이 남긴 작품을 높게 평가하는 일, 전통미에 가치를 부여하는 일은 우리 것에 대한 사랑이요 나아가 조국애이고, 민족애라고 볼 수 있다.

다. 民族情緒의 추구

김상옥은 그의 초기 시조작품에서 문화유산과 역사적 유물을 소재로 택함으로써 전통미에 대한 향수를 불러일으키고 있다. 그는 우리의 민족정서를 신라시대의 정신이 반영된 유물·유적·인물 등에서 찾기도 한다. 그리하여 신라시대에 만들어진 「다보탑」, 「석굴암」, 「십일면관음」, 「무열왕능」, 「재매정」 등에 대한 찬양과 회고를 드러내기도 하고, 또 신라정신을 고려시대로 이어오면서 고려청자, 정몽주의 충절

등을 찬양하고 아름다움을 찾아내고 있으며, 이조의 백자, 연적, 또 여러 문양의 도자기를 찬양하고 대동여지도를 만든 김정호, 논개 사당이 있는 촉석루 등을 노래함으로써 민족의 얼을 찬양하고 민족의 얼을 찾고자 했다. 그는 그러한 민족정신을 추구하고 영원히 지켜가고자 했는데, 그러한 정신이 후기의 작품집에 오면서 단순화된 단시조를 통하여 감정을 극도로 절제하고 압축한 모습으로 표현되고 있다.

　　雨氣를
　　머금은 달무리
　　市井은 까마득하다

　　맵시든
　　어떤 品位든
　　아예 가까이 오지 말라

　　이 寂寞
　　범할 수 없어
　　꽃도 차마 못 꽂는다.

―「白磁」 전문

　「白磁」에 오면 앞의 「白磁賦」에서 보다 감정이 많이 절제되고 단순화되어 나타난다. 김상옥은 후기의 작품집에 올수록 단시조를 쓰는 경향이 나타나며, 이 「白磁」는 단시조의 특징을 잘 살리고 있는 단순화된 작품이다. 김상옥은 「詩와 陶磁」에서

　　단조하다는 것은 처음부터 단조로운 것이지만, 단순하다는 것은 모든 군더더기를, 아니 모든 설명적인 요소를 다 제거한 다음에 얻어낼 수 있는 '생략의 미'라고 할 것입니다. ……꾸밈을 거세하고, ……단순에의 향수, 단순에의 귀의……백색의 그 단순성과 그 신비성을 더욱 효과 있게, 더욱 철저하게 받은 조형이 곧 우리의 이조 백자입니다. ……백자의 백색으로 하여 그것이 더욱 질박하고, 더욱 경건하고, 더욱 아취있게 보인다는 말씀입니다.162)

　　라고 하여 단순미에 대한 정의와 함께 우리 白磁의 단순미를 찬양하고 있다. 그가 추구하고자 하는 영원한 민족의 정서는 무엇일까. 위 시조를 통해서 보면 그것은 우리 민족이 흙으로도 눈부시게 뽀얀 백자를 만들 줄 알던 미적 감각과 능력이며, 그 높은 품위와 자존심이다. 白磁가 지니고 있는 우아함과 고품격은 市井과는 멀며 "맵시든/ 어떤 品位든/ 아예 가까이 오지 말라//"란 백자의 독백 같고, 명령 같은 표현을 통해 어떠한 맵시나 품위로도 따라올 수 없으니 아예 가까이 오지 말라는 높은 자존심을 보인다. 그 높은 자존심과 소중함 때문에 '꽃도 차마 꽂지 못한다'고 한다. 인간이 아름다움의 극치로 보는 꽃, 그 꽃조차 꼽을 수 없다는 것은, '꽃보다 높은 아름다움을 백자가 지니고 있다'는 것을 상징한다.

　　'白磁'처럼 순결하고 맑고 높은 자존심이 우리 민족의 정서이다. 화자는 '白磁'를 보면서 그러한 우리의 전통 정서에 대한 향수를 느끼고, 우리의 전통미 속에 살아나는 우리 민족의 정서와 자존심을 찾아 영원히 이어가기를 바라고 있는 것이다.

---

162) 김상옥, 「詩와 陶磁」, 『墨을 갈다가』, 창작과 비평, 1975. 109~113쪽.

굽 높은
祭器.

神前에
제물을 받들어
올리는―

굽 높은
祭器.

詩도 받들면
文字에
매이지 않는다.

굽 높은
祭器!

―「祭器」 전문

　우리의 전통미를 살리고자 전통미에 대한 가치를 부여하고, 그러한
정신을 살리고자 노력했던 시인인데도 형식적 시험을 시도했던 때문
인지 그의 시조에는 파격의 작품들, 시조라고 부르기에 애매한 작품들
이 많이 있다. 위의 작품도 형식 면에서 많은 파격을 보이는 시조이
다. 위의 작품을 시조로 볼 경우, 파격이 아주 심한 작품이다. 어디서
어디까지를 초장이라 보아야 하고, 어디서 어디까지를 중장이라고 보
며, 어디서 어디까지를 종장이라 보아야 할 것인가 고민하게 되는 작
품이다. 『三行詩』나 『향기남은 가을』에서 '長形'이란 이름으로 작품을
발표함으로써 사설시조로 보기에도 애매한 작품을 써 왔던 그인 만큼,

이 작품을 시조라고 보기에는 많은 문제점을 지니고 있다. 시조에의 새로운 형식의 모색과 함께 시험한 이 작품은 그의 『墨을 갈다가』라는 시집에 처음으로 게재된 작품이다. 이우재는 이것을 시조집이라 보고 있지만, 여기에는 시조정형에 맞는 작품은 몇 작품밖에 없다. 때문에 이 책은 시조집이라 보기가 어렵다. 김상옥 시조의 형식적인 면은 따로 연구가 필요하다 하겠다. 이 작품은 시조집 『향기남은 가을』에 게재되었으며, 시조집 『느티나무의 말』에는 서시로 게재되어 이 작품을 시조작품으로 보고자 한다. 내용은 시도 받들면 문자에 매이지 않는 '굽 높은 제기'라는 것이니, 시의 내용으로 본다면 시조냐·아니냐를 따지고 있는 형식론조차 무의미하다. 시는 우리의 생활 곳곳에 있기에 꼭 글자로 표기해야만 시가 되는 건 아니다. 시의 정신은 어디서든 빛날 수 있다. 시조냐, 아니냐의 형식이 중요하지 않다고도 볼 수 있다. 어디서나 빛날 수 있는 정신, 우리가 추구해야 하는 것은 바로 그러한 시정신임을 이 작품은 보여준다.

　　너는 이미 생각하는 노릇을 버리고 말았고나. 밤보다 깊은 어둠을 안으로 닫아걸고, 그 속에 아직 이름 없는 形象들이 잠자고 있다.

　　이끼 푸른 門 앞에 와서 누가 너를 부르겠느냐. 連坐에 걸터앉은 菩薩을 부르겠느냐. 얼마를 앉아 머뭇거리던 정 소리가 이미 살을 뜯고 네 속에 스며들었다.

　　빛도 소리도 배일 수 없는 너의 가슴속, 거기 흩어지지 않은 서라벌, 깨어지지 않은 아테네는 어디 있느냐? 처음이자 마지막인 審判의 날, 저 무서운 발자욱은 가까워 온다.

열어라, 門을 열어라. 여기 언제부터인가 오직 한 번 있기만 있고,
목숨도 죽음도 없는 단단하고 차디찬 너 돌이여!

―「돌 2」 전문

『향기남은 가을』에는 '長形'의 형식으로 「돌 1」, 「돌 2」가 실려 있고,
『느티나무의 말』에는 제목이 「돌」인 단시조 작품이 4편이나 실려 있다.

모두 돌의 원형을 추구하고, 돌에 대해 찬양한 작품이다. 하나의 돌
은 아름다운 조각품의 재료가 된다. 석굴암 「大佛」을 만든 것도 돌이
요, 그 주변 「十一面觀音」을 만든 것도 돌이요, 「多寶塔」을 만든 것도
돌이다. 화자는 조각이 만들어진 후의 눈에 보이는 아름다움만 보는
것이 아니라, 그 조각의 재료인 하나의 돌에서도 상상력을 동원하여
무한한 예술품을 보고 있다. 때문에 화자는 그 돌의 귀중함을 인식한
다. 알맞은 재료와 석공의 뛰어난 안목과 탁월한 솜씨가 있어야만 작
품은 만들어진다. 생명이 없는 것에 생명을 불어넣는 일은 석수의 장
인정신이며, 하나의 돌에 이렇게 생명과 의미를 불어넣고 있는 시인자
신도 석수장이에 못지않은 장인정신을 가졌다고 보아야 한다.

그 안에 수많은 形象을 간직하고 있는 돌, 석수장이의 정에 의하여
다듬어져 하나의 완성품이 되기 위하여 수없이 흩어지고 깨어져야 하
는 돌을 노래한 작품이다. 아직 이름 없는 형상들이 잠자고 있는 "목
숨도 죽음도 없는 단단하고 차디찬 너 돌이여!"라고 하여 무생물인 돌
의 영원성을 말하고 있다. 그 단단하고 차기만 한 무생물인 돌에 피를
돌게 하여 생명을 지니고, 영혼을 갖게 하는 것은 그 돌에 대한 인간
의 관심과 애정이다. 이미 우리의 선조들은 하나의 돌을 조각하여 생
명을 불어넣어 눈부신 문화재를 만들었고, 그러한 무생물에도 관심과

애정을 가질 줄 알았다. 시인이 추구하는 것은 이러한 우리 민족의 전통미에 대한 향수이다. '열어라, 문을 열어라'라는 표현 속에는 돌의 잠재성, 돌의 변신의 조화가 무궁무진할 수 있음을 화자는 말하고 있다.

—「現身」 전문

위 작품도 돌로 만든 조각이 소재가 되고 있는 작품이다. 無名 石手의 손에 의해 하나의 몸으로 생겨난 목숨은 바로 돌부처이다. "億劫도 一瞬으로 향기처럼 썩지 않는 말씀"이라 하여 억겁의 시간도 일순으로 느끼며 돌이 주는 無言의 말씀을 듣고 있다. 돌을 깎아 부처를 만들고 그 부처에게서 영원히 썩지 않는 향기 같은 진리를 듣고 있다. 돌조각의 영원성을 말하고 있다. 푸른 이끼를 걷고 속살 부딛는 광채로 태어나는 몸, 그것은 돌이 간직했던 본질과 함께 마침내 이별도, 재회도 없는 하나의 몸이 된다. 돌은 석수의 손에 의해 생명을 얻고 시인의 눈에 의해 피가 돈다. 이 작품 역시 돌이 하나의 조각으로 태어났음을, 그리고 그 본질인 돌의 영원한 생명성을 말하고 있다.

빛보라, 서늘은 빛보라, 이것은 무엇인가? 희다 못해 오히려 으슴
푸른 별빛……. 塔은 白雲橋 층계를 내려서서 짐짓 걸어본다. 선연히
못물속에 들어선다. 머리엔 屋蓋를 받쳐들고, 찰삭이는 물살에 발목을
적신다.

눈이 부시게 반짝이는, 저건 또 무엇인가? 빛을 받아, 별빛을 받아,
빛무리 별무리 희맑은 둘레……. 물이 불은 影池는 쉴새없이 잔잔한
波長으로 번져난다. 어느새 그 깊은 둘레속에 南山도 잠기고, 구름같
이 즐비한 서라벌 長安! 그 너매 또 山과 들로 농울쳐 간다.

阿斯達, 阿斯達, 이제야 나는 안다. 밤마다 흘러 넘는 빛보라 있어,
千萬斤 무게의 우람한 돌도, 미릿내에 밀리는 돛단배처럼 가벼이 다
녀가는 그대 그림자! 그러기 출렁이는 이 가슴 자맥질하여, 내 언제
나 가지록 짙푸름을 숨쉬고 산다.
―「雅歌 其二 ― 阿斯女의 노래」 전문

「雅歌 其一」이 아사녀가 부르는 그리움의 노래라면, 「雅歌 其二」는
아사녀의 아사달에 대한 이해와 사랑의 충만을 노래했다고 볼 수 있
다. 초장에서는 석가탑, 즉 무영탑이 발목을 적시며 영지로 걸어 내려
온다고 하여 으슴푸른 별빛 속에 탑의 그림자가 못에 비치는 모습을
의인화하여 상징하고 있다. 중장에서는 별빛을 받은 영지는 쉴 새 없
이 물결의 파장으로 반짝인다. 석가탑이 잠기고, 어느새 남산도 잠기
고, 서라벌 장안으로 그 너머로 농울쳐 영지의 심상은 점점 확대되어
나타난다. 종장에서 비로소 아사녀는 밤마다 흘러 넘는 '빛보라' 속에
그대 그림자가 있다는 걸, 아사달의 사랑이 있다는 걸 깨닫는다. '빛보
라'의 상징은 '사랑의 충만감'이다. 그러한 사랑의 충만감을 "내 언제

나 가지록 늘 푸르게 숨쉬고 있다"고 하여 아사달과 아사녀의 사랑의 영원성을 말하고 있다. '가지록'이란 '가득 차도록', '충만하도록'으로 해석해야 할 것이다.

　이상의 김상옥 작품에서 전통정서·민족정서를 추구하는 작품들을 살펴보았다. 우리 민족이 간직한 전통정서·민족정서를 추구하는 일은 상실한 정신적 고향을 찾고, 정신적 이상향을 지향하는 일이다. 예부터 백색을 사랑하던 우리 민족은 그 단순하면서도 품격 높은 「白磁」에서 우리의 민족성과 전통성의 아름다움을 발견한다. 깨끗하고 단순하고 고고한 우리의 白磁를 사랑할 줄 알았던 우리의 민족정서를 추구하고 지켜가고자 하는 것이다. 「굽 높은 祭器」에서 보여주는 문자에 얽매이지 않는 경지의 시를 쓸 수 있는 높은 정신은 우리 민족이 지녀야 할, 영원히 추구해야 할 민족정서의 하나라고 볼 수 있다. 「돌」과 「現身」에서는 영원한 돌의 삶을 말하고 있다. 하나의 무생물인 돌에 영혼을 불어넣어 조각으로 작품화할 줄 알았던 선조들의 삶은 무생물도 애정을 가지고 대하면 영혼을 지닌 따스한 존재가 될 수 있음을 보여준다. 하나의 무생물에도 관심과 애정을 가질 수 있는 마음도 우리가 계속 지켜가야 할 민족정서이다. 또한 「雅歌 其二」에서는 아사녀의 아사달에 대한 원망을 넘은 이해와 사랑의 깊음을 말하고 있다. 아름답고 지고한 사랑의 감정도 우리 민족이 지속시켜 가야 할 전통적 민족정서라고 볼 수 있다. 우리의 전통정신을 찾아 그 맥을 이어가는 일은 우리 민족의 정체성을 회복하는 일이며 정신적 고향을 찾는 일인 것이다.

2. 人間性 회복과 祖國統一

가. 人間性 회복 지향

리태극의 시조에서는 삭막한 현대 도시생활 속에서 물질만능주의에 밀려 인간이 소외되고 평화로운 인간관계의 부재와 같은 인간성 상실에 대한 안타까움을 드러낸 작품이 나타난다. 이러한 인간소외와 삭막함을 극복하여 현대인의 인간성 회복을 추구하고자 하는 내용의 작품이 많다. 고향의식이 나타나는 작품 중에서 인간성 회복을 갈망하는 작품들을 살펴보고자 한다.

거무트레한 바윌 안고/ 천고를 도사린 채//
마냥 벙어리로/ 저 하늘 받들고서//
오늘도 비에 젖으며/ 저리 흐뭇 섰구려!//

사람은 가고 오고/ 戰火는 거듭 일어//
네 姿勢 배우고져/ 고함 쳐 불러 쌓도//
太古의 어버이듯이/ 메아리만 치누나!//

범도 타던 등성엔/ 썰맷길이 정스럽고//
이끼 깊은 홈을 따란/ 샘물조차 맑아 있고//
가얌과 딸기들로 베푼/ 잔치 또한 푸짐하이.//

진달래 좋더이다/ 녹음인들 어련하리//
야윈 신나무에/ 설경엔들 못 겨우리//
소롯이 이는 情 山情이/ 더욱더욱 감겨 드다.//

―「山情은 더욱」 전문

그의 고향의식에는 늘 자연 속의 순박함이 있다. 고향의 자연인 산은 바위를 안고 하늘을 받들며, 千古의 세월을 벙어리로 비에 젖으면서도 흐뭇하게 그 자리에 서 있다. 人間事는 有限하고, 戰爭도 거듭일지만 山의 자세는 변함이 없다.

둘째 수에서는 산의 자세를 배우고자 하는 話者의 의지가 나타나고 있다. 산같이 변함없는 자세를 배우고자 하는 화자의 裏面에는 有限한 人間事의 덧없음을 생각하고, 어린 날의 故鄕山川을 통해 평화로운 人間關係의 회복을 갈망하는 마음이 들어 있다. 산은 인간에게 썰맷길도 만들어 주고, 맑은 샘물도 주고, 개암·딸기들로 잔치도 베풀어 인간의 삶을 언제나 넉넉하고 푸짐하게 해 준다. 이것이 산의 인심이며 산이 주는 정이라고 화자는 생각한다.

'썰맷길, 샘물, 가얌, 딸기'의 소재는 시인의 기억 속에는 아련한 추억이며 그리움을 자아내는 소재가 된다. 자연이 주는 혜택, 봄의 진달래, 여름의 녹음, 가을의 단풍, 겨울의 설경 등 사시사철이 좋아 산정이 더욱 감겨든다. 근대 문명의 혜택이 없이도 고향은 산이라는 자연이 주는 혜택과 그 속에서 욕심 없이 순박하게 사는 사람들로 이루어진 평화로운 공간이다. 서울이라는 도시의 삶이 삭막하게 느껴지고 비정하게 느껴질수록 더욱더 그리움을 갖게 되는 情의 공간으로 고향은 존재하는 것이다.

리태극의 고향산천에 대한 지극한 애정과 그리움은 이 작품에만 나타나는 것이 아니다. 그의 작품 「靑山이여」에서도 자연친화적인 면을 발견할 수 있고 맑고 순수한 심성을 닦으려는 의지를 지닌 선비 정신이 나타난다. 자연 속에서 건강한 몸으로 걱정 근심 없는 삶을 살고 싶어 하는 전통적인 우리 선조들의 安貧樂道 정신이 그의 작품 속에 그대로 반영되어 나타난다. 하늘을 받들고 서 있는 산과 하늘 우러러한 점 부끄럼 없는 선비로서의 삶이 동일시를 이룬다. 변함없고 너그럽고 과묵하며 영원한 산의 자세와 시인의 자세는 공통된다. 자연의 흐름을 바라보며 자연과 함께하고자 하는 자연친화사상의 선비정신이 그의 시심에는 뿌리박혀 있다.

이러한 선비정신은 우리 민족성이요 전통적 고유사상으로 擇善固執과 知性과 抵抗하는 野人氣質, 濁流에 휩쓸리지 않는 潔白性, 百折不屈의 志操로 끈기 있게 민족의 淸新한 활력소가 되는 것이다.[163]

또한 선비정신은 아담하고 소박한 것이다. 이 선비정신에서 산출된 우리 문학의 특성은 비장미, 우아한 아름다움, 관조미가 있다. 우주의 조화에서 우러나와 조화와 중정을 주안으로 삼아 건전한 전형미가 나타나며 고요하고 아름다워 그 속에서 즐거움을 가져온다. 건전한 전형미는 선비의 고결한 정신을 뒷받침하고 선비정신을 키워 내는 산실이 되었다.[164] 리태극의 작품에는 세속의 명리와 물신숭배사상으로 인간의 순수한 본연의 마음이 사라지고 있는 시대에 참된 가치관으로 흔들리지 않고 자연에 순응하며 자연과 더불어 살고자 하는 선비정신이 나타난다.

어두운 현실세계를 초탈하고 자연을 벗 삼아 노래한 형태는 주로 조선시대 강호가도의 작품 등 유가의 시조 작품에서도 찾아볼 수 있는데 리태극의 시조에서는 이러한 전통이 그대로 이어지고 있다. 삭막한 산업사회와 물질만능의 시대 속에서 잃어 가는 현대인의 인간성을 극복하고 회복하고자 하는 그의 의지는 산의 자세와 산의 포용력을 찬양하는 그의 작품에서 잘 나타난다.

---

163) 최근덕, 『한국유학사상연구』 철학과 현실사, 1992. 28쪽.
164) 성기조, 「우리문학의 근원은 어디인가」, 『청람문화2』, 한국교원대학교편
　　　집위, 1987.

잡초 얽혀진 틈샐/ 뚫고 돈 물구비는//
게거품 토하면서/ 제 길 찾아 소리친다.//
도로 온 물새소리가/ 강언덕을 가슴어도//

휘돌아 닿는 기슭/ 굿판도 벌려 주고//
온갖 초목 뿌리 깊이/ 생명수도 되어 주고//
두둥실 해와 달도 띄워/ 시름들도 다둑이고—//

이렁성 길을 찾아/ 서로 서로 모여지면//
모두다 한 물바다/ 너 내가 따로 있나//
친구여 어느 구빌 돌아/ 물매미로 뜨려나.//

—「이 물굽이는」 전문

이 작품을 리태극의 고향의식 작품으로 보는 것은 그의 고향의식 속에는 山水가 존재하기 때문이다. 산이나 물을 노래한 그의 작품 속에는 고향의식이 밑바탕에 깔려 있다. 즉 그의 작품에서 산과 물을 소재로 택한 경우, 그것은 그의 지정학적 고향인 강원도 화천에서 산과 물을 보면서 자란 고향에서의 어린 날의 정감이 묻어나기 때문이다.

온갖 돌과 잡초를 헤치고 물줄기를 이루며 가는 물, 화자는 그 물이 흐르는 것을 통해 인간성을 찾고 있다. '물'의 원형상징은 '시간의 흐름, 생명, 죽음과 재생, 변화' 등을 나타낸다. 물은 흘러간다는 속성을 지니고 있으며, 틈새를 찾아 제 갈 길을 간다.

그렇게 흘러가는 물은 '온갖 초목 뿌리 깊이 생명수도 되어 주고'라고 하여 생명수로서 존재하며, '시름들도 다둑이는'이란 표현으로 물의 포용력도 보여준다. 모여지면 "모두다 한 물바다 너 내가 따로 있나"라고 하여 물은 하나로 융합하여 마침내 큰 물바다가 된다.

화자는 물의 속성을 인간의 속성에 竝置시키고 있다. 제가 사는 삶의 길이 바빠 서로서로 힘겹게, 인간답게 살지 못하다가 어느 한 구비를 도는 새로운 계기를 얻어 하나의 물로 합쳐진다는, 화합한다는 의미이다. 이 작품을 통해 화자는 인간다운 삶의 추구를 보여준다. 남에게 생명수가 되어 줄 수 있는 利他의 삶, 다른 사람의 삶을 다독거려 주는 너그러운 삶, 너와 나로 분리하지 않고, 하나로 뭉쳐질 수 있는 융합의 삶을 추구한다. 바쁜 생활 속에서 서로서로가 분리되어 이기주의의 삶을 살고 있지만, 우리는 '하나의 세기'라는 큰 물줄기를 이루며 살아가는 동시대인이다. 남에게 생명수가 되어 줄 수 있는 삶, 남의 시름들도 다독거리며 포용할 줄 아는 삶, 그리고 너와 나라는 분리의 차원을 넘어 더 큰 하나로 융합할 때 인류의 발전도 기대할 수 있음을 화자는 말하고 있다. 시인은 고향의 자연이라 볼 수 있는 물을 소재로 한 이 작품을 통해 利他的이고도 純粹한 人間性을 추구하고 있다.

    옹달샘 줄기 모여
    길을 찾아 흐르도다

    소나기 쏟아지면
    소용도는 흙탕물로

    들판도 산더미도 마냥
    밀어치고 아우성.

    날 들면 말간 물결
    소도 되고 여울도 되어

만물의 젖줄로서
하늘과 입맞춘다.

내 이제 이 물가에 서서
내 마음을 비워 본다.

—「물」 전문

옹달샘은 흐르다가 소나기를 만나면 흙탕물이 된다. 그러다가 소도 되고 여울도 된다. 만물의 젖줄로서 하늘과 입 맞추며 사랑도 한다. 화자는 그러한 물가에 서서 마음을 비워본다. 明鏡止水는 거울처럼 맑은 물을 말하고, 맑은 마음을 말한다. 자연의 하나인 '옹달샘'의 원형 상징은 '영원한 생명, 탄생, 창조의 신비, 소생, 정화, 맑음, 신선함, 순결함, 풍요와 성장' 등이다. 산속에서 만들어진 옹달샘은 평소엔 맑게 흐르지만 외부에서 어떤 압력이 가해지거나 거친 것을 만날 경우에는 거칠어지고 흙탕물이 되어 소용 돌게 된다.

인간의 마음과 비유해 볼 수 있다. 평소에는 明鏡止水처럼 잔잔하다가도 화가 나면 疾風怒濤같이 되는 것이 인간의 마음이다. 또 처음의 순수하고 깨끗한 마음이 세상의 惡을 만나고 世事에 시달리다 보면 흙탕물이 되듯이 그 본래의 純粹性이 사라지게 된다. 인생의 살아가는 모습도 이와 같다고 할 수 있다. 처음에는 착한 본성으로 살다 가 세상을 살아가면서 흙탕물도 되었다가 다시 또 맑은 본성을 찾아갈 수 있는 것이다. 하늘과 입 맞추며 흐르는 물가에서 마음을 비워 본다는 것은 옹달샘의 속성을 닮아, 옹달샘과 같은 맑은 인간의 본성을 회복하고 싶다는 의미라 볼 수 있다. 위 작품은 맑은 인간 본성을 회복하고 모든 만물을 사랑하고 조화하며 살려는 화자의 의지가 담긴, 인간성 회복을 갈망하는 작품이다.

어머님 방망이 소리 언덕 기어 오르고
햇빛은 물무늬 타고 재롱지어 퍼지는데
땀방울 얽힌 미소가 어제 같은 먼 기억.

발가숭 물장구를 지키시던 그 눈길은
우리들의 오늘을 꿈으로만 간직한 채
그 벌써 가신지 60여 년 사진만을 더듬고.

언제나 내편이시던 어머님 주신 그 힘
내 삶의 지팡이로 세파를 헤쳐왔는데
묘소의 잡초와도 같이 그 미소 다시 봤으면—.

—「어머님」 전문

이 시조는 리태극의 작품 중 많지 않은 어머니로 회상되는 고향의
모습이다. 어머님에 대한 기억은 고향을 언제나 포근하고, 밝고, 평화
롭고, 정겨운 곳으로 느끼게 한다. 고향의 공간은 어머님의 빨래방망
이 소리가 '언덕 기어 오르고'라는 표현으로 동심의 화자에게 안온함
과 기쁨을 주고 있는 공간임을 알 수 있다. "햇빛은 물무늬 타고 재롱
지어 퍼지는데"라고 하여 어머니와 함께하는 고향에서의 유년의 원형
적 삶은 밝고 맑고 화해로운 이미지만 존재한다. 고향은 곧 모성의 세
계이며, 모성의 세계는 언제나 평화가 있는 곳이고 애정이 있는 곳임
을 보여주고 있다.

둘째 수에서는 고향에서 보던 어머님의 땀방울 맺힌 그 미소가 바
로 어제만 같은데 세월은 흘러 60년임을 말하고 있다. 어머님의 눈길
속에는 언제나 자녀에 대한 애틋한 사랑이 들어 있다. 화자는 그 사랑
을 기억 속의 꿈으로만 간직한 채, 사진만을 더듬으며 어머니를 추억

하고 있다.

고향공간이 편안한 안식의 공간으로 다가오듯, 화자에게 있어 언제
나 화자의 편이 되어 힘이 되어 주시던 어머님의 그 힘이, 삶의 지팡
이가 되어 모진 세파를 헤쳐 올 수 있었다는 화자의 말 속에서, 어머
니에 대한 사랑과 늘 어머니를 생각하고 그 은혜에 감사하며 살아오
고 있음을 보여준다. 해마다 새롭게 돋아나는 잡초처럼 어머님의 그
미소도 다시 볼 수 있다면 좋겠다는 화자의 소망과 그러한 미소를 다
시 볼 수 없는 안타까움이 담겨 있는 작품이다. 고향과 함께 다가오는
어머님의 모습을 그리워하는 중에 '그 미소 다시 봤으면'이라고 하여
어머니의 미소 같은, 따뜻한 인간성에 대한 그리움을 나타내고 있다.

창 위로 펼친 공간/ 검뿌연 무한지대//
아름찼던 뭉게구름/ 어린 꿈으로만 남고//
그 둘레 둘레엔 그저/ 소음만이 얽힌다.//

운해는 바달 덮은/ 한라 마루 섰던 그날//
창공은 가도 없고/ 햇살 다사롭던//
그 먼날 더듬어 보며/ 창을 가만 닫는다.//

자락자락 떠도는/ 새털 구름 비단 구름//
그림자 드리우며/ 산언덕 멀리 떠서//
지금도 먼 고향에선/ 주인들을 부를거다.//

―「공허」 전문

현실의 삭막함을 보여주고 있는 작품이다. 도시 속의 공해와 소음
의 삶만 남아 있고, 고향에서의 어린 날의 아름답던 뭉게구름도 꿈으

로만 존재한다. 삭막함 속에 꿈도 잃고 아름다움도 못 느끼면서 살아가는 현재 화자의 삶이 나타난다.

화자가 언젠가 섰던 한라의 마루에서 보던 운해, 그리고 창공은 끝도 없이 펼쳐지고, 햇살은 다사롭던 그날을 생각하면서 현실의 삭막함, 탁함이 느껴지는 창을 가만 닫는다는 것이니 현실의 찌든 모습을 안타까워하는 화자의 마음이 나타나 있다.

셋째 수에 오면 고향은 때 묻지 않은 공간으로 존재한다. 지금도 먼 고향에선 산 자락자락에 떠도는 맑은 구름인 새털구름, 비단구름들이 그림자 드리우며 산언덕 멀리 떠서, 그 자연을 진심으로 사랑해 줄 주인을 기다리고 있다. 고향의 맑고 아름다운 구름들을 생각하며 그 자연이 주인을 기다리고 있을 것이라고 생각하며 삶에 위안을 갖는 것이다. 고향의 맑고 고운 자연 속에서 인간도 맑고 고운 심성 속에서 삶을 살기를 원하는 마음이 들어 있다. 자연친화사상 속에서 인간도 자연의 한 개체로서 인간 본성을 회복하고 그 아름다운 곳으로의 귀소를 꿈꾸고 있다.

이상으로 리태극의 작품 중에서 인간성 회복을 추구하는 작품을 살펴보았다. 「山情은 더욱」에서는 삭막한 산업사회와 물질만능의 시대 속에서 잃어 가는 현대인의 인간성을 회복하고 극복하려는 그의 의지는 늘 변함없는 산의 자세와 산의 포용력을 찬양하는 모습으로 나타난다. 「이 물굽이는」에서는 남에게 생명수가 되어 줄 수 있는 삶, 남의 시름들도 다독거리며 포용할 줄 아는 삶, 그리고 너와 나라는 분리된 차원을 넘어 더 큰 하나로 화합하기를 바라며, 인간성 회복을 추구하고 있다. 「물」에서는 옹달샘과 같이 맑은 인간의 본성을 회복하고 만물을 사랑하며 살려는 화자의 의지가 담겨 있다. 「어머니」에서는 그 옛날 어머니의 미소와 같은 따뜻한 인간성을 추구하고 있으며 「공허」에서는 고향으로의 귀소를 꿈꾸는 가운데 인간 본성의 회복을 꿈꾸고 있다.

그의 고향의식의 작품 속에는 치열한 경쟁과 고뇌 속 현대인의 삶에서 상실해 가는 따뜻한 인간애를 안타깝게 여기고 있다. 이러한 작품에는 전통적인 인본주의사상과 낙관적 미래관이 반영되어 있으며 따뜻하고 사랑이 넘치는 인간성을 회복하여 삭막한 현대 생활에서의 삶의 공허를 극복하려는 의지가 나타난다.

나. 未來志向的 인간 지향

리태극의 작품에는 긍정적이고 미래지향적인 내용이 많다. 미래에 대한 긍정적 시각이야말로 미래의 행복을 바라며, 현재를 노력하는 시간으로 만들 수 있다. 결국 미래지향적 삶은 고달픈 현재의 삶까지도 미래를 위한 노력의 시간, 긍정적 시간으로 만든다고 할 수 있다. 그의 고향의식이 나타나는 작품 중에서 미래지향적 인간을 지향하는 경향의 작품을 살펴보겠다.

하롱하롱 꿈을 안고 영을 넘는 푸른 여신
언덕 밑 꽃다지도 살포시 다독인다
그 언제 휘몰아치던 눈보라의 강산에

다시 온 강남 제비 갸우갸웃 비비 울고
버들가지 연두빛이 공간을 물들이니
연분홍 가슴마다에 봄은 정녕 열리네

가시밭 겨운 삶에 나날이 서글프고
몰아치는 꽃새움에 몸살은 못풀어도
씨알을 깊숙이 묻고 기다리는 너와 나

―「푸른 女神」 전문

고향산천의 눈보라 휘몰아치던 강산에 푸른 여신이 오고 있다. '푸른 여신'의 상징은 꽃 피고 잎이 피는 '희망의 봄'이다. 강남 제비는 즐겁게 봄을 울고, 버들가지는 연둣빛으로 공간을 물들이니 연분홍 가슴마다에도 봄이 와 온 천지는 온통 푸른 여신으로 뒤덮인다. 이렇게 첫째, 둘째 수에서는 봄이 오는 기쁨을 말하고 있다.

셋째 수에서는 현재의 삶의 서글픔과 괴로움을 말하고 있다. 꽃 피는 봄이 오려면, 아니 꽃을 피우려면 눈보라치는 겨울도 견뎌야 하고 춘삼월에도 몰아치는 꽃샘추위도 견뎌야 한다. 씨앗을 깊숙이 묻고 싹 틔우고 꽃 피우고, 열매 맺기 위해 인내하는 시간이 필요함을 말하고 있다. 삶은 늘 가시밭 가듯 힘겹고 서글프지만, 미래에 대한 희망이 있어 견딜 수 있는 것이다. '꽃다지도 살포시 다독이는' 생명 존중 사상과 '씨알을 깊숙이 묻고 기다리는' 밝은 앞날을 지향하는 마음에서 리태극의 긍정적 미래관을 볼 수 있다. 현실의 고난 속에서도 결코 체념하지 않고 밝은 미래를 지향하는 긍정적이고도 낙관주의적 인간의 모습을 표현한 작품이다.

2
살아야 하는 무리/ 風土에 얽힌 세월//
그 하늘 밑 질화롯가/ 풍겨 내는 내음인가//
바래질 감각의 기슭에서/ 다시 죄는 허릿끈.//

―「떠나 살면」 둘째 수

4
한 날 무덤만을/ 고작 바램인가?//
혀를 물며 뿌린 씨로/ 眞珠도 따내야지//
부푸는 世紀의 구비에서/ 진달래로 삶일레.//

—넷째 수

　　고향을 떠나와 각박한 현실을 살아가는 어려움 속에서도 희망을 갖
는 삶의 모습을 노래하고 있다. 힘들어도 삶을 살아가야 하기 때문에
다시 죄는 허리끈이다. 삶을 살아가면서 처음의 감각은 바래지고 결심
도 흐려질 수가 있다. 그러나 인간은 자기를 돌아보고 반성하며 다시
마음을 다잡으며 삶을 살아간다.

　　넷째 수에서는 힘든 삶이지만 무덤만을 바라고 살 것이 아니라 혀
를 물며 뿌린 씨로 진주도 따내야겠다는 의지를 보인다. ‘진주’란 ‘성
공과 보람’을 상징하며, ‘진주도 따내야지’란 표현에는 힘들여 노력한
만큼의 결실을 거두겠다는 화자의 의지가 나타난다. 밝은 희망으로 다
가오는 세기에서는 화자의 의식 속에 아름다움으로 깔려 있는 고향의
정서인 진달래처럼 순박한 아름다움을 지니며 살고 싶다는 갈망의 표
현이기도 하다. 이 작품에서도 미래를 위해 노력하는 긍정적이고 낙관
적인 미래지향적 인간의 모습을 보여주고 있다.

　　나 여기 굳은 채로
　　몇 겁의 세월이었나

　　이끼도 파르라니
　　철쭉 마주 웃는 아래

길손의 지팡이도 쉬는
황혼 짙은 기슭이여!

—「바위」 첫째 수

비알진 저 강따라
단풍이 잠겨지고

할망 어망 누나들이
가마로 넘나던 곳

들국화 향에 잠기어
서로 찾는 내 고향!

—셋째 수

내 사랑 속삭이는
영원의 날이라면

문득 폭파되어
산산 가루 돼도

아름찬 雅歌를 불러불러
길이길이 사오리다.

—다섯째 수

이 작품의 첫째, 셋째 수를 보면 미래지향적이라기보다는 과거회상적이다. 살아온 세월은 힘겨웠지만 이끼도 푸르고 철쭉도 웃는 고향산골의 평화로운 공간과 시간 속에 인생길 나그네의 지팡이도 한가롭게 쉬는 황혼의 삶이다.

　흐르는 강물과 단풍이 아름다운 산, 할머니와 어머니와 누나들이 가마를 타고 넘나들던 곳, 들국화 향기에 잠겨 서로 찾는 고향에서의 추억은 어린 날의 들국화 향기로 되살아난다.

　셋째 수에 오면 고향은 추억 속에만 존재하는 것이 아니다. 고향을 사랑하는 마음이 있어 내 사랑 속삭이는 영원의 날이라면 설령 폭파되어 산산 가루가 될지라도 아름다운 노래를 불러 길이 살겠다는 것이니, 이 작품 역시 긍정적 미래지향적인 인간의 모습이 나타난다.

떨어지고 떨어지는
생리로 잡힌 습성

떠도는 메아리에
먼 세월이 가고 오고

파여진 주춧돌 위에
보람 찾는 날인가?

밤이 깊을수록
홀로 맑는 가락마다

어느 나그네의
감싸 안는 시름인가?

호젓한 기슭을 나는
철새같은 삶이여!

정녕 날이 들면
거두어질 목숨인데

마냥 줄기지어
쏟아지다 방울지다

세월을 주름 잡으며
오늘을 사는 물줄기

—「落 水」 전문

　고향 떠난 방랑의 나그네 같은 삶을 사는 인간의 삶의 습관성, 일상성을 돌아보게 하는 작품이다. 낙수는 세월이 가고 오는 동안 떨어지고 떨어져서 주춧돌을 파이게 한다. 첫째, 둘째 수에서는 '떨어지고 떨어지고', '밤이 깊을수록', '거두어질 목숨' 등의 시어가 작품에 어둡고 가라앉는 느낌의 이미지를 주고 있어 작품의 분위기가 별로 밝지 않다. 밤이 깊어가도 잠 못 이루는 밤이면 홀로 맑는 가락인 낙수소리, 그것은 고향 떠난 나그네의 감싸 안는 시름이며 호젓한 기슭을 날고 있는 철새 같은 외로운 삶의 모습이다.

　리태극의 시조에서는 철새, 후조 등 고향 떠나 타향에서 방랑하는 모습을 새의 이미지에 비유하여 표현한 작품들이 많은데 그의 작품에서 철새는 주로 고향을 떠나 방랑하는 나그네의 모습을 상징하며, 또한 화자 자신을 말한다.

　떨어지는 물은 언젠가 날이 들면, 즉 때가 되면 사라질 목숨을 의미한다. 그래도 줄기지어 쏟아지고 방울도 만든다. 그리하여 한 방울의 물은 모이고 모여 강물을 이루고 흘러 오늘을 살아가는 것이다. 우리들 삶의 모습도 유사하다. 삶에 대한 관조의 모습을 보이는 작품이다. 모든 삼라만상은 시작이 있고, 끝이 있다. 그 끝을 두려워하지 않으며 오늘을 살아가고 있는 낙수처럼 모든 생명 있는 것은 끝을 알면서도 희망을 잃지 않고 현재를 살아간다. 첫째, 둘째 수에서는 비록 어두운 이미지가 나타나긴 하지만 마지막 수에 오면 긍정적인 모습을 보인다. 삼라만상의 삶의 생리를 말하고 있는 긍정적이며 낙관적인 미래관이 들어 있는 작품이다.

이상으로 리태극의 고향의식의 작품 중에서 미래지향적 인간을 추구하는 작품을 살펴보았다. 그의 낙관적이며 긍정적인 미래관이 나타나는 작품이다. 대체로 그의 모든 작품에서는 현실의 고난 속에서도 체념하지 않고 궁극적으로 밝은 미래를 지향하는 긍정적이고도 낙관주의적 삶의 확신을 볼 수 있다.

다. 祖國統一 추구

고향의식이 나타나는 작품 중에서 조국의 통일을 추구하는 작품을 살펴보려 한다. 조국통일에 대한 역사적 의식만을 소재로 하는 것이 아니라 고향의 아름다운 자연과 함께 인식되는 통일의식이다. 시인의 고향은 삼팔선 근처였고, 육이오 때 파르호와 화천은 수많은 젊은이가 조국을 위해 싸우다 숨진 곳이다. 적군이든 아군이든 모두가 우리 민족이었고, 또 우리의 평화를 돕기 위해 온 세계의 젊은이였다.

아름다운 호수, 강줄기, 산구비 모두가 우리 국토인데 휴전선을 사이에 두고 총부리를 맞대고 50년 이상을 살아왔다. 50년이 넘어서야 이산가족들이 상봉을 하고 눈물바다를 이루는, 세계에서 그 유래가 없는 보기 드문 새로운 풍경을 만들고 있는 민족의 비극이다. 이런 비극적 현실을 안타까워하고 통일을 염원하는 마음이 그의 작품에 나타나고 있는 것이다.

정치적 이데올로기로 한때 북한에 대한 관심을 갖는 것조차 반공사상에 어긋난다고 경계했던 적이 있어 리태극의 작품에서 보면 좀더 적극적으로 통일을 노래하지 못한 점도 있다. 88년 '해금' 이전에는 월북이나 납북된 문인들의 작품조차 못 읽게 했던 시대에 쓰인 통일의지를 담은 작품들이라 소극적인 면이 느껴지기도 한다.

통일시 또는 통일시대의 시가 표면화되어 본격적으로 논의된 것은 한국시인협회 세미나에서부터이다.[165] 88년 해금조치가 되고 나서부터 시작되어 통일시에 대한 논의가 89년에야 나왔던 만큼, 통일이란 어휘조차 적극적으로 표현되지 못하던 시대의 작품들인 것이다. 리태극의 시조 작품 중 고향을 그리면서 통일에 대한 염원을 보이고 있는 작품을 살펴보기로 한다.

산구비 물구비를
돌아 오른 호수 속에

내 어린 시절이
아스프레 웃고 있다

---

165) 강우식, 「통일지향의 시」, 『성균어문연구』, 성균관대학교 성균어문학회. 2001. 그 이전의 논의로는 『문학사상』의 「북한문학 심포지움」(1989), 김재홍의 「북한시한 고찰」(1989), 계간지 『시안』의 창간 특집 북한의 현대시로서 1. 1990년대의 북한현대시 15선 2. 홍용희 「북한의 서정시와 민족적 친화성」 3. 김재용, 「북한 사회와 서정시의 운명」 등을 들 수 있다. 하지만 그 글들은 북한 시의 입장에서 시의 동질성 등을 통일의 요소로 보고자 한 것들이다. (강우식, 위 논문의 注 재인용.)

그 어언
반세기의 풍상
꿈인 듯이 흐르고

봄이면 돛배 두어척
물길따라 올랐고

가을되면 금강산이
단풍잎에 실려 왔다

옹종기
초가로 어울려
숨 고르던 강변 마을

밀리고 밀어찿은
피어린 고향인데

녹슬은 철망 저쪽
어기찬 천리 동토

파로호
꽃바람 타고
웃음 동산 이뤘으면—

—「파로호」 전문

　파로호와 화천 부근이 고향인 리태극은 그래서 통일에 대한 염원이
더 클 수 있다. "어린시절이 아슴프레 웃고 있다"라는 표현을 보임으로
써 유년 시절의 향수가 아련히 피어남을 보이고 있다. 파로호 근처, 꿈이

있던 어린 시절의 기억은 반세기 전의 역사 속으로 이미 묻혀 가고 있다.

自然은 경계가 없어 물은 철조망 너머의 북한 금강산에서 남한인 이곳까지 흘러오는데, 人事는 '철조망'을 쳐 놓아 그 너머 그 얼어붙은 땅에 가지를 못한다. 자연을 역류하는 행동을 인간은 하고 있으며 이것은 동양의 자연친화사상과도, 시인의 자연친화사상에도 어긋난다. 마땅히 존재해야 할 것이 그렇지 못한 데서 비극미를 느낄 수도 있는데 화자는 안타까움은 느끼지만 절실한 비극이미지를 보이지는 않는다. 그것은 현실을 긍정하며 현실에서의 극복의지를 그의 내면에 간직했기 때문이다. 비극적 역사현실 속에서 동토에도 "파로호 꽃바람타고 웃음동산 이루기"를 바라는 마음에서 그의 긍정적 현실인식과 민족애와 조국통일에 대한 염원을 볼 수 있다.

> 한 핏줄의 琴線소리
> 가슴 가슴의 가락으로
> 부르고 따르려는
> 구겨진 흰 옷자락
> 진달래 피고지는 뜨락으로
> 돌아돌아 올거나—
>
> —「소리 · 15」의 마지막 수

'진달래 피고지는 뜨락'이란 표현은 시인의 어렸을 때의 '고향산천'을 상징하고 있어 고향의식의 작품으로 보고자 한다. 분단의 철조망을 사이에 두고 "한 핏줄의 금선소리 부르고 따르려는"이라 하여 통일에의 염원을 차단된 북녘으로까지 확대시키고 있다. 분단된 국토의 통일이 어려우면 먼저 문화적 통일이라도 하고 싶은 화자의 통일 의지의 표현이라고 볼 수 있다.

　　　총소리 드놓던 골짝
　　　초목은 잠들었고
　　　줄기 가눠 오르면
　　　못 넘는 저편 언덕
　　　차라리 저 작은 나비가
　　　그저 그만 부럽기만—

—「尋鄕曲」 넷째 수

　　　몇 대를 비알 갈아
　　　목숨을 이어 살고
　　　이 물속 잉어 낚아
　　　푸짐한 잔치라네
　　　목메기 뒤쫓는 앞날
　　　환히 밝아 주려마—.

—다섯째 수

　위 작품에서 보여주는 것은 조국 통일에 대한 염원이다. "목메기 뒤쫓는 앞날 환히 밝아 주려마—"라고 하여 밝고 긍정적인 미래, 즉 통일된 미래가 펼쳐지기를 바라고 있다. 이 작품을 통해 나타나는 고향은 순수한 자연과 순박한 인심의 평화공간으로만 존재하는 것이 아니라 조국의 분단현실을 인식하고 통일을 염원하게 되는 역사공간이기도 하다.

　평화의 댐 주변에는 '비목공원'이 조성되어 있다. 그 비목공원에는 우리 민족의 비극이기도 한 슬픈 사연의 '비목' 가사가 돌비석에 새겨져 있고, 우리들의 반세기 역사를 생생하게 증언하고 있다. 육이오 때의 '비목'이 지금도 산에서 발견되고 있어 그 비극성은 아직도 잠들지 않은 이 땅의, 우리 조국의 현실이다. 화천의 해산령을 거쳐 평화의 댐 가는 신작로는 아흔아홉 굽이라 하며, 대관령만큼이나 돌아가는 울울창창한 숲이다. 그곳은 간첩 때문에 얼마 전까지만 해도 자유로운 출입을 할 수 없는 금지구역이었다. 덕분에 자연생태계가 지금도 많이 보전[166]되어 있는 곳이다. 또한 자연생태계가 많이 보전된 지역은 휴전선의 비무장지대라고 하는데 고은의 시집 『남과 북』 속의 「휴전선」이라는 작품에서는 그러한 상황을 잘 보여준다.

> 지난 55년간 감사하다/ 한반도 휴전선 6백리/ 그 비무장지대/ 옛
> 주인들/ 자다 일어나 발 동동 구르며 애태우다 만 땅들/ 그 누구
> 도 관리하지 않은 풀들/ 풀벌레들/ 나무/ 나무들/ 짐승들 산짐승
> 들 세균들//
> 너희들을 위하여 부디 영원하라/ 휴전선//
> 그 이쪽 저쪽도 넓혀가거라/ 휴전선/ 동북아시아의 귀신 같은 희
> 망들 여기 오라/ 넓혀 가거라/ 넓혀 가거라//
>
> —「휴전선」 전문

이 시에 대해 강우식은

고은의 「휴전선 언저리에서」는 가로막힌 휴전선에 대한 통한의 절규였다면 「휴전선」에서는 기존의 휴전선을 인정하는 태도를 보인다. 뿐만 아니라 더 넓혀 가라고 강조한다. 그것은 왜일까. 자꾸자꾸 넓혀

---

166) 2002년 시조시인협회 여름세미나에서 화천문화원 직원의 설명이다.

가다 보면 이 국토 전체가 휴전선이 된다는 논리다. 영원한 싸움이
없는 평화의 땅으로 변한다는 주장이다. 그 땅은 그냥 땅이 아니라
생태환경이 어디보다 잘 보전되어 있는 녹지 공간이다. 한국동란 이
후 이제까지 어느 누구도 발을 들여놓지 않은 원시림 상태의 땅이기
때문이다. 도시 공해가 전혀 없는 땅. 마침내 시인은 소망한다. 그러
한 땅으로 영원하라고 소망한다.[167]

라고 하여 휴전선에 대한 고은 시인의 인식변화를 긍정적으로 평가
하고 있다. 또 고은의 「휴전선」은 절망성을 나타내지 않으면서도 절망
성을 보이고 한 걸음 더 나아가 통일성을 나타내고 있다. 또한 고은은
『남과 북』에서 통일론을 다음과 같이 말한다.

> 통일은 자연스러운 것, 통일에 앞서 삶의 품성을 높이는 것, 통일
> 이 단순한 재통일이 아니라는 것, 통일이란 통일이론 엘리트들에 의
> 해서 주도되지 않고 뜻밖에 역사의 불가지적 운행으로 이루어진다는
> 것을 알만할 때에 나도 속해 있다. (고은, 『남과 북』 후기 일부)[168]

전후의 비극적인 역사 상황을 인식한 시조 작품으로는 노산의 「너라
고 불러보는 조국아」, 「고지가 바로 저긴데」와 최성연의 「핏자국」이라
는 현실직시의 성실한 체험이 드러난 작품과 송선영의 「설야」와 「휴전
선」도 전쟁의 상흔을 말한 불행한 시대의 작품이다. 또 북한이 고향인
우숙자의 여러 시집에서는 분단과 실향의 아픔이 절절하게 나타난다.
고향이 북한이기에 갈 수 없는 고향에 대한 아픔이 더욱 절실히 나타
나고 있다.

---

167) 강우식, 위 논문. 108쪽.
168) 고은, 『남과북』, 창작과비평사, 2000.

보이지 않는 미로/ 가슴을 열어 놓고/
오늘도 눈물 지는/ 내일을 가고 있다./
떠도는/ 나그네 여정/ 하늘 길을 맴돌고……//

시작도 꿈이였나/ 끝남도 꿈이였나/
안개속 자욱한 길 꿈속을 따라가면/
둥지 튼/ 고향 하늘에/서성이는 저녁놀//

—「시작과 끝」[169] 전문

얼마를 더 참아야/ 눈물같은 고향일까//
하늘을 깎아내는 목메인 종이학의/
그 슬픔/ 내가 될 수 없는/ 아! 사랑의 내재율//

죽으면 잊어질까/ 겹겹이 멍든 사연//
목숨같은 망향속에 흔들리는 시간들이/
천갈래/ 여울목에서/ 갯벌처럼 누웠다.//

—「고향」[170] 전문

　우숙자 시인의 위의 작품들도 "하늘 길을 맴돌고……"처럼 현실의
아픔과 함께 통일에 대한 강한 염원이 들어 있다고 볼 수 있다.

금강의 오수따라 땅 파고 논 일구어
오손도손 살고살은 내고향 화천이여
조상의 숨결도 따습게 이어내린 이 맥박

---

169) 우숙자, 『실향의 아픔은 나의 비단길이었다』, 대한출판사, 1996.
170) 우숙자, 『끝나지 않은 망향의 가을편지』, 대한출판사, 2001.

파로호(破盧湖) 모진호(母津湖)는 우리의 맑은 마음
용화산 높은 정기 우리의 굳센 기상
다가올 세기를 바라 뻗어나갈 내일이다

삼팔선 벗은 기쁨 동토에도 펼치도록
어른 아이 보살피며 있는 힘 다해보세
웅비할 조국의 내일 우리함께 나눠지고
─「내 고향 화천이여!」 전문

위 시조 역시 따뜻한 인정을 지닌 고향 화천을 노래하며 긍정적인 미래관을 반영하고 있는 작품이다. 「파로호」의 셋째 수 "밀리고 밀어 찾은/피어린 고향인데// 녹슬은 철망 저쪽/어기찬 천리 동토//파로호/꽃바람 타고/웃음 동산 이뤘으면─//"의 심상과 비슷한 심상이 이 작품의 셋째 수에서도 나타난다. 다른 점이 있다면 이 작품이 앞 작품에 비해 좀더 적극적으로 통일의지가 나타난다는 점이다. 우리 모두가 힘을 합쳐 웅비하자는 내용이며 '삼팔선 벗은 기쁨 동토에도 펼치도록' 통일을 이루기를 바라는 화자의 마음이 담겨 있다. 조국이 웅비하면 강대국이 될 수 있고, 강대국이 된다면 통일도 이룰 수 있게 되리라는 논리이다. 통일이 된 고향 화천을 보고 싶어 하는 마음을 드러내며 또한 통일의 의지를 표현한 작품이다.

일월도 서먹한 채 그늘진 정은 흘러
핏자욱 길목마다 귀촉도 우는구나
건널목 숲으로 가름한 저 언덕과 이 강물!
─「내 산하에 서다」 첫째 수

얼룩진 수의이기 되씹는 회환인가
깁소매 접어 넣고 활짝 열자 닫힌 창을
섭리는 새 날의 기수 지켜 서는 내 강토.

—셋째 수

오랜 역사의 장이 갈피갈피 어엿하다
한 핏줄 소용 돌아 가슴가슴 솟구친다
갈림은 만남의 정점 휘어잡은 내 손길.

—넷째 수

'내 산하'는 고향이며, 조국을 의미한다. 분단된 조국의 아픔을 "핏자욱 길목마다 귀촉도가 운다"는 것으로 표현하고 있다. 귀촉도는 우리 고전시가에서 비탄, 애탄, 기다림의 상징으로 많이 채용되고 있는 전통적 심상이다. 여기서 귀촉도가 운다는 것은 결국 우리 민족의 분단의 비탄을 상징하고 있다. "건널목 숲으로 가름한 저 언덕과 이 강물"이란 숲을 사이로 하여 갈라진 남과 북을 상징한다. '저 언덕과 이 강물'은 우리 조상들의 보금자리였으나 이념의 벽으로 하여 점점 굳어만 가고 있다. 한 핏줄을 나눈 형제이면서도 서로 대립적 관계에 놓여 적대시하는 남북 분단의 현실을 지켜보며 동일시를 상실한 아픔을 노래하고 있다.

화자는 회한을 접고 마음의 창을 활짝 열자고 한다. 설사 회환이 있더라도 닫힌 마음의 창을 활짝 열면, 결국 우리의 강토이고, 우리의 마음속에는 한 핏줄임을 인식하는 민족의식이 나타날 것임을 화자는 믿고 있다. 화해의 마음을 먼저 보여주고 있는 그는 낙관적 미래관을 가지고 희망적, 긍정적으로 남북의 미래를 보고 있다. 한 핏줄임을 인식할 때 민족의식과 역사의식이 솟구칠 것이며, 민족애가 살아나기 때문이다.

나누어진 안타까움과 다시 만나기를 바라는 마음의 '갈림은 만남의 정점'이라는 표현에는 만난 사람은 반드시 헤어지고, 떠난 사람은 반드시 돌아온다(會者定離, 去者必反)는 불교의 윤회설이 나타나기도 한다. 그러한 '정점'을 '휘어잡은 내 손길'이라 하여 한 민족으로서 동질성 회복을 희구하고 있다. 단절된 역사의식과 동질성 회복을 통해 분단의 비극상은 극복될 수 있으리라고 믿는 시인의 사명감은 '갈림을 휘어잡은 내 손길'이라 하여 통일을 향한 강한 의지로 나타난다.

그의 고향의식 속에는 조국분단과 휴전선이 잠재해 있다. 그래서 고향과 연계해서 더 큰 우리 민족의 고향을 찾으려고 한다. 곧 통일된 조국이다. 리태극의 고향을 사랑하는 애향심은 나아가 조국애로 발전하고 있다.

<blockquote>

언젠가 그날 오리
겨레 모두 손잡으면
기어코 이룩되리
역사의 바른 길이
내 여기 손을 씻으며
눈을 지긋 감는다.

</blockquote>

—「세검정 음」 셋째 수

<blockquote>

새 울고 물은 흘러
남북을 오가는데

철의 장막 이리 굳어
총칼로 맞선대도

한 배검 손을 맞잡는
한 하늘은 열리리.

</blockquote>

—「철의 삼각지대」 셋째 수

통일지향의 시조는 「세검정 음」의 마지막 수와 「철의 삼각지대」의 마지막 수에도 나타나는데 통일에 대한 확신이라 볼 수 있다. 「세검정 음」에서는 바른 정사를 도모하던 역사적 현장인 세검정을 빌어 오늘의 역사적 현실을 재조명하고 돌아본다. 통일에의 염원을 한층 강렬한 공감대로 확산시키고 있다. 고향의식이 나타나는 작품은 아니지만, 위 작품보다는 더욱 강렬한 통일에의 염원과 의지가 드러나 보이는 작품이다. 「철의 삼각지대」에서 역시 "한 배검 손을 맞잡는 한 하늘은 열리리."라고 하여 통일에의 염원과 확신을 보여주는 구절이다. 이렇게 화자는 고향의식 속에 통일에의 염원을 담고 있다.

이상으로 그의 고향의식이 나타나는 작품 중에서 조국통일을 염원하고 추구하는 작품을 살펴보았다. 그의 고향의식에는 순수한 자연과 순박한 인심의 평화공간이라는 인식과 함께 조국분단이라는 아픔이 있는 현실의 비극적 역사공간이라는 인식도 있다. 이상의 작품들을 통하여 그의 고향에 대한 향수 및 애향심은 곧 조국통일에 대한 염원, 또는 조국통일의 추구로까지 확대되고 있음을 볼 수 있다. 그가 생각하는 진정한 고향은 바로 남북이 통일된 뒤의 화천의 모습, 즉 그가 염원하는 고향의 모습은 통일된 조국의 모습이다.

3. 自然 및 宗敎에의 귀의의식

가. 童心에의 復歸

정완영의 고향의식의 작품 중에는 동심의 세계를 지향하는 작품, 자연의 세계를 지향하는 작품, 불교 및 내세에 대한 귀의를 지향하는 작품으로 분류해 볼 수 있다. 먼저 잃은 동심의 세계를 그리워하고 지향하는 작품들을 볼 수 있다. 고향에 대한 그리움이란 유년의 순수한 세계와 꿈의 세계이며, 그곳으로 돌아가고픈 마음이다. 세상에 근심·걱정이 없던 시절, 왕자 대접을 받던 그 시간과 공간으로의 귀소본능을 작품을 통하여 살펴보기로 한다. 동심을 잃어 가는 데 대한 안타까움과 동심을 계속 추구하고자 하는 마음이 동시조로 나타나기도 하고, 어른인 화자의 동심을 나타내는 시조가 되기도 한다. 그의 두 권의 동시조집을 통해서 그러한 경향은 더욱 잘 나타난다.

고향길 가는 날은 완행열차를 타고 가자
중간역 간이역들 잘 있었나 인사하며
늘어진 강물도 데불고 세월 저편 찾아가자

고향역 내려서도 알은 체를 하지 말자
재 넘은 흰 구름이 설사 낯이 익더라도
구름은 말없는 거라고 내가 나를 타이르자

해지면 빈 하늘뿐 다 묻힐 줄 알았는데
불타는 노을 속에 저도 타는 갈가마귀
밤새 내 한잠도 못 이룬 뒷골 못물 찾아가자

—「고향 가는 길」 전문

고향을 찾아가는 화자는 한껏 여유로움을 보여준다. 첫째 수는 안식과 평화의 공간인 고향을 찾아가는 마음이 한가로움과 여유로 나타나며, 사물 및 자연들과 친화의 감정을 드러낸다. 각박하고 바쁜 현실 생활을 잊고 고향으로 가는 길은 그러한 일상에서 벗어나 자유로움을 만끽할 수 있는 시간이다. 어린 시절에 가졌던 그 순수함과 여유로움과 행복했던 순간을 떠올리며 주변의 사물에도 관심과 애정을 갖는 순간이다. 그것은 "중간역 간이역들 잘 있었나 인사하며/ 늘어진 강물도 데불고" 건너온 세월 저편, 어린 시절의 순수한 세계인 고향을 찾아가는 것이다.

둘째 수에 오면 눈에 익은 고향의 자연들도 모르는 척하자고 다짐하여, 지나친 감성을 억제하려 한다. 화자는 도가의 '무위자연'의 모습을 보이는 듯도 하다. 그러나 마지막 수에서는 끝내 고향에 대해 무심할 수 없는 마음을 드러낸다. "해지면 빈 하늘 뿐 다 묻힐 줄 알았는데" 현실은 그렇지 못하다. "불타는 노을 속에 저도 타는 갈가마귀"는 바로 화자 자신을 상징한다고도 볼 수 있다. 그 갈가마귀는 고향의 정든 '뒷골 못물'을 찾아가자고 하는 것이다. 고향을 찾아가면서 느끼는 평화로움과 여유로움은 사물에 대한 관대한 마음으로 나타나며, 결코 무심할 수 없는 고향에 대한 애정을 드러내고 있다.

서울역 매표소에서
차표 한장 사서 든다

내 고향 시냇물의
버들붕어만한 차표

오늘밤
별무리 찬란할
하늘 한 장 사서 든다.

—「고향차표」 전문

「고향에서 살고 싶다」는 큰 제목의 세 편 중 1편이다. 고향을 찾아가는 천진난만한 설렘이 나타난다. 유년의 꿈이 있는 고향 가는 길엔 언제나 설렘이 담겨 있고, 고향의 환상이 아름답게 펼쳐진다. 고향 시냇물 속의 버들붕어만 한 차표, 그 차표 속에는 오늘 밤 도착할 고향의 별무리 찬란할 하늘도 이미 들어 있다. 상상속의 고향 풍경화는 어렸을 적 꿈의 공간, 유희공간, 동화공간으로 존재하던 곳이며 이미 마음속에 그려진 상태다. 때문에 작은 차표 한 장을 들고 서 있는 화자는 고향 생각만 해도 이미 즐겁다.

고향은 '내 고향 하늘빛은 열무김치 서러운 맛'「고향 생각」인 적도 있고, '어머님 켜 놓고 간 등불만한 설움'「紅柿」이기도 했으며, '허심한 하늘'「鄕山心曲」의 땅이기도 하다. 이렇게 고향이 항상 즐겁고 기쁜 기억만 갖고 있는 것은 아니지만, 세월이 흐르고, 그 세월이 안 좋은 기억들을 다 걸러 가지고 가고, 고향은 '남겨둔 까치밥 같은'「까치밥 등불」것이고, 생각만 해도 '꿈의 도랑물 흐르는'「눈감고 앉아」곳이며, 삶의 여유와 낭만이 있는 이상향이다.

자연에 대한 사랑, 인간에 대한 사랑의 밑바탕에 정완영의 고향의식이 있다. 고향은 본능적인 그리움이고, 고향을 생각하는 것만으로도 아름다움이 된다. 인간의 歸巢本能이 이 작품에서 잘 나타나고 있다. 고향과 자연을 노래하는 정완영 시인의 작품은 이미 시인만 느끼는 고향은 아니다. 그것을 읽는 모든 독자의 마음을 다독여 독자로 하여금 이미 자신들의 고향을 생각하게 하고 고향의 모습을 그리워하게 만든다. 원형적인 고향의 정서를 그들 마음에 심어 놓음으로써 독자로 하여금 내 말, 내 마음, 내 노래라고 생각하게 하는 공감대를 형성한다. '버들붕어만한 차표'라는 표현 속에서 어렸을 때의 물고기를 떠올

리는 동심을 만날 수 있고 그러한 동심의 세계를 지향하는 화자를 볼
수 있다.

> 받아든 물 한 그릇
> 아침해도 받아들면
>
> 밥상 위에 차려지는
> 까치소리 참새소리
>
> 오늘은
> 앞냇둑 민들레
> 눈뜨는 것 보러 가자.
>
> —「고향민들레」 전문

　고향에서 맞는 아침의 감격은 동심 그 자체다. '어린이는 어른의 아
버지'라는 워어즈워어드의 시처럼 이 작품에서는 동심에 젖은 행복한
화자를 볼 수 있다. 이 작품에서 그가 그리고 있는 고향은 '지난날의
꿈'을 훼손하지 않은 원형의 공간으로서 어린 날에 아름답게 느끼던
사물들이 여전히 아름답게 존재하는 공간인 것이다.

　'물 한 그릇, 아침해, 까치소리, 참새소리, 앞냇둑의 민들레, 눈 뜨는
것' 등 밝은 이미지의 소재만을 이용함으로써 이 작품에서는 밝고 평
화스런 고향의 모습과 자연에의 사랑과 천진난만한 동심을 볼 수 있
다. 고향에서 살고 싶다는 시인의 욕망 속에는 어린 시절에 보던 고향
의 모든 것이 소중하게 느껴지고, 그때의 순결한 동심을 그대로 간직
하고픈 욕망이 존재한다. 시인에게는 고향의 돌 하나, 고향의 풀 한

포기도 사랑스러운 것이다. 민들레는 흔한 식물이라 어디서든 발견될 수 있겠지만, 고향의 민들레가 뜻 깊게 다가오는 것은 어릴 때 자주 보았던 추억 때문이며, 고향의 까치소리·참새소리가 더 정답게 들리는 것도 또한 마찬가지다. 고향에서 맞는 아침해는 더 크고 더 정답게 느껴진다. 그는 고향의 소박한 자연 속에서 잃어버린 동심의 세계를 추구하고 있음을 알 수 있다.

> 오래만에 고향에 내려와
> 하늘 덮고 누운 밤은
>
> 달래 냉이 꽃다지 같은
> 별이 송송 돋아나고
>
> 그 별빛
> 꿈속에 내려와
> 잔뿌리도 내립니다.

—「고향별밭」 전문

어린 날의 공간적 고향으로 돌아와 행복해하는 화자의 모습을 담은 작품이다. 어릴 때의 평화롭고 아름답기만 했던 추억 속의 시간적 고향은 흘러갔지만, 화자는 지금 공간적 고향에 내려와 고향의 평화로움 속에 있다. 그래서 그는 행복감을 느끼고 있다. 굳이 고향이 아니라도 '하늘 덮고 누울' 수는 있겠지만, 오랜만에 고향에 내려와 하늘 덮고 누웠다는 것은 그만큼 세상사를 잊고 마음이 편안하다는 것을 의미한다. 고향은 언제나 마음의 안식처로 존재함을 이 작품을 통해서 볼 수 있다.

삭막하고 공기 탁한 도시공간이 아닌 전원에서의 맑은 공기와 자연 때문에 별은 더 밝게 빛날 것이다. 고향에 와서야 어렸을 때 많이 보던 고향산천의 '달래, 냉이, 꽃다지' 등의 봄나물처럼 송송 돋아나는 아름다운 별도 볼 수 있고, 그 산뜻하게 돋아나는 별을 바라볼 마음의 여유도 생긴다. 각종 산업화의 부산물인 스모그로 인해 공기가 탁한 도시 생활에서는 별이 거의 보이지 않고, 또 사람들은 바쁜 생활 속에서 밤하늘조차 쳐다보기 힘든 생활을 하고 있기 때문이다. 이 작품을 통하여 사소한 주변의 사물들에 대해 애정을 갖고 있는 화자를 볼 수 있다. 이것은 자연에 대한 그리움이며, 자연을 사랑하는 시인의 순수한 마음이기도 하다. 정이 스며 있는 우리들의 전원 풍경에서 만날 수 있는 소재들로 하여 고향의 정서가 실감 있게 다가오는 작품이다. 이 작품을 통해 화자는 별을 아름답게 바라볼 수 있는 마음의 여유와 그러한 동심의 세계를 추구하고 있음을 알 수 있다.

세월도 한 구비만
돌아들면 옛터일까

고추장이 쫓던 소년
눈망울에 젖은 구름

애호박
닮은 소녀가
다시 한 번 보고 싶다.

—「고추장이 쫓던 소년」 전문

이 작품의 화자는 고향에서의 순진했던 어린 날을 회상하며 그 시간과 공간 속으로 회귀하고 싶어 한다. 어린 날 고추잠자리를 쫓던 소년 시절로 다시 돌아가 애호박처럼 순진한 소녀를 만나고 싶은 의지를 나타내지만 그것은 실현불가능하다. 그 티 없이 맑고 순수했던 어린 시절로 돌아가고픈 욕망은 있지만, 이미 '시간적 거리'가 있다. 그 회상의 시간과 공간으로 돌아갈 수 없다는 것을 화자는 알고 있다. 때문에 이 작품은 회귀불가능한 시간성에 대한 추구이며, 잃어진 유희공간과 동화공간에의 그리움을 담은 작품이다. 그리고 그러한 고향에 다시 돌아가고픈 귀향의식은 위와 같은 동심의 세계에 대한 추구로 나타난다.

이상의 작품을 통해 볼 때 그의 귀향의식은 바로 동심의 세계에 대한 추구임을 알 수 있다. 어렸을 때의 시간과 공간으로 회귀하고픈 화자의 의지는 곧 잃어버린 동심에 대한 추구로 나타난다. 그가 현실적으로 회귀가능한 것은 공간적 고향이며, 그는 그 공간적 고향에서 회귀불가능한 어린 시절을 찾기 위한 방법으로써 그 어린 날의 순수했던 동심을 추구해 보는 것이다. 이러한 동심에 대한 추구가 위의 작품들에 나타나고 있으며, 이것은 다름 아닌 회귀불가능한 유년에 대한 그리움의 표현이다.

나. 自然에의 復歸

정완영에게 귀향의식은 동심의 세계에 대한 추구와 함께 전원이나 자연세계에의 복귀 의식으로 나타난다. 정완영의 시조는 우리의 전통 시조의 모습인 先景後情의 모습을 그대로 지니고 있다. 즉 초장과 중장에서는 자아 바깥의 사물이나 정경이 먼저 묘사되고, 종장에는 이러한 先景에서 촉발된 시적 자아의 정서가 표출되는 것이다. 즉 시인의

눈과 머릿속에서 얻어진 先景이 차츰 시인의 가슴으로 전이되어 後情
으로 나타나고 있다. 그 선경묘사가 바로 자연이다.

> 情과 景은 이름은 둘이나 실제로는 분리될 수 없다. 시에 있어서
> 신묘한 작품은 묘하게 합치됨이 끝이 없다. 잘된 시에는 情 속에 景
> 이 있는 것이 있고 또한 景 속에 情이 있는 것이 있다. (情景名爲二
> 而實不可離 神於詩者 妙合無垠 巧者則有情中景 景中情).
> ──왕부지(王夫之), 「강재시화(薑齋詩話)」

"그의 시조에는 경 속에 정이 있고, 정 속에 경이 있다."는 김대행
의 지적[171]처럼 정완영은 경 속에 정을 담는 것에 아주 능하다. 그것
은 그가 어려서 조부로부터 한학을 공부했고, 동양 고전에 조예가 깊
어서일 것이다. 그는 동양적 시의 전통에 뿌리를 내려 세상을 사랑하
고 고향을 사랑한다. 사랑하는 마음으로 세상을 바라볼 때라야만 귀에
는 세상의 소리가 들리고, 눈에는 세상이 보이는 것이다. 자연스럽게
대상과 나를 넘나들게 되면 경이 곧 정이요, 정이 곧 경이 된다. 외부
의 충격을 안으로 소화하여 얻어내는 정서의 표출인 것이다. 이것은
동양인의 자연합일 정신이라고도 볼 수 있다. 자연은 늘 자아의 외부
에 존재하지만, 시인의 내부에서 만들어지는 감정과 더불어 선경후정
을 이루어 낸다. 선경후정의 구조는 심리적으로 매우 안정감을 갖게
하는 것이기 때문에 쉽게 독자와 공감하게 된다. 이렇게 정완영은 자
연의 세계에 대한 깊은 관조를 자기 삶의 원천으로, 또는 일부로 삼고
있다. 자연과 사물에 대한 따뜻하고 애정 어린 시선이 그의 시조 전편

---

171) 김대행, 「따뜻한 法語에 이른 길─정완영론」, 『한국현대시조작가론Ⅰ』, 태학
사, 2002.

에 흐르고 있는 것이다. 엄격한 감정의 절제와 고도의 압축미에 입각하기보다는, 대상과 함께하는 시적 자아의 모습, 즉 자연과 자아의 일체감을 종장에 제시하여 정서적인 균형을 획득하고 있다.

또 그가 꿈꾸는 자연에의 복귀는 조선시대의 江湖歌道처럼 歸去來를 하고 자연으로 돌아가고자 하는 것이다. 조선시대의 귀거래는 조선 양반사대부의 공통된 생각이었다. 그들은 입만 열면 '江湖에 期約을 두고 十年을 奔走ᄒ니', '陶淵明 죽은 후의 쏘 淵明이 나닷 말가', '어느곳 靑山이야 날 쾰 줄이 잇시랴', '泉石膏盲을 고텨 므슴ᄒ료', '滄洲吾道를 녜브터 닐럿더라', '검은고 들어메고 서주로 도라가니'와 같이 귀거래를 외쳤으나, 귀거래를 다 실천에 옮긴 것은 아니다. 실제로

    歸去來 歸去來ᄒᆞᆫ들 물러간 이 긔 누고며
    功名이 浮雲일 줄 사람마다 알것만는
    世上에 쑴 씬 이 업쓴이 그를 슬허 ᄒ노라

—(李鼎輔)

와 같이 구두선에 그친 것이 대부분이지만, 입만 열면 귀거래를 외쳤으니 그들에게 그것이 얼마나 간절한 동경이었는가를 짐작할 수 있다. 비교적 평탄한 관계생활을 지낸 퇴계 이황도 돌아와서는 귀거래의 늦었음을 뉘우쳐

    當時에 녀던 길홀 몃히를 ᄇᆞ려 두고
    어듸 가 ᄃᆞ니다가 이제사 도라온고
    이제나 도라오나니 녃듸 ᄆᆞ슴 마로리

—「陶山十二曲」

라고 읊고, 다시는 관계에 나가지 않겠다고 결심하였다. 평탄한 관계생활을 보낸 퇴계까지도 이럴진대 귀거래는 조선 사대부 양반의 간절한 동경이었다고 할 수 있다. 그렇다면 그들이 어떤 이유에서 그렇게도 귀거래를 동경했던가. 그 이유를 최진원은 "농암, 퇴계와 같이 致仕 後의 閑適을 누리기 위함에도 그 일원이 있거니와 대부분은 '風波에 놀란 사공 빅 프라 믈을 사니/ 九折羊腸이 물도곤 어려웨라/ 이後란 빅도 믈도 말고 밧 갈기만 ㅎ리라'(張晩)와 같이 '現實의 風波', 즉 黨爭에 그 근본적 이유가 있다."172)고 보았다.

때문에 귀거래는 연산군 이후에는 생활동경이 되었다. 귀거래를 한 후에는 그들은 유유자적의 물외한인의 생활을 하였다. 주로 양반사대부들인 그들은 토지에 기반을 둔 생활근거가 확고하게 마련되어 있었으므로 강호생활이 가능했다. 이에 대해 최진원은 "만약 이와 같은 생활근거가 없었더라면 黨爭이 비록 可恐한 것이라 하더라도 귀거래가 생활동경까지는 되지 않았을 것이다."173)라고 하여 생활근거가 있었기에 귀거래와 강호가도의 생활이 가능했다고 보고 있다.

그러나 정완영의 작품에서는 그들에게서 보이는 벼슬길을 사양하고 귀거래를 하고 싶어 하는 내용이나 벼슬에서 물러나 강호에서 한가롭게 지내며 음풍농월하던 강호가도의 유유자적한 모습과는 차이가 있다.

누구나 고향에 돌아가고파 하고 노년을 고향에서 여유 있게 보내고 싶어 하지만, 조선시대에도 귀거래가 구두선이 되었듯이 그러한 여건을 지니고 실천할 수 있는 사람은 많지 않다. 정완영의 경우는 고향에 돌아와 한적하고 여유 있게 사는 것을 추구하지는 않는다. 그는 생활

---

172) 최진원, 『국문학과 자연』 성균관대학교출판부. 1977. 10~17쪽.
173) 최진원, 위 책 17쪽.

기반을 이미 도시에 두고 있기 때문이다. 그가 노래하는 귀거래는 두 가지로 나눠 볼 수 있는데 하나는 잠시 처소적 고향을 다니러 가는 경우와, 다른 하나는 영원한 안식처로의 귀거래로 사후에 육신이 고향 땅에 묻히는 것이다. 그러한 작품 속에 드러나는 것은 자연에 대한 사랑이며, 그러한 작품을 통해 자연의 세계를 추구하고 있음을 알 수 있다. 작품을 통하여 그러한 의식을 살펴본다.

담배 한 대 피워 물고/ 옛 언덕에 올라서니//
저기가 고향인가/ 세월이란 가지끝에//
남겨 둔 까치밥 같은/ 등불 하나 타고 있다.//
—「귀거래사—까치밥 등불」 전문

냇물은 냇물대로/ 잔물결을 켜들었고//
바람은 바람대로/ 갈대밭을 켜들었다//
하늘은 북녘 기러기/ 옛 마을을 켜들고.//
—「귀거래사—시냇물 情話」 전문

우물물 예대로고/ 장독대도 그대론데//
세월이 낯이 설어/ 마음 줄 곳 없건만은//
오동잎 높이 든 하늘에/ 눈길 사무칩니다.//
—「귀거래사—故園에 서서」 전문

위 작품들은 「귀거래사」라는 큰 제목하에 묶여 있는 세 편의 작품이다. 그리던 고향에 돌아와서의 감회가 나타나는 시조이다.

「까치밥 등불」은 고향에 돌아와 만감이 교차하는 심정을 읊고 있다. 정지용의 '고향'이란 작품에서 "고향에 고향에 돌아와도 그리던 고향은 아니더뇨”라는 구절과 같은 정서를 보이고 있는 작품이다. 떠나온 공간이며 과거의 공간인 고향에 다시 돌아와 그때와의 동일성을 추구하지만, 고향은 이미 지나간 시간과 공간을 추억하는 장소일 뿐이다. 공간은 그대로 존재하는 듯하지만 시간과 함께하지 않는 공간은 ‘예전의 행복’이 사라진 공간이며, 예전의 감정을 지닐 수 없는 공간이다. ‘그 때 그 공간’이 되지 못하기 때문에 갈등이 나타난다. ‘저기가 고향인가’라는 고향에 대한 회한이 그러하다. 그러나 종장에서 ‘까치밥 같은 등불’로 인식함으로써 아직도 삶의 지표로서 ‘등불’처럼 남아 있는 고향에의 긍정과 애정을 볼 수 있는 변증법적 고향의식이다.

「시냇물 정화」에서는 ‘냇물’, ‘바람’, ‘갈대밭’, ‘하늘’ 같은 자연은 예전 그대로이다. 예전의 그때처럼 북녘 기러기 나르는 고향이다. 고향의 자연은 그대로이기 때문에 화자는 그 속에서 고향에 돌아온 안온함을 느낀다. 그에게 정다움을 주는 건 고향의 자연이며, 자연의 세계에 대한 지향이 나타나는 작품이다.

「故園에 서서」에서는 자연은 예전 그대로 있지만, 세월이 많이 흘러 고향에 와도 낯설다는 내용이다. “오동잎 높이 든 하늘에 눈길이 사무친다”고 하여 늙어 고향을 찾아왔을 때의 쓸쓸함을 말하고 있다. 이미 화자가 알던 사람들은 늙어 산자락에 묻혀 가고, 때문에 마음 줄 곳도 없는 쓸쓸한 고향으로 인식된다.

고향은 늘 마음속에 살아 있고, 그리움으로, 사랑으로 다가오는 곳이다. 우리들 마음속에 온돌 같은 따스함으로 스며오는 곳, 그곳이 고향이며 우리가 늘 가고 싶어 하는 곳이다. 하지만 그곳은 우리들 정신이 지향하는 이상향일 뿐 세상 어디에도 존재하지 않는 공간이다. 고향은 모태와 같은 안식처로서 실상 우리들 깊은 마음속에만 존재하는 시·공간일지도 모른다. 영원히 동심을 잃지 않는 순수함, 그것은 우리들 마음속에 존재하는, 무시간성과 무공간성에서만 존재하는 것이다. 눈에 보이는 모든 것은 시간이 흐름에 따라 변화한다. 그러나 마음속의 추억은 언제나 그 시간, 그 자리에 존재한다.

> 부모랑 또 동기랑 내 行苦의 아내까지
> 묻어둔 한 산자락 文身처럼 번져나는
> 구름도 우거진 쑥대밭, 내 고향은 거기란다.
>
> ─「가을 고향」 전문

> 바라뵈는 앞산자락에 누워 있는 저 무덤이
> 이마적 고향처럼 느껴워 지는 것도
> 목숨이 恩惠 그 앞엔 정녕 落果라설까.
>
> ─「天下秋」 셋째 수

고향땅은 부모가 묻혀 있고, 사랑하는 아내가 묻혀 있고 시인 자신도 다시 돌아가야 할 곳이다. 가꾸는 이 없고 돌보는 이 없어 자라는 쑥대밭, 구름도 우거진 그곳이 바로 화자가 돌아가야 할 고향이라고 한다. 시인의 쓸쓸함과 인생의 무상함이 나타나는 작품이다. 인생의 가을에 느끼는 고향의 의미는 속세의 처소적 고향만을 의미하지는 않는다. 위 두 편의 시조에서 보여주는 것은 처소적 고향인 동시에 정신적 고향이다. 부모님과 동기와 아내가 묻힌 고향의 산자락, 그리고 내 죽어 돌아갈 땅이며 영혼이 살 나라인 자연이다. 내 육신이 죽어 돌아가 묻힐 영원한 자연 공간인 산자락이며, 영혼이 돌아갈 나라인 내세가 될 것이다.

고향에 내려가니
고향은 거기 없고

고향에서 돌아오니
고향은 거기 있고……

흑염소
울음소리만
내가 몰고 왔네요.

—「고향은 없고」 전문

위 작품에서는 화자의 의식 속에 존재하는 고향을 실재의 현실공간
으로 돌아왔을 때, 화자가 그리던 고향과 현실의 그곳에서 동일성을
느끼지 못하고 있음을 보여준다. 이러한 의식을 "고향에 내려가니 고
향은 거기 없고"라는 표현으로 나타내고 있다. 그러나 "고향에서 돌아
오니 고향은 거기 있고……"라는 표현으로 고향은 의식 속에만 존재
함을 나타낸다. '고향'은 영원한 우리의 이상향으로만 존재함을 보여주
는 대목이다.

이 작품을 시간적 고향과 공간적 고향으로 나누어 생각해 볼 때,
공간적 의미의 고향은 회귀가능하나 시간적으로는 회귀불가능함을 나
타낸다고 볼 수 있다. 십 년이면 강산도 변한다고 했듯이 몇십 년을
타향에서 살다 가 고향에 돌아가 보면 어렸을 때 보았던 나무들은 이
미 자라 큰 아름드리나무들이 되어 있고, 어렸을 때 함께 놀던 친구들
도 이미 뿔뿔이 헤어지고 없다. 고향은 늘 가고 싶고, 그리운 곳이나
그 고향에 돌아가도 마음은 어렸을 때 같지 않고, 또 타향에서 늘 그

리워하던 고향과는 달리 쓸쓸하기만 한 것이다. 그러나 그 고향에서 돌아오면 다시 또 그곳이 그리워진다. 고향은 마음속에 존재하는 이상향인 유토피아이기 때문이다.

그의 고향의식이 나타나는 작품에서는 보편적으로 자연과 전원생활을 그리워하는 모습을 보이고 있지만, 이 작품처럼 정완영이 꿈꾸는 유토피아적 고향은 상상 속에만 존재하는 곳일 수도 있다. 모든 인간이 꿈꾸는 고향은 영원한 이상향일 뿐 실존하지 않음을 보여주는 작품이다. 한 번 고향을 떠나고 한 번 잃게 된 그 공간과 시간은 결코 다시 돌아오지 못하기 때문이다.

김대행은 이 시조에 대해 "이 시는 얼핏 역설적 상황을 생각하게 하고, 또 나아가 '색즉시공 공즉시색(色卽是空空卽是色)'을 떠올리게 한다. 인간은 본질적으로 모순된 존재이기에 손에 쥐면 딴 것을 바라보고, 잃고 나면 그것을 그리워하게 마련이다. 그래서 인간이 인간다워지는 거라고도 하지만, 알면서도 깨달음에 이르기는 좀체 어려운 경지라서 부처의 말을 떠올리게도 된다."라고 하여 경전에나 있을 법한 말을 쓴다고 하여 불교사상이 드러나는 작품으로 보고 있다.

김대행의 지적처럼 위 작품은 대상이 가까이 있을 때는 모르다가 그것이 멀어졌을 때, 그것의 소중함을 알게 되고 그리워하는 인간의 이중적 심리의 표현으로도 볼 수 있고, 곁에 있을 때는 소중한 걸 모르다가 잃고 나면 아쉬워하는 인간의 모순적 성격을 말한다고도 볼 수 있다.

그러나 종장의 "흑염소 울음소리만 내가 몰고 왔네요."란 표현 속에서는 현실적 고향에 대한 긍정적이고 건강한 자연관을 발견할 수 있으며, 고향에 대한 또 하나 추억의 소재를 마련하고 있음을 볼 수 있다.

1
바람은 흩어져서 갈대밭이 되어 울고
강둑은 허리 굽어 세월속에 누웠더라
내 등은 거북이 등인가 짊어진 이 北斗七星.

2
고향에서 열 다섯 해 타향에서 예순 세 해
열 다섯 해 자란 고향이 왜 이리도 눈에 밟히나
감나무 다 떨군 가지의 甲骨文을 나는 몰라

3
삼태기 하나에도 다 못차는 고향인데
그래도 이런 밤은 둥두려히 높은 동산
할버지 玉貫子 같은 달이 솟아 오른다.

—「옛 고향에 와서」 전문

고향에 돌아와도 옛 고향, 옛 감정 그대로는 아니다. 예전의 모습을
그대로 지닌 것은 아무것도 없다. 화자는 세월과 함께 늙어가는 나의
모습처럼 자연의 모습도 늙어가고 있음을 깨닫는다. 물론 자연이 늙는
것은 아니겠지만 화자의 감정이 이입되어 나타난다. '갈대밭이 우는'
쓸쓸함은 화자 자신이 느끼는 쓸쓸함일 것이며, '허리가 굽은 것'은 강
둑이 아니라 바로 화자 자신일 것이다.

고향에서 보낸 열다섯 해가 타향에서 보낸 예순세 해 시간보다 훨
씬 짧은데도 그 고향이 그리도 자주 눈에 밟히는 것은 왜일까를 화자
는 궁금해한다. 감과 잎을 다 떨어뜨린 감나무의 앙상한 가지, 그 가
지가 갖고 있는 알 수 없는 매력, 그 갑골문 같은 매력을 지닌 고향을

아직도 알지 못한다고 화자는 말한다. 고향이 주는 매력, 고향이 끌어당기는 자장의 힘을 풀지 못하는 갑골문으로 보고 있다.

삼태기 하나에도 다 못 차는 보잘것없이 느껴지는 고향인데도 할아버지 옥관자 같은 둥근 멋스럽고 밝고 맑은 달이 솟는다. 왜 고향이 못 잊히는지를 답하는 부분이라고 볼 수 있다. 어렸을 때 보던 밝고 탐스럽고 소중한 할아버지 망건당줄 같은 달이 있기에, 어린 날의 소중한 추억이 존재하기에 고향을 못 잊었던 것이다.

> 며칠 전 고향에 내려가 옛 시냇가 떡버들나무
> 한 五百年 늙은 둥치가 반은 굽고 반은 부러져
> 무거운 하늘을 업은 채 일으키는 봄을 봤었다.
>
> 한 그루 生涯를 심어 朔風 앞에 우닌 古木
> 銀 주고 못사는 봄엔 잔가지로 풀어져서
> 天地에 눕혔던 잠을 일으켰던 할아버님.
>
> 나도 오늘 햇덩이 같은 내 손주를 무등 태워
> 千里 밖 떡버들나무 돌이켜 논 南天처럼
> 水落山 허리에 감기는 환한 봄을 비쳐 줄란다.

—「逢春」 전문

화자는 고향에 내려가 한 오백 년 묵은 떡버들나무가 그 늙고 구부러진 허리를 일으키며 다시 맞는 봄을 보았다. '한 오백년 늙은 둥치가 반은 굽고 반은 부러진' 그 나무는 화자의 어린 날을 상기시키며 고향에서 함께했던 할아버지를 연상시킨다. 그 할아버지가 일으키셨던 봄도 저러했거니 생각하면서 자신도 햇덩이 같은 손자를 무등 태워

수락산 허리에 감기는 환한 봄을 비쳐 주겠단다. 자연의 순리 속에서 할아버지와 나와 손자에게 내리는 사랑의 대물림을 생각하고 있는 것이다. 우리가 만나는 봄, 해마다 변함없이 돌아오는 자연의 섭리 앞에 고목과 새싹 같은 할아버지와 손자, 자연의 순환적 섭리와 닮은 인간의 모습을 생각하며 순환적이고 계속적인 삶을 생각하고 있다. 시냇가 떡버들나무를 '한 그루 生涯를 심어 朔風 앞에 우닌 古木'과 '천지에 눕혔던 잠을 일으켰던 할아버님'이라고 하여 오백 년 된 떡버들나무와 할아버지를 동격으로 보고 있다. 즉 인간을 자연의 일부로 생각하는 동양적 사고 속에서 자연현상과 함께하고자 하는 자연에의 복귀를 추구하는 마음을 볼 수 있는 작품이다.

> 아스라 생각은 멀고 인연이야 애닲은 것
> 물소리 등불에 젖어 잠못이룬 사향의 길손
> 이 밤은 한 개 낙과로 청산 뒤에 앉고프네
>
> ―「법주사」 셋째 수

화자는 속리산 「법주사」에 가서 고향을 생각하고 있다. 속세와 별리한 속리산 법주사에서 고향과 인연에 대한 생각으로, 물소리와 등불로 잠 못 이루고 있는 화자라서일까. '생각은 멀고 인연은 애닲다'고 하여 삶의 애상감을 자아낸다. 또 화자는 고향을 생각하며 하나의 낙과로 청산 뒤에 앉고프다는 생각을 하고 있다. 이 작품에선 '물소리, 낙과, 청산' 등의 자연 이미지가 나타난다. 화자가 추구하는 삶은 자연 속의 하나의 낙과처럼, 자연 속에서 자연의 일부로 살아가기를 원하고 있음을 발견한다. 자연의 세계를 추구하는 화자를 볼 수 있는 작품이다.

너 온단 말만 듣고
휘늘어진 버들가지

온 골안 물소리는
쫙 펼쳐 든 합죽선을

황악산 삼십리 길이
강물로만 열린다

—「소식」 전문

집 그늘 편안히 내린 해질녘 마당에 앉아
아낙네 다듬는 열무 겨울도록 고운 빛에
고향산 가을 하늘이 묻어온 듯 하고나.

—「小景」 전문

「소식」에서는 '봄'을 '너'라고 의인화하였다. 봄이라는 계절의 자연을
맞이하는 황악산 삼십 리의 자연풍경을 말하고 있다. 그에게 있어 고
향이 자연으로 인식됨을 이 작품에서 볼 수 있다. 「小景」에서는 '열무
의 고운 빛'을 '고향산 가을 하늘'로 표현함으로써 이 작품에서 고향은
하늘이란 자연의 이미지로 인식되고 있으며, 화자는 고운 자연의 세계
를 추구하고 있다.

옛 이야기 그대로 사오 산이 너무 고요하오
오늘은 철가신 밭에 산새가 떼로 와 앉고
구름이 좀 심심하여 가다 서성거리오.

—「山靜」 전문

위 작품은 다음의 한시와 비슷한 정서를 지니고 있다. "松下問童子/
言師採藥去/ 只在此山中/ 雲深不知處 (솔 아래 동자에게 물으니, 대답
하여 가로대 스승은 약 캐러 가셨습니다. 지금 이 산중에 계시옵는데,
구름이 깊어서 그곳을 모르겠습니다.)" 이 한시를 읽으면 울울창창한
심산과 안개와 작은 절과 동자가 보이고, 물소리, 산바람소리, 새소리
가 들린다. 산중에서 한가하게 사는 선승의 생활을 작품화한 것이다.

정완영의 위 시조가 이 한시를 연상하게 하는 건 그 정서가 비슷하
기 때문이다. 산속에서 사는 노승 같은 경지에 있는 화자를 느낄 수
있다. 자연 속에 한 자연인으로 살아가는 화자의 모습이다. '고향'이란
어휘를 동반하지 않았지만, 고향의식 속에서 그가 추구하는 삶, 자연
의 세계에 대한 추구라고 볼 수 있는 작품이다.

어릴적 내 고향은
구름마저 어렸었네

들찔레 새순처럼
야들야들 피던 구름

할버지
백발구름에
업혀 잠든 손주 구름.

—「구름 2」 전문

현실에서 과거를 추억하고 있다. 초장은 현실이며 중장과 종장은
과거이다. 어렸을 때 보던 고향의 구름은 그 느낌마저 어리고 부드러
워 들찔레 새순처럼 야들야들 피어났고, 할아버지 백발구름에 업혀 잠

든 손자 구름이었다. 화자 자신의 어린 날이며, 손자 구름이란 화자 자신의 어린 모습을 나타내고 있는 것이다. 물론 지금은 그렇지 않다는 의미가 초장의 현실인식에 담겨 있다. 부드러운 구름의 이미지가 '들찔레 새순'처럼 야들야들 피던 구름이라 하여 더욱 부드러운 이미지를 주고 있고 고향 역시 그러한 부드러운 곳으로 인식되고 있다.

그의 고향의식 작품 중에서 자연의 세계를 추구하는 작품을 살펴보았다. 그는 조선시대 양반들처럼 도심에 살면서도 고향을 끊임없이 추구하고 귀거래를 생각한다. 그의 귀거래의 의식 속에는 강호가도들이 귀거래 후 자연을 벗하며 자연을 사랑하였던 것처럼 자연에 대한 깊은 사랑이 들어 있고 그러한 자연의 세계에 대한 추구가 들어 있다. 그의 처소적 고향, 그곳에 대한 사랑이 자연에 대한 사랑으로 확대되고 있는 것이다. 그의 고향의식 속에는 고향이 자연친화적 공간으로 인식되고 있는 만큼 그의 귀향의식 속에는 그러한 자연친화공간으로 돌아가고픈 의지가 있다. 때문에 그의 작품에서는 위에서와 같이 자연의 세계에 대한 추구가 나타난다.

다. 佛敎에의 귀의

정완영의 작품 중에는 불교적 색채가 짙은 작품이 많다. 특히 70년대 이후의 작품에는 불교적 상징물인 사(절), 종, 불상, 연등, 탑, 장삼, 염주 등이 소재로 작품에 자주 등장하며 주제 면에서도 불교적 성격이 강하게 나타난다.

앞에서 살펴보았듯이 정완영의 고향의식은 자연일 수도 있고, 조손이 함께 사는 땅일 수도 있다. 그리고 여기서 살펴보려는 종교적 귀의 처로서의 고향을 의미할 수도 있다. 그것은 이규태의 말처럼 구체적인 고향이 아닌 마음속에 어떤 추상적이고 환상적인 고향을 설정하고 그 고향에 무한히 돌아가고 싶어 하는 것[174]일 수도 있기 때문이다.

본 장에서는 정완영의 고향의식이 나타나는 작품 중에서 불교적 성격이 나타나는 작품을 살펴보려 한다. 그의 귀향의식의 작품에서 종교적 귀향처는 이미 속세의 고향이 아니라 종교적인 세계, 죽음 너머에 있는 영혼이 돌아갈 수 있는 세계라고 볼 수 있다. 때문에 그의 귀향의식은 죽어서 육신은 고향땅에 묻히는 것이고, 영혼은 종교적 본향으로 돌아가는 것이다.

여기는 부처님 治世
陰 至月로 歸依하오

行者는 스스로 지어
百八念珠가 무거워도

黃嶽은 아득한 둘레
太古로만 無恙하오.

—「佛境」 전문

인간세를 잊고 부처님께 귀의하고 싶은 마음을 나타낸 작품이다. 화자는 현실의 인간적 고뇌의 질곡을 넘어서 구원을 얻을 수 있는 초월적 대상과 그 힘을 부처로 생각하고 있다. 그리하여 인간적인 삶을 초월하고 싶은 화자는 "여기는 부처님 治世/ 陰 至月로 歸依하오"라고 하여 부처님이 다스리는 세계에 귀의하고 싶어 한다. "행자는 스스

---

174) 이규태, 『한국인의 정서구조』, 신원문화사, 1994. 278쪽.

로 지어 백팔번뇌가 무거워도"란 표현 속에는 인간 세상의 모든 근심 걱정과 욕망의 번뇌로 백팔염주가 무겁지만 황악산의 아득한 둘레 그 태고적 부처님이 다스리는 세상, 그곳으로만 무양하겠다고 한다. 결국 화자는 이 작품을 통해 인간적인 삶의 초극을 원하고 있다. 지고지순하게 느껴지는 고향인 황악의 아득한 둘레처럼 부처님의 세계, 정토의 세계는 아득하지만 그곳에 귀의하고자 하는 시인의 종교의식이 나타나는 작품이다. 45자 안팎의 짧은 단시조이지만, 그 행간에 숨어 있는 무궁무진하고 변화무쌍한 의미를 찾을 줄 알아야 한다. 말과 말의 행간에 심어 둔 침묵이 더 많은 작품이라 볼 수 있다.

> 매양 오던 그 산이요 매양 보던 그 절인데도
> 철따라 따로 보임은 한갓 마음의 탓이랄까
> 오늘은 외줄기 길을 落葉마저 묻었고나.
>
> 뻐꾸기 너무 울어싸 절터가 무겁더니
> 꽃이며 잎이며 다 지고 산날이 적막해 좋아라
> 허전한 먹물 長衫을 입고 숲을 거닐자.
>
> 오가는 輪廻의 길에 僧俗이 무에 다르랴만
> 沙門은 대답이 없고 行者는 말 잃었는데
> 높은 산 외론 마루에 起居하는 흰 구름.
>
> 인경은 울지 않아도 山岳만한 둘레이고
> 은혜는 뵙지 않아도 달만큼을 둥그느니
> 문득 온 산새 한 마리 깃 떨구고 가노매라.

—「直指寺韻」 전문

정완영의 고향 김천의 직지사는 그의 여러 작품에서 소재가 되고 있다. 그 외의 사찰을 소재로 한 작품도 많은 편이며, 사향이나 고향을 소재로 한 작품에서도 불교적 색채가 짙은 경우가 많다. 위 작품도 그러한 작품 중의 하나이다. 그의 문학관에서도 불교의식을 찾을 수 있는데, 특히 최근의 시집 『이승의 등불』을 보면 고향에 대한 귀향의식과 함께 불교에의 귀의의식이 나타난다. 이것은 단순한 처소적 고향에 대한 귀향의식이 아니라 종교적 의미의 고향에 돌아가는 종교적 귀의를 뜻한다. 고향에 돌아가고픈 마음은 이제 고향 땅, 즉 조상과 부모와 아내가 묻힌 고향 산천에 돌아가 육신이 고향의 흙에 묻히기를 원하는 귀향의식과 종교에서 말하는 본향인 사후세계, 즉 영혼이 돌아가는 세계까지 확대되어 종교적 귀의의식으로 확대되어 나타나고 있다.

이렇게 그가 작품에서 노래하는 고향은 지리적 처소로서의 고향이기도 하지만 인간의 영원한 귀의처로서의 고향인 종교적 본향을 나타내기도 한다. 인간의 원초적 회귀의식이 깔려 있는 것이다. 후기에 올수록 그의 고향은 지리적 의미보다 정신적 의미가 더 크게 작용한다. 죽음과 가까워지고 있다는 화자의 의식 때문이라고 볼 수 있다. 2수의 초장에서 보이는 '뻐꾸기'는 화자 자신을 은유한다고 볼 수 있다. "꽃이며 잎이며 다 지고 산날이 적막해 좋아라"란 표현에서 고요한 산의 모습을 볼 수 있다. 이러한 때에 "허전한 먹물 長衫을 입고 숲을 거닐자"는 것이니 모든 세속적 욕망을 접고 불교에 귀의하고 싶은 화자의 마음이 잘 표현된 작품이다.

아장아장 걷는 것이 童佛인줄 알던 내가
휘청휘청 걷는 것이 老佛인줄 알던 내가
이제는 지팡이 하나로 無佛의 길 찾아 갑니다.
─「無佛行」 전문

童佛도 아닌, 老佛도 아닌 無佛의 경지에 이르고자 하는 노시인의 모습이다. 불교에 있어서의 無佛시대란 석가가 죽은 후 미래불인 미륵불이 출현하기까지의 시대이다. 이 시대에 6도의 중생을 교화, 구제하는 보살이 지장보살이다. '지팡이 하나로 無佛의 길 찾아 가는' 화자는 인생의 희로애락과 종교까지도 초탈하고 싶은 모습을 보여준다. 아니 이미 종교조차 해탈한 경지이다. 이 작품을 통해서 화자는 이미 정신적으로 불교에 귀의하여 소요의 경지를 얻고 있음을 보여준다.

내가 죽어 저승엘 가면 이승이 고향 아닐까
너랑 나눈 한잔 차 이야기 오소소 추운 낙엽
가을밤 잘 익은 등불이 모두 꿈길에 밟히겠네.
─「이승의 등불」 전문

시조집 『이승의 등불』에 실린 시편들은 조용히 삶의 순간들을 관조하며 쓴 작품들이며 강물처럼 인생을 흘려보내는 잔잔함이 있다. 그에게 80평생의 여정을 담담하게 돌아보며 황혼기를 맞게 하는 힘의 원천은 바로 '불교'라 볼 수 있고, 이 시집에는 이것을 증명이라도 하듯 작품 편편마다 그의 불교 사상이 짙게 배어 있다.

이 시조는 현세에서 내세로 가면 거기서 바라보는 이승이 고향같이 느껴지지 않을까 하고 쓴 작품이다. 내세(자신의 죽음)라는 미래적 상

황을 상정해 놓고, 이승에서 우리가 고향을 그리워하듯이 죽어지면 이
승이 그립지 않겠느냐고 사후의 세계를 생각하며 쓴 시조이다. 즉 죽음
에 대응하는 시인의 태도와 정서를 형상화한 작품으로 시인 자신의 죽
음에 관한 의식이 들어 있다. "인간이란 정상적으로는 죽음을 예감하고
있는 존재였던 것이다."175)라는 필리프 아리에스의 말처럼 인간은 항
상 죽음과 직면하거나 죽음을 인식하면서 살아간다. 모든 인간은 사는
동안 자신에게도 언젠가 찾아올 죽음을 생각하고 거기에 대한 나름대
로의 의식적 대응을 하는 것이다. 죽음에 대한 두려움 때문에 인간은
종교를 만들거나 종교에 귀의한다. 그러한 행위는 죽음의 형이상학을
어떻게 받아들이는가 하는 문제와 관련이 있다. 모든 종교는 다소간의
차이는 있지만 인간의 죽음을 위로하고, 죽음의 한계를 초월적인 차원
에서 극복하려 한다. 불교의 종교의식이 짙은 정완영 시인의 이 작품에
서 산 날이 살날보다 많아 죽음의 세계가 더 가깝게 느껴지는 노년의
화자는 다가오는 죽음의 세계를 담담하게 맞이하려는 태도와 그러면서
도 "너랑 나눈 한잔 차 이야기 오소소 추운 낙엽/ 가을밤 잘 익은 등불
이 모두 꿈길에 밝히겠네."라며 조금은 쓸쓸한 심상을 보여준다.

> 설빔에 김 오른 떡국/ 자우룩한 너의 자리//
> 안개 속 꽃밭 보듯/ 멀찌감치 바라본다.//
> 먼 후일/ 저승에 앉아/ 이승 보듯 바라본다.//
>
> —「遠景」전문

이 시조에서 '자우룩한 너의 자리'란 떡국을 상징한다. 또 한 해 설
을 맞으면서 받는 떡국에 대한 감회이다. '안개 속 꽃밭 보듯/ 멀찌감

---

175) 필리프 아리에스, 『죽음의 역사』, 이종민 역, 동문선. 1998. 20쪽.

치 바라보'는 떡국, "먼 후일 저승에 앉아 이승 보듯 바라본다"고 했
다. 이승에서의 떡국 받아먹을 날이 얼마 남지 않았다는 깨달음이 이
와 같은 종장을 구상하게 했을 것이다. 그러나 가까운 후일이 아니라
먼 후일이라는 말에서 아직도 삶에의 희망을 발견한다. 삶에서 사후의
세계에 대한 관조가 나타나는 작품이다.

이 작품에서는 삶과 죽음이 이원적 세계가 아니라 일원적 세계로
나타나고 있다. 저승에 앉아 옛 고향 바라보듯 이승의 현재 모습을 본
다는 뜻이니, 자유롭게 이승 저승을 넘나들고 있는 화자의 의식세계를
볼 수 있다. 부담스럽지 않게, 자연스럽게 이런 말이 흘러나온다는 건
이승에서의 삶에의 따뜻함이 저승까지도 그대로 이어지는 느낌을 갖
게 한다. 그래서 저승이 조금도 두려움 없는 세계로, 편안하게 다가온
다. 화자는 이승에서의 세상 사는 이치와 세상 건너는 법, 그리고 이
제는 저승까지도 훤히 내다보는 안목을 지니고 있음을 볼 수 있다.

> 지난 날 내 고향은
> 慶尙道라 일렀는데
>
> 요즘은 내 本鄕이
> 구름 너머 저곳일세
>
> 아닐세
> 구름도 더 너머
> 하늘 너머 저곳일세.

―「구름 3」 전문

초장에서는 우리가 흔히 말하는 처소적 고향을 말하고 있다. 시인의
고향은 경상도이고 사람들이 고향을 물으면 경상북도 김천이라 대답했
을 것이다. 그러나 살날이 얼마 남지 않은 요즘 '본향은 구름 너머 저곳'
이라는 걸 깨닫고 있다. '구름 너머', '하늘 너머 저곳'이란 이미 이승을
초월한 종교적 의미로의 본향, 인간으로 이승에 태어나기 전의 고향이
다. 죽어서 돌아가야만 하는 곳, 그곳을 본향으로 생각하는 건 이미 생
사를 초월한 사고방식이며, 삶의 울타리를 넘어선 깊은 깨달음이다. 숙
연한 느낌을 주는 건 이미 이승과 저승의 넘나들기, 죽음 뒤의 세계에
까지 관심이 닿아 있는 화자의 깊이 있는 삶의 응시 때문이다. 구름은
초월과 자유로움을 상징한다고 볼 수 있는데 이 작품에서는 이승과 저
승을 자유로이 넘나들 수 있는 자유로움을 상징하고 있다.

인간은 살면서 왜 살아야 하는지 모르고, 그때그때 임기응변으로
살아가느라 자신의 미래에 대해 생각해 보기가 힘들다. 인간은 항상
죽음과 직면하거나 죽음을 인식하면서 살아가면서도 미래의 죽음에
대해 그렇게 생각을 자주, 또는 심각하게 하지는 않는다. 하지만 나이
가 들고 산 날들보다 살아야 할 날들이 짧다고 생각될 때 죽음의 세
계에 대해 생각해 보게 된다. 이 시조의 화자는 이 작품을 통해 삶의
차원을 넘어 돌아가야 할 본향인 내세를 생각하고 있다. 때문에 이 시
조에서의 고향은 세속적인 고향을 넘어 종교적 본향, 즉 종교적 귀의
의식이거나 사후의 극락세계라고 볼 수 있다.

> 사람이 외로우면 절을 지어 願을 두고
> 하늘이 외로우면 솔씨 심어 솔 가꾼다
> 세월이 외롤라치면 아 白雲靑山에 먹뻐꾸기.
> —「세월이 외로우면」 전문

인간은 고독하고, 그래서 종교가 필요하다. 니체의 말대로 "인간은 신을 만들었고, 신은 인간을 만들었다." 왜냐하면 서로가 외로워서이다. 결국 인간만 외로운 것이 아니고 하늘도 땅도, 천지 만물이 다 외로운 존재이다. '천상천하 유아독존'을 외치며 인간의 본성을 갈파한 부처는 인간의 외로움을 이미 너무 잘 알고 있던 존재이다. 위 시조에서처럼 결국 인간은 자연 속에서 깊은 우주적 의미를 체험하고 그 의미를 통해 자연과 인생의 깊이를 체험하게 된다. 위 시조에서는 자연과의 교감을 통해 인간의 근본을 생각하게 한다. 이러한 그의 휴머니즘은 자연과 인간 존재에 대한 소중함을 일깨우고 있고, 그의 서정성 짙은 불교정신은 시조 행간 곳곳에 스며들어 있음을 볼 수 있다. 또한 자연에 대한 사랑과 자연과의 교감이 두드러지게 나타나고 있음을 알 수 있다.

그의 작품에서 귀향의지가 나타나는 작품을 살펴보았다. 그의 귀향의지가 나타나는 작품에는 죽은 후에 육신이 고향땅에 묻히고 싶다는 처소적 귀향의식과 종교적인 세계로의 귀향의식인 불교에의 귀의를 추구하는 작품이 있다. 종교적 귀향의식에서의 고향은 이미 속세의 고향이 아니라 종교적인 세계, 죽음 너머에 있는 영혼이 돌아갈 수 있는 세계이다. 때문에 그의 귀향의식은 죽어서 육신은 고향땅에 묻히는 것이고, 영혼은 불교의 종교적 본향으로 돌아가는 것이다. 특히 불교적인 색채가 짙은 작품들에선 이승과 저승을 넘나드는 경지를 보여주고 있으며, 그가 돌아가고자 하는 곳이 종교적 본향, 즉 자기가 세상에 태어나기 전의 장소로 다시 돌아간다는 의미이며, 그곳은 사후세계인 내세를 의미하기도 한다.

Ⅴ. 결 론

이상으로 金相沃, 李泰極, 鄭椀永의 작품 중에서 고향의식이 나타나는 작품을 살펴보았다.

金相沃은 1940년대의 시인으로 40년대부터의 고향의식을 살펴보아야 할 것이다. 이 시기의 문학 속에 나타나는 고향의식은 민족사의 현실과도 관련이 깊었다. 그 이유로는 우리 민족이 일제시대를 거치면서 고향에서 살기 힘들어 고향을 등지는 流浪民이 많이 생겨 공간적 故鄕喪失感을 느꼈기 때문이며, 한편 近代社會의 疏外意識과 관련된 고향상실감은 일제에게 나라를 빼앗긴 민족으로서의 時代意識과 虛無意識에서 오는 상실감이라고 볼 수 있다.

일제하에서 민족의 전통정신, 전통미, 전통정서를 찾으려고 노력했던 金相沃의 창작태도는 해방 후, 남북분단, 6·25전쟁, 혁명, 가난, 독재, 민주화 등의 어지러운 정치적 상황을 거치고, 산업사회, 도시사회, 정보화 사회 등의 격동기를 거치면서도 그대로 이어진다. 전통정신과 전통미, 전통정서가 나타나는 작품들을 계속 창작함으로써 전통정신과 전통미를 계속 추구하였다. 급속도의 서구문명 유입과 서구문명화되어 가는 우리 사회현실 속에서, 가치관이 흔들리고, 민족의 정체성이 흔들리는 속에서도, 신토불이의 사상 속에 민족의 정체성을 지키려는 그의 시조창작 정신은 흔들리지 않고 계속되었다.

金相沃 시인의 작품에서 나타나는 故鄕意識의 發現樣相은 두 갈래로 나누어진다. 하나는 지정학적인 고향인 통영의 향토적이고 토속적인 정서를 나타내는 것들이며, 다른 하나는 정신적인 고향으로서의 이

민족의 전통적인 정서에 바탕을 둔 고향이다.

먼저 지정학적인 고향인 통영의 鄕土的이고 土俗的인 정서를 나타낸 고향의식의 작품들을 살펴보았다. 鄕土란 '시골, 고향'이란 의미로 사전에 풀이되고, 흔히 향토성이란 어떤 지방 특유의 정취나 풍습 등을 말한다. 토속이란 말도 같은 의미로 쓰여 그 지방만의 特有의 習慣이나 風習을 말하고 있다. 때문에 鄕土的·土俗的이란 그 지방만의 地方色이라고 보아야 한다.

金相沃의 작품 중에서 그가 자란 空間的 次元으로서의 고향의식이 나타나는 작품이 곧 향토적, 토속적 정서를 나타내는 작품이다. 그가 태어난 지정학적인 고향인 통영을 중심으로 회귀불가능한 시간과 공간인 어린 시절에 대한 그리움과 토속적인 정서에 대한 그리움이 나타나고 있는 작품인 것이다.

특히 「思鄕」, 「邊氏村」, 「鳳仙花」, 「물소리」, 「강 있는 마을」 등의 작품에 그러한 정서가 나타난다. 「思鄕」에서는 '풀밭길, 개울물, 길섶, 초집, 송아지, 진달래, 저녁노을, 산, 어마씨, 꽃지짐, 멧남새, 집집, 마을' 등 우리들의 고향에서 흔히 볼 수 있는 토속적 풍경이 소재가 되고 있으며, 우리 민족의 향토적, 토속적인 정서 및 생활습관 등을 그리워하는 모습을 나타낸다. 이것은 고향에 대한 의식, 또는 향수가 거의 土俗的인 情緒를 지니고 있는 우리 민족의 정서에 잘 符合되어 독자의 共感을 자아내게 된다.

이러한 그의 고향의식에는 回歸不可能한 시간과 공간에 대한 그리움은 있지만, 갈등적 요소는 없다. 늘 정겹고, 평온하고 꽃지짐 지지는 냄새가 나는 고향이다. 고향의 풍경도 직선적이지만 않고 곡선적이다. '눈만 감으면 구비 잦은 풀밭길이' 보이고, '한 구비 맑은 강은 들을 둘러 흘러가는' 풍경이다. 완만한 곡선의 이미지가 고향에는 있다. 뿐만 아니라 작품 속에 등장하는 화자를 비롯한 인물들도 마찬가지다. 「변씨촌」에서는 풍속과 문화적 차이가 남에도 불구하고, 고향의 역사와 향토문화를 내세우는 애향심이 드러나고, 「봉선화」에서는 봉선화 꽃을 매개로 하여 시적 화자와 누님이 고향으로 연결되어 있음을 볼 수 있다.

두 번째는 精神的인 故鄕으로서 이 민족의 전통적인 정서에 바탕을 둔 고향이다. '고향이 반드시 유형임을 요하지는 않는다'고 했을 때, 우리는 無形의 精神的 安息處를 생각해 볼 수 있다.

일제의 韓民族 抹殺政策의 시대에 우리 민족은 希望도 잃고 민족의 正體性도 없이 흔들릴 수밖에 없는 입장이었다. 이러한 시기에 우리 민족의 정체성을 살리고, 자존심과 희망을 줄 수 있는 방법으로써 이 민족의 뿌리와 민족혼을 찾으려는 노력을 金相沃은 시조작품에 기울였다. 처소적 고향인 조국 강산을 일제에게 빼앗긴 상태에서 우리 민족의 정신적인 고향을 찾는 일은 바로 우리 민족의 정신적 뿌리인 전통의식, 전통미를 찾는 일이었고, 그러한 정신적인 맥을 찾아 민족정서를 지켜 가는 것이 곧 민족정체성을 확립하는 길이라 생각했기 때문이다. 이 민족에게 정신적 지주를 찾아주는 일은 고향상실감, 국토상실감을 극복할 수 있는 방법의 하나였고, 또 일제하에서 할 수 있는 조국사랑과 민족사랑의 실천이었다.

精神的 故鄕인 민족의 정신적 뿌리를 찾는 일은 곧 우리의 역사를 거슬러 올라가 우리 민족이 삼국통일을 하여 현재의 영토를 확보했던 신라시대부터 찾아보는 일이었다. 통일신라시대의 문화적 유물과 역사적 유적을 찾아보고 그들에게 의미와 가치를 부여해 주고 사랑하는 일이었고, 또 이 민족의 애국지사들을 찬양하는 일이었다. 빛나는 이

민족의 역사와 전통과 문화재를 사랑하고 위대한 애국지사들을 생각하며 민족의 정체성을 우리 스스로 찾고자 할 때, 자신과 민족에 대한 자긍심을 가질 수 있고, 나아가 독립에 대한 열의도 생겨 조국독립도 쟁취할 수 있기 때문이다.

그리하여 金相沃은 전통문화유산인「石窟庵」,「多寶塔」,「十一面觀音」,「靑磁賦」,「白磁賦」 등의 역사적 유적들과 문화적 유물에 대한 향수를 통해서 전통정신과 전통미를 찾고 이들 속에 깃든 민족의 숨결을 더듬고 그것에 배어 있는 민족정신과 정서를 찾으려 했으며,「善竹橋」,「財買井」,「矗石樓」 등을 통해서는 애국지사들을 찬양하고 이들의 애국정신을 본받고자 했다.

이들 중에 앞의 유적·유물에 대한 작품에서는 갈등은 나타나지 않는다. 그러나 애국지사들을 찬양하는 작품에서는 약간의 갈등 모습이 보인다. 그것은 한민족으로서 나라를 위해 굽히지 않는 절개와 애국심이 당연히 있어야 하고, 그러한 지사들의 유적들에 대한 보호가 당연히 있어야 하는 當爲性에도 불구하고 현재 우리가 갖는 애국심이나 절개의 미흡함에 대한 안타까움과 그들 유적에 대한 미보호에서 오는 갈등이다. 있어야 할 당위성과 그렇지 못한 현실 사이에서 오는 갈등이라고 하겠다.

고향상실과 향수의 작품을 살펴보면, 주로 전통정신과 전통미에 대한 향수이다. 정신적 고향상실감을 느끼고 있는 작품, 정신적 뿌리에 대한 향수의 작품, 민족정서 및 정체성에의 향수의 작품으로 다시 분류해 보았다.

「善竹橋」,「財買井」,「矗石樓」,「내가 네 방안에 있는 줄 아는가」,「鮑石亭」 등의 작품에서 정신적 고향상실감, 민족의 自己正體性을 잃어 가는 안타까움을 나타내고 있다. 정신적 지주를 잃고 정신적 고향상실감을 느끼고 있는 민족 상황을 나타내고 있으며, 잃어 가는 조국애와 민족애를 안타깝게 생각하고 조국애와 민족애를 살리고 싶어 하는 화자의 의지가 들어가 있는 작품이다.

「李朝의 흙」, 「金을 넝마로 하는 術師에게」, 「圖章」, 「古山子 金正浩先生頌」 등의 작품을 통해 향수가 나타난다. 정신적 고향상실감에 대한 안타까움은 곧 정신적 뿌리에 대한 향수로 나타난다. 우리 민족의 정신적 뿌리, 즉 정신적 고향을 찾고 싶어 하는 의식이다.

「巫歌」, 「鞦韆」, 「硯滴」, 「十一面觀音」 등의 작품을 통해서는 민족정서 및 민족정신에의 향수가 나타나며, 민족의 정신적 뿌리를 찾고 민족의 정체성을 지키려는 의지가 나타난다.

귀향의식과 유토피아의 작품을 살펴보면, 시인이 추구하는 이상향은 민족의 정신적 고향인 전통정신과 전통미를 회복하는 것이다. 그리하여 그는 「玉笛」, 「人間나라 生佛나라의 首都」, 「大佛」, 「多寶塔」, 「雅歌 其一─阿斯女의 노래」 등의 작품을 통하여 우리가 추구해 가야 할 민족의 정서, 전통적 정신을 신라시대의 꽃핀 불교문화와 예술, 그리고 그들의 정신적 자존심 속에서 찾고자 하는 신라정신의 지향과 「白磁賦」, 「紅梅幽谷圖」, 「葡萄印靈歌」, 「翡翠印靈歌」 등의 작품을 통하여 우리 민족의 안목과 정서를 통한 아름다운 전통미를 추구하고 있으며, 「白磁」, 「祭器」, 「돌 2」, 「現身」, 「雅歌 其二─阿斯女의 노래」 등에서 시인은 영원한 민족정서의 추구를 통해 정신적 유토피아를 찾고 있다고 볼 수 있다.

李泰極은 50년대에 등단한 시인이다. 그의 고향의식도 50년대 이후의 작품에서 찾을 수 있다. 6·25로 인한 조국의 分斷과 황폐해진 조국의 모습, 그러한 가운데 많은 사람들이 생활터전이었던 고향을 떠났고, 타향살이를 하면서 고향을 그리워하는 모습이 생활 속에 나타났다. 또 6·25로 인한 조국의 분단으로 북한이 고향인 사람들은 자기의 고향으로 돌아갈 수 없는 불행한 失鄕民이 되었고, 민족적인 비극인 이산가족도 생겼다. 60·70년대 産業社會가 되면서 우리의 생활터전이었던 농어촌을 떠나 도시로 이주하는 사람이 부쩍 늘어났다. 그러한 이유 때문에 空間的·精神的 故鄕喪失感을 느끼는 사람들이 많아졌고, 고향에 대한 그리움으로 鄕愁·思鄕 등의 작품이 문학에 많이 나타난다. 50년대 이후의 李泰極의 작품에서도 순수한 자연과 순박한 인간성에 대한 향수와 조국통일에 대한 염원의 고향의식은 계속적으로 나타나고 있다.

李泰極 시인의 작품에서 나타나는 故鄕意識의 發現樣相은 두 가지로 분류해 볼 수 있다. 하나는 그가 태어나고 성장한 지정학적인 고향의 때 묻지 않은 순수한 자연과 순박한 인간성에 대한 향수의 작품이며, 다른 하나는 분단된 조국의 현실인식을 통해 통일된 국토에 대한 염원으로 확대된 고향의식인 조국통일을 염원하는 작품이다.

먼저 현실의 삭막함에 오염되지 않은 순수한 자연과 순박한 인심의 평화공간에 대한 향수의 작품을 살펴보았다. 李泰極의 고향은 그의 지정학적인 고향 화천의 山紫水明한 산골에서 어렸을 때 본 때 묻지 않은 순수의 자연과 순박한 인심을 가진 고향 사람들이 살던 평화스런 공간으로 인식되고 있다.

李泰極의 고향은 바로 고요하고 위험이 없는 평화의 세계이며, 고향상실의 현존은 본래성이 비본래성에 의해 은폐되어 그 본래성을 잃은 상태에 있다. 때문에 현실에서 잃고 있는 순수성, 본래성에 대한 향수는 현재의 기계화, 문명화된 생활 속에서 물질문명의 物神崇拜로 인해 소외되는 인간성에 대한 안타까움과 인간성 회복의 극복의지로 나타난다. 전통적 인본주의와 낙관적 미래관, 자연친화사상 등 현대인이 갈망하는 내면세계를 구축하여 자연과의 교감을 통한 자아성찰로 인간의 순수한 본연의 마음을 갈망하고 회복하고자 하며, 미래지향적인 삶의 의지를 표출하고 있다. 이러한 정신은 곧 인간성 회복을 추구하는 내용의 작품들과 긍정적이고 미래지향적인 인간을 추구하는 작품으로 나타난다. 현실의 고난 속에서도 체념하지 않고 궁극적으로 밝은 미래를 지향하는 긍정적이고도 낙관주의적 삶의 모습이다.

현실의 각박하고 공해 많은 도시의 열악한 환경에서 살면서 문명의 이기에 물들지 않은 더없이 맑고 아름다운 산수와 순후하고 맑은 인간성을 가진 고향의 사람들에 대한 향수로 나타난다. 강원도 화천의 깊은 산과 맑은 물을 지닌 그의 고향은 자유와 평화의 피안공간이며, 순수지향의 공간으로 인식되고 있다. 그러한 고향의 모습과 대비되는 삭막한 현대의 산업사회에서 인간성 상실에 대한 위기감과 안타까움이 작품에 드러나고 있다. 산업사회 속 도심에서의 삭막한 삶은 동양인들이 추구하던 자연친화의 삶과는 거리가 멀다. 고향의 때 묻지 않은 자연 속에서 순박하게 사는 고향사람들의 모습이야말로 바쁘고 삭막한 도시에 사는 그가 마음속으로 동경하는 삶의 참모습이다. 그곳은 아무런 갈등이 없고, 언제나 여유와 미소를 주는 행복한 공간이며, 현실에서 잃은 것을 찾고 싶어 행복했던 시간과 공간을 추구하는 과거지향적 회귀공간으로 표현되고 있다. 이러한 작품으로는 「靑山이여」, 「머루」, 「산딸기」, 「가을 五題」 등의 작품이 있다.

한편 그의 작품 속에 나타나는 또 다른 고향의식은 분단된 조국의 현실인식을 통해 통일된 국토에 대한 염원으로 확대된 고향의식인 조국통일이다.

그의 고향의식 속에는 고향인 화천은 해방 이후 삼팔선이 생기고, 육이오전쟁을 겪고, 휴전선이 서 있는 조국분단이라는 비극적 현실의 역사 인식공간이다. 그것은 순수한 자연과 순박한 인심의 평화공간에 대한 저해 요인으로 작용하기도 한다. 마땅히 있어야 할 평화공간에 갈등적 요인이 되는 현실 인식공간인 조국분단이 함께 존재하는 안타까움이다. 화천은 삼팔선이 생긴 이후 이북 땅에 속하게 되었다가 육이오 때 국군과 북한군의 처절한 대립 끝에 휴전선의 이남으로 남는다.

결국 그가 추구하는 고향은 통일이 되어 남북이 자유롭게 왕래할 수 있는 곳이다. 금강산에서 시작된 물이 북한강 줄기가 되고 한강을 이루고 있다면, 그리고 그 물은 시인 고향의 잊지 못할 호수 파로호를 만들고 화천댐을 돌아오는 물이기에 그 물줄기가 시작되는 우리 민족의 땅인 금강산을 그리워하는 것이다. 전쟁의 상흔을 다른 곳보다 많이 간직한 철의 삼각지대인 고향에 대한 인식은 분단된 국토에 대한 현실인식이며 국토의 통일인 조국통일에 대한 염원과 통일에의 의지로까지 확대되어 민족애, 조국애로까지 확산되고 있다. 그가 생각하는 진정한 고향은 바로 남북이 분단되기 이전의 고향모습을 회복한 화천의 모습, 즉 그가 염원하는 고향의 모습은 통일된 조국산천이다. 李泰極은 시인의 고향과 연계해서 더 큰 우리 민족의 고향을 찾고자 하는 것이다. 곧 통일된 조국이며, 李泰極의 고향을 사랑하는 애향심은 나아가 민족애, 조국애로 발전하고 있음을 「尋鄕曲」, 「山水의 고향」, 「아! 그날이」, 「진달래」 등의 작품을 통해 볼 수 있다.

288

고향상실과 향수의 작품을 살펴보면, 인간성에 대한 향수와 조국분단의 안타까움이 주로 나타난다. 「山水의 고향」, 「서울역」, 「한강」, 「진달래 연가」, 「회오리」, 「깃은 헐리고」, 「다시 자하산사」에서 등의 작품에서는 인간성 상실에 대한 위기감을 보여주고 있다. 李泰極이 동경하는 삶은 어렸을 때 고향에서 누리던 삶의 모습과 같은 合自然의 삶이며 자연 속에 자연과 더불어 사는 것이다. 이러한 李泰極의 고향의식 밑바탕에는 현재의 삭막하고 각박한, 개인적이고 이기적인 도시인들의 삶에 대한 회의와 반성이 들어 있다.

「산나리꽃」, 「失鄕曲」, 「思悼의 章」, 「가을이 오면」 등의 작품을 통해서는 순박한 인정에 대한 그리움을 나타내고 있다. 순수한 자연과 순박한 인심을 지향하고 그리워하는 李泰極의 고향의식은 인간을 소중하게 생각하는 인본주의사상과 무위자연을 이상으로 삼는 자연친화의 정신세계를 보여준다. 李泰極에게 있어 고향은 시인의 회상공간이며 현실의 삭막함과 대비되는 순수한 자연과 순후한 인간이 그려지는 평화공간이기도 하다.

「내 산하에 서다」, 「山水의 고향」, 「갈대」, 「철의 삼각지대」 등의 작품을 통해 그의 지정학적인 고향인 화천 부근이 삼팔선 이북이었다가, 6·25전쟁 후 휴전선이라는 새로운 철조망으로 분단되어 있는 현실을 안타까워한다.

귀향의식과 유토피아를 추구하는 작품을 살펴보면, 인간성 회복과 조국통일을 바라고 있다. 인간성 회복을 추구하는 작품인 「山情은 더욱」, 「이 물굽이는」, 「물」, 「어머님」, 「공허」 등의 작품을 통해 삭막한 현대 도시 생활 속에서 物質萬能主義에 밀려 인간이 소외되고 평화로운 인간간계의 不在 등 인간성 상실에 대한 안타까움과 이것을 극복하려는 현대인의 인간성 회복을 지향하고 있다. 고향의 때 묻지 않은 자연 속에서 순박하게 사는 고향사람들의 모습이야말로 바쁘고 삭막한 도시에 사는 그가 마음속으로 동경하는 삶의 참모습이다. 그곳은 아무런 갈등이 없고, 언제나 여유와 미소를 주는 행복한 공간으로 인식되고 있다.

「푸른 女神」, 「떠나 살면」, 「바위」, 「落水」 등의 작품을 통하여 현실의 고난 속에서도 체념하지 않고 궁극적으로 밝은 미래를 지향하는 긍정적이고 낙관주의적인 미래지향적 인간을 추구하고 있다.

「소리·15」, 「尋鄕曲」, 「내 고향 화천이여!」, 「내 산하에 서다」, 「세검정음」 등의 작품을 통해서는 치열한 6·25전쟁을 겪었고, 휴전선이 서 있는 공간, 즉 조국분단이라는 아픔이 있는 현실의 역사 인식공간을 극복하여 조국통일을 추구하고 있음을 보여준다.

鄭椀永은 41년부터 시조를 써 왔다고 하지만 60년대에 등단한 만큼 60년대의 시인으로 보고 있다. 때문에 그의 작품에서 보여주는 것은 60년대 이후의 고향의식이다. 1960년대는 4·19와 민주화 운동이 한창이던 시대이다. 그리고 국토개발과 가난극복이라는 이유로 많은 사람들이 농촌을 떠나 도시로 모여들던 시대이기도 하다. 산업사회를 거치면서 급격히 사회가 변화되어 공간적·정신적 고향상실감을 느끼는 사람이 많아졌고, 문학에서도 고향에 대한 鄕愁, 思鄕 등의 작품이 많이 나타났다.

鄭椀永 시조의 전체적 맥락 속에서 고향은 매우 비중 있는 의미를 지닌다. 고향에 관한 시조 작품은 그의 전 생애에 걸쳐 광범위하게 나타나며, 그것은 그의 모든 시조집에 고향에 관한 작품이 실려 있는 것

으로도 증명된다. 鄭椀永의 시조세계는 유년의 삶을 형상화하는 고향을 모티브로 한 시조에서 출발하여 이것을 확산 수렴하는 양상으로 나타난다. 그는 고향을 노래함으로써 자연과 인간에 대한 사랑과 종교적 귀의까지 나타내고 있다.

먼저 鄭椀永의 고향의식 발현 양상을 살펴보면 두 가지로 나눠볼 수 있다. 첫째는 전원적 자연친화 공간이며, 두 번째는 조손이 함께하는 안식 공간이다.

먼저 전원적 자연친화 공간으로서의 고향을 살펴보면, 그의 지정학적인 고향은 김천이고, 그곳의 자연을 그리워하는 내용의 작품을 많이 쓰고 있다. 抒情的이고, 田園的이며, 牧歌的인 면을 많이 발견할 수 있는 그의 작품은 그의 성장 환경이기도 하다. 어렸을 때 보고 자란 원형적 공간인 고향에는 바로 자연이 있다. 그가 고향을 사랑한다는 것은 어릴 때 고향에서 보고 자란 자연을 사랑함을 의미한다. 고향의 자연은 鄭椀永의 생애에 늘 그리움과 평화스러움, 정신적 안식을 주는 공간이 되고 있다. 사계절 자연의 모습이 삶과 깊이 밀착되어 있는 곳, 그곳은 우리의 정서가 배어 있는 곳이며, 바로 고향 마을이다. 전원적이며 자연적 고향은 어떠한 갈등도 나타나지 않고, 평화스런 계절의 모습과 화자의 그리움만 존재하는 공간이다. 이것은 동양적 자연친화사상이 그 바탕이 되고 있다.

鄭椀永의 작품에서는 조선시대의 산수자연을 배경으로, 그 속에서의 서정 자아의 흥취와 이상을 미적으로 형상한 江湖歌道의 時調나 당쟁 속의 벼슬길을 사양하고 고향으로 돌아가 한가하게 농사지으며 유유자적하게 살기를 원하던 歸去來辭의 時調, 또는 공간적 배경으로 밭 갈고 씨 뿌리는 구체적 삶의 현장이 등장하는 田家時調에서 보이는 작품과는 구별된다. 누구나 고향에 돌아가고파 하고 노년을 고향에서 여유 있게 보내고 싶어 하지만, 조선시대에도 귀거래가 구두선이 되었듯이 그러한 여건을 지니고 실천할 수 있는 사람은 많지 않다. 鄭椀永의 경우는 고향에 돌아와 한적하고 여유 있게 사는 것을 추구하지는 않고 있다. 전원적·자연적 삶의 상실에 대한 아픔과 향수를 지니고 있을 뿐 고향에 돌아가 농사를 지으며 전원생활을 하고자 하는 의지를 보여주지는 않는다. 그는 생활 기반을 이미 도시에 두고 있기 때문이다. 그가 노래하는 귀거래는 두 가지로 나눠 볼 수 있는데 하나는 잠시 처소적 고향을 다니러 가는 경우와, 다른 하나는 영원한 안식처로의 귀거래로 사후에 육신이 고향땅에 묻히는 것이다. 그러한 작품 속에 드러나는 것은 자연에 대한 사랑이며, 그러한 작품을 통해 자연의 세계를 추구하고 있음을 알 수 있다.

둘째로 鄭椀永의 고향의식인 조손이 함께하는 안식공간으로서의 작품을 살펴보았다. 정완영은 "고향이란 산 사람과 죽은 조상이 등을 맞대고 사는 마을이다. 고향이란 산 사람들만이 이해에 얽혀 그날 그날을 살아가는 근시안적이고 단세포적인 뜨내기 마을이 아니라 산 사람과 죽은 사람들이 등을 맞대 사는 마을"이라고 정의하고 있는 만큼 그의 의식 속에는 고향은 조상과 자손이 함께 사는 안식공간으로 나타난다. 이 고향의식은 볼노프의 고향의 정의인 "고향은 인격이 태어나고 성장한 곳이며, 부모와 자식, 형제자매 등과 같은 가족 내에서의 친밀한 인간관계들과 함께 시작되는 곳이다."[176]와 그 맥을 같이한다. 이것은 고향을 어떤 영역적인 차원에서 이해하기보다 혈통 및 가족

---

176) 전광식, 위 논문 재인용.

중심적으로 이해하고 있는 경우이다.

고향에 대한 그리움은 곧 부모에 대한 그리움이며, 형제자매의 동기와 어릴 적 친구들에 대한 그리움으로 나타난다. 즉 고향이란 조상의 산소가 있고 부모와 형제와 친지가 있는 곳이며, 이들과 함께하던 삶이 있던 공간이다. 즉 조손이 함께하는 고요하고 평화로운 안식공간이다. 고향이 안식공간으로 인식되는 鄭椀永의 작품에서는 고향은 영원한 모성적인 모습을 지니고 있다. "영원한 모성성(여성성)이 우리를 천상의 세계로 인도한다(Das Ewigweibliche Zieht uns hinan!)."[177]는 괴테의 말처럼 모성성만이 화해로운 원형의 공동체를 보호하고 그것을 유지시켜 줄 힘이 있다고 생각하기 때문이다. 고향 하면 떠오르는 어머니 얼굴, 어머니와 함께하는 고향의 모습이 정완영의 작품에 자주 등장한다. 고향이 안식공간으로 인식되는 것은 조상이 있고, 어머니가 존재하기 때문이다.

그리고 이러한 작품에 나타나는 인물이 시인 자신의 부모, 형제자매, 친구라 하여도 개인적 그리움의 차원에 머물지 않고 있다. 그것은 독자로 하여금 자신의 부모, 형제자매, 친구들을 생각나게 하기 때문이다. 그러한 공감을 획득할 수 있는 것은 고향이란 이름만으로도 부모를 떠올리고 형제자매를 떠올리고 친구·친척을 떠올리게 되는 인간의 보편적 정서 때문이다. 시인과 독자가 고향에 대한 그리움이란 정서로 자연스럽게 공감을 이루게 되고, 독자 또한 고향이란 조손이 함께 사는 평화롭고 안온한 안식공간으로 인식하게 된다.

鄭椀永의 고향상실과 향수가 나타나는 작품을 살펴보면 자연에 대

---

177) 괴테, 『파우스트』.

한 향수가 주로 나타나는데, 이것은 다시 「면」, 「추석」, 「古木壯春」, 「고향생각」, 「愛生無限」 등의 유년의 상실감과 향수를 나타내는 작품으로 어린 시절의 상실감과 거기에서 발생하는 향수이다. 이러한 작품들은 고향의 시간적 의미에 대한 絶對回歸不可能性의 인식 속에 쓰인 작품들이라 그리움은 더욱 깊게 나타난다.

「직지사 그 산 그물」, 「연과 바람」, 「두고 온 불빛」, 「직지사 범종소리」, 「호박꽃」, 「羅漢殿의 봄」, 「봄편지」 등의 작품에서는 삭막한 도시공간에서 자연에 대한 상실감이 나타나며, 고향의 田園的·自然的 공간을 그리워하는 모습을 보인다. 복잡하고 바쁜 산업화의 도시 속에서 삭막한 현실을 살고 있는 시인은 어렸을 때의 童話空間, 遊戲空間이었던 전원적·자연적 삶의 상실에 대한 아픔과 향수를 지니고 있음을 알 수 있다. 이렇게 그의 작품에서는 産業化된 삭막한 현대의 都市生活에서 自然에의 鄕愁가 더욱 간절하게 나타난다.

「思母曲—시냇물에 부쳐」, 「父子像」, 「歸故」, 「木瓜」, 「눈물이 아직 남아」, 「고향행 열차」 등의 작품을 통해서는 부모·동기에 대한 그리움을 표현하고 있다. 이러한 작품을 통해 그의 고향의식은 부모·동기가 함께하던 공간과 시간으로, 즉 조손이 함께하는 공간이란 인식과 함께 그들에 대한 향수로 나타난다.

또 鄭椀永의 歸鄕意識과 유토피아 의식의 작품을 살펴보면, 자연에의 복귀 및 종교에의 귀의의식으로 나타난다. 동심의 세계 추구와 자연에의 복귀 추구이며, 불교에의 귀의이다. 「고향차표」, 「고향민들레」, 「고향별밭」, 「고추장이 쫓던 소년」 등의 작품을 통해 어린 시절의 동화적·유희적 공간의 상실에서 오는 고향상실감과 그것에 대한 향수를 느끼고 있다. 이것은 잃어버린 동심에 대한 추구이며, 어렸을 때의 시간과 공간으로 회귀하고픈 화자의 의지이다. 그가 현실적으로 회귀 가능한 것은 공간적 고향이며, 그는 그 공간적 고향에서 회귀불가능한 어린 시절을 찾기 위한 방법으로써 그 어린 날의 순수했던 동심의 세계를 추구하고 있는 것이다. 이것은 다름 아닌 회귀불가능한 유년에 대한 그리움의 표현이기도 하다.

자연에의 복귀 추구는 「歸去來辭」, 「가을 고향」, 「天下秋」, 「고향은 없고」, 「옛고향에 와서」 등의 작품을 통해서 나타난다. 그는 조선시대 양반들처럼 도심에 살면서도 고향을 끊임없이 추구하고 귀거래를 생각한다. 鄭椀永의 귀거래의식 속에는 강호가도들이 귀거래 후 자연을 벗하며 자연을 사랑하였던 것처럼 자연에 대한 깊은 사랑이 들어 있고 그러한 자연의 세계에 대한 추구가 들어 있다. 그의 처소적 고향인 김천에 대한 사랑이, 자연에 대한 사랑으로 확대되고 있음을 알 수 있다.

불교에의 귀의의식은 「佛境」, 「直指寺韻」, 「無佛行」, 「이승의 등불」, 「遠景」, 「구름 3」 등의 작품을 통해 나타난다. 그의 귀향의지가 나타나는 작품에는 죽은 후에 육신은 처소적인 고향땅에 묻히고 싶다는 생각, 즉 육신이 태어난 곳의 자연공간으로 돌아가고픈 귀향의식의 작품과 종교적인 세계로의 귀향의식인 불교에의 귀의를 추구하는 작품이다. 종교적 귀향의식에서의 고향은 이미 속세의 고향이 아니라 종교적인 세계, 죽음 너머에 있는 영혼이 돌아갈 수 있는 세계이다. 때문에 그의 귀향의식은 죽어서 육신은 묻히는 것이고, 영혼은 불교의 종교적 본향으로 돌아가는 것이다. 특히 불교적인 색채가 짙은 작품들에선 이승과 저승을 넘나드는 경지를 보여주고 있으며, 그가 돌아가고자 하는 본향은 자기가 세상에 태어나기 전의 장소로 다시 돌아간다는 종교적 의미이며, 그곳은 사후세계인 내세를 의미하기도 한다.

1. 基本資料

金相沃『草笛』, 水郷書軒, 1947.

　　　『三行詩六十五篇』, 아자방, 1973.

　　　『墨을 갈다가』, 창작과 비평사, 1980.

　　　「詩와 陶磁」,『墨을 갈다가』, 창작과 비평사, 1980.

　　　『향기 남은 가을』, 상서각, 1989.

　　　『느티나무의 말』, 상서각, 1998.

　　　『눈길 한 번 닿으면』, 만인사, 2000.

　　　「백자 이제」,『꼭 읽어야 할 한국명수필 111선』, 타임기획, 2001.

李泰極『꽃과 여인』, 동민문화사, 1970.

　　　『노고지리』, 일지사, 1976.

　　　『소리 · 소리 · 소리』, 문학신조사, 1982.

　　　『날빛은 저기에』, 도서출판 시민, 1990.

　　　『紫霞山숨 이후』, 도서출판 토방, 1995.

　　　『시조개론』 서문, 새글사, 1959.

　　　『시조의 사적 연구』, 반도출판사, 1974.

　　　『현대시조작법』, 正音社, 1981.

　　　『먼 영마루를 바라 살아온 길손』, 국학자료원, 1996.

李泰極 · 鄭椀永 외「우리가락의 멋 시조」, 한국청소년연맹 편, 1982.

鄭椀永 『採春譜』, 동화출판공사, 1969.

　　『墨鷺圖』, 월간문학사, 1972.

　　『失日의 銘』, 1974.

　　『산이 나를 따라와서』(시선십), 1976.

　　『白水詩選』, 가람출판사, 1979.

　　『꽃가지를 흔들듯이』, 가람출판사, 1979.

　　『蓮과 바람』, 가람출판사, 1984.

　　『白水 鄭椀永先生 古稀紀念詞華集』, 가람출판사, 1989.

　　『蘭보다 푸른 돌』, 신원문화사, 1990.

　　『오동잎 그늘에 서서』, 도서출판 토방, 1994.

　　『엄마 목소리』, 도서출판 토방, 1998.

　　『이승의 등불』, 도서출판 토방, 2001.

　　「고향과 분묘」, 『白水 鄭椀永先生 古稀紀念詞華集』, 가람출판사, 1989.

　　「시조를 어떻게 쓸 것인가」, 『白水 鄭椀永先生 古稀紀念詞華集』, 가람출판사, 1989.

　　「고향이라는 이름의 등불」, 『차한잔의 갈증』, 햇빛출판사, 1992.

　　『차 한 잔의 갈증』, 햇빛출판사, 1992.

　　『나뷔야 靑山 マ즈』, 햇빛출판사, 1995.

　　『현대시조선집』발간사, 새글사, 1976.

　　『시조창작법』, 중앙일보사, 1981.

　　『시조산책』, 가람출판사, 1985.

한춘섭·박병순·리태극 『한국시조큰사전』, 을지출판공사, 1985.

2. 單行本

강우식『한국 상징주의 시 연구』, 문학아카데미, 1999.

고 은『남과북』, 창작과비평사, 2000.

고경식 · 김제현『시조 · 가사론』, 예전사, 1988.

김우창『궁핍한 시대의 시인』, 민음사, 1977.

김윤식『한국근대문학사상비판』, 일지사, 1978.

김제현『辭說時調全集』, 영언문화사, 1985.

김제현 · 이지엽『한국 현대시조 작가론 I』, 태학사, 2002.

김종철『문학과 사회』, 영남대학교 출판부, 1994.

김종태『정지용 시의 공간과 죽음』, 도서출판 월인, 2002.

김주연『문학비평론』, 열하당, 1986.

김준오『詩論』, 圖書出版 三知院, 1982.

김학동『한국현대시인연구』, 민음사, 1977.

김학성『고전시가론』, 새문사, 193.

김학성『韓國古典詩歌의 研究』, 원광대학교 출판국, 1980.

박성의『한국문화사대계V』, 언어문학사, 고대민족문화연구소 출판부,
       1967.

박을수『한국시조문학전사』, 성문각, 1978.

박재삼『시의 분석과 감상』, 송정문화사, 1991.

백 철『조선신문학사조사』, 백양당, 1949.

성기옥『한국시가의 율격의 이론』, 새문사, 1986.

성기조『문학이란 무엇인가』, 동백문화사, 1992.

______『한국문학과 전통 논의』, 신원문화사, 1990.

우숙자『끝나지 않은 망향의 가을편지』, 대한출판사, 2001.

______『실향의 아픔은 나의 비단길이었다』, 대한출판사, 1996.

원용문『시조문학원론』, 백산출판사, 1999.

______『한국시조작가론―여강 원용문박사 화갑기념논문집』, 국학자료원, 1999.

유홍준『나의 문화유산답사기 2』, 창작과비평사. 1993.

윤영천『한국의 유민시』, 실천문학사, 1987.

이 탄『현대시와 상징』, 문학예술사, 1982.

이규태『한국인의 정서구조』, 신원문화사, 1994.

이우재『한국시조시문학론』, 은항문화사, 1991.

이우종『현대시조의 이해』, 국제출판사, 1981.

임종찬『현대시조론』, 국학자료원, 1987.

장 파『동양과 서양, 그리고 미학』, 푸른숲, 1999.

정병욱『한국고전시가론』, 신구문화사, 1977.

정한모·이우종『현대시조의 이해』, 국제출판사, 1981.

조동일『한국문학통사』, 지식산업사, 1989.

조윤제『국문학개설』, 동국문화사, 1955.

조윤제『한국문학사』, 동국문화사, 1955.

최근덕『한국유학사상연구』, 철학과 현실사, 1992.

최길성『한국의 무당』, 열화당, 1981.

최순우『무량수전 배흘림 기둥에 기대서서』, 學古齊, 1994.

최재서『문학과 지성』, 인문사, 1938.

최진원『국문학과 자연』, 성균관대학교출판부, 1977.

가스똥 바슐라르『몽상의 시학』, 김현 역, 홍성사간, 1978.

메를로 퐁티 『문학현상학』, 김진국 편역, 대방출판사, 1983.

스크트릭 외 『문학의 상징 · 주제사전』, 장영수 역, 청 · 하, 1989.

질베르 뒤랑 『상징적 상상력』, 진형준 역, 문학과 지성사, 1983.

폰 프란쯔 『인간과 상징』, 조승국 역, 범조사, 1983.

Charles Chadwick, 박희진 역, 『상징주의』, 서울대출판부, 1982.

David Lindley, Lyric, Martin Coyle 편, Encyclopedia of Literature and Criticism

E. Steiger, Grundbegriffe der Poetik, 이유영 · 오현일 공역, 삼중당, 1978.

Hans Meyerhoff, Time in literature, University of California Press, 1955.

Maries K. Danziger and W. Stacy Johnson; An Introduction to Literary Criticism (Boston: D. C. Heath and company, 1966) pp.28~32 Rou-tledge, 1991.

Rene Wellek, Discrimination, Yale University Press, 1972.

Roman Jakobson, Language in Literature, 신문수 역, 문학과 지성사, 1994.

Susanne K. Langer 『Feeling and Form』, Charles Scribner's Sons, 1953.

V. Shklovsky, Tristram shandy Sterna, 한기찬 역, 月印齊, 1980.

W. Y. Tindal, The Literary Symbol, Indiana University Press, 1955.

3. 學位 論文

權純會 『田家時調의 美的 特質과 史的 展開 樣相』, 高麗大學校 博士學位論文, 2000.

金東俊 『時調文學의 構造 研究』, 東國大學校 博士學位論文, 1980.

金炳光 『〈흙〉과 〈故鄕〉의 對比 研究』, 檀國大學校 博士學位論文, 1989.

文武鶴 『時調批評史 研究』, 大邱大學校 博士學位論文, 1995.

朴明愛 『〈고향〉과 〈땅〉의 텍스트 비교 연구』, 檀國大學校 博士學位論文, 2003.

吳昇姬 『現代時調의 空間研究』, 東亞大學校 博士學位論文, 1991.

이민영 『초기 현대시조 연구』, 우석대학교 박사학위논문, 2001.

張美羅 『韓國 近代時調 研究』, 中央大學校 博士學位論文, 1990.

趙容勳 『韓國 近代詩의 故鄕喪失 모티브 研究』, 西江大學校 博士學位論文, 1994.

조해숙 『시조에 나타난 시간의식과 시적 자아의 관련 양상 연구』, 서울대학교 박사학위논문, 1999.

周康植 『現代時調의 樣相 研究』, 東亞大學校 博士學位論文, 1990.

崔貞順 『時調 장르의 時代的 變貌와 그 意味』, 梨花女大 博士學位論文, 1989.

崔鍾錦 『1930년대 韓國詩의 故鄕意識 研究』, 敎員大學校 博士學位論文, 1998.

김휘정 『정지용 시의 고향 상실 연구』, 동국대학교 석사학위논문, 1999.

羅在均 『金相玉 時調 研究』, 한국교원대학교 석사학위논문, 1998.

박상준『1930년대 시에 나타난 〈고향의식〉의 시간과 공간 연구』, 건국
　　　대 석사학위논문, 1992.

서영웅『정완영 시조 연구』, 부산대학교 석사학위논문, 1990.

유성규『현대시조의 자유시화에 관한 연구』, 홍익대 교육대학원 석사
　　　학위논문.

이명희『1930년대 시에 나타난 '고향의식'연구』, 건국대학교 석사학위
　　　논문, 1992.

李誠財『鄭椀永 時調 研究』, 한국교원대학교 석사학위논문, 1998.

林相潤『故鄕空間 認知에 관한 研究』, 고려대학교 석사학위논문, 1990.

張琛順『鄭椀永 童時調 研究』, 한국교원대학교 석사학위논문, 2000.

4. 一般論文 및 評論

강우식「통일지향의 시」,『성균어문연구』, 성균관대학교 성균어문학회,
　　　2001.

김　준「月河 李泰極論」,『月河 李泰極博士 古稀記念文集』, 문학신조
　　　사, 1982.

김　준「현대시조 감상을 위한 작품분석 연구」,『인문논총 7』, 서울여
　　　대. 1999.

김기봉「상징주의」,『문예사조』, 고려원, 1986.

김기진「마음의 폐허」,『김팔봉문학전집Ⅵ』, 문학과 지성사, 1989.

김대행「따뜻한 法語에 이르는 길―정완영론」,『한국현대시조작가론
　　　Ⅰ』, 태학사, 2002.

김동리「草笛의 樂譜, 김상옥 씨의 시조집을 읽고」,『민중일보』, 1947.

8. 20.

김윤식 「어둠 속에 익은 思想」, 『한국근대작가논고』, 一志社.

김제현 「시조와 전통사상」, 『운경 장수근박사 화갑기념특집호』, 경기 대국어국문학회, 1985.

김종철 「30년대의 시인들」, 『시와 역사적 상상력』, 문학과 지성사, 1978.

김해성 『시조문학』 100호, 1991 가을.

나재균 「金相沃論」, 『韓國時調作家論』, 國學資料院, 1999.

남천우 「석굴암 원형보존의 위기」, 『신동아』, 1969. 5월호.

노병곤 「고향의식의 양상과 의미 ―지용시와 천명시를 중심으로―」, 한국학논총26집.

박기섭 「먼 산빛, 수묵의 그늘」, 『열린시조』 제9호, 1998 겨울.

박병순 『시조문학』 95호, 1990 여름.

박재삼 「백수 그 인간과 문학」, 『현대시조』, 1989 여름.

백대진 『태서문예신보』, 1918.

서 벌 「儒·佛·仙의 同心圓, 그 한국적 감성과 가락―白水 鄭椀永論」, 『白水 鄭椀永先生 古稀紀念詞華集』, 가람출판사, 1989.

서태수 「현대 시조시의 사적 연구」, 『청람어문학회』, 한국교원대학교, 1996.

성기조 「우리문학의 근원은 어디인가」, 『청람문화2』, 한국교원대학교 편집위, 1987.

신동욱 「고향에 관한 시인의식 시고」, 『우리시의 역사적 연구』, 새문 사, 1981.

신용대 『김상옥 시조의 연구』, 충북대학교 국문학 논문집 23집, 1982.

야나기 무네요시(柳宗悅, 1889~1961), 「석굴암의 조각에 관하여」, 『예술』, 1919.

양현승 「'고향'의 미학」, 『비평문학』, 1988.

유성규 「艸丁 金相沃의 詩世界」, 『時調生活』創刊號, 1989 여름.

윤정구 「고전의 향기, 절제된 서정의 아름다움」, 『시조문학』, 2002 봄호.

윤주은 「김소월시의 고향인식연구」, 『국문학연구』 11집, 효성여대 국
      어국문학과, 1986.

이근배 「艸丁 金相沃의 作品」, 『時調生活』창간호, 1989 여름.

이미숙 「한국 근대문인의 고향의식 연구―김기진, 정지용, 오장환을
      중심으로」. 한국학술재단.

이병기 「시조를 뽑고」, 『문장』 10호, 1939.

이선희 「李泰極論」, 『韓國時調作家論』, 국학자료원, 1999.

이성재 「鄭椀永論」, 『韓國時調作家論』, 국학자료원, 1999.

이숭원 「현대시조의 아름다움과 예술적 높이」, 『열린시조』 제9호,
      1998 겨울.

이영자 「李泰極 時調詩의 世界」, 『月河李泰極博士古稀記念文集』, 문학
      신조사, 1982.

이우종 「한국현대시조의 이해」, 『시조생활』창간호, 1989 여름.

이원섭 『느티나무의 말』 서문, 尙書閣, 1998.

이응백 『시조문학』 100호, 1991 가을.

이항녕 『시조문학』 100호, 1991 가을.

인권환 「詩에 있어 故鄕意識의 樣相 ―高麗時代 禪詩를 중심으로―」,
      于雲 朴炳采 博士還曆紀念論叢.

임선묵 「草笛攷」, 『단국대 국문학논집 11집』, 동화문화사, 1983.

전광식 「고향에 대한 철학적 반성」, 『철학연구 제67집』, 대한철학회

논문집, 1998.

정한모 「향토적 리리시즘의 승화」, 『한국 현대시의 현장』, 박영사, 1983.

정한모 「향토적 자연과의 친화」, 『한국 현대시의 현장』, 박영사, 1983.

정한모 · 이우종 『시조문학』, 1980 여름.

정혜원 「김상옥 시조의 전통성」, 『한국현대시조작가론 I 』, 태학사, 2002.

제해만 『한국현대시의 고향의식연구』, 시세계, 1994.

조주환 「월하와 시조, 그리고 인간미」, 『시조문학』 73호, 1992.

최남선 「조선국민문학으로서의 시조」, 『조선문단』, 1926년 5월호.

한계전 「1930년대 시에 나타난 '고향'이미지에 관한 연구」, 『한국문화』 16호, 서울대한국문화연구소, 1995.

한계전 「윤동주 시에 있어서 고향의 의미—그 비교문학적 고찰」, 『세계의 문학』, 1987. 겨울.

2

실향민의 고향의식

- 우숙자 시조시집을 중심으로 -

Ⅰ. 서 론

  우리는 먼저 고향이란 정의를 살펴볼 필요가 있다. 여러 학자들이 고향에 대한 정의와 고향상실에 대한 정의를 내리고 있는데 살펴보면 다음과 같다.

  고향이란 '태어나고 자란' 處所的 고향 외에도 形而上學的 고향이라고 볼 수 있는 정신적 뿌리, 정신적 유대감으로의 고향의식이 있다. "鄕愁란 원래 故鄕에 대한 思慕이지만, 그 故鄕이란 반드시 有形임을 요하지는 않는다."[1]라고 했을 때, 우리는 無形의 정신적 안식처를 생각해 볼 수 있다. "故鄕世界(Heimwelt)는 모든 人間과 모든 人間 共同體를 둘러싸고 있는 親戚 및 이웃 같은 切親한 사람들과 아는 사람들의 領域이다. 이 領域은 個人과 共同體에 제각각 다르게 매우 廣範圍하고, 그러면서도 有限한 것이다. 故鄕의 意識的이고 形而上學的 측면을 볼 때 그 故鄕의 本質은 不變하고, 또 그것은 永久的인 것이다. 또 그것은 自然的 空間만이 아닌 것이다."[2]라는 훗설의 정의와 "故鄕

---

1) 최재서, 『문학과 지성』, 인문사, 1938.
2) 전광식, 「고향에 대한 철학적 반성」, 『철학연구』 제67집, 대한철학회,

은 糧食을 供給하는 土壤이고, 審美的 喜悅의 對象이며, 精神的인 뿌리감정(geistiges Wurzelgefühl)"[3]이라고 슈프랑어는 정의한다.

또한 "人間의 現存은 故鄉喪失(Heimatlosigkeit)의 現存이며, 存在忘却(Seinsvergessenheit)의 現存이다. 故鄉은 고요하고 위험이 없는 世界指定에 대한 표현이다. 被投性(Gewofenheit)과 世界內 存在性(In-der-Welt-Sein) 가운데 있는 人間 現存은 그 本來性이 非本來性에 의해 은폐되어 그 본래성을 잃은 狀態에 있다. 이런 상태가 故鄉喪失이다. 그리고 故鄉인 本來性의 回復이야말로 哲學者의 課題이고, 또 人間의 根本的인 指向目標"[4]라고 하이덱거는 정의하고 있다. 그런가 하면 볼노프는 "故鄉은 人格이 태어나고 자라고 또 일반적으로 계속 집으로 가지고 있는 삶의 領域이다. 故鄉은 그에게서 父母와 子息, 兄弟姉妹 등과 같은 家族 內에서의 親密한 人間關係들과 함께 시작된다. 이 요소 외에 故鄉은 마을과 같은 空間的인 次元과 또 傳統 같은 時間的인 次元을 지니고 있다"[5]라고 정의하였다. 이것은 고향을 어떤 영역적인 차원에서 접근하기보다 혈통 및 가족 중심적으로 접근하는 시도이다. 또한 양현승[6]은 이미 존재하지 않는 시간과 돌아갈 수 없

1998. 재인용.
3) 전광식, 「고향에 대한 철학적 반성」, 『철학연구』 제67집, 대한철학회, 1998. 재인용.
4) Axel Beelmann, Heimat als Daseinsmetapher. Weltanschauliche Elemente im De-nken des Theologiestudenten Martin Heidegger, Wien 1994. SS. 13-14. 전광식, 「고향에 대한 철학적 반성」, 『철학연구』 제67집, 대한철학회, 1998. 262쪽 재인용.
5) 전광식, 「고향에 대한 철학적 반성」, 『철학연구』 제67집, 대한철학회, 1998. 재인용.
6) 양현승, 「고향의 미학」, 『비평문학』, 1988.

는 공간의 가장 일반화된 것은 '고향'이라고 정의하고 있다. 또한 고향이란 일반적으로 '태어나서 자란 곳'이라는 피상적 의미에서 현재적 삶이 누릴 수 있는 '보편정신의 안식처'[7]이자 시인에게 있어서는 시심의 思惟 時·空的으로 바뀐다.

개인적인 차원에서는 일종의 복고적 정서라고 할 수 있는 이 고향에 대한 향수는 시간과 공간으로 나누어 볼 수 있는데, 양현승[8]에 의하면 이것은 서로 상반된 모습을 지니고 있다고 한다. 누구나 돌아가고 싶다고 느끼는 고향의 의미가 공간적으로는 회귀가능성으로 인식되지만, 시간적 의미에서는 절대회귀불가능성으로 인식되기 때문이다. 그런데 우숙자 시인의 경우는 일반적으로 나타나는 고향의식과는 다르다. 보통은 고향의 공간적 의미의 회귀가능성은 실제로 고향에 돌아갈 수 있음을 의미하지만, 우숙자의 경우는 인위적인 장벽에 막혀 돌아갈 수 없는 경우라서 시간적·공간적으로 모두 회귀불가능하기 때문에 실향의 아픔은 더욱 절실하게 나타난다고 할 수 있다.

시조시인 小庭 우숙자[9]는 북한 개성을 고향으로 두고 월남한 시인이

---

7) 김윤식, 「어둠 속에 익은 思想」, 『韓國近代作家論攷』, 일지사,

8) 양현성, 위 논문 참조.

9) 우숙자, 경기도 개성에서 태어나 한국전쟁(1·4후퇴) 때 남하, 1982년 KBS 6·25특집 장원(북녘땅의 어머니를 그립니다, 황금찬시인 심사)으로 문단 등단 후 『현대시조』지 3회 천료(1984)로 문단 활동을 하였다. 개성여고 졸업, 방송통신대학국어과, 광운대학교 경영대학원 경영자과정 수학, 미국 미시시피대학연수 명예 문학박사이다. 한국문인협회, 한국국제펜클럽 회원. 한국자유시인협회 감사, 전쟁문학회 및 한맥문학회 부회장, 한국시조시인협회, 한국불교문인협회 이사를 역임하였고, 현재 한국여성문학인회 이사 및 한국여류시조시인협회 부회장으로 있다. 일봉 문학상 본상(95), 노산문학상 본상(96), 한맥문학가 본상(97), 통일부 장관 표창(01), 전쟁문학회 본

다. 그는 1984년 〈현대시조〉지로 등단한 이후 계속 분단된 고향을 그리
워하며 고향에 관한 시를 썼다. 1988년 역사적인 올림픽 개최를 대한민
국에서 하게 됨으로써 당시의 정부는 "2차대전 후 계속되어 온 남북 적
대관계와 경쟁 상태가 올림픽까지 지속되는 것은 민족의 자존심이 허락
지 않는 일"이라고 공표함으로써 북과의 적대관계를 청산하고 동반관계
로 '북방 외교정책'으로 통일의지를 표방하여 월북 작가의 해금조치를
단행함으로써 북한을 고향으로 두고 있는 시인들이 고향을 그리워하는
시를 마음 놓고 쓰고 발표할 수 있는 기회도 주어졌다. 이전에는 승공,
반공 사상이 철저했던 남한의 이념 때문에 북한의 고향을 그리워하는
것만으로도 북한을 동조한다고 생각하거나 사상범으로 몰릴 염려도 있
어, 혈육을 보고 싶어 하는 마음조차 자유롭지 못했던, 부끄러운 지난
역사를 우리는 가지고 있다. 해금을 했다고는 하나 해금 조치된 시인은
정지용, 김기림에 지나지 않아, 분단문학에서 통일문학으로 가야 할 필
연의 과정에서 우리 문단 내부가 무엇보다 우선적으로 철저히 정리해야
할 문제가 월북작가들의 전면 해금이라고 강우식[10]은 주장하고 있다.
　우숙자는 아홉 권의 시집[11]에서 고향을 그리워하며 실향과 이산가

　　상(02), 문학21 대상(03) 등을 수상한 바 있다.
10) 『한국분단시 연구』 서론, 11~12쪽. "문공부 당국의 발표에 의하면 해금
　　조치 대상이 된 납북 작가는 26명이었다. 그중 백석, 현덕, 허준, 안회남,
　　이태준, 정지용, 김기림 7명으로 압축되었고, 그나마 해금 작가는 정지용,
　　김기림 2명에 그쳤다. 알려진 사실대로 월북 문인이 111명이고 이 숫자
　　는 해방 직후 문인이 1백 5,60명으로 추산될 때 전체 문인 수의 3분의 2
　　선이 넘는다."
11) 『아직도 고향은 마냥 먼데』(1986), 『내 고향 창가에 얼룩진 저녁놀』
　　(1988), 『그날의 별들이 서성이는』(1992), 『흰 옷 입은 고향의 언어들』
　　(1994), 『사랑물 긴긴 다리』(2인 공저)(1994), 『실향의 아픔은 나의 비단

족의 아픔과 서러움과 통일의 기원 및 통일에 대한 희망의 시를 썼다. 그의 시집 제목에서도 볼 수 있듯이 모든 시들은 한결같이 실향의 아픔과 통일에의 염원이 주제이다. 그것은 가지 못하는 고향에 대한 그리움[12]과 보지 못하는 이산가족에 대한 그리움과 통일에 대한 열망이 누구보다 강하기 때문이었을 것이다. 이 연구에서는 그의 9권의 시집을 통하여 나타나는 고향의식을 살펴보고, 고향이 그의 시조 작품 속에 어떻게 반추되고 있는지 살펴보고자 한다.

II. 실향에 대한 아픔과 그리움

그는 우리 민족이 안고 있는 가장 큰 문제인 분단과 통일에 대한 문제를 누구보다 절실히 느끼며 살아온 실향민이다. 6·25전쟁 시, 여고 6학년이었던 그녀는 고향인 개성을 등지고 떠나 한 많고 고달픈 피난살이를 하였다. 그리워하면서도 가지 못하는 고향 개성에 대한 애환과 어린 날의 추억을 쓴 작품들을 찾아보면 실향에 대한 아픔과 그리움이 나타남을 알 수 있다. 자유시인 중에 구상, 전봉건, 김동규 같은 시인들도

길이었다』(1996), 『새로운 바람소리』(1999), 『끝나지 않은 망향의 가을편지』(2001), 『가슴에 묻은 목마름의 고향』(2004).

12) 전봉건, 『북의 고향』 서문에서 "고향을 떠난 사람이 고향을 그리며 생각함은 당연한 일이 아닐 수 없습니다. 고향을 떠난 시인이 떠나온 고향을 그리며 생각함 역시 당연한 일이 아닐 수 없습니다. 더욱이 그 고향을 떠남이 타의에 의한 것이었고 고향으로 돌아가지 못함 역시 타의에 의한 것일 때 고향 떠나 사는 사람이나 시인의 고향 그리움과 생각은 더욱 크고 간절한 것이 아닐 수 없습니다."

월남하였고 고향을 그리워하는 시들을 썼는데, 특히 북을 고향으로 둔
전봉건 시인은 『북의 고향』 서문[13]에서 타의에 의해 가지 못하는 고향
을 가질 때 그리움과 생각이 더욱 크고 간절함을 시사하고 있다.

　　　비늘처럼 돋아나는 향수의 아픔이여
　　　한 쌍의 떼기러기 북녘으로 날아가는
　　　저 하늘 우러러 보며 하염없이 울었다

　　　불붙는 심혼 속에 솟구치는 그리움이
　　　잠들어 누워있는 불사의 정맥으로
　　　피 맺힌 가슴을 풀어 열풍으로 떠도는가

　　　끝없이 공전하는 눈물 흘린 시간 위로
　　　내 정말 참으면서 오래도록 살아야지
　　　신이여 돌아갈 수 있는 내 뜨락을 주옵소서.
　　　　　　　　　　　　　　　　　　　—「고향 생각」 전문

　　　부칠 데 없는 시를/ 매일 밤 썼습니다./
　　　동여맨 깊은 상처 형벌처럼 가혹하여/
　　　이 목숨/ 고백하기에/ 긴긴 밤을 지샜지요.
　　　　　　　　　　　　—「세모의 밤—갈 수 없는 고향」 첫째 수

　　　속절없는 세월 속에/ 벽화처럼 걸린 침묵/
　　　이렇듯 남아있는 뜨거운 아픔이고/
　　　세모에/ 우는 이 밤을/ 어디에다 부치리까
　　　　　　　　　　　　—「세모의 밤—갈 수 없는 고향」 셋째 수

---

13) 앞 주 참고.

「고향 생각」처럼 인간은 연어의 회귀와도 같이 동물적 본능으로서 고향에 돌아가고 싶어 한다. 고향이란 '태어나고 자란' 處所的 고향 외에도 形而上學的 고향이라고 볼 수 있는 정신적 뿌리, 정신적 유대감으로의 고향의식이 있다. "鄕愁란 원래 故鄕에 대한 思慕이지만, 그 故鄕이란 반드시 有形임을 요하지는 않는다."14)라고 했을 때, 우리는 無形의 정신적 안식처까지 생각해 볼 수 있다. 가고 싶은 의지가 있고, 시간과 여비가 있어도 갈 수 없는 고향을 둔 사람에게는 고향에 대한 그리움은 더 깊어질 수밖에 없으며 안타까운 마음 또한 더욱 짙을 수밖에 없다. 북녘으로 날아가는 기러기를 보면서도 고향에 대한 그리움은 '비늘처럼 돋아나'고 고향을 그리다가 '피 맺힌 가슴'이 되고, 끝내 화자는 "신이여 돌아갈 수 있는 내 뜨락을 주옵소서"라고 절규하게 된다.

「세모의 밤」은 부제가 '갈 수 없는 고향'이다. 평소에도 그리운 것이 고향인데 부모·형제·친척을 만나고 명절을 쇠러 가는 세모일 때 만나볼 수 없는 부모·형제·친척과 갈 수 없는 고향을 둔 서러움은 더할 것이다. 실향민의 서러움은 '부칠 데 없는 시'를 밤마다 쓰는 것이다. 실은 '부칠 데'가 없는 것이 아니고 부치지를 못하는 것이다. 고향이라는 공간은 있으나 바라보고 그리워만 하였지 갈 수 없는 땅이 바로 휴전선 이북의 북한땅이다. 때문에 고향에 대한 그리움은 '동여맨 깊은 상처 형벌처럼 가혹'한 세월로 표출되고 있으며, 또한 그 고향은 언제쯤 갈 수 있으리라는 '기약없는 발걸음'이고 '벽화처럼 걸린 침묵'인 것이다. 50여 년간의 깊은 상처, 세계에서 아직도 휴전선을 간

---

14) 최재서, 『문학과 지성』, 인문사, 1938.

직한 유일한 나라의 아픔, 이산가족을 슬퍼하는 민족의 아픔이 절절하
게 나타나는 작품이다.

> 얼마를 더 참아야/ 눈물같은 고향일까/
> 하늘을 깎아내는 목 메인 종이학의/
> 그 슬픔/ 내가 될 수 없는/ 아! 사랑의 內在律//
>
> 죽으면 잊어질까/ 겹겹이 멍든 사연/
> 목숨같은 망향 속에 흔들리는 시간들이/
> 천갈래/ 여울목에서/ 갯벌처럼 누웠다.
>
> ―「고향」 전문

　　망향의 그리움이 짙게 나타나는 시이다. 얼마나 많이 참아온 세월
인가. 인생의 2/3쯤을 인내와 기다림으로 보냈다. 한국전쟁 중에 잠시
의 피난으로 생각하며 떠나왔던 고향땅을 50여 년 동안 밟지 못한 아
픔의 세월이 된 것이다. 그 아픔은 곧 "하늘을 깎아내는 목메인 종이
학"으로 표현되어 날지 못하는 종이학에 비유하고 있으며 그 슬픔조
차 내가 될 수 없다고 하며 슬픔보다 더 깊이 자리한 고향에의 사랑
을 '사랑의 내재율'로 표현하고 있다. 둘째 수에서는 '목숨 같은 망향
속에'라고 하여 목숨과 망향을 동격으로 보고 있다. 이 시에서 고향에
대한 그리움은 곧 목숨처럼 간절하고 절실한 것이다. "죽으면 잊어질
까/ 겹겹이 멍든 사연"이라고 하여 죽어도 잊지 못할 것이라는 역설
적인 표현이라 볼 수 있으며, 고향에 대한 짙은 향수가 나타나는 부분
이다. 그러한 처소적 공간에 대한 그리움의 시간은 마음의 천 갈래 여
울목, 곧 모든 생각의 끝자락에 갯벌처럼 질펀하게 누워 있다.

點으로 흐려지는 어머니를 뒤로 하고
추럭에 흔들리며 달빛 안고 떠나온 길
귀촉도 슬피우는 밤 이 한이여 민들레여
　　　　　　　　　　　　— 「故鄕으로 가렵니다」 첫째 수

숨 닳던 그리움을 낙엽처럼 굴리누나
허공에 쏟아 놓은 하많은 이야기가
언 가슴 녹인 노래여 긴 銀河의 울음이여
　　　　　　　　　　　　— 「故鄕으로 가렵니다」 셋째 수

물빛 염원으로 익어가는 祖國이여
포탄이 울고간 날 온 밤을 서성이던
기억의 모롱이에서 望夫石은 말이 없다
　　　　　　　　　　　　— 「故鄕으로 가렵니다」 다섯째 수

　첫째 수에서는 어머니와 이별하던 날의 정경이 나타난다. 어머니와 이별하여 아득히 점처럼 멀어지는 어머니의 모습을 뒤로하며 추럭을 타고 피난하던 날의 모습이다. 달빛을 안고 떠나오던 그 밤에 대한 기억이 귀촉도가 우는 밤, '귀촉도(歸蜀道)'란 두견이를 말함인데, 촉나라로 돌아가고 싶어 한다는 귀촉의 의미이다. '귀촉도 슬피우는 밤'이란 여기서는 고향을 그리워하며 슬퍼하는 화자 자신의 상징이라고도 볼 수 있다.
　셋째 수에서는 '숨 닳던 그리움'이란 고향에 가 닿는 마음은 언제나 숨차다는 의미이다. 숨이 닳듯 자주 잠기는 고향에 대한 그리움이다. 그러나 그 그리움을 끝내 허무하게 낙엽처럼 굴리고 있다.
　경기도 개성[15]은 우숙자 시인이 태어난 곳이다. 판문점에서 임진강 철

---

15) 고려왕조의 오백 년 도읍지였던 송도. 산수가 수려하여 아름답기로 이름

교를 지나 자유의 집 전망대에 오르면 꿈에도 잊지 못하는 고향, 송악산이 손에 잡힐 듯이 보인다. 우 시인은 황진이의 숨결이 살아 있는 개성에서 아버지, 어머니 사이에서 육남매의 맏딸로 태어났다. 제법 많은 토지를 소유했던, 소위 지주의 다복한 딸로, 온실의 화초처럼 남달리 고이 자랐다. 개성고녀 6학년, 6·25동란으로 삼일 아니면 일주일이면 족하다는 어머니의 성화에 못 이겨 울면서 달 밝은 밤 홀로 트럭을 타고 고향을 떠났다.

이 작품에서의 고향은 "故鄕世界(Heimwelt)는 모든 人間과 모든 人間 共同體를 둘러싸고 있는 親戚 및 이웃 같은 切親한 사람들과 아는 사람들의 領域이다."[16]라는 홋설의 정의와 "故鄕은 糧食을 供給하는 土壤이고, 審美的 喜悅의 對象이며, 精神的인 뿌리감정(geistiges Wurzelgefühl)"[17]이라고 정의한 슈프랑어와 같은 맥락으로 이해될 수 있다. 즉 이 작품에서는 공간적 고향이 모든 人間과 모든 人間 共同體를 둘러싸고 있는 親戚 및 이웃 같은 切親한 사람들과 아는 사람들의 領域으로 나타나고 있다.

> 내 가슴 젖어있는 失鄕民의 슬픔이여
> 썰렁히 누워있는 由緒 깊은 滿月臺는
> 山 같은 고요로움이 그때처럼 낯익다
>
> ― 「내 고향 만월대」 첫째 수

난 곳이다. 옛날 개성을 가리켜 송악, 송도, 개경, 중경이라고도 했다. 개성은 또한 송도삼절이라고 불리는 유명한 박연폭포와 황진이 서화담의 간절하고 애틋한 일화가 있는 곳이다.
16) 전광식, 「고향에 대한 철학적 반성」, 『철학연구』 제67집, 대한철학회, 1998. 재인용.
17) 전광식, 「고향에 대한 철학적 반성」, 『철학연구』 제67집, 대한철학회, 1998. 재인용.

한적한 聖域에는 愛隣의 세월들이
칼바람 울음으로 어둠을 끌어안고
五百年 기나긴 꿈이 이끼로나 돋는가
                              ―「내 고향 만월대」둘째 수

허물어진 돌계단을 조심스레 오르라면
송악산 이마위로 산새들이 날아들고
벼랑 끝 넝쿨딸기가 오순도순 날 부르던……
                              ―「내 고향 만월대」셋째 수

오늘은 들녘마다 하얀 눈이 나리는데
내 노래 나직나직 묻혀있는 山川이여
한목숨 꽃으로 피던 가고 싶은 고향이여.
                              ―「내 고향 만월대」여섯째 수

　늘 고향에 대한 그리움으로 가슴이 젖어 있는 실향민, 그 고향의
유서 깊은 만월대의 산같이 침묵하는 그 모습이 예전처럼 낯이 익다
는 것이다. 지금 이 시의 화자는 고향의 유명한 만월대와 그 주변의
정겹던 고향에서의 모습들을 회상하며 그리움에 젖고 있다. 일상적으
로 인간은 만나지 못하거나, 떨어져 있는 거리감이 있을 때 그리움을
갖는다. 어렸을 때 보던 만월대, 송악산의 산새들, 넝쿨딸기, 과수원의
능금 등등 어린 날의 향수가 배어 있는 소재들을 사용하여 그리움의
강도를 높이고 있다. 이 그리움은 여섯째 수의 "오늘은 들녘마다 하얀
눈이 나리는데/ 내 노래 나직나직 묻혀있는 山川이여/ 한목숨 꽃으로
피던 가고 싶은 고향이여.//"에서 고향을 그리워하게 된 원인[18]과 그

---

18) 여기에서 화자가 그리워하는 것은 공간적 고향인 만월대와 시간적인 과

그리움의 절정을 이룬다고 볼 수 있다. 휴전선 이북의 갈 수 없는 공간인 만월대와 시간적으로도 갈 수 없는 과거로 나타나 공간적 회귀와 시간적 회귀가 둘 다 불가능하여 이 작품에서의 그리움의 강도는 그만큼 더 높다. 더구나 그리움을 자아내는 요소 중 하나인 눈이 오는 날, 보고 싶은 사람과 가고 싶은 고향에 대한 그리움은 더욱 간절할 수밖에 없다.

> 순간은 미친 전설처럼 / 半世紀가 흐릅니다/
> 고작 열흘이면 족하다 하시며 내 손을 잡고 달래시던 어머니/
> 그날의 / 女高時節이 / 백발속에 자랍니다//
> ――「화갑송―임신년의 빗장을 열면서」넷째 수

> 나그네 가는 길이 / 구름되어 흐릅니다/
> 빛나는 저 太陽도 우리들의 것입니다/
> 松岳山 / 고운 바람이/ 기다리고 있습니다//
> ――「화갑송―임신년의 빗장을 열면서」일곱째 수

'열흘이면 족하리' 말씀하며 딸을 달래어 피난길을 보내던 어머니, 어느덧 반세기가 지나 그때의 여고생은 희끗희끗한 백발이 되어 회갑을 맞아 어머니를 회억하고 있다. 구름으로, 태양으로, 바람으로라도 고향에 가고 싶은 화자의 마음이 나타나고 있는 작품이다.

> 침묵 보다 더 크나큰 / 진실은 없으리라/
> 아주 작은 간이역에 마음 주는 초록 불빛/
> 이별이 / 없는 고향으로 / 혼불 하나 세운다//

거, 유년 시절이라고 볼 수 있다.

실향의 긴 긴 눈물 / 내 영혼에 불 당기면/
오늘을 간직하는 뜨거운 여정 위로/
묻어둔 노래였었나 / 아! 세월의 구름다리//

― 「나그네―그리움」 전문

가지 못한 고향에 대한 절절한 그리움은 '긴 긴 눈물'로 나타난다. 가슴에 묻어둔 고향, 가슴에 묻어둔 노래, 자나 깨나 그리운 고향은 우리 민족이 즐겨 부르는 아리랑처럼 가슴속에 늘 괴어 있다. 이별 없는 고향, 언제나 마음속에 지니고 있는 고향을 화자는 꿈꾸고 있다. '침묵보다 더 크나큰 진실은 없으리라' 아주 많이 보고 싶을 때, 아주 많이 그리울 때, 아주 깊이 아플 때 우리는 차라리 침묵한다. 늘 혼불로 깨어 있는 고향이다.

어린 날의 추억과 꿈이 있는 곳, 고향은 늘 마음의 안식처이자 뿌리이다. 실향민에게 있어 그 고향은 갈 수 없기에 더 그립고 더욱 간절한 것이다. 그 갈 수 없는 공간적 고향에 대한 추억과 그리움을 나타낸 시들이 위 시들이다. 이렇듯 우숙자 시인의 시집에서 나타나는 고향에 대한 그리움은 곧 공간적으로 회귀불가능한 고향 상실에서 오는 아픔과 시간적으로 회귀불가능한 어린 날에 대한 향수로 나타난다.

민족의 분단, 국토의 분단은 우숙자 시인 한 개인의 슬픔이나 한이 아닌 우리 민족 전체의 아픔이고 한이다. 우숙자 시인이 유독 그러한 시를 많이 쓰는 까닭은 사춘기 소녀시절에 그리운 가족을 북한에 두고 고향을 떠나왔기 때문이다. 평생의 한으로, 그리움으로 남아 이렇듯 가슴 아픈 시들을 토해 내고 있는 우숙자 시인의 고향의식에는 민족 분단의 아픔을 대변하는 절실한 실향의 아픔과 어린 날의 향수가 들어 있음을 알 수 있다.

Ⅲ. 이산가족에 대한 아픔과 그리움

한 사람의 힘으로는 벗어날 수 없는 조국의 현실, 분단의 아픔 속에 탄식과 그리움으로 하루하루를 살아오며 자기 자신을 가다듬고 있다. 시는 말이 아니라 암시이며 상징의 기법으로 이루어지는 고도의 언어이다.

> 다시 와서 울고 있네/ 무슨 사연 저리 깊어/
> 엄마 찾아 삼만리 고향 찾아 삼만리/
> 망향의/ 그리움 속에/ 나도 나도 슬퍼요//
>
> —「매미」둘째 수

분단의 반세기 속에서 통한의 아픔을 노래하는 우숙자 시인은 한 사물을 바라보는 속에서도 갈 수 없는 고향과 만날 수 없는 이산가족을 생각한다. 하나의 매미울음을 들으면서도 그는 고향을 생각하고 있다. "엄마 찾아 삼만리 고향 찾아 삼만리"로 매미가 헤매며 운다고 생각하며 "망향의 그리움 속에 나도 나도 슬퍼요"라고 하여 매미와 시적 화자가 동격이 되어 있으며, 동시조처럼 보이는 이 작품에서도 이산가족에 대한 아픔과 그리움이 짙게 드러나고 있다.

> 눈물로 살아온 때묻은 세월들이
> 고목의 빛깔로 바래져 가도
> 어머니 그 고운 모습만은 내 가슴에 살아 있습니다
> —「북녘땅의 어머니를 그립니다—KBS 6·25특집」 첫째 수

삼십 팔년간 나 홀로 끝도 없는 생각 속에
어두운 기억 저편 버릇처럼 기다리면
아련히 북창 너머로 떠오르는 얼굴이여
　　　─「북녘땅의 어머니를 그립니다─KBS 6 · 25특집」둘째 수

어머니! 어머니는 진정 살아 계신가요
멍이 든 세월자락 못이 박힌 그리움에
살아 온 그 무게만큼 목을 느려 부릅니다
　　　─「북녘땅의 어머니를 그립니다─KBS 6 · 25특집」넷째 수

어린 동생 품에 안고 나를 떠나보내실 때
행여나 잘못 될까 치마폭을 적시더니
한 맺힌 그 가슴 안을 무엇으로 메웠나요
　　　─「북녘땅의 어머니를 그립니다─KBS 6 · 25특집」다섯째 수

도도하게 밀려오는 남과 북의 입김으로
흐르는 구름마저 잠시 멈춘 이 아침에
심지 끝 타는 그리움을 시로 빚어 띄웁니다.
　　　─「북녘땅의 어머니를 그립니다─KBS 6 · 25특집」일곱째 수

　고향에서 헤어진 어머니, "어린 동생 품에 안고 나를 떠나보내실 때/ 행여나 잘못될까 치마폭을 적시더니/ 한 맺힌 그 가슴 안을 무엇으로 메웠나요" 특별한 상징이나 비유는 없어도 구구절절 어머니에 대한 애틋한 정과 실향의 아픔과 고향과 어머니를 그리는 정이 넘쳐 독자의 가슴도 눈물로 적시는 작품이다. 이러한 작품은 우숙자 한 개인에게만 국한된 것이 아니라 이천만 이산가족의 아픔을 대변하는, 우리 민족의 아픔을 대변하는 작품이라 할 수 있다.

칠흑의 밤이 울던 피난길 仁川에서
인연을 끊어놓고 가버린 사랑이여
三界의 어디에선가 홀로 있을 영혼아

통곡 속에 젖은 달빛 저승으로 길 밝히고
참새떼 몰려들어 슬피도 우는 새벽
극락의 하늘 문으로 아련히도 보이던 너

산사의 종소리에 포개지는 바람소리
첩첩한 계곡으로 흐느끼는 긴긴 밤이
어두운 모롱이에서 돌아설 줄 모른다.
　　―「동생의 죽음―피난길 仁川에서 "十三才"의 동생을 잃음」 전문

　피난길에서의 '동생의 죽음'을 슬퍼하며 쓴 이 작품은 그 애절함이 신라의 제망매가[19]를 생각나게 한다. 피난길에서 생명을 잃거나, 헤어진 가족이 한둘이 아닐 것이며 그러한 한국전쟁의 상흔을 보여주는 작품이다.

엄마! 다리 아파? 아니다 괜찮다
뒤돌아 보며 늙은 어미 걱정한다
길 잃은 후조 가슴에 피어나는 꿈인가
　　　―「아름다운 모녀―노상에서 지나가는 모녀를 보며」 첫째 수

離散의 설운 목숨 엉겅퀴처럼 살아왔네
始原의 血脈들이 정화수에 비쳐오고
아! 나는 황망한 구름이 되어 송악산에 머문다
　　　―「아름다운 모녀―노상에서 지나가는 모녀를 보며」 셋째 수

---

19) 신라의 월명사가 누이의 죽음을 슬퍼하며 지은 향가의 제목.

이 작품은 노상에서의 다정한 모녀의 모습으로 연상되는 고향의 어머니에 대한 그리움이다. 다정한 모녀의 모습만 보아도 가슴이 아프고 어머니 비슷한 동년배만 보아도 가슴이 아프다. 어머니를 그리워한 세월을 "離散의 설운 목숨 엉겅퀴처럼 살아왔네"라고 하여 엉겅퀴가시처럼 아프게 가슴을 찔리며 살아온 나날을 시인은 이 작품에서 토로하고 있다.

> 목마른 고개에서/ 몸으로 우는 바다/
> 모자(母子)의 깊은 유열(遺烈) 달없는 고향처럼/
> 이별은/ 화인(火印)이 되어/ 이국땅을 적시는가//
> ─「만남」 둘째 수

> 불연의 이 그리움/ 옷자락 끌며 끌며/
> 북으로 가는 어매, 남으로 오는 아들/
> 세계는/ 국제화 시대라고 아니/ 개방화라 하지 마오//
> ─「만남」 넷째 수

남한도 아닌 북한도 아닌 제3국 땅에서 90세가 넘은 어머니와 60세가 넘은 아들이 만나는 광경을 보고 쓴 작품이다. 한 맺힌 가슴은 '몸으로 우는 바다'로 표현되고 있다. 이산가족의 모습을 보며, 자신의 모습을 보는 듯해 세계가 국제화 시대고, 개방화 시대라고 하지 말라고 시인은 절규한다. 이산가족의 아픔과 한탄을 대변하는 시조 작품이다.

> 원한의 덩어리를/ 묻어놓고 돌아선다/
> 눈물로 뼈를 깎는 서러운 형장이여/
> 무심한/ 구름밭 속으로/ 당신 얼굴 그리며……//
> ─「마카오에서─중국 국경지대를 바라보며」 첫째 수

지척에 고향을 두고도 갈 수 없는 마음이, 지척에 그리운 사람을 두고도 갈수 없는 마음이 얼마나 애타는지, 얼마나 아픈지는 겪어 본 사람만이 알 수 있을 것이다. 고향이 있는 쪽, 어머니가 계시는 쪽으로 늘 가고 있는 마음을 이 시는 보여주고 있다.

> 머루알 익어가는 초록빛 고향의 律
> 하이얀 가슴들이 해조음에 실려가네
> 강 건너 친정집에도 해는 뜨고 있을까.
>
> —「分界線에 서서」 다섯째 수

"강 건너 친정집에도 해는 뜨고 있을까"라고 시인은 분계선에 서서 고향을 바라보고 있다.

고향을 지척에 두고도 가지 못하는 슬픔이 시인의 가슴 밑바닥에 자리하고 있는 작품이다.

> 온 땅이 꺼지도록 긴 한숨은 늘어나고
> 늙으신 어머니와 어린 동생 보고 싶어
> 오작교 난간에 서서 징검다리 바라본다
> —「고향 방문단을 지켜보며」 셋째 수

> 염주알 굴리면서 하얗게 지새는 밤
> 다시는 울지 않을 苦待하는 內室에서
> 뜨거운 이 祖國愛로 달래보는 향수여.
> —「고향 방문단을 지켜보며」 넷째 수

이 시에서도 '늙으신 어머니와 어린 동생 보고 싶어' 염주알 굴리면서 하얗게 밤을 지새우고 있는 시인의 모습이 나타난다. 고향 방문단을 지켜보는 시인의 마음은 시인의 고향과 어머니와 동생에게로 가고 있다.

> 기도보다 더욱 깊게/ 물이 드는 설날아침/
> 실향의 아픈 가슴 임종처럼 펼쳐보면/
> 덧없는/ 세월의 잔에/ 눈물만이 고인다
>
> —「일기」둘째 수

덧없는 세월의 잔에 눈물만이 고이는 시인, 살아온 세월은 '비우고 비워내도 차오르는 두레박'처럼 고여 오는 핏줄에 대한 그리움과 그 그리움을 풀지 못하고 안으로 피멍드는 가슴엔 눈물만 고이는 시인의 심정이 나타나고 있다. 시인의 의지만으로 갈 수 없는 고향, 분단의 이데올로기 속에 세월만 흐르고 있는 안타까운 현실을 노래하고 있다.

이상의 작품에서는 이산가족에 대한 아픔과 그리움이 나타나고 있음을 알 수 있다. "故鄕은 人格이 태어나고 자라고 또 일반적으로 계속 집으로 가지고 있는 삶의 領域이다. 故鄕은 그에게서 父母와 子息, 兄弟 姉妹 등과 같은 家族 內에서의 親密한 人間關係들과 함께 시작된다."[20]라는 볼노프의 고향에 대한 정의 개념 속에서, 특히 부모와 자식, 형제자매 등과 같은 가족 내에서의 친밀한 인간관계들이 시작되는 고향을 그리워하는 실향민의 고향의식, 즉 이산가족에 대한 그리움과 아픔의 작품들을 살펴보았다.

---

20) 전광식, 「고향에 대한 철학적 반성」, 『철학연구』 제67집, 대한철학회, 1998. 재인용.

Ⅳ. 통일에 대한 염원 및 희망

강우식은 그의 논문 『한국 분단시 연구』에서 다음과 같이 말하고 있다. "분단문학은 우리의 분단된 현실인식으로부터 출발해야 한다. 분단 시대를 살고 있는 우리들에게 산적한 국내외적인 여러 요인들의 해결과 통일의지가 아닌 단순한 분단된 슬픔을 노래한 분단문학이어서는 아무런 의미가 없기 때문이다."[21]

〈가자 백두산으로! 오라 한라산으로!〉라는 구호 아래 제6공화국 이후 한반도의 통일정책은 확연히 달라지고 있고, 정부·민간 차원에서도 북방 외교정책, 통일정책이 적극적으로 추진되고 있다.

> 時代를 안고 가는/ 失鄕民의 아픔이여/
> 이제는 神도 놀랜 만삭의 몸부림을/
> 향수의/ 닻을 내리고/ 임진강을 건느리//
>
> —「고향 일기」 넷째 수

> 통일의 푸른 날을/ 손놓아 기다린다/
> 목 놓아 불러보는 너와 나의 목소리/
> 지척인/ 고향 산천이/ 새벽처럼 밝아온다//
>
> —「고향 일기」 다섯째 수

"이제는 신도 놀랜 만삭의 몸부림"과 "통일의 푸른 날을/ 손 놓아 기다린다"라는 표현에서 시인의 통일에 대한 열망을 알 수 있다. 반세기가 지나고 민족의 한이 서려 있는 한반도, 이제는 통일이 와서 그리운 이산가

---

21) 강우식, 『한국분단시 연구』 10쪽, 한국문화사, 2004.

족도 만날 날이 멀지 않았다는 희망을 이야기하고 있다. 시인은 "지척인 고향 산천이 새벽처럼 밝아온다"고 통일이 오리라는 희망에 부풀어 있다.

> 잠시 섰다, 가는 자리/ 길은 너무 멀었었다/
> 회한(悔恨)의 굽이굽이 바람도 비껴섰다/
> 분단은/ 형벌이었다/ 새벽종이 울린다//
> ─「두 사람─남북 정상 회담에 부쳐」 첫째 수

> 수고로운 당신들의/ 넉넉한 걸음걸음/
> 산하도 푸르러라, 하늘도 푸르러라/
> 통일의/ 저 기도소리/ 온 천지를 메웁니다//
> ─「두 사람─남북 정상 회담에 부쳐」 넷째 수

두 사람의 정상이 2000년 6월 15일 만났다. 잠시의 회담이 오갔고, 이 땅에 통일의 싹이 조금씩 움트기 시작했다. 시인은 그것을 '새벽종이 울린다'고 표현하고 있다. 잠시 섰다 가는 자리는 두 정상들의 짧은 만남일 수도 있고, 우리 인생을 그렇게 비유한 것일 수도 있다. 두 정상의 작은 행동으로 "산하도 푸르러라, 하늘도 푸르러라/ 통일의 저 기도소리 / 온 천지를 메웁니다."고 시인은 통일의 꿈에 부풀어 있다. 통일을 염원하는 마음이 큰 만큼 작은 움직임 한 번에도 커다란 반향을 불러일으키고 있는 것이다.

> 내 나라의 이곳저곳/ 왜 갈수가 없단 말가/
> 가꿔야 할 모반의 땅 얼어붙은 한반도여/
> 바람아/ 문을 열어 다오/ 목이 타는 조국인데······
> ─「임진각 전망대에서」 전문

누가 막아 놓았을까/ 소떼가 연 판문점 길/
통일대교 건느시는 정회장님의 높은 방북/
한줄기/ 분단의 벽을 뚫은/ 소떼들의 행열이여//
              —「염원 담은 소때 북한 간다」 첫째 수

"소 한 마리가 천 마리가 되어/ 고향에 빚 갚으로/
갑니다" "음메" "우어엉" 하얗게 타는 염원/
통일을/ 앞 당겨다오,/ 새 지평을 열어다오//
              —「염원 담은 소때 북한 간다」 셋째 수

뱃길로 허물었다/ 분단의 긴 장벽을/
동해를 가르면서 밤새 달려온 금강호여/
아직도/ 산 그림자 짙은/ 어둠 쌓인 장전항
              —「새로운 바람소리—금강산 가는 길」, 첫째 수

「임진각 전망대에서」는 내 나라 땅인데도 마음대로 가지 못하는 안타까운 마음은 시인으로 하여금 절규하게 한다. 임진각 전망대에서 통일을 염원하는 시인의 마음을 알 수 있다.

「염원 담은 소때 북한 간다」에서는 이데올로기에 젖어 있는 정부 차원에서 하지 못하는 통일에 대한 길을 트기 위해, 그리고 경제적인 교류를 위해 민간 기업가인 정주영 씨가 소 떼를 몰고 그 길을 넘어 간다. 그 시간은 우리 민족에게, 그리고 이산가족에게 통일의 희망이 피어나는 순간이었다. 그것을 바라보는 시인은 "하얗게 타는 염원/ 통일을/ 앞 당겨다오,/ 새 지평을 열어다오//"라고 염원하고 있다. 「새로운 바람소리—금강산 가는 길」은 정주영 회장이 소를 몰고 북한으로 넘어가 북한관광길을 트고, 금강산 여행을 갈 수 있게 된 후의 작품이다. 반백 년 동안 기다려 왔던 북행길을 가면서 그는 통일에의 가능성과 통일에의 염원을 보여주고 있다. 그러나 "아직도/ 산 그림자 짙은/ 어둠 쌓인 장전항"이라고 하여 아직 밝은 아침이 찾아오기에는 기다림이 있어야 함을 은연중에 보여주고 있다.

문화부 출범이후/ 처음으로 운행하는/
우정의 문화열차 지역간을 좁히누나/
환희의/ 통일열차로/ 元山까지 달렸으면……
　　　　　　　　　　—「우정의 문화열차를 타고」, 여섯째 수

서로의 문화예술/ 형제처럼 사랑하리/
자랑스런 "통일문화"/ 바로잡을 시점에서/
고조된/ 이 쓰라림을/ 부끄럽지 않게 하자//
　　　　　　　　　　—「통일 연수원에서」, 넷째 수

　작품 「우정의 문화열차를 타고」에서 시인의 염원은 "환희의/ 통일열차로/ 元山까지 달렸으면……" 하는 것이다. '우정의 문화열차' 문화예술단원이 펼치는 공연을 보며 고향을 생각하고, 통일을 생각한다. 고향을 그리워하고, 통일을 하여 이산가족이 서로 만나기를 바라는 시인의 염원이 드러난 작품이다. 또 「통일 연수원에서」에서는 통일을 준비하는 시인의 자세가 나타난다. 셋째 수에서 "우리는 단일민족/ 떳떳한 국민이다"라는 인식이며, 서로의 문화예술을 형제처럼 사랑하겠다는 시인의 의지이다. 그리하여 서로의 문화를 존중해 주며 '통일문화'를 준비하는 마음가짐을 보여줌으로써 그동안의 분단된 세월, 그 쓰라림을 부끄럽지 않게 하자는 의지가 나타나고 있다.

330

> 우리 속에 갇혀 있는/ 이 나라 백성들아/
> 통일의 지름길이 어디쯤 오고 있나/
> 물방아/ 돌아가는 소리,/ 명경처럼 나리는 비
>
> ─「비 오는 날」둘째 수

> 힘들고 무거웠던/ 자존의 구름다리/
> 언젠가는 돌아가리 무지개 뜨는 언덕/
> 사향의/ 기다림 안고/ 거듭나는 오늘이여
>
> ─「사랑·1─기다림」둘째 수

위 「비 오는 날」에서는 "통일의 지름길이 어디쯤 오고 있나"를 가늠하며 통일을 기다리고 있다. 통일을 위한 일들이 각계각층에서 다각적으로 이루어지고 있음을 '물방아 돌아가는 소리'로 상징하고 있다. 「사랑·1─기다림」에서는 "언젠가는 돌아가리 무지개 뜨는 언덕"은 바로 통일의 날이 오면 고향에 돌아가겠다는 의지이며, 통일에 대한 강렬한 희망이라고 볼 수 있다.

이상의 작품에서 볼 수 있듯이 그의 고향의식 속에는 분단의 현실에서 통일이 되기를 간절히 바라는 염원과 통일에 대한 희망이 들어 있음을 알 수 있다. 이것은 다음의 이인석의 「다리」라는 작품과 일맥상통하는 작품이라 볼 수 있다.

> 다리를 놓자/ 다리를 놓아야 한다/ 우리가 사는 일은 다리를 놓아
> 야 한다/ 너와 나의 마음에/ 다리를 놓자/ 휴전선에/ 서울과 평양에/
> 가로 세로 거미줄 얽히듯/ 이렇게 다리를 놓아 나가면/ 어녀젠가는
> 하나가 되리/ 주의가 공간을 갈라놓을 수 있나/ 가로막는 권력의 담

장을 쳐부셔라/ 아무리 거룩한 말씀을 휘둘러도/ 피와 살을 갈라놓는
이유일 수는 없다//[22]

Ⅴ. 결 론

　이상으로 우숙자 시인의 작품을 통해 실향민의 고향의식을 찾아보
았다. 즉 그의 고향의식 속에는 첫째는 실향의 아픔과 어린 날에 대한
향수이며, 둘째는 이산가족에 대한 아픔과 그리움이며, 셋째는 통일에
대한 염원과 희망이다.

　실향민으로서 고향과 이산가족에 대한 아픔과 그리움과 통일에 대
해 노래하고 있는 우숙자 시인의 시가 단순히 분단문학의 하나로서
'분단문학'에 머물러 있어서는 가치가 반감된다. 강우식 교수의 말처럼
"통일 문제는 그 누구도 희망을 저버려서는 안 될 절대명제이고 또
우리 모두가 통일을 모색하지 않는다면 그 책임 회피는 다른 누구의
것도 아닌 우리의 것이 될 수밖에 없"[23]기 때문이다. 발전하는 역사
속에서 통일을 향한, 통일문학으로서의 의의를 지닐 때만이 가치를 인
정받을 것이며 우리 민족의 앞날을 밝게 할 것이다.

　그의 9권의 시집을 통한 '실향민의 고향의식'을 편의상 위처럼 세 가지
로 분류해 보았지만 결국 그가 쓴 실향에 대한 그리움과 이산가족에 대한
아픔의 시들은 통일만이 그 그리움과 아픔을 치유해 줄 수 있다고 볼 때,
그의 모든 작품 속에는 통일을 열망하는 마음이 들어 있다고 볼 수 있다.

---

22) 이인석, 「다리」 일부, 강우식 앞 책 39쪽 재인용.
23) 강우식 앞 책 13쪽.

● 참고문헌

우숙자 『아직도 고향은 마냥 먼데』, 한누리, 1986.

우숙자 『내 고향 창가에 얼룩진 저녁놀』, 한누리, 1988.

우숙자 『그날의 별들이 서성이는』, 도서출판 대한, 1992.

우숙자 『흰 옷 입은 고향의 언어들』, 도서출판 대한, 1994.

우숙자 『사랑물 긴긴 다리』(2인 공저), 도서출판 대한, 1994.

우숙자 『실향의 아픔은 나의 비단길이었다』, 도서출판 대한, 1996.

우숙자 『새로운 바람소리』, 도서출판 대한, 1999.

우숙자 『끝나지 않은 망향의 가을편지』, 도서출판 대한, 2001.

우숙자 『가슴에 묻은 목마름의 고향』, 도서출판 대한, 2004.

가스똥 바슐라르 『몽상의 시학』, 김현 역, 홍성사, 1978.

강우식 「통일지향의 시」, 『성균어문연구』, 성균관대학교 성균어문학회, 2001.

강우식 『한국분단시 연구』, 한국문화사, 2004.

김윤성 「시인의 사회적 역할」, 『분단현실과 한국문학의 과제』, 한국문
　　　인협회, 1979

김윤식 「어둠 속에 익은 사상」, 『韓國近代作家論攷』, 일지사.

김　준 「현대시조 감상을 위한 작품 분석 연구」, 서울여자대학교 인문
　　　과학연구소, 1999.

양현승 「고향의 미학」, 『비평문학』, 1988.

전광식 「고향에 대한 철학적 반성」, 『철학연구』 제67집, 대한철학회,
　　　1998. 재인용.

전봉건 『북의 고향』서문

최재서 『문학과 지성』, 인문사, 1938.

3

시조와 강우식의 4행시

Ⅰ. 서 론

강우식은 4행시를 30년 이상 써 오고 있다. 이 논고에서는 그의 4행시가 나타나는 시집 『四行詩抄』, 『꽃을 꺾기 시작하면서』, 『물의 魂』, 『雪戀集』 등을 중심으로 살펴보고자 한다. 그가 4행시를 고집하면서 4행시를 쓰는 이유는 무엇인가. 그리고 그가 계속 쓰는 4행시가 3장 3행으로 된 평시조와 사설시조와는 어떤 유사점과 차이점이 있는가 등을 이 논고에서 살펴보고자 한다.

우리는 보통 3행시 하면 3장이 행별로 배행된 시조를 생각한다. 초, 중, 종 3장 3행으로 이루어졌던 것이 종래의 우리 시조이기 때문이다. 그리고 4행시라고 하면 우리의 고전인 향가의 4구체를 생각하거나, 현대시에서는 김영랑의 시들을 떠올리게 된다.

Ⅱ. 4행시를 쓰는 이유

강우식 교수가 끈질기게 4행시를 쓰는 이유를 살펴보기로 하자. 먼

저 다른 시인과의 변별력을 갖고자 해서 4행시를 쓰고 있다고 볼 수 있다. 자기만의 독특한 개성을 갖기 위하여 다른 시인과의 변별을 시도하는 의미에서 형식적 차원의 4행시를 유지해 왔다고 볼 수 있다. 그러나 시조의 3행시를 비롯하여 5행시, 6행시, 7행시도 있을 수 있다. 그런데 왜 하필 4행시인가.

그것에 대하여 『雪戀集』 끝 권두환 씨와의 대담에서 시인 자신은 다음과 같은 말을 하고 있다. "고전에 밝으시니까 잘 아시겠지만 4행시의 형태라는 것이 향가의 4구체가 모체가 아니겠습니까. 한국시의 모체가 4구체라는 데 착안점을 두고 그러한 모체가 고려가요, 시조 같은 데까지 맥을 이어 온 게 아닌가 하는 겁니다. 이런 데서 형태성을 잡아 놓고 좀더 시야를 넓혀서 외국의 경우를 살펴보니 동양뿐 아니라 페르시아의 오마르하이얌의 ≪루바이야트≫ 4행시, 영시가 가진 4행성들이 어떤 관계인지는 몰라도 4행시라는 것이 동서양을 막론하고 시의 모체가 되었다는 생각이 들었습니다. 그런 점들이 동기라면 동기입니다. 그래서 초기에는 시조를 염두에 두고 4행의 마지막 구를 시조가 가지고 있는 종장성을 살려서 파격을 주고 싶다는 생각을 했지요. 물론 이 경우의 파격은 내용상의 문제가 되겠습니다마는, 이 근래에 와서는 그보다는 넓은 의미에서 볼 때 완결성과 압축미를 곁들였으면 하는 생각을 하고 있습니다. 이것이 가능하다면 장점이 되겠지요."[1]

이에 대해 권두환은 "이미 한 시대 전에 시조라는 형태가 있었으며, 그 시조 형태가 몇백 년간 담아 오던 문학성 같은 것이 파괴되면서 사설시조가 나왔어요. 그런데 선생님이 『四行詩抄』를 계속 쓰시는 동

---

1) 『雪戀集』, 강우식, 도서출판 청맥, 1988, 125쪽.

안 시형은 4행시를 고집하셨지만 내용 면에서는 사설시조가 가지고 있던 내용을 또 다루었다고 할 수 있겠습니다. 한 시대 전의 사람들이 정형 속에서 담을 수 없다고 생각해서 만든 파격을 선생님이 다시 정형 쪽으로 되돌려 보자고 노력했다고도 볼 수 있습니다."2)라고 하여 사설시조의 내용을 4행시라는 형식에 담고 있다고 피력하고 있다.

그런가 하면 『四行詩抄』의 발문에서 박재삼은 "그의 4행시는 행이 넷이라는 것뿐, 정형의 자수는 없다. 다만 자세히 살펴보면 우리 고유의 시가에서 기본 율조를 이루고 있는 3·4조 혹은 4·4조의 리듬을 자유롭게 폭넓게 활용하고 있다는 것을 느끼게 된다. 정형시(시조)를 하는 것도 아니면서 비교적 일정한 리듬에 구속되고자 하는 이 사실은 무엇을 지향하는 것일까. 내 나름의 해답은 언뜻 다음과 같은 사실을 떠올렸다. 정형시의 '구속'과 자유시의 '자유'를 다 같이 현대시로 받아들이기에는 어딘가 불만스럽기 때문에 그는 특이하게 4행시라는 반정형에 착안하지 않았을까 하는 그것이다. 이런 반정형은 자유시가 무턱대고 내세우는 내재율에 대하여 반기를 드는 것도 되고, 또한 시조가 자수율만을 앞세우는 그것도 아울러 배격하고 있다는 것이 된다. 따라서 언어에 대한 혹은 율조에 대한 '허무한 구속'이나 '맹랑한 자유'에서 다 같이 벗어나기 위하여 그는 4행시라는 반정형의 중간지대를 택한 것이 아닌가 여겨진다."3)고 하여 강우식의 4행시를 반정형의 시라고 보고 있다.

강우식 역시 "좀더 4행시를 써 가려면 4행시에 대한 이론을 나름대로 갖고 싶었다. 내가 쓴 『四行詩論考』는 그래서 쓴 논문이다. 이 논

---

2) 『雪戀集』, 강우식, 도서출판 청맥, 1988, 126쪽.
3) 『四行詩抄』, 강우식, 1974. 발문.

문 속에는 한국시의 모체가 향가의 4구체라는 데서부터 한국시의 형식의 발달과정이 반절성을 지니고 있다는 내용이 실려 있다. 다시 말하자면 우리 시의 형식은 4구체이고 그것의 끊임없는 발전 계승으로서의 4행시 이론을 세워본 것이다. 하지만 나는 아직도 4행시를 정형시라고 보지 않는다. 정형이면서도 정형이 아닌 시를 나는 4행시라고 본다. 4행시라는 틀은 틀림없는 정형이지만 리듬은 시조처럼 정형의 음수율을 두고 싶지 않기 때문이다. 리듬만큼 5·7조라도 상관없고 어떤 것이라도 무관하나 단 하나 쓰는 이의 생래적인 것으로 두는 것이 좋다는 의견을 지금도 갖고 있다."[4]라고 하여 강우식 역시 '정형이면서도 정형이 아닌 시를 4행시'로 보고 있다.

이러한 내용에서 알 수 있듯이 강우식이 4행시를 쓰는 이유는 첫째, 다른 시인과의 변별력을 갖고자 해서 4행시를 썼다고 볼 수 있다. 둘째, 강우식은 한국시의 모체가 4구체인 향가라고 보고 있으며 나아가 한국뿐 아니라 세계적인 시의 모체는 4구체라고 보았기 때문에 4행시를 쓰고자 했던 것이다.

Ⅲ. 3행 단시조와 4행시

그의 『四行詩抄』를 중심으로 그의 4행시에서 3행시인 시조를 닮아 있는 부분을 찾아보기로 한다. 그의 말대로 초기에는 시조를 염두에 두고 4행의 마지막 구를 시조가 가지고 있는 종장성을 살려서 파격을

---

4) 『물의 魂』, 강우식, 1986.

주고 싶다는 생각을 했음을 아래의 몇 작품을 통해 알 수 있다. 시조의 종장격인 네 번째 행에서 시조의 종장 음수율인 3/5/4/3을 닮아 있는 작품이다.

바람의∨ 순리대로∨ 쓸리는∨ 풀잎이듯
잠결에도∨ 아내쪽으로∨ 돌아∨눕는다.
무심으로∨ 하는∨ 이 하찮은∨ 일들이
오늘은∨ 내 미처 몰랐던∨ 사랑이∨ 된다.

—『四行詩抄』, 아흔아홉 전문

어디∨ 내 핏줄로써∨ 자식이나∨ 키우듯
세상∨ 살아가는∨ 것만이∨ 다이랴.
부처님∨ 어깨너머∨ 후광이듯이
이승을∨ 닷곱장님처럼∨ 보고 가는∨ 이도 있네.

—『四行詩抄』, 일흔여덟 전문

빛살도∨ 들어오다∨ 곯은 물길로∨ 빠지고
황금의∨ 씨앗들도∨ 다 물러∨ 주저앉은
자궁을∨ 가진∨ 황참외 같은∨ 계집과
살림난∨ 세상이라도∨ 속 없이야∨ 살으리.

—『四行詩抄』, 여든 셋 전문

눈 내리는∨ 탄실리∨ 주막집∨ 구들목에
바깥양반은∨ 거문고로∨ 앉아서
또∨ 한해를∨ 흥타령으로∨ 보내는지
산창엔∨ 박가분처럼∨ 쌓이는∨ 정이여.

—『四行詩抄』, 일흔 셋 전문

　아래의 나열된 것은 132편의 작품 중에서 4행에서 시조의 음수율을 닮아 있는 작품의 4행들이다.

넋이야 괴로울 거 하나 없는 황토 되겠네.
—『四行詩抄』, 여섯 부분
국화꽃 줄거리 같은 목청으로 오르내리고…….
—『四行詩抄』, 열여섯 부분
마음은 가을 바람 속에 맑게 씻겼다.
—『四行詩抄』, 쉰여덟 부분
그 가을 바람의 맛을 알 것 같네.
—『四行詩抄』, 예순 부분
산창엔 박가분처럼 쌓이는 정이여.
—『四行詩抄』, 일흔 셋 부분
모두 다 인연으로 와서 우는 거나 아닌지.
—『四行詩抄』, 아흔 부분
계집의 배 위 같은 데서 내려오는 바람이여.
—『四行詩抄』, 아흔 넷 부분
꿈속을 들여다보는 약인양 술을 마신다.
—『四行詩抄』, 백하나
뼈 속의 물기도 다 빼고 보석이 된다.
—『四行詩抄』, 백둘 부분
바람아, 늬 운명 같은 역마살이 내게도 있다.
—『四行詩抄』, 백열하나 부분
육신이 죽은 뒤에도 살아 있는 아픔이리.
—『四行詩抄』, 백열다섯 부분
입산한 동자승처럼 햇살이 부끄럽다.
—『四行詩抄』, 백열여섯 부분

더러는 ○으로 뜨는 달무리도 보게 되리.

—『四行詩抄』, 백열여덟 부분

남도의 한 고을이 물이 되도록 울어 버리자.

—『四行詩抄』, 백열아홉 부분

어쩌다 달리 생각하면 눈물 나리니.

—『四行詩抄』, 백스물 부분

아내여, 그대 얼굴을 맑게 씻으며 달이 뜬다.

—『四行詩抄』, 백스물넷 부분

이제와 은사죽음이라 탓할 게 뭐 있으리.

—『四行詩抄』, 백스물다섯 부분

앞의 인용 작품들에서 알 수 있듯이 그의 4행시들은 대체로 4음보의 율격을 닮아 있다. 그렇다고 인용 작품 「일흔 셋」처럼 4행이 모두 4음보의 율격을 지니지는 않는다. 대체로는 시조에서 보여주는 3.4조, 4.4조의 자수율과 4음보, 즉 우리의 전통 율격을 지키고 있지만, 100% 전부는 아니라는 것이다. 그리고 앞의 예에서 보여주는 것처럼 마지막 행인 4행에서 3/5/4/3의 자수율을 지닌 시조의 종장을 보이고 있는 작품들도 있다. 그러나 그의 첫 시집인 『四行詩抄』 132편의 작품에서 시조의 종장을 닮아 있는 것으로는 위의 작품과 아래에서 보여주는 종장들이 전부이므로 시조의 율격을 일부러 지키려고 했다거나, 그것에 얽매였다고 보기는 어렵다.

즉 마지막 행인 4행이 시조의 종장을 닮아 있다고 보기는 어렵다는 것이다.

Ⅳ. 사설시조와 4행시

강우식의 4행시에 대해 강우식과 박재삼의 주장은 4행시는 정형이
면서 정형이 아니라는 것, 그래서 반정형이라는 것이고, 권두환은 내
용이 사설시조에 가깝기 때문에 형식이 없던 사설시조를 다시 형식이
있는 4행시로 환원시키고 있다는 견해를 보이고 있다. 권두환이 내용
에 있어서 사설시조와 가깝다고 주장한 것은 강우식의 시에서 보여주
는 성에 관한 어휘의 묘사 때문이라고 볼 수 있다. 먼저 조선시대의
사설시조 중에서 성을 강하게 다룬 작품을 몇 편 살펴보고 나서, 강우
식의 시를 몇 편 살펴보기로 한다.

1. 성을 주제로 한 조선시대의 사설시조

조선의 사설시조 중에서 성애를 묘사하거나 성적인 것을 표현한 작
품을 살펴보면, 『진본 청구영언』[5]에 다음과 같은 작품들이 있다.

> 드립더 ᄇ득 안으니 셰 허리지 즈늑즈늑
> 紅裳을 거두치니 雪盧之豊肥ᄒ고 擧脚踑坐ᄒ니 半開한 紅牧丹이
> 發郁於春風이로다
> 進進코 又退退ᄒ니 茂林山中에 水舂聲인가 ᄒ노라
> — 『진본 청구영언』 519

이 작품은 남녀의 성애의 모습을 남성의 입장에서 노골적으로 표현

---

5) 조선시대의 시조집. 김천택이 묶음.

한 작품이다. 중장에서는 '半開한 紅牧丹이 發郁於春風'이라고 여성에 대한 성적 묘사와 또 종장에서는 '進進코 又退退ᄒ니'라고 하여 성애의 직접적인 장면묘사를 하고 있다.

> 半여든에 첫 계집을 ᄒ니 어렷두렷 우벅주벅 주글번 살번 ᄒ다가
> 와당탕 드리ᄃ라 이리져리 ᄒ니 老都슈의 ᄆᆞ음 흥글항글
> 眞實로 이 滋味 아돗던들 길적부터 흘랏다
> ─ 『진본 청구영언』 508

이 작품도 성애를 나타낸 작품이다. 어떤 노총각이 장가를 가서 첫 날밤 당황하며 일을 치루고 나서 마음이 즐거워서 종장에서는 "眞實로 이 滋味 아돗던들 길적부터 흘랏다"라고 하여 성애의 즐거움을 말하고 있다. 의태어와 의성어의 사용에 의해 그의 순박함이 나타나고, 또한 해학성도 드러난다고 볼 수 있다. '와당탕'은 의성어로 무엇을 부술 때 나는 소리인데, 여기서는 남녀의 성행위를 연상시키는 효과를 내고 있다.

> 白華山 上上頭에 落落長松 휘여진 柯枝 우희
> 부헝 放氣 뿬 殊常ᄒ 옹도라지 길쥭넙쥭 어틀머틀 믜뭉슈로 ᄒ거
> 라 말고 님의 연장이 그러코라쟈
> 眞實로 그러곳 훌쟉시면 벗고 굴물진들 셩이 므슴 가싀리
> ─ 『진본 청구영언』 545

이 작품은 여성화자가 남성에 대한 것을 표현하고 있다. "옹도라지 길쥭넙쥭 어틀머틀 믜뭉슈로" 하지 말고 임의 연장(남성 상징)이 그

렇다면 언제나 벗고 굴러도 좋겠다는 것이다. 남성에게서 강한 성적 욕구를 채워 보고 싶은 여성의 심리를 나타내고 있는 것이다. 그래서 임의 연장이 '길쥭넙쥭', '어틀머틀', '믜뭉슈'[6] 했으면 좋겠다는 의태어를 써서 자기만족의 어휘로 삼고 있다.

> 얽고 검고 킈 큰 구레나룻 그것조차 길고 넙다
> 쟘지 아닌 놈 밤마다 빅에 올라 죠고만 구멍에 큰 연장 너허 두고
> 흘근 할적 홀 제는 愛情은 킈니와 泰山이 덥누로는 듯 즌 放氣 소리에 젓먹던 힘이 다 쓰이노믜라
> 아므나 이 놈을 드려다가 百年同住ᄒ고 영영 아니온들 어늬 개쓸년이 싀앗 새옴 ᄒ리오
> — 『진본 청구영언』 569

이 작품은 여성화자가 성애의 모습을 묘사하고 있으나, 화자는 이 작품에서 그것을 즐거워하는 것이 아니라 지긋지긋해하는 것으로 표현하고 있다. 길고 넓고 큰 연장(남성 상징), 죠고만 구멍(여성 상징) 등 남녀가 성애를 하는 모습을 그대로 그리고 있으며, 이러할 때 애정은 커니와 방기소리 잦고 젖 먹던 힘까지 쓰이니 누구든지 이놈을 데려다가 백 년을 같이 산다한들 시앗새옴, 즉 질투하지 않겠다는 것이다. '육체적 관계'란 양쪽이 다 알맞아야지 한쪽의 정력이 넘칠 때라든가, 또 정신적 사랑이 밑받침되지 않을 때 그것은 사랑이 아니라 힘들고 짜증나는 고통임을 보여주는 작품이라고 볼 수 있다. 한편으로는 작품을 골계적, 해학적으로 표현하고 있다고도 볼 수 있다.

---

6) 「만횡청류 의태, 의성어의 변모와 수용 양상」, 김민정, 성균관대 성균어문학회, 2001.

언덕 문희여 조븐 길 몌오거라 말고 두던이나 문희여 너른 구멍
조피되야
　수구문 내드라 豆毛浦 漢江 露梁 銅雀이 龍山三浦 여흘목으로 드
니며 느리 두져 먹고 치두져 먹는 되강 오리목이 힝금커라 말고 大牧
官 女妓 小名官 쥬탕이와 당탕내드라 두 손으로 붓잡고 부드드 써는
내 므스거시나 힝금코라쟈
　眞實로 거러곳 흘쟉시면 愛夫ㅣ 될가 ㅎ노라
— 『진본 청구영언』 574

　이 작품은 언덕을 무너뜨려 좁은 길 메우지 말고, 낮은 둔덕이나
무너뜨려 넓은 구멍(여성 상징)을 좁혀, 여흘목으로 오르내리며 먹이
찾아 먹는 되강 오리목이 힝금커라(즐기지?) 말고 부드드 떠는 이 내
무스거시나(남성 상징) 힝금코(즐기고?) 싶다. 진실로 그럴 수 있다면
애부가 될까 한다는 내용이다.

　청울치 늑늘 메투리 신고 휘대長衫 두루혀 메고
　瀟湘斑竹 열두 므듸를 불횟재 쌔쳐 집고 므르 너머 재 너머 들 건
너 벌 건너 靑山石經으로 횟근 누은 누은 횟근 횟근동 너머 가옵거늘
보온가 못 보온가 긔 우리 난편 禪師즁이
　즁이셔 즁이라 ㅎ여도 밤즁만 하여셔 玉人ㄱ튼 가슴우희 슈박ㄱ튼
머리를 둥글썰썰 썰썰둥글 둥굴둥실 둥굴러 긔여올라올 져긔 내사 죠
해 즁書房이
— 『진본 청구영언』 577

　이 작품에서는 부도덕한 윤리가 부끄럽기는커녕 오히려 자랑하고
싶은 심리까지 곁들어 있다. 물론 대처승도 있겠지만, 여기서는 그렇

게 공인된 부부관계인 것 같지는 않다.

지금 화자는 갖출 것 다 갖추고 점잖게 차려입고 산을 넘어 가는 그 멋진 선사중이 나의 남편인데, 보는가 못 보는가, 남들은 중이라 놀려도 밤중에 옥 같은 가슴 위에 수박 같은 둥근 머리로 기어오를 때는 나는 중서방이 좋다고 말하고 있다. 솔직한 인간의 감정을 표현한 작품이라고 할 수 있지만 의태어에서 희화된 느낌을 받을 수 있고, 당사자가 아닌 제삼자가 골계 작품으로, 해학 작품으로 작품을 창작하였으리라 생각된다.

엄격한 윤리사회였던 조선사회에서 작가의 신분을 밝히지 않고, 작가의 이름을 밝히지 않았기 때문에 이렇게 적나라하게 성의 묘사를 한 작품들이 남을 수 있었던 것이다.

2. 성을 주제로 한 강우식의 4행시

강우식의 4행시집 네 권 중에서 세 번째 시집 『꽃을 꺾기 시작하면서』와 『물의 魂』에 특히 성에 관한 작품이 많다. 『꽃을 꺾기 시작하면서』에는 모두 백다섯 편의 4행시가 실려 있다. 그전에 나온 다른 시집들의 시들은 일련번호만 아라비아 숫자를 달았으나 처음으로 4행시 한 편마다 제목을 단 시집이었다. 꽃을 주제로 한 시편들을 단순하게 꽃이름 자체로 제목으로 붙인 시집이기도 하다. 이 시집은 '꽃이라는 정적인 대상에 섹스'를 주입시킨 시집인 까닭에, 이 시집이 나오고 나서 세간에서 그의 시를 '섹스시', '포르노시'라는 인식을 하게 되었다.

하나님, 나를 오입장이라 하시지 않겠지요.
나는 마지막으로 당신과 붙고 싶습니다.
세상에 이런 사람 나 말고 또 있나요.
수선화 하나가 살랑살랑 머리를 흔든다.

　이것은 해석자에 따라서 여러 가지로 볼 수 있다. "나는 마지막으로 당신과 붙고 싶습니다." 이 표현은 첫 행의 '오입장이'란 말 때문에 선입견이 먼저 지배를 한다고 볼 수 있다. 하나님과 연애를 하고 싶다는, 하나님과 성애를 하고 싶다는 의미로 해석해 볼 수 있기 때문이다. 그리하여 평론가의 입에 오르내렸던 것이고, 이것에 대해 강우식은 "같이 시를 쓰는 동료시인이 이 시를 평가하기를 '절대적인 신의 존재를 하잘것없는 성교대상의 여성으로 비하시켜 마지막으로 당신과 붙고 싶다고 말하였다. 그러면서 그는 시로서 기능을 전혀 배제하고 단순히 윤리적인 측면으로 볼 때 그의 작품은 차라리 성도착 환자의 잠꼬대가 될지도 모르며, 기독교 정신을 모독한 정신착란 환자의 비속한 외설 짓거리가 될 것이라고 했다. 내 시 때문에 멀쩡한 내가 정신착란 환자나 성도착 증세를 가진 사람이 되는 것은 상관없다. 그 시인의 자유니까. 하지만 '하나님을 여성으로 비하시켰다'는 단순 이전의 평밖에 할 수 없었을까. 이 시인은 아마 강우식은 남자인데 어떻게 하나님이라는 남자와 남자끼리 붙을 수 있느냐 해서 성도착증의 나로 본 모양이다."[7]

　이러한 세간의 평에 대해 강우식은 다음과 같은 해명을 하고 있다. "성은 인간끼리 접촉하여 일으키는 가장 뜨거운 불꽃이다. 아니 폭탄

---

7) 『물의 혼』, 강우식, 1986.

이다. 이 폭탄이 터질 때 이 지상에서 인간으로서의 태어난 기쁨과 인간의 위대성을 느끼지 못한다면 그것은 인간됨의 자격이 없다. 이 폭탄이 터질 때 어느 만물도 느끼지 못하는 인간의 그 무한한 사랑과 희열과 침잠을 느끼지 못한다면 그 스스로 인간 됨을 포기한 자이다. 우리는 이 작열하는 폭탄으로써 우리 정신의 질병을 극복하고 또 생명의 신비한 탄생과 인간의 특권을 누려야 한다. 그러면 성의 폭탄의 구조는 어떤 것으로 만들어야 하느냐. 반드시 시적인 구조를 가져야 한다. 시가 고도의 정제된 언어로 은유와 직유를 직조하여 어떤 틀에 집어넣듯이 성의 폭탄도 그렇게 되어야 한다. 특히 성이 가지는 어쩔 수 없는 동물적인 특성을 견제하기 위해서라도 시적인 구조를 가지는 폭탄이 되어야 한다."[8] 이것은 어쩌면 우리가 은폐하고 싶어 하는 성에 대한 건강하고 건전한 생각인지도 모른다.

> 계집을 두고도 어떤 밤에는 수음을 한다.
> 좃물처럼 흘러내리는 이슬 몇 방울.
> 사랑도 이제는 내 살갗의 초록만으로는
> 너를 보듯이 권태롭구나.
> —『꽃을 꺾기 시작하면서』, 「사철나무」 전문

이 시도 성에 대한 묘사가 나타나 있다. '수음을 한다', '좃물' 같은 성적 어휘가 읽는 이의 얼굴을 붉게 한다. 숨기지 않는 솔직함이 나타나지만, 보는 사람에 따라 얼굴이 붉어질 수도 있는 작품이다. 그의 작품 중에는 조선시대 사설시조처럼 성애의 직접적인 장면을 묘사한

---

8) 『물의 혼』, 강우식, 1986.

작품은 없지만, 이 작품처럼 어휘에서 강하게 어필되고 있기 때문에 그의 시가 '섹스시'로 불리는 것이다.

> 세상은 약 오른 고추 하나를 만지던 손으로
> 불두덩이에 대어야 폴짝폴짝 뛰는 놈들뿐이더라.
> 물을 모르는 이들에게 천만 번 젖은
> 손가락을 보여줘도 모르더라.
>
> ―『물의 魂』, 「세상은」 전문

이 작품에서도 '고추, 불두덩이, 물, 젖은' 등의 어휘를 사용하여 '섹스시'로 어필하고 있다.

> 이브가 따서 몸 가리던 초록잎 같은
> 그 싱싱한 꿈들은 다 어디 갔을까.
> 햇빛도 땀처럼 젖어 내리는 봄날에
> 알몸으로 허허 웃는 내 가시내.
>
> ―『물의 魂』, 「20」 전문

이 작품에서도 '이브', '알몸' 같은 어휘를 구사함으로써 역시 알몸을 연상하게 하고 있는 것이다.

> 초가집 한 채가 사내의 벌떡한 물건으로 서 있다.
> 그녀의 질 속에서는 밤새도록 눈 녹는 소리.
> 앞 개울도 힘좋은 사내와 계집이 어우르는 소리.
> 이 땅의 봄은 참말로 뭐하드키 옵니다요이.
>
> ―『꽃을 꺾기 시작하면서』, 「봄」 전문

이 작품에서도 초가집 한 채를 '사내의 벌떡한 물건'(남성 상징)으로 보고 있다. 봄이 오는 자연 현상을 남녀의 질탕한 성애의 모습으로 표현하고 있는 것이다. 이러한 작품에 대해 독자의 반응도 가지가지일 수밖에 없을 것이다. 독자에게 강하게 어필하고 싶은 욕구 때문에 이러한 '섹스시'를 썼다고 볼 수도 있다. 그의 말처럼 "물의 흐름처럼, 물의 순리성처럼 늘 출렁이고 깨어 있는 시를 갖고 싶어서, 생명의 원천이고 싶어서" 그는 이런 시를 쓰는지도 모른다.

이렇게 성을 주제로 한 그의 시에 대한 독자들의 반응은 여러 가지이다. 독자들의 반응에 대해 강우식은 "어떤 미지의 독자는 어떻게 시를 이렇게 모독할 수 있는가라며 마치 나들이하러 흰 옷을 입고 나갔다가 흙탕물을 맞은 기분이라고 팬레터를 보내왔다. 또 어떤 시인은 시인이면 시인답게 시를 좀 고상하게 쓸 수 없느냐고 다그치며 마치 외설책을 읽는 기분이라고 말했다. 마치 천둥벌거숭이 하나가 겁도 없이 고상한 대한민국 시단을 온통 흐려 놓고 있다는 표정이었다. 그러나 또 칭찬을 아끼지 않은 선후배동료 시인들도 적지 않았다. 심지어 선배 시인 한 분은 요즈음은 내 시를 읽는 재미로 산다고도 말씀해 주셨다. 이 시집이 나오자 증정본으로 동양화 그리는 친구에게 주었더니 아이들이 볼까봐 숫제 감춰 두었다는 말도 들었다. 또 어느 여류는 시집을 열심히 키득거리며 읽으니까 남편이 뭘 그렇게 재미있게 읽느냐고 해서 부부가 즐기면서 읽었다고도 했다."9)고 쓰고 있다.

위에서 살펴본 것처럼 엄격한 윤리사회였던 조선시대의 사설시조에서 성애장면을 적나라하게 드러낼 수 있었던 것은 이름을 밝히지 않는 데서

---

9) 『물의 魂』, 강우식, 1986.

자유롭게 성에 대한 묘사를 하고 싶은 강한 욕구의 반영이라고 볼 수 있다. 조선시대의 사설시조와 강우식의 성에 대한 시의 차이점이 있다면 사설시조는 이름을 밝히지 않아 작가가 누구인지 모르는 데 반해, 강우식은 그의 개인시집에서 당당히 작가의 이름을 밝히고 있다는 사실이다. 사설시조에서는 성애의 직접적인 장면을 묘사하고 있는 데 반해, 강우식의 경우는 어휘 사용에서 성을 연상하게 하는 어휘를 많이 썼다는 것이다.

V. 강우식이 추구하는 사랑시

그러나 그가 그의 시에서 추구하는 것이 육체적인 사랑, 즉 섹스만을 위주로 하는 사랑이냐 하면 그렇지는 않다. 역시 4행시집인 『雪戀集』을 통해서 그는 순수한 사랑을 노래하고 싶어 한다.

> 사랑하는 사람아, 눈이 풋풋한 해질녘이면
> 마른 솔가지 한 단쯤 져다놓고
> 그대 아궁이에 불을 지피고 싶었다.
> 저 소리 없는 눈발들이 그칠 때까지……
>
> ─『雪戀集』, 「세 수」 전문

> 그리운 사람을 생각할 때는 기억기억 눈이 내리고
> 외로워서 외로워서 목이 젖으며
> 겨울 강에 빠져 죽고 싶은 사람들에겐
> 백두루미로 백두루미로 눈이 내린다.
>
> ─『雪戀集』, 「다섯 수」 전문

산 하나를 온통 젖게 만드는
소쩍새 울음 같은 목청 한 자락도 틔우고 싶으나
서산의 반달로도 떠올릴 수 없는 그대 눈썹이여.
눈바람 소리에 쓸쓸히 쓸리는 아릿한 목젖.
— 『雪戀集』, 「일백일곱 수」 전문

이상에서 보는 시편들처럼 『雪戀集』에는 『꽃을 꺾기 시작하면서』나 『물의 魂』에서처럼 성을 주제로 했다기보다는 정신적인 사랑을 지향하는 경향이 보인다. 젊은 날의 혈기를 지나서 조금은 나이든 후의 작품이라 정신적인 것을 중시했을까. 이에 대해 강우식은 다음과 같은 말을 하고 있다.

"『雪戀集』을 쓰면서 생각하게 된 것은 이 시에 어떤 대상이 있건 없건 이것은 차치문제고 다만, 지순한 사랑의 얘기를 해 보고 싶었습니다. 그런데 좀 건방진 얘기일는지 몰라도 오늘날의 시 자체가 지순한 사랑에 대한 얘기 같은 것들은 많이 등장하고 있지를 않아요. 그래서 내 개인적으로 생각할 때는 다른 면에서 지순한 사랑 얘기를 해 보고 싶다 이런 것을 생각했는데 이것은 근거 없는 다른 한 세계를 가고자 하는 것은 아닙니다. 우리나라 고시가의 출발이라는 〈황조가〉라든지 〈공무도하가〉라든지 하는 시가들이 거의 사랑의 패턴 아닙니까. 그래서 한국 전통시가의 맥 같은 것들을 일별해 보면 거의 자연위주 〈강호가도류〉라고 하지마는 또 다른 일면에서 내용적으로 보면 사랑을 읊은 것들이 상당히 많습니다. 가령 〈노인헌화가〉 같은 것들도 신라시대에 오며는 다르게 보입니다. 사랑에 대한 노래이면서도 한국시가에 최초로 나타나는 꽃을 바치는 양상이 됩니다. 이런 꽃을 바치는 양상 같은 것들이 우리가 생각하기에 서구식 사랑의 표현이거든요. 그런데 희한하게도 이렇게 서구식인 사랑의 양상이 활달성은 우리 신라시대 때 〈노인헌화가〉에도 그런 것이 나타나고, 극렬한 사랑으로 말하면 〈만전춘〉 같은 것도 있었습니다. '얼음 위에 대닙자리 보아 님과 함께 얼어 죽을망정 정든 이 밤을 더디 새오시라'는 극렬성이나, 시조 쪽에서도, 무슨 돌이 옷자락에 스쳐서 다 사라진다는 내용의 시조들도 있지요. 빅토리아 왕조 때 브라우닝이라든지 알프렛 테니슨의 연가조 같은 시들을 이 땅에서의 새로운 사랑 얘기로 한번 써보고 싶은 것이 내 욕심이랄까, 그래서 이런 쪽으로 『雪戀集』이라는 것을 한번 시도해 보았지요."10)

또한 그는 언젠가는 이 땅의 누구나가 읽을 수 있고 좀 통속적일지는 모르지만 눈물을 글썽거릴 수 있는 사랑의 얘기, ≪에반젤린≫ 같은 시를 한번 써 보고 싶다고도 한다.

바람의 순리대로 쏠리는 풀잎이듯
잠결에도 아내쪽으로 돌아눕는다.
무심으로 하는 이 하찮은 일들이
오늘은 내 미처 몰랐던 사랑이 된다.
　　　　　　　　—『四行詩抄』, 「아흔아홉 수」 전문

마음도 텅비어 빈 절터일 때
내 속셈까지도 다 짚어 주시듯
항시 말갛게 떠오르는 햇살을 지닌
부처님 같은 계집애를 모셔 오리.
　　　　　　　　—『四行詩抄』, 쉰일곱 수 전문

---

10) 『雪戀集』, 강우식, 1988, 130쪽.

위의 시들은 참 아름답다. 사실은 이 시들은 고등학교 때부터 내가 외워온 시다. 고등학교 때 중학교 동창이던 친구와 교환일기를 쓰면서 친구가 일기에 적어 놓고 좋다고 하기에 나도 무조건 외웠던 시인 것이다. 이러한 작품을 읽으면서 강우식의 시가 『에반젤린』보다 못하지 않다는 생각도 해 보곤 한다. 아마 앞으로도 계속 아름다운 작품을 창작하여 『에반젤린』보다 더 연인들에게 사랑받을 수 있는 작품집이 탄생할 수 있기를 바란다.

결국 그는 "언젠가는 이 땅의 누구나가 읽을 수 있고 좀 통속적일지는 모르지만 눈물을 글썽거릴 수 있는 사랑의 얘기를, 예를 들면 ≪에반젤린≫ 같은 시를 한번 써 보고 싶다"는 말에서 알 수 있듯이, 육체적인 사랑과 정신적 사랑이 혼연일체가 된, 가장 바람직하고 아름다운 지순한 사랑의 시를 써 보고 싶어 하는 시인임을 알 수 있다.

Ⅵ. 결 론

앞에서 강우식의 4행시들을 살펴보았다.

강우식이 4행시를 쓰는 이유는 첫째, 다른 시인과의 변별력을 갖고자 해서 4행시를 썼다고 볼 수 있다. 둘째, 강우식은 한국시의 모체가 4구체인 향가라고 보고 있으며 나아가 한국뿐 아니라 세계적인 시의 모체는 4구체라고 보았기 때문에 4행시를 쓰고자 했던 것이다.

그의 4행시는 대체로 4음보의 율격을 닮아 있다. 대체로는 시조에서 보여주는 3·4조, 4·4조의 자수율과 4음보, 즉 우리의 전통 율격을 지키고 있다. 그리고 앞의 예에서 보여주는 것처럼 마지막 행인 4행에서 3/5/4/3의 자수율을 지닌 시조의 종장을 보이고 있는 작품들도 있으나 시조의 율격을 일부러 지키려고 했다거나, 그것에 얽매였다고 보기는 어렵다. 즉 마지막 행인 4행이 시조의 종장을 닮아 있다고 보기는 어렵다는 것이다.

조선시대의 사설시조와 강우식의 성에 대한 시의 차이점이 있다면 사설시조는 이름을 밝히지 않아 작가가 누구인지 모르는 데 반해, 강우식은 그의 개인시집에서 당당히 작가의 이름을 밝히고 있다는 사실이다. 사설시조에서는 성애의 직접적인 장면을 묘사하고 있는 데 반해, 강우식의 경우는 어휘 사용에서 성을 연상하게 하는 어휘를 많이 썼다는 것이다.

결국 그는 "언젠가는 이 땅의 누구나가 읽을 수 있고 좀 통속적일지는 모르지만 눈물을 글썽거릴 수 있는 사랑의 얘기를, 예를 들면 ≪에반젤린≫ 같은 시를 한번 써 보고 싶다"는 말에서 알 수 있듯이, 육체적인 사랑과 정신적 사랑이 혼연일체가 된, 가장 바람직하고 아름다운 지순한 사랑의 시를 써 보고 싶어 하는 시인임을 알 수 있다.

또한 그는 "시인은 프로정신이 있어야 한다. 철저한 프로정신이 있어야 한다. 그저 옛날 우리 조상들이 여기나 심심파적으로 또는 자기 심성을 닦는 것으로 하던 시대는 지났다. 시가 반드시 돈이 되어서 프로가 아니라 전문 시인으로서의 자기의 심혈을 기울일 수 있는 정신이 있어야 한다는 뜻이다. 조금은 서툴더라도 자기의 세계를 구축하고 굳건한 시인됨의 정신으로 맥을 이어 가는 시인들이 많아졌으면 싶다."라는 말에서 알 수 있듯이 프로로서의 시인관이 철저한 한 사람의 시인임을 알 수 있다.

● 참고문헌

강우식, 『四行詩抄』, 1974, 현암사
강우식, 『고려의 눈보라』, 1977, 창작과 비평사
강우식, 『꽃을 꺾기 시작하면서』, 1979, 문학예술사
강우식, 『벌거숭이 訪問』, 1983, 문장사
강우식, 『물의 魂』, 1986, 예전사
강우식, 『雪戀集』, 1988, 청맥사
강우식, 『어머니의 물감상자』, 1995, 창작과 비평사
강우식, 『바보산수』, 1999, 문학과 창작사
강우식, 『바보산수 가을 봄』, 2004, 고요아침,
강우식, 『노인일기초』
강우식, 『백담사근일』
강우식, 『예시』
강우식, 『나의 삶, 나의 문학』
김천택, 『청구영언』, 조선시대의 시조집.
김민정, 「만횡청류 의태, 의성어의 변모와 수용 양상」, 2001, 성균어문
　　　　학회

• 저자 •

김민정   •약 력•
강원도 삼척군 도계읍 심포리 출생
1985년 『시조문학』창간25주년기념 지상백일장에서 장원으로 등단
1999년 한국공간시인상 본상, 성균문학상 우수상 수상
성균관대학교 국어국문학과 졸업 및 동대학원 문학박사
서울 명일중학교 근무, 상지대학교 출강
한국문인협회, 한국시조시인협회, 한국시조학회 회원
여성시조문학회 이사, 서울교원문학회 이사, 시조문학진흥회 부이사장
《청소년 선도방송》집필위원 및 자문위원 역임
『서울교육』편집위원, 『교육마당 21』명예기자 역임
『국방일보』〈시의 향기〉란에 작품 및 해설 연재
『좋은문학』, 『나래시조』편집위원

•주요논저•
「사설시조 만횡청류의 변모와 수용 양상」
「만횡청류 의태, 의성어의 변모와 수용 양상」
「현대시조의 고향성 연구」
「김상옥 시조의 고향성 연구」
「정완영 시조의 고향성 연구」
「리태극 시조에 나타난 인간성에 대한 향수」
「실향민의 고향의식」
「강우식의 4행시」
『나, 여기에 눈을 뜨네』
『지상의 꿈』
『사랑하고 싶던 날』
『시의 향기』
외 다수

현대시조의 고향성

• 초판 인쇄	2007년 6월 20일
• 초판 발행	2007년 6월 20일
• 지 은 이	김민정
• 펴 낸 이	채종준
• 펴 낸 곳	한국학술정보㈜
	경기도 파주시 교하읍 문발리 526-2
	파주출판문화정보산업단지
	전화 031) 908-3181(대표) · 팩스 031) 908-3189
	홈페이지 http://www.kstudy.com
	e-mail(출판사업부) publish@kstudy.com
• 등 록	제일산-115호(2000. 6. 19)
• 가 격	23,000원

ISBN   978-89-534-6921-1 93810 (Paper Book)
        978-89-534-6922-8 98810 (e-Book)